Schatten und Risse

Zu diesem Buch
In der Endphase des Zweiten Weltkriegs hatte die Rote Armee den endlosen Flüchtlingstrecks aus Pommern, Schlesien und Ostpreußen die Fluchtwege abgeschnitten. Auf den Trecks befanden sich überwiegend Frauen, Kinder und Alte, da die wehrfähigen Männer als Soldaten an der Front waren. Hunderttausende arbeitsfähiger Frauen und Mädchen wurden damals in die Sowjetunion verschleppt, in den Ural, nach Sibirien, bis ans nördliche Eismeer und nach Zentralasien. In bewachten Arbeitslagern wurden zu Schwerstarbeit in der Landwirtschaft, im Bergbau, in der Maschinen- und Stahlindustrie gezwungen, sie waren Hunger und extremer Kälte ausgesetzt, hinzu kamen Epidemien; die ärztliche Versorgung war mangelhaft. Durch Verhandlungen auf politischer Ebene gelang es, nach und nach die Entlassung der internierten Frauen und kriegsgefangenen Männer zu erreichen. Die letzten, so genannte »Spätheimkehrer«, kamen 1956 frei.
Der Roman zeichnet das Schicksal einer jungen Frau aus Königsberg nach, die im März 1945 auf der Flucht von der Roten Armee aus Ostpreußen nach Russland verschleppt wird und nach siebeneinhalb Jahren Zwangsarbeit, seelisch und körperlich gezeichnet, mit einer Tochter ins Nachkriegsdeutschland zurückkehrt.

WALTRAUD BONDIEK

Schatten und Risse

Roman

Bibliografische Information der Deutschen Nationalbibliothek:
Die Deutsche Nationalbibliothek verzeichnet diese Publikation in
der Deutschen Nationalbibliografie; detaillierte bibliografische Daten
sind im Internet über dnb.d-nb.de abrufbar.

TWENTYSIX – der Self-Publishing-Verlag
Eine Kooperation zwischen der Verlagsgruppe Random House und
BoD – Books on Demand
© 2017 Waltraud Bondiek
Coverbild: HorenkO/Shutterstock.com
Coverdesign, Satz, Herstellung und Verlag:
BoD – Books on Demand, Norderstedt
ISBN: 978-3-7407-3247-9

Für meine Schwestern

Erster Teil

Ursula

Am 6. Juli 1952 steigt im alten Braunschweiger Hauptbahnhof eine junge Frau aus einem Zug. Sie ist neunundzwanzig und hat ein Kind an der Hand, ihr einziges Gepäck ist ein abgestoßener Holzkoffer. Außen ist mit zwei Riemen eine Filzdecke befestigt. Die Filzdecke ist grau. Die Riemen halten den Koffer zusammen. Die Frau hat ein altmodisches Kleid an, ein Kleid, das ihr um den Leib schlottert. Jemand hat es dem Durchgangslager Friedland überlassen. Eine Spende für die Spätheimkehrer aus Russland.

Auf dem Bahnsteig drängen sich die Menschen. Es wimmelt von Suchenden mit Blumensträußen und Pappschildern. Auf den Schildern stehen Namen. Es ist schwül wie vor einem Gewitter. Ruß, Dampf und das Kreischen der Räder auf den Schienen machen die Luft schwer. *Nun danket alle Gott.* Der Choral kommt aus dem Lautsprecher, wie vor drei Tagen bei der Ankunft in Friedland. Auf jedem Bahnhof begrüßt er die aus russischer Gefangenschaft Entlassenen. Hunderte kommen an diesem 6. Juli nach Hause. Ursula kommt zurück nach Deutschland, in eine ihr unbekannte Stadt, nach siebeneinhalb Jahren Zwangsarbeit in Stalins Arbeitslagern. *Nun danket alle Gott.* Für Momente stockt das Geschiebe und Gedränge, einige Männer nehmen den Hut ab. Ursula geht weiter, sie weiß von keinem Gott, seit sie von der Roten Armee aus Ostpreußen verschleppt wurde, in den Ural, nach Sibirien, ans Ende der Welt.

Es ist kein Durchkommen mit einem Holzkoffer und einer Zweijährigen an der Hand. Menschen, einander umarmend, versperren ihr den Weg. Ursula zwängt sich vorbei, möchte einen Schritt zulegen, doch die Kleine schaut in alle Richtungen, nur nicht nach vorn. »Komm, Charlottchen, trödele nicht!«

Die Reihe der Waggons nimmt kein Ende. Aus den Fenstern hängen Menschen, strecken die Arme nach draußen, Arme strecken sich ihnen vom Bahnsteig entgegen. Als eine Trillerpfeife die Räder in Gang setzt, steigen weiße Taschentücher in die Luft. Türen schlagen. Der lange Schrei der Lokomotive schneidet in den Nachmittag.

In der Bahnhofshalle, hinter der Sperre zwischen den Schalterhäuschen, warten all jene, die sich dem Gewühl auf dem Bahnsteig nicht aussetzen mochten. Ursula hält Ausschau nach ihrem Vater. Mit Erika wollte er sie abholen. In einem Brief hatte er Ursula gebeten, *Mutter* zu seiner Frau zu sagen. Mutter? Erika ist zwölf Jahre älter. Mutter? Ihre Mutter ist tot, umgekommen auf dem Transport nach Osten, Tausende von Kilometern, wochenlang in einem Viehwaggon. Der Hunger fuhr mit. Und die Kälte. Und die Ruhr saß zwischen ihnen, zwischen all den verschleppten Frauen und Mädchen. Einmal am Tag hielt der Zug auf freier Strecke, damit man die Leichen nach draußen schaffen konnte. Gemeinsam mit ihrer Schwester hatte Ursula die tote Mutter auf den gefrorenen Boden gelegt. Kein Grab, nur Krähen. Ungezählte Mütter, ungezählte Töchter wurden in jenen Wochen draußen auf den gefrorenen Boden gelegt.

Ursula kann ihren Vater nirgends entdecken. Oder erkennt sie ihn nicht mehr? Vor neun Jahren hatte sie ihn das letzte Mal gesehen. Da war Krieg und er Soldat. Zwei Tage Fronturlaub hatte er zu ihrer Hochzeit bekommen, ihr Mann einen Tag mehr. Jetzt aber beschleunigt sie ihren Schritt, denn sie sieht ihn. Die Kleine an der Hand kommt kaum mit.

Der Vater erkennt Ursula nicht. Eine Fremde mit einem Kind ist es, die einen abgestoßenen Holzkoffer mit einer grauen Filzdecke vor ihm absetzt. Erst als sie ihn, der für sie seinen Sonntagsanzug angezogen hat, mit »Papa« anredet, ändert sich sein Blick. Sein Blick zerfällt. Der Mann beginnt haltlos zu weinen. Ursula umarmt ihn. Lange und tränenlos. Dann umarmt sie ihre Stiefmutter, sagt: »Erika.« Erika sagt: »Willkommen Ursula.« Ein Lokalreporter drückt auf den Auslöser. »Die Töchter sehen älter aus als die Mütter«, wird er über die Spätheimkehrer schreiben.

Ursulas Vater geht in die Hocke und umfasst die Schultern des blassen Kindes. Vogelschultern. Er schaut ihm stumm ins Gesicht. Die grünen Augen weichen aus und flüchten sich durch das von Bomben zerstörte Bahnhofsdach in den offenen Himmel zu den Tauben. Er streicht der Enkelin über den Kopf. Das dünne Haar, das weder Zöpfe noch Rattenschwänze hergibt, ist auf Ohrhöhe gestutzt, vorne endet es auf halber Stirn, an einer Seite klemmt eine schüchterne Spange. Die Spange ist braun wie das Hängerkleid und braun wie die Schnürstiefelchen. Sie sind knöchelhoch. In der Öffnung stecken weiße Kinderbeine und lassen mitten im Sommer den Rand von dunkelgrünen Strickstrümpfen sehen.

»Gib deinem Opa die Hand«, sagt Ursula, »und mach einen Knicks, das kannst du doch schon.« Charlotte drückt sich an ihre Mutter und zeigt hinauf zu dem Gurren und Flattern auf einem Eisenträger: »Opa da!«

Das Gefühl, hochgehoben und mit einem Holzkoffer in einer Kinderkarre verstaut zu werden, wird Charlottes erste Lebenserinnerung sein. Die Karre ist ein Geschenk für ihre Mutter, nicht neu, aber praktisch. Ihr Geschenk ist ein Püppchen aus nacktfarbenem Zelluloid, so klein, dass es in eine Puppenstube passt, und so geschlechtslos, dass ihr an seiner Nacktheit nur die eingedrückte Brust auffällt. Ihre erste Puppe ist ein ramponiertes Spielzeug.

Der Großvater schiebt die Karre. Der Holzkoffer liegt flach wie ein Tisch vor Charlotte. Sie singt, und das Püppchen mit der eingedrückten Brust tanzt. Die Frauen gehen neben der Karre her. Im gemütlichen Schritttempo ziehen die Bäume vorbei. Erika spricht von der Kammer hinter der Küche, die man freigemacht habe, die frühere Dienstmädchenkammer. Und von einem Flanellstoff ist die Rede, grau mit hellen Kreidestreifen, aus dem sie ihr ein Kostüm machen werde. Dieses Friedland-Kleid sei ja zum Schämen.

Ursula sagt nichts. Seit sie in verdreckten, hundertfach geflickten Schlosserhosen und Arbeiterjacken gegangen ist, seit sie verlauste Watteanzüge, Fußlappen und Holzpantinen getragen hat – nichts hatte Form, nichts die richtige Größe –, schämt sie sich nicht mehr für das, was sie anhat. Es gab eine Zeit, da hatte sie vergessen, was ein Kleid, ein Rock, eine Bluse ist. Es gab eine Zeit, da war sie keine Frau. Eine grenzenlose Müdigkeit ist in ihr.

Weil sie schweigt, sagt Erika, dass sie mit dem Schneidern im Krieg angefangen habe, notgedrungen, gelernt habe sie Putzmacherin. Einer von ihren Hüten werde schon zum

Kostüm passen und eine von ihren Handtaschen wohl auch. Mit den Schuhen, da müsse man mal sehen.

Der Weg zur Wohnung mit der freigemachten Kammer hinter der Küche führt durch den Bürgerpark, ein verwildertes Areal voller Bombentrichter, Baumleichen und Schutthalden. Wildwuchs und Feldmark statt Rasen. Erika entschuldigt den Zustand des Parks, sagt, der Wiederaufbau der Stadt habe Vorrang, vor allem Wohnungen würden gebraucht, die meisten Häuser seien Ruinen, die Trümmer noch nicht alle weggeräumt, Zigtausende hausten in Bunkern, Baracken und Kasernen.

Der Bürgerpark beginnt an einem Oker-Arm hinter dem Bahnhof. Er zieht sich durch die Stadt und öffnet sich im Süden an einem Teich mit Schwänen und Trauerweiden. In Sichtweite das Betriebsgelände der Wolters-Brauerei: rote Ziegelmauern, rote Ziegelgebäude, ein roter Ziegelschornstein bis in den Himmel, an diesem Sonntag ohne die hohe, weiße Wolke.

Dort arbeite er, sagt Ursulas Vater, zeigt hinüber und nennt die Anzahl der Fässer, all die Hektoliter, die er mit einem Kollegen morgens auf den Wagen rollt und im Laufe des Tages hinunter in die Keller von Gasthöfen, Kantinen und Ausflugslokalen. Er spricht von den Brauereipferden, mit denen er täglich unterwegs ist. Tüchtige, zuverlässige Kameraden wie damals in Königsberg seien das.

In Königsberg hatte er mit vierzehn bei der Brauerei Loebenicht als Stalljunge angefangen. Siebzehn war er, als man ihm das erste Mal ein Pferdefuhrwerk anvertraute, hoch beladen mit Bierfässern. Die schwere Lederschürze vor dem Bauch war von nun an, war bis ins erste Kriegsjahr hinein seine Arbeitskleidung, wenn er die Pferde, den Wagen, die Fässer durch die Straßen von Königsberg lenkte, an manchen Tagen bis in die Vororte. Vor Ostern, Weihnachten und Volksfesten dirigierte er einen Vierspänner.

Ursulas Vater und Erika sind ein ungleiches Paar. Hier der Ostpreuße, der Kerl, der Bierkutscher, dort die Braunschweiger Putzmacherin, das zierliche Frauchen, zwei Köpfe kleiner als er. Hier das breite Ostpreußisch, die Marschmusik, dort die Operette, das flinke norddeutsche Mundwerk, das über s-pitze S-teine s-tolpert.

Die Wohnungstür öffnet sich, noch bevor sie im ersten Stock angekommen sind. Das Mehrfamilienhaus aus der Gründerzeit gehört zu den wenigen, die nach der Bombardierung im Oktober 1944 noch bewohnbar waren. In der Tür erwartet sie Erikas Mutter. Hinter ihr, im Dämmerlicht einer Diele, aus der es nach Bohnerwachs riecht, erscheinen nacheinander Erikas Kinder. Ihre Namen kennt Ursula aus Briefen: Christine, Karin, Kriemhilde und Klaus-Peter. Die wenigen Fotos, die es von ihnen gibt, wollte man nicht nach Russland schicken. Nicht alle Briefe kamen an; nicht alle, die einen Brief erhalten hatten, kehrten zurück. Die Kinder stammen aus drei früheren Ehen. Ursulas Vater ist Erikas vierter Mann. Als er stirbt – er stirbt 1964 an Blasenkrebs, Klaus-Peter teilt es ihr auf einer Postkarte in einem dürren Satz mit –, bemerkt sie: »Die bringt noch mehr Männer unter die Erde.«

Es gibt Zuckerkuchen vom Blech und Caro-Kaffee, einen Kaffee-Ersatz aus Gerste. Den dürfen heute auch die Kinder. Ursula trinkt ihn schwarz, verdünnt mit Wasser. Sie muss vorsichtig sein, selbst Kaffee-Ersatz ist ihr Magen nicht gewöhnt. Ihr Magen ist gar nichts gewöhnt. In Friedland wurden sie mit drei Scheiben Brot empfangen.

Auf einer war Wurst, auf einer Käse, eine war mit Marmelade bestrichen. Das ausgehungerte Tier, das ihr Skelett, Haut, Knochen, etwas Fleisch und etwas Seele bewohnt, dieses Tier hatte die Brote verschlungen. Und gallebitter erbrochen.

An diesem 6. Juli 1952 sitzt man um den großen Esstisch in der Wohnstube herum. Charlotte thront vier Sofakissen hoch auf einem Stuhl, ganz Prinzessin auf der Erbse. Und die mag keinen Zuckerkuchen. Und keine Milch. Und keinen Caro-Kaffee. Die mag jetzt überhaupt nichts essen, weil sie Hansi beobachten muss, wie er singt, der Kanarienvogel in seinem Käfig auf der Anrichte.

Die gedrechselten Möbel sind schwarz und wuchtig, das Tischtuch ist aus gestärktem Damast, das Kaffeeservice hat einen Goldrand, die Kuchengabeln eine Silberauflage. Vor ihrer Verschleppung hatte Ursula zuletzt aus einer Porzellantasse getrunken, danach nur noch aus Rostbüchsen oder Blechbechern: geschmolzenen Schnee, Tümpelwasser, mal mit Kaulquappen, mal ohne Mückenlarven, hin und wieder dünnen schwarzen Tee. Etwas wie Glassplitter kreist in ihrem Blut und scheuert sie von innen wund. Die Uhr an der Wand tickt und weiß nichts von der Zeit, die war, die ist, die kommen wird. Zu jeder halben und vollen Stunde schickt sie einen Gong durch den Raum, und die Stuckdecke schickt ein leeres Echo zurück. Dann gerät das Uhrwerk für einen Wimpernschlag aus dem Takt und stolpert, wie Ursulas Herz manchmal stolpert, besinnt sich jedoch und macht weiter. Genau wie ihr Herz.

Die Uhr leidet an der Zeit. Jedes Ding, das Ursula in diesem Wohnzimmer ansieht, leidet an sich selbst: die Möbel an ihrer schwarzen Wucht, das Kaffeeservice an seinem

Goldrand, die Kuchengabeln am Silber, der Kanarienvogel an seinem Gesang.

Ursulas Vater spricht von der Hitze in diesem Juli.
Erikas Mutter spricht von ihrem Rheuma.
Erika spricht von den Kindern,
Christine von der Schule,
Karin von neuen Rollschuhen.
Kriemhilde spricht von ihrer Konfirmation,
Klaus-Peter von seiner Lehre.
Die Namen aus den Briefen finden ihre Gesichter. Stumm hört Ursula zu. Niemand wagt, sie nach Russland zu fragen. Bei Erika und deren Mutter spürt sie die Angst, sie könnte von sich aus berichten, schließlich sitzen Kinder am Tisch. Bei ihrem Vater, 1946 aus englischer Kriegsgefangenschaft entlassen, spürt sie die Angst, unter dem Gewicht des Erzählten zusammenzubrechen. Selbst wenn man sie fragte, mit keiner Silbe würde sie Workutà nördlich des Polarkreises erwähnen, mit keiner Silbe die Lager Swerdlowsk, Tscheljabinsk, Kopejsk und Karabasch im Ural, nicht Sibirien, Taschkent und Samarkand, nicht die Knochenarbeit auf Kolchosen, Öl- und Baumwollfeldern, im Moor, in Kohleschächten, Ziegeleien, Schmelzwerken, mit keiner Silbe den Hunger, das Heimweh, das Sterben. Die Augen der Verhungerten in ihr schauen zu, wie sie Zuckerkuchen isst, und wollen, dass sie schweigt.

An diesem Sonntag geht man früh schlafen. Die neue Woche beginnt um fünf, als Erster muss Ursulas Vater aus dem Haus.

In der weitläufigen Wohnung ist es längst still geworden, als Ursula bei Funzellicht die Riemen des abgestoßenen Holzkoffers aufknüpft. Die graue Filzdecke hängt sie über das Fußende des Bettes, das man für sie und Charlotte organisiert hat. Es ist ein Krankenhausbett. Die Kleine hat sich bloßgestrampelt. Ihr Deckbett, ein bezogenes Kopfkissen, liegt auf dem Fußboden. Ursula hebt es auf und deckt die unruhige Schläferin zu. Vollkommen still liegt sie da, das Gesicht zur Wand, leise atmend, ab und zu schmatzend, weiß und vogelknochig in einem formlosen, dunkelgrünen Schlüpferchen.

Im Zimmer ist es stickig. Es riecht nach alten Socken. Ursula macht das Fenster auf, das hinaus auf den Hinterhof geht, einen ungepflasterten Platz mit Stangen zum Wäschetrocknen und Teppichklopfen. Ein einzelner Baum und sein Schatten wachsen in die erstarrte Nacht. Ihr Blick wandert über die Rückseite des Mietshauses auf der Seite gegenüber. Nirgends Licht, die Fenster schwarze Spiegel, und die Hitze, die sich zwischen den Steinfassaden gestaut hat, dicht wie Gelee. Ursula wünscht sich einen Luftzug. Plötzlich Gelächter irgendwo in der Dunkelheit.

Es sind bleierne Handgriffe, mit denen sie schließlich den Koffer auspackt. Das Auspacken hätte bis morgen Zeit, doch die Angst vor dem Schlaf will, dass sie es jetzt tut. Denn Schlaf ist Traum und jeder Traum eine Öffnung zum Schrecklichen, der Traum besitzt ein Vergrößerungsglas. Das hält er seit ein paar Nächten über den Appellplatz im Lager Kopejsk. Und einen Lautsprecher besitzt der Traum. Der brüllt Nacht für Nacht: »Antreten zum Blutrühren!« Sie tritt an. Dann marschieren sie zu einem Schuppen, die Knochengestalten, die Frauen, die nicht mehr aussehen wie Menschen. Hier bekommt jede ihr Werkzeug, eine Art Paddel. Man führt sie in einen Waschraum, an den Wänden Schweinehaken, an jedem Schweinhaken ein Mensch, und mitten im Raum ein Bottich. Nacht für Nacht das Kommando, der Riss, die Schatten, das Blut.

Ganz oben im Koffer die selbstgestrickte Wolljacke, grau, zu schließen mit einem Metall-Reißverschluss, der nicht zu schließen ist, weil ihm Zähne fehlen. Ebenfalls grau und selbstgestrickt ein paar Fausthandschuhe mit dunkelblauen Norwegersternen auf der Oberseite. Darunter ein Nachthemd, ein Schlüpfer, ein Unterhemd, ein Büstenhalter und für Charlotte ein Hemdchen, ein Höschen, ein Paar hellbraune Söckchen, alles Sachen aus der Kleiderkammer in Friedland.

In die Unterwäsche hat Ursula ein paar Dinge eingewickelt, die in Russland nützlich waren und die sie auch in Deutschland noch würde gebrauchen können: ein Rest Kernseife, zwei Talglichte, etwas Tabak, ein Bleistiftstummel, das Essbesteck, das ihr der Kriegsgefangene Joachim Lang, Charlottes Vater, aus einem Stück Aluminiumblech gemacht hat. Das Messer, die Gabel, der große und der kleine Löffel, im Vergleich zu Kuchengabeln mit Silberauflage wirken sie grob, primitiv, wie Müll. In Russland waren es sakrale Gegenstände. Unser täglich Brot gib uns wenigstens morgen.

Jedes Teil trägt ihr Monogramm: U. K. für Ursula Kindermann. Die Buchstaben hatte Joachim mit einem Nagel eingeritzt und dabei versucht, sie kunstvoll aussehen zu lassen. Doch hier war der Nagel und dort war das Material, das sich dem widersetzte. Auf jedem Teil sieht das Monogramm auf andere Weise hilflos aus, besonders das K, der Anfangsbuchstabe ihres Ehenamens, ihre Wunde.

Behutsam legt sie das Messer, die Gabel, den großen und den kleinen Löffel vor sich auf den Tisch. Der mag einmal ein Küchentisch gewesen sein, denn er hat eine Schublade. Der mag auch lange auf einem Dachboden gestanden haben. Unter der hellblauen Ölfarbe ist die Feinarbeit der Holzwürmer zu erkennen.

Auf dem Kofferboden die Heimatpost, die sie über das Rote Kreuz erhalten durften. Die ersten Postkarten kamen zu Weihnachten 1946 an. Fünfundzwanzig Wörter waren erlaubt, Jahre später erst Briefe. Die brauchten Monate, bis sie die Zensur passiert hatten. Schwarze Balken machten ganze Passagen unleserlich. Und manchmal war da nur ein leerer Umschlag. Ganz unten im Koffer auch ihr Kochgeschirr, ein Blechbehälter mit Deckel und einem Drahthenkel, darin das Entlassungs- und Übergangsgeld für sie und Charlotte, ihr Ehering, ein kleines Foto von Joachim, eine Abschrift des Gerichtsbeschlusses, mit dem ihr Mann sie für tot hatte erklären lassen, um wieder heiraten zu können, und – das Wertvollste für sie – die Heimkehrerbescheinigungen. Als Beginn der Internierung ist bei ihr der 8. Februar 1945 eingetragen, bei Charlotte der 2. Juni 1950, der Tag ihrer Geburt, als Entlassungsdatum jeweils der 4. Juli 1952. Diesen Tag nennt Ursula im Stillen den Tag ihrer Wiedergeburt. Sie nimmt beide Bescheinigungen heraus, liest noch einmal das Ergebnis der ärztlichen Untersuchung. Zustand nach Fleckfieber, Zustand nach Typhus, zum Beispiel Herz, defektes Gebiss, ärztliche Nachbehandlung erforderlich, steht bei ihr. Charlottes Untersuchung ergab keinen Befund.

Ein gesundes Kind zur Welt gebracht zu haben, ist für sie so unbegreiflich wie die Tatsache ihrer Schwangerschaft selbst. Abgemagert wie sie war, ausgezehrt wie alle Lagerfrauen und längst an das Ausbleiben ihrer Monatsblutung gewöhnt, schien ihr Körper zu keinem Kind bereit. Und dann doch. Und dann der Wunsch, es möge nicht geboren werden, nicht jetzt, nicht unter diesen Umständen. Wie sehr sie sich damals wünschte, dieses Kopf-Lurch-Ding, das sich in ihr eingenistet hatte und ihren Körper bald vereinnahmen würde, dieser Parasit möge absterben und von ihrem Körper herausgewürgt werden. Vier Monate lang wünschte sie sich das, genau bis zu jenem Abend, da sie von Joachim erfuhr, dass sein Name nachträglich auf die Liste derjenigen gesetzt worden war, die zurück nach Deutschland durften. Wenn schon nicht er, wenigstens das Kind von ihm sollte ihr bleiben.

Nach einem Jahr gab es wieder einen Heimattransport, und wieder gehörte sie zu denen, die man dabehielt. Wie lange noch Hunger und Stacheldraht? Fünf Jahre hatte sie nun schon durchgehalten, hatte geschuftet wie ein Vieh und deutsche Kriegsschuld abgetragen. 30 Millionen Tote auf russischer Seite. Von der Wolga bis nach Wladiwostok fehlten die Arbeitskräfte, in der Landwirtschaft, Industrie, im Berg-, Straßen-, Schienenbau. Die in Kriegsgefangenschaft geratenen Soldaten und sie, die verschleppten Frauen und Mädchen, hatten sie zu ersetzen. Moskau gab die Normen vor, Normen, die von Hungergestalten nicht zu schaffen waren. In immer neue Lager wurden sie verfrachtet. Sie selbst hatte eine Odyssee hinter sich. Würde sie bleiben müssen, solange der Lagerarzt sie für arbeitstauglich hielt? Vor einem Monat war aussortiert worden. Der Beweis für ihre Brauchbarkeit waren die zu ertastenden Reste einer Gesäß- und Armmuskulatur, waren die Brüste, die etwas Form und damit Fettgewebe hatten und nicht wie Hautlappen an den Rippen herunterhingen. Nach Hause fuhren andere. Nach Hause fuhren jene, deren Arbeitsleistung weniger wert war als der Kanten Brot am Tag, die Schöpfkelle Wassersuppe, der Becher Schwarztee. Nach Hause fuhren die an Tuberkulose Erkranken, die mit den ramponierten Knochen, die irr im Kopf Gewordenen, die mit den Geschwüren am ganzen Körper, die Erblindeten. Doch es fuhren auch relativ Gesunde, durchaus Arbeitsfähige; ein Mann wie Joachim fuhr. Das Auswahlsystem war rachsüchtig und undurchschaubar. Oder gab es Wege und Nebenwege? Joachim war ein *Chudoschnik*, ein Künstler, der die sowjetischen Offiziere und deren Familien in Öl malte.

Als sie mit eigenen Augen den Namen *Joachim Lang* auf der Liste am Anschlagsbrett gelesen, nicht geglaubt, gelesen, wieder und wieder gelesen und dann geglaubt hatte, hatte sie plötzlich Angst um ihr ungeborenes Kind. Auf einmal fürchtete sie, ihr mit Malaria, Fleckfieber und Typhus verseuchtes Blut könnte es umbringen. Die Hände auf dem noch kaum gewölbten Leib, die Finger ineinandergeschoben, flüsterte sie: »Du kleines Kopf-Lurch-Ding, du, lass uns zusammenbeleiben, wir schaffen das. Gib dir Mühe und werde ein Mädchen. Was eine Frau aushält, hält kein Mann aus. Ich bin stark, und du wirst meine starke Tochter sein. Charlotte will ich dich nennen, nach meiner Schwester.«

Mit großer Zärtlichkeit betrachtet Ursula die schlafende Kleine. Sie hat sich auf den Rücken gedreht. Die Arme liegen angewinkelt neben dem Kopf, die Händchen zu weißen Fäusten geballt. Die Lider zucken, der Mund verzieht sich wie zum Weinen. Wovon träumt sie?

Manchmal bereut Ursula, ihre Tochter Charlotte genannt zu haben. Sie konnte nicht ahnen, wie fest diesem

Namen der dumpfe Schlag anhaften würde, mit dem der Kopf ihrer toten Schwester beim Abtransport den Rand der Zinkwanne traf, als man ihre siebzehn Jahre hineinwarf. In der Typhusbaracke hatten sie nebeneinandergelegen, wo man, da Medikamente fehlten, starb oder nicht starb. Ursula selbst fehlte damals die Kraft, sich im Bett aufzurichten, auch nur die Augen zu öffnen. Kein letzter Blick, keine traurige Berührung, kein Abschied, bevor man ihre Schwester in der Zinkwanne hinaustrug. Geblieben ist die Erinnerung an einen Schlag gegen Metall, die Vorstellung von einem Massengrab unweit des Lagers und einem Leichentuch aus Chlorkalk, das über die Toten jener Nacht gebreitet wurde. Am Ende der Epidemie waren es eintausendachthundert.

Der letzte Gegenstand, den Ursula aus dem Koffer nimmt, ist ein gerolltes Ölbild, in der Mitte zusammengebunden mit einer Sackschnur. Sie schiebt es in die hellblaue Schublade, ganz nach hinten. Das mit *J. Lang 1948* signierte Bild wird sie nie aufhängen. Charlotte wird acht Jahre alt sein, als sie an einem verregneten Sonntag nach Buntstiften sucht und es in einer Schublade voller Krimskrams entdeckt, ganz hinten, noch immer gerollt, noch immer gebunden mit der alten Sackschnur. Sie wird auch eine Schere finden, wird die Sackschnur zerschneiden und mit dem Fund, dem Wunderwerk, dem gehobenen Schatz – sehr aufgeregt ist sie – zu ihrer Mutter rennen, um es ihr zu zeigen. Charlotte wird den Ausdruck *orientalischer Kitsch* hören. Das Wort *Kitsch* kennt sie noch nicht, das schnappt sie sich und läuft mit ihm aus dem Zimmer, um gleich und sofort ihren Zeichenblock hervorzuholen.

Bis zum Abendbrot, einen ganzen verregneten Sonntagnachmittag lang malt sie dann in der winzigen Mansardenküche das Bild ab, eine Art Sultanspalast mit Kuppeln und Toren und schlanken, wie Zeigefinger auf den Himmel gerichteten Türmen. Die Tore sind aus Gold, die Wände voller Mosaike. Jeder Stein leuchtet in der Sonne: türkis, smaragdgrün, märchenblau. Ein solches Bauwerk heißt also *Kitsch*, das hat sie sich gemerkt. Das Wort *orientalisch* kennt sie, das gehört zum Kleinen Muck in ihrem Märchenbuch. Wie der Kleine Muck trägt auch der Junge auf dem Ölbild einen Turban, Pluderhosen und Schnabelschuhe. Im Schneidersitz hockt er auf dem Platz vor dem Kitsch und spielt Flöte. Neben ihm ein Bast-Körbchen und vor ihm, wie aus dem Staub gewachsen, eine zügelnde Kobra, den Nackenschild gefährlich gespreizt.

Damit das Gold leuchtet, das Blau wie Märchenblau und das Grün wie Smaragdgrün aussieht, leckt Charlotte die Farbstifte an. Als ihre Zunge ganz bunt und das Bild fast fertig ist, als sie nur noch die Signatur *J. Lang 1948* abmalen muss, bemerkt sie am rechten unteren Bildrand ein schattenhaftes Wort: Samarkand. Sie springt hastig vom Stuhl, der Stuhl kippt um, sie rennt aus der Küche in die Stube, wo die Mutter wie ein schwarzer Umriss im Halbdunkel sitzt und raucht.

»Mama, was ist Samarkand?«

Das rote Auge der Zigarette glüht auf und gleitet zum Aschenbecher. In der Stille das lange Ausatmen von Rauch. Dann kehrt das Glutauge in den Umriss zurück.

»Samarkand ist eine Stadt.«

»Wo?«

»In Asien.«

»Ist das weit von hier?«

»Sehr weit.«
»Wie weit?«
»Viele tausend Kilometer.«
»Oh ... Ist das weiter als zum Mond?«
»Das ist in einer anderen Welt.«

Charlotte rutscht zu ihrer Mutter aufs Sofa, die nimmt sie in den Arm, Charlotte lehnt den Kopf an ihre Schulter, die duftet, wie nur ihre Mutter duftet, und die duftet wie nichts auf der Welt, sie duftet wie der Himmel. Da ist der Rest eines Parfüms, der Zigarettenrauch in ihrem Haar, und ein paar Sätze lang ist er noch in ihrem Atem, als sie zu erzählen beginnt:

»Auch in Samarkand gab es ein Gefangenenlager. Wir wurden aus dem Ural zum Baumwollpflücken dorthin verlegt. Die Landschaft ist vollkommen flach. Du musst sie dir als eine endlose Ebene vorstellen, den Horizont in allen Richtungen wie mit dem Lineal gezogen, und von Horizont zu Horizont weiße Baumwollfelder, den Himmel heiß und wolkenlos. Jeden Tag. Ein Glutofen. Das Wasser, das die Baumwolle zum Wachsen braucht, kommt aus großen Flüssen. Sie transportieren es durch Wüsten und tragen die dunklen Namen dieser anderen Welt. Amudarja. Syrdarja.

Morgens wurden wir mit einem schrottreifen Lkw hinaus auf die Felder gekarrt, wir saßen auf der offenen Ladefläche, bewacht von einem Posten und seinem Maschinengewehr. Die Pisten waren staubig und voller Schlaglöcher. Die Samenkapseln, aus denen man die Baumwollfasern lösen muss, haben scharfe Kanten. Sie reißen dir die Finger auf. Du arbeitest mit Blut verkrusteten Händen. Das Schlimmste aber ist der Durst. Du hast Wasser dabei, in einer Feldflasche, du musst es dir gut einteilen. Mittags schwinden dir die Kräfte vor lauter Durst, du wirst gleichgültig und leer. Aber du machst weiter, mit Flammen vor den Augen, Krusten am Mund und einem verkleisterten Gaumen, weil du die Arbeitsnorm erfüllen musst. Baumwollpflücken ist Sklavenarbeit. Wer die Norm nicht schaffte, dem wurde die Essensration gekürzt, wer sie übererfüllte, bekam einen Passierschein, der durfte das Lager für einige Stunden verlassen. Wer das Lager verließ, ging auf den Bazar: betteln, stehlen, tauschen, was er gestohlen, organisiert, abgezweigt hatte. Zwei Hände Baumwolle gegen einen Teelöffel Salz.

Dein Vater machte auf dem Bazar kleine Kohle-Skizzen von den Händlern und dem Betrieb dort, die Farben schrieb er an den Rand. Die Blätter, auf die er zeichnete, hatte er sich aus Zementsackpapier zurechtgeschnitten. Die Zeichenkohle machte er aus dünnen Birken-Ästen, die er in eine alte Konservendose steckte und für ein paar Stunden ins Feuer legte.«

Charlotte will mehr über Samarkand und ihren Vater wissen. Doch die Mutter erzählt ihr nur von einem aus Sternen gemachten Nachthimmel über der Steppe.

Noch liegt der Regensonntag, an dem Ursula ihrer Tochter das alles erzählen wird, in der Zukunft, und in einer noch ferneren Zukunft liegt der Tag, an dem ihre Tochter über den Regensonntag schreiben wird.

Ein Kamm ist der letzte Gegenstand, den Ursula aus dem abgestoßenen Holzkoffer nimmt, mit dem sie heute in Braunschweig angekommen ist.

Die ersten Wochen sind für Ursula Tage in der Fremde. Deutschland ist nicht mehr Deutschland. Dieses Land hat mehr verloren als den Krieg, es ist ein Land zum Weinen.

Braunschweig ist zum Weinen. In Braunschweig will sie nicht bleiben. Braunschweig ist in Nichts mit Königsberg zu vergleichen. Braunschweig atmet Provinz. Man ist stur. Offene Arme: nirgends. Überall Ellenbogen. Es ist eng geworden. Flüchtlinge, Vertriebene, Heimatlose, Ausgebombte suchen eine Bleibe. Zigtausend sind es. Kaum einer hat Arbeit. An den Straßenecken stehen Blinde mit Bauchläden und leiern: »Schnürsenkel, Schuhcreme, Bohnerwachs; Bohnerwachs, Schuhcreme, Schnürsenkel...« Sie braucht keine Schnürsenkel, keine Schuhcreme, kein Bohnerwachs, und einen Mitleidsgroschen hat sie auch nicht. Sie geht vorbei. Mitleid hat sie verlernt, sich selbst und anderen gegenüber. Gestern in der Straßenbahn spürte sie es am Entsetzen der anderen Fahrgäste. Ein Kriegsversehrter war eingestiegen, ein Mann mit einem Schiefgesicht und einer wie von Axthieben getroffenen Stirn. Sie hatte Schlimmeres gesehen.

Nur auf den Ämtern begegnet Ursula dem alten Deutschland wieder. Die Wartebänke sind so lang wie vor dem Krieg. Sie braucht eine Geburtsurkunde für Charlotte. Doch auf dem Rathaus sagt man ihr, erst müsse der Gerichtsbeschluss aufgehoben werden, mit dem sie für tot erklärt wurde, denn eine Tote könne kein Kind zur Welt gebracht haben, und außerdem sei man nicht zuständig, Geburten im Ausland würden in Berlin vom Zentralen Standesamt I beurkundet. Dorthin müsse sie sich »bitteschön« wenden.

Dass eine Tote kein Kind zur Welt gebracht haben kann, sieht sie ein, auch dass nur sie selbst die Aufhebung jenes Gerichtsbeschlusses beantragen kann. Der Antrag ihres Vaters war seinerzeit abgelehnt worden, er hatte die

25-Wort-Postkarten vorgelegt, die sie aus der Gefangenschaft schreiben durfte. Das Gesetz aber wollte keine Postkarten von irgendwem irgendwo aus Russland anerkennen, und erst recht wollte es keinen Antrag von einem nicht antragsberechtigten Vater. Am 29. August 1952 hat Ursula einen Termin im Amtsgericht, damit sich das Gesetz persönlich von ihrer Existenz überzeugen kann. Also erscheint sie pünktlich um 9 Uhr 30 im Zimmer A 039. Der Stuhl ist hart, den der Rechtspfleger Obergerichtsrat Mann ihr anbietet. Wie in allen Amtsstuben liegt ein Aktenstapel auf seinem Schreibtisch, steht ein Geranientopf in der Fensterbank, findet sich in einer Ecke die offene Aktentasche mit der Thermoskanne und der Brottrommel. Amtsstuben machen Ursula traurig.

Nein, einen Ausweis besitze sie nicht, antwortet sie, auch kein Dokument, mit dem sie ihre Identität belegen könne, alle Urkunden seien bei den Bombenangriffen auf Königsberg verbrannt. Dann müsse sie eidesstattlich versichern, wer sie sei. Der Rechtspfleger belehrt sie mündlich und schriftlich über die strafrechtlichen Folgen falscher Angaben und spannt einen weißen Bogen in die Schreibmaschine. Auf einer solchen behäbigen schwarzen Adler hatte Ursula in der Handelsschule Maschineschreiben gelernt. Sie betrachtet ihre Hände.

Name? Wann und wo geboren? Konfession? Eltern?

Ursulas Antworten kommen rasch. Zwischen den Fragen hört sie dem Stakkato der Anschläge zu, dem wechselnden Rhythmus von Umschalt- und Leertaste: unterstreichen, weiterschreiben, schalten, neue Zeile, weiterschreiben.

»Familienstand?«

Hier zögert sie: »Den weiß ich nicht.«

Der Rechtspfleger hebt den Kopf, in seinen Brillengläsern, klein und seitenverkehrt, ihr Gesicht vor Aktenschränken.

»Gute Frau, Sie wissen Ihren Familienstand nicht?«

»Guter Herr Mann, ich weiß ihn nicht.«

Er atmet tief ein.

»Sind Sie ledig?«

»Nein.«

»Geschieden?«

»Nein.«

»Verwitwet?«

»Nein. Und bevor Sie mich fragen, ob ich verheiratet bin, frage ich Sie: Bin ich das noch, wenn mein Mann eine neue Ehe eingegangen ist, während ich in Russland war?«

Ursulas Stimme ist leise und formlos geworden.

Der Rechtspfleger löst die in Schreibposition gebrachten Finger von der Tastatur, richtet den Oberkörper auf und sieht sie an, hilflos. Dann erhebt er sich vom Schreibtisch, begibt sich ans Fenster zu seiner Geranie und zupft ihr ein vertrocknetes Blatt vom Stängel. Ursula sind die Tränen in die Augen geschossen, sie sucht vergeblich nach einem Taschentuch. Der Rechtspfleger schaut hinaus auf die Straße. Ursula spricht in seinen Rücken, weil es sich in einen Rücken leichter spricht als in das Gesicht eines Obergerichtsrats, der einen Antrag auf Aufhebung eines Todesbeschlusses aufnehmen soll.

»Will man überhaupt mit einem Mann verheiratet sein, der nach dem Krieg nichts Eiligeres zu tun hatte, als das Todeserklärungsverfahren für seine Frau zu betreiben?«, sagt sie. »Die Voraussetzungen dazu lagen vor, das stimmt. Es gab ja keine Nachricht von mir, niemand konnte Auskunft über mich geben und die Ereignisse in Ostpreußen, alles, was den Bombardierungen und dem Einmarsch der Roten Armee folgte, sprach ja dafür, dass ich nicht mehr am Leben war.«

Sie macht eine Pause. Ihr Blick streift einen Aschenbecher voller Büroklammern. Im Nebenzimmer läutet das Telefon.

»Wissen Sie, was ich denke? Ich denke, dass die Anfrage meines …, dass seine Anfrage beim Suchdienst des Roten Kreuzes allein den Zweck hatte, die Standard-Auskunft vorweisen zu können, die in solchen Fällen lautete: im Krieg vermisst. Der magere Inhalt der Russland-Kartei war allgemein bekannt. Jeder wusste, dass sie kaum Namen enthielt, dass sie aus den wenigen Angaben der wenigen bestand, die bis dahin zurückgekehrt waren. Anders als England, Frankreich und die USA hatte die Sowjetunion ja ihre Gefangenen dem Suchdienst nicht mitgeteilt. Ich war tot und er konnte wieder heiraten. Nein, er hatte nicht mit dem Herzen nach mir gesucht. Da war eine andere. Als ich es erfuhr, mit der ersten Post, die wir Ende 1946 erhielten, ausgerechnet zu Weihnachten, war er bereits verheiratet und hatte einen Sohn.«

Der Gedanke presst Ursula das Herz zusammen. Noch immer. Bis zu jener Nachricht hatte sie in Liebe und Sehnsucht an ihren Mann gedacht. Danach nur noch im Zorn, enttäuscht und tief verletzt. Ihre Trauer dauerte ein Jahr. Danach gab es Joachim.

»Das war die Rechtslage nach dem Krieg«, sagt der Rechtspfleger zur Straße hinaus, »in Friedenszeiten hätte Ihr Mann zehn Jahre auf Sie warten müssen«. Dann dreht er sich um. »Die neue Ehe dürfte nichtig sein. Ich rate Ihnen zu einem Anwalt.«

»Einen Anwalt kann ich mir nicht leisten.«

»Aber Sie können Armenrecht in Anspruch nehmen, das Fürsorgeamt hilft Ihnen weiter«, sagt er, setzt sich wieder an den Schreibtisch und überfliegt das Geschriebene auf dem Bogen in der Maschine. Dann beginnt er zu tippen.
»Familienstand verheiratet«, murmelt er.
Verheiratet. Das sind elf trockene Anschläge.

Die kommenden Wochen sind Behördenwochen. Ursula stellt Anträge, füllt Formulare aus, schreibt Briefe, erhält Beschiede. Sie sitzt Beamten, Vormundschaftsrichtern, Fürsorgerinnen gegenüber, und einem Anwalt, der ihr rät, auf Fortsetzung ihrer Ehe zu klagen, solche Verfahren zögen sich hin, bis zur Scheidung habe sie Anspruch auf Unterhalt. Er bestätigt ihr, dass die zweite Ehe ihres Mannes nichtig ist, sein Sohn damit unehelich und Charlotte – rechtlich betrachtet – seine Tochter. Nach Paragraf soundso des Bürgerlichen Gesetzbuches, der so genannten Vaterschaftsvermutung, gelte zunächst der Ehemann als Vater.

Ihn, Erwin Kindermann, setzt das Zentrale Standesamt I in Berlin als Vater in Charlottes Geburtsurkunde ein. Erwartungsgemäß ficht er die Vaterschaft an, erwartungsgemäß bekommt er Recht, da er, wie es heißt, *mit der Kindesmutter zum Zeugungszeitpunkt nachweislich keinen ehelichen Verkehr hatte.* Joachim aber erkennt die Vaterschaft nicht an. Ursula begreift das nicht, begreift auch nicht, warum er möchte, dass sie ihm postlagernd nach Hamburg schreibt. Warum darf seine Tante, bei der er untergekommen ist, nicht wissen, von wem er Post erhält? Ursula bittet ihn um Alimente. In einem Brief kommen 5 D-Mark an, zusammen mit einem kurzen Gruß. Zur Anerkennung der Vaterschaft kein Wort. P. S.: »Ich bin sehr krank, ein Nervenleiden.« Ursula geht zum Jugendamt. Und wieder ist da ein Gesetz. Dieses Mal bestellt es einen Vormund für ihr vaterloses Kind.

In diesen Wochen bekommt sie fast täglich Post. Die Briefe von Behörden und Gerichten sind schon von außen an den blauen, nie richtig zugeklebten Umschlägen zu erkennen. Heute schiebt der Postbote bloß einen solchen blauen Umschlag durch den Briefschlitz in der Wohnungstür. Lautlos fällt er in den Flur. Ursula, die auf dem Weg in die Waschküche ist, stellt den Wäschekorb ab. Sie will warten. In Kittelschürze, Gummistiefeln und dem dunkelblauen, im Nacken geknoteten Kopftuch mag sie sich dem Mann, der zur tadellosen Postuniform stets glänzend gewienerte Stiefel trägt, nicht zeigen.

Vor ein paar Tagen hätte er sie sehen sollen! Da hatte sie zur neuen Dauerwelle das von Erika geschneiderte Kostüm spazieren getragen. Das taillierte Jäckchen hatte sie offengelassen, damit auch die Seidenbluse zur Geltung kam, der weiße Spitzeneinsatz, die Glaskugelknöpfe. Vom Entlassungsgeld hatte sie sich die gekauft, dazu Pumps und eine Handtasche und einen Lippenstift in Kirschrot, wie es Mode ist. Diese Dinge waren so schön wie unvernünftig, und taten so gut, als sie – die Handtasche in die Armbeuge gehängt wie die Damen aus den Modeheften – durch die Stadt ging, an der Hand Charlotte in schwarzen Lackschühchen und einem rosa Hängerkleid mit gesmokter Passe. Sie pflückte die Blicke der Passanten, ganze Sträuße.

Beim Abendbrot dann Erikas Beschimpfungen. Der Lippenstift sei hurenrot, die durchsichtige Spitzenbluse schamlos, die Stöckelschuhe aufreizend; man hätte ihr verbieten sollen, in diesem Aufzug das Haus zu verlassen. Sie sei wohl auf einen Mann scharf. Ob ihr ein Gör ohne Vater nicht reiche? Käme sie mit noch einem an, solle sie sehen, wo sie bleibt, aber nicht bei ihnen in der Wohnung ...

Erikas Worte schnitten in sie hinein. Doch bis dahin, wo es wehtut, reichten sie nicht. Bis dahin reicht nichts mehr. Das trifft nur stumpf auf. Sie antwortete nichts, sah Erika nur an, ließ ihr Bild klein, ließ es stecknadelkopfgroß werden, während ihr Vater seine Brotscheibe mit Leberwurst bestrich und bestrich.

Hatte sie wirklich dermaßen übertrieben? Eine gutaussehende Frau hatte sie sein wollen, wie früher. Die Eitelkeit ist zurückgekehrt, seit sie zugenommen hat. Ihr Busen ist voller, die Hüften sind weiblicher geworden, die Hungerwangen haben sich geglättet, die harten Augenschatten verloren. Ihr neues Gesicht ist zartbitter und schön.

Noch ein zweites Mal öffnet sich die Briefklappe. Ein cremefarbenes Kuvert im Längsformat rutscht hindurch. Als der Schatten des Postboten hinter dem geriffelten Glaseinsatz verschwunden ist, hebt sie die Briefe auf. Beide sind für sie. Der blaue stammt vom Arbeitsamt, der cremefarbene von einem Konrad Färber aus Düsseldorf.

Ach ja, Konrad Färber, hieß er. An seinen Namen hätte sie sich vermutlich nie wieder erinnert. Sie hatte ihn in Friedland kennengelernt. Er war ein Spätheimkehrer wie sie, entlassen aus russischer Kriegsgefangenschaft, und am selben Tag in Friedland angekommen. Zwei Stunden hatten sie auf ihre Registrierung warten müssen, hatten sich unterhalten und abends im Speisesaal wiedergesehen. Er werde ihr schreiben, versprach er, als sie sich zwei Tage später auf dem Bahnhof trennten. Ihre Züge gingen in verschiedene

Richtungen. Männer versprechen viel, dachte sie. Sein Kuss überraschte sie. Hatte er ihr Lächeln missverstanden und ihre Blicke falsch gedeutet? Sie spürte, dass dieser Mann zum ersten Mal im Leben mit seinem Mund die Lippen einer Frau berührte: zitternd, kraftlos, flach. Sie vergaß sein Gesicht, seinen Mund, behielt nur im Kopf, was er über den Marsch in die Gefangenschaft gesagt hatte: »Wir gingen mit allem Grauen dieser Welt vor dem, was uns nach Stalingrad erwarten würde; ich war neunzehn, mein Leben war mit neunzehn zu Ende. Wie ich die Toten beneidete.«

Dass er mit königsblauer Tinte schreibt, gefällt ihr; seine Schrift ist ihr weniger sympathisch. Die Buchstaben ducken sich weg und sind wie durch Spinnenbeine verbundenen. Jetzt aber muss sie sich beeilen, Erika und ihre Mutter erwarten sie in der Waschküche. Der Brief wird ihre Abendlektüre sein, falls sie nicht wieder so erschöpft ist wie nach der letzten großen Wäsche. Da war sie beim Abendbrot am Küchentisch eingeschlafen, so fest, dass sie nicht mitbekam, wie abgeräumt, abgewaschen, abgetrocknet und das Geschirr in die Schränke geräumt wurde.

Auf dem Weg in den Keller werden ihr die Arme schwer von dem Berg dunkler Sachen im Korb. Er ist jetzt nach der Weißwäsche an der Reihe. Mit einer Schulter drückt sie die Tür zur Waschküche auf. Dampfschwaden kommen ihr entgegen. In den Dampfschwaden Charlotte wie ein fuchtelndes Rumpelstilzchen: »Weg da, weg da, du Nebel, weg da!« Erika hat soeben den Deckel vom Waschkessel genommen und angelt mit einer Holzstange Weißes aus der kochenden Lauge: Bettbezüge, Laken, Kopfkissen. Ein Stück nach dem anderen klatscht in den Holzzuber neben ihr. Erikas Mutter kippt eimerweise kaltes Wasser dazu.

»Steh nicht rum, Ursula, da drüben stehen noch mehr Eimer!«

Ursula stellt den Wäschekorb auf den Boden und lässt sich auf einen Holzschemel fallen. Lichtpunkte blitzen und schwirren an ihrer Stirn vorbei. Sie spürt ihr Herz, spürt es im Hals, spürt es einen Moment lang gar nicht, spürt nur eine Faust unter den Rippen und etwas wie Todesangst. Dann stolpert es wieder vorwärts, ihr Herz. Sie lehnt den Kopf an die Wand und schließt die Augen. Erikas Stimme schwankt auf sie zu.

»Wenn du die Güte hättest, deinen Arsch zu bewegen, wären wir dir dankbar.«

»Mir ist schwindelig«, sagt Ursula.

»Mal wieder«, sagt Erika.

Ursula steht auf, um dann mit Erika und ihrer Mutter die Eimer mit der eingeweichten Unterwäsche in den nächsten Waschkessel zu kippen. Als er voll ist, hieven sie ihn zu dritt auf den Ofen, legen noch einmal Feuerung nach und fangen an, die Wäsche im Holzzuber klarzuspülen. Sechs Arme drücken die weiße Kochwäsche wieder und wieder durch frisches Wasser, wringen jedes Stück aus und werfen es in die bereitstehende Zinkwanne, in der am Wochenende in der Waschküche gebadet wird. Der nasse Haufen wächst.

Auch Charlotte hat heute große Wäsche. Erikas Mutter hat ihr eine rostfleckige Emaille-Schüssel gegeben, dazu ein Kinderwaschbrett, und ihr gezeigt, wie sie Opas buntkarierte Taschentücher rubbeln und in die Lauge tauchen muss, damit sie schön sauber werden. Derweil hat sich in der Senke um den Bodenabfluss ein verlockendes Planschbecken gebildet. Charlotte lässt Opas Taschentücher liegen und hockt sich hinein. Eine Armlänge entfernt sind Wäscheklammern auf den Boden gefallen. Die angelt sie sich. Wie kleine Holzmenschen sehen sie aus, ihr Bauch ist aus einer Metallschnecke gemacht. Drückt man die Beine zusammen, schnappen sie mit dem Kopf, und wenn man sie durchs Abflussgitter steckt, verschwinden sie.

»Hör auf damit!«

Zwei Gummistiefel sind neben Charlottes Hände getreten. Ihr Blick fliegt erschrocken an Erikas Kittelschürze hoch. Der Saum macht eine Bewegung auf sie zu. Eine Hand hascht nach ihrer Hand und will ihr die Holzmenschen wegnehmen, aber Charlotte will sie sich nicht wegnehmen lassen. Die Hand versucht, ihr die Finger aufzubiegen.

»Mamaaa, Mamaaa!«

»Lass das Kind los, Erika!«

Ursula ist sofort bei Charlotte und nimmt sie auf den Arm. Charlotte, die jetzt auf Augenhöhe mit Erika ist, hebt wütend die kleine Hand, in der Hand die Wäscheklammern. Was sie vorhat, ist ihr anzusehen. Erikas Zeigefinger schnellt in die Höhe.

»Untersteh dich, du kleine Kröte!«

»Selber Kröte!«

»*Kröte* sagt man nicht«, sagt Ursula und streicht beruhigend über Charlottes Arm.

»Kröte, Kröte, Kröte …«

Ein Waschtag frisst die Kräfte. Er macht die Beine schwer, die Schultern lahm, den Rücken steif. Mittags sind die Hände aufgequollen und die Arme rot bis zu den Ellenbogen; Kerbtiere schaben, raspeln, schmirgeln in allen Gelenken und in den Gummistiefeln läuft es sich wie auf

Schwämmen. Ein Waschtag ist ein Tag in der Sauna. Unter der Kittelschürze rinnt der Schweiß an den Schenkeln hinunter, tropft aus den Achseln, fließt von der Stirn, hängt wie Tau an den Wimpern.

An einem Waschtag fällt das Mittagessen aus. Wer Hunger hat, schmiert sich eine Stulle. Halb zwei ist es, als Ursula endlich eine Pause machen kann. Auf dem Küchentisch ein Brot, ein Messer, ein Margarinetopf und die Henkelbecher von Karin, Christine und Kriemhilde. Sie hatten es eilig, um nach der Schule ins Schwimmbad zu kommen. Noch ist Sommer. Die große Kanne Pfefferminztee haben sie ausgetrunken.

»Wasser schmeckt uns auch, nicht wahr, Charlottchen.«

Aus der Leitung kommt ein lauwarmer Strahl. Das Wasser riecht stark gechlort und wird auch durch längeres Laufenlassen nicht wirklich kühler. Ursula füllt ein großes und ein kleines Glas. Dann schneidet sie zwei Scheiben Brot ab. Die Margarine ist beinahe flüssig. Charlotte möchte lieber Marmelade. Doch weil es Marmelade nur am Sonntag gibt, und die Mutter mit ihr auch nicht spielen mag, dass heute Sonntag ist, besteht Charlotte darauf, wenigstens wie ein Jungspatz gefüttert zu werden. Also schneidet Ursula die Scheibe in Häppchen.

»Schnabel auf!«

Sie ist froh, dass ihre Tochter überhaupt etwas isst, eine halbe Scheibe, nur das Weiche. Die abgeschnittene Rinde isst sie selbst, andächtig, Brot ist ihr heilig.

Charlotte kaut und kaut.

»Schlaf nicht ein beim Essen!«

Ursulas Blick heftet sich an einen fernen Punkt: Man hat ihr Charlotte zum Stillen an die Brust gelegt. In Brest-Litowsk ist sie zur Welt gekommen. In dieser Stadt an der Grenze zu Polen hatte der versprochene Transport in die Heimat plötzlich sein Ende gefunden. Obwohl der Zug sich dieses Mal tatsächlich in Richtung Westen in Bewegung gesetzt hatte, und nicht wie so oft nur weiter nach Osten, stand am Ende doch nur wieder ein Lager. Sie streichelt die Wange des weißen Säuglings, so zart, als würde sie eine Wolke berühren. Achtundvierzig Stunden ist Charlotte alt. Fünf Pfund und hundert Gramm hat sie bei der Geburt gewogen. Sie trägt das kleine Kopftuch, das man in russischen Krankenhäusern den Neugeborenen umbindet, um sie vor Zugluft und abstehenden Ohren zu schützen. Der dunkelblaue Stoff macht ihr winziges Gesicht mit den zusammengekniffenen Augen totenblass. Da ist nichts Rosiges. Sie trinkt zu wenig. Das Saugen erschöpft sie so sehr, dass ihr nach wenigen Augenblicken die Brust entgleitet. »Schlaf nicht ein, mein Kind.« Der Lagerarzt stellte eine ausgeprägte Blutarmut fest. Er sprach gut Deutsch und erklärte ihr, der Mutter, dass ihm kein anderes Mittel als eine Direktübertragung von Blut zur Verfügung stehe und sie mit der Blutgruppe 0 die ideale Spenderin sei.

Wie eine junge, entkräfte Taube lag Charlotte in seinen Händen, ihr Körper so winzig und so weiß, seine Finger so monströs und die Spritze ein Mordinstrument, das er ihr in die Seite stach. Dieser Anblick ließ das Bild hinter Tränen verschwimmen, die Knie brachen ihr weg. Aus ohnmächtiger Ferne hörte sie ihr Kind um sein Leben schreien. Damals wusste Ursula noch nicht, dass jemand, der Malaria hatte, kein Blut spenden darf.

Charlotte kaut und kaut.

»Schlaf nicht ein beim Essen!«

Durch das Küchenfenster sieht Ursula, wie Erika im Hof zwischen der aufgehängten Wäsche steht. Sie prüft, was trocken ist und schon abgenommen werden kann. Ein Laken nach dem anderen zieht sie von der Leine. Wie hinter Vorhängen kommen Reihen voller Schlüpfer, Büstenhalter, Unterhosen, Hemden, Socken und Söckchen zum Vorschein. Erikas Nachthemd neben ihrem Nachthemd, das eine himmelblau, das andere geblümt, für einen Moment sanft angehoben vom Wind, dann wieder der Sonne überlassen.

Was für ein friedliches Nebeneinander, denkt Ursula und wünscht sich, das Zusammenleben zwischen Erika und ihr würde genauso friedlich aussehen. In den letzten Wochen gab es viel Streit. An den Tagen vor ihren Tagen – jede überempfindlich und reizbar – zankten sie sich am heftigsten. Die Abneigung ist gegenseitig. Vom ersten Augenblick an war sie da, gleich auf dem Bahnhof, und so wenig zu erklären wie spontane Sympathie.

Ihr Streit ging um Alltäglichkeiten: Essenkochen, Einkaufen, Saubermachen. Oder um Charlotte, die angeblich zu lebhaft ist, frech und zu widerspenstig, alles anfasst und die Spielsachen der Großen kaputtmacht. Oder es ging um Erikas ungebetene Ratschläge: Willige in die Scheidung ein. Wechsel den Anwalt. Lass endlich einen Vaterschaftstest machen. Hör mit dem Rauchen auf. Wirf diesen roten Lippenstift weg. Zieh andere Schuhe an, auf solchen Absätzen wirst du dir die Hacken brechen.

Manchmal schluckte sie nur, manchmal heulte sie los, manchmal wurde sie laut, manchmal verließ sie wortlos das Zimmer. Einmal war sie drauf und dran, Erika anzuspucken. »Joachim werde schon wissen, warum er die

Vaterschaft nicht anerkennt«, hatte sie gestichelt, »manche Frauen in den Lagern sollen ja die reinsten Huren gewesen sein.« Danach sprachen sie tagelang kein Wort miteinander, da knallten sie nur die Türen.

Wenn sie könnte, würde sie ausziehen. Sofort. Doch es gibt keine Wohnungen, kein Zimmer zur Untermiete, nichts. Dankbar solle sie sein, Unterschlupf bei Verwandten gefunden zu haben, sagte ihr die Sachbearbeiterin auf dem Wohnungsamt, eine mütterliche, überarbeitet wirkende Frau in gestreifter Hemdbluse, dunklem Rock und kräftigem Schuhwerk. Wovon sie überhaupt die Miete zahlen wolle? Falls sie 15 Pfennig am Tag aufbringen könne, in den ehemaligen Luftschutzbunkern werde hin und wieder was frei; derzeit seien sie mit Flüchtlingen überbelegt. »Soll ich Sie auf die Dringlichkeitsliste setzen?« Ursula dankte. Luftschutzbunker kannte sie aus dem Krieg. Von außen und von innen. Nie wieder wollte sie einen betreten. Dennoch machte sie einen Umweg, als sie vom Wohnungsamt kam, um sich den Bunker am Madamenweg anzusehen.

Da stand sie vor einem Koloss aus Beton, fünf Stockwerke hoch, die Fenster Schießscharten. Für einen Fingerhut Licht. Hinter der eisernen Eingangstür schlug ihr schwarze Luft entgegen. Die roch nach Unrat, Latrine, Ratten, auch der Knoblauchgestank von Karbidlampen war da. Im Halbdunkel nahm sie zwei Gestalten wahr, die auf sie wie letzte Überlebende wirkten. Jemand riss eine Tür auf, eine Frau schrie, etwas polterte und von irgendwoher kam der Singsang eines Kindes, das für sich singt.

»Mama, füttern!«

Jungspatz Charlotte zupft an ihrer Kittelschürze und sperrt den Schnabel auf.

An diesem Abend duftet es in der ganzen Wohnung nach Wäsche, die an der frischen Luft getrocknet wurde. Drei Körbe voll stehen davon im Flur und überlagern den Familiengeruch, als sei hier nie Fisch gebraten, nie Kohl gekocht, nie der Fußboden gebohnert worden, als hätte in diesen Wänden nie ein Bierkutscher seine Stiefel ausgezogen und nie jemand – mal wieder – die Klotür offengelassen.

Ursula und Kriemhilde legen die Wäsche zusammen. Das sei ja wie beim Tauziehen, sagt Kriemhilde und lacht, dass ihr Pferdeschwanz fliegt. Sie hat das eine Ende des Lakens gefasst und zieht, während Ursula am anderen Ende in die entgegengesetzte Richtung zieht. Mit ganzer Kraft zurren und recken sie das Bettlaken. Würde die eine loslassen, würde die andere rückwärts durch den Flur schießen. Ein Blick, ein Nicken, dann nehmen sie die Arme auseinander, halten das Laken wie ein Sprungtuch, schlagen die langen Seiten übereinander, halbieren die Bahn, indem sie aufeinander zugehen, halbieren sie ein zweites Mal längs, ein zweites Mal quer und packen das Stück auf den Stapel für die Heißmangel. Dann greifen sie sich das nächste Laken. Mit einem Schulterblick versichert sich Kriemhilde, dass sie genügend Abstand zur Wand hat.

»Du, Ursel, muss eine Sekretärin hübsch sein?«

»Warum fragst du?«

»Ich möchte später mal Sekretärin werden, aber Karin und Christine sagen, dazu bin ich zu hässlich. Du warst doch Sekretärin ...«

»Ich war Stenotypistin ...«

»Ist das nicht dasselbe?«

»Nicht ganz.«

»Aber sag doch mal, muss man hübsch sein?«

Ursula weiß nicht, wie sie einem vierzehnjährigen Mädchen antworten soll, das lieb und nett ist, aber in Rechtschreibung ein *ausreichend* hat, ein *ausreichend* auch im Rechnen und sogar im Turnen. Kriemhilde tut ihr leid, wegen der Hasenscharte, die ihr Gesicht entstellt, und ihrer näselnden Stimme. Wenn sie spricht oder lacht, hält sie die Hand vor den Mund. Ursula mag Kriemhilde, ihre Freundlichkeit und ihr treuherziges Wesen. Die Annäherung ging von diesem Mädchen aus. Zaghaft, leise und voller Unsicherheit suchte sie Kontakt zu denen, die für ihre Mutter ein Ärgernis sind, die stören, nichts haben, sich breitmachen und durchgefüttert werden wollen. Ursula weiß, wie Erika denkt.

»Lass dir nichts einreden«, sagt Ursula, »als Sekretärin musst du vor allem Rechtschreibung und Zeichensetzung beherrschen, du musst stenografieren und Schreibmaschine schreiben können. Im letzten Jahr auf der Handelsschule wurden von uns 210 Anschläge verlangt, in der Minute, im Zehn-Finger-System und ohne hinzugucken. Schummeln ging nicht, weil keine Buchstaben auf den Tasten standen. Und zur Prüfungen wurden uns zusätzlich noch Augenmasken verpasst.«

Kriemhilde lässt die Arme sinken, die Zipfel des Lakens hängen ihr wie traurige Hasenohren aus den Händen.

»In Diktat bin ich ganz schlecht.«

»Dann lass uns üben«, sagt Ursula, obwohl sie ahnt, dass es vergeblich sein wird.

Bis zum Abendbrot haben sie die ganze Wäsche zusammengelegt und das, was zur Heißmangel muss, separat gestapelt.

Ursula ist zum Umfallen müde, als sie sich in ihre Kammer zurückziehen kann. Charlotte ist beim Spielen auf dem Fußboden eingeschlafen. Zusammengerollt wie eine Katze liegt sie auf den blanken Dielen, im Arm den vom Spielen schlaff und schäbig gewordenen Affen; Kriemhilde hat ihn ihr geschenkt. Charlotte schläft so fest, dass sie nicht aufwacht, als Ursula sie hochnimmt und ins Bett legt, in das gemeinsame, weiße Krankenhausbett. Charlotte schläft auf der Wandseite. Ursula schiebt ihr ein Kissen unter den Kopf und streicht ihr die Haare aus der Stirn. Den Affen knotet sie um den Bettpfosten. Einen Moment bleibt sie auf der Bettkante sitzen. Am liebsten würde sie sich noch in Kittelschürze neben ihr ausstrecken und die Augen zufallen lassen. Schlafen und traumlos sein. Doch sie will noch rasch die beiden Briefe lesen, die heute für sie gekommen sind. Wenigstens überfliegen will sie, was ihr Konrad und was ihr das Arbeitsamt geschrieben haben. Und endlich eine rauchen will sie.

Es ist die zweite Zigarette, die sie heute auf der Fensterbank dreht. Die erste hat sie in der Morgendämmerung geraucht, noch vor dem Anheizen des Waschkessels. Sie schiebt die gesprungene Untertasse, die sie als Aschenbecher benutzt, beiseite. Das letzte Licht der hinter die Häuser gesunkenen Sonne beleuchtet ein dreieckiges Stück Dach auf der anderen Hofseite. Der Wäscheplatz liegt jetzt vollständig im Schatten. Sie öffnet das Fenster, ganz weit, für viel frische Luft. Eine Frau in Kittelschürze ist gegenüber aus der Hoftür getreten und hat angefangen, die Steintreppe zu fegen. Das Hin und Her des Besens auf den Stufen macht ein gleichmäßig schabendes Geräusch.

Die Packung Feinschnitt geht zu Ende. Die krausen, honigblonden Fäden, die Ursula herauszieht und in das weiße

Blättchen rollt – nicht zu fest, nicht zu locker –, sind eine Sparportion. Mit der Zungenspitze fährt sie über den Kleberand des Papiers, schließt die Naht, stößt die Enden der Zigarette auf und gibt sich Feuer. Bei jedem Zug höhlen sich ihre Wangen. Eine solche Zigarette ist kein Vergleich mit dem, was sie in russischer Gefangenschaft qualmten: Machorka, ein graugrünes, grob gehacktes Zeug voller Blattstiele, ein Männertabak, stark und bitter. Er prügelte die Lungen und den Hunger aus dem Fleisch. Buchseiten, alte Passierscheine, die Prawda, jedes Papier war ihnen Zigarettenpapier. Sie raucht ihre Zigarette ganz auf, bevor sie sich von der Fensterbank löst und den Brief vom Arbeitsamt aufreißt.

Ein kurzer Blick auf den Bescheid genügt: 26 Mark und 17 Pfennig Arbeitslosengeld ... die Woche ... Auszahlung gegen Vorlage der beigefügten Stempelkarte ... Bei Verlust ... Kassenstunden ... Rechtsbehelfsbelehrung ...

Enttäuscht faltet sie das Schreiben zusammen und schiebt es mit der rosa Stempelkarte – rosa Zeiten für Stempel – zurück in den Umschlag. Erhofft hatte sie sich ein Stellenangebot. Sie richtet den Blick wieder aus dem Fenster. Die Frau mit dem Besen ist verschwunden, auch das Sonnendreieck auf dem Dach.

Wie tausend andere wird nun auch sie stempeln gehen müssen und sich einmal in der Woche in die Schlange vor dem Auszahlungsschalter einreihen. Diese Schlangen reichen bis auf den Fußweg.

Erika wird Kostgeld verlangen. In Mark und Pfennig wird sie es ihrer Stiefmutter auf den Tisch zählen, damit Schluss mit dem Lamento ist. »Umsonst ist nicht mal der Tod, liebe Ursel, denn der kostet das Leben.« Wie sie diesen Satz hasst! Kostgeld haben auch Erikas Mutter und Klaus-Peter abzugeben, die eine von ihrer Witwenrente, der andere von seinem Lehrlingslohn. 5 Mark Taschengeld gesteht Erika ihnen zu. Ursula kann den Streit um die Höhe ihres »Taschengeldes« absehen. Ihr Vater wird sich wie üblich raushalten, er wird in den Keller gehen, um etwas zu schrauben, zu sägen oder aufzuräumen. Oder er wird im Hof die Schuhe der ganzen Familie putzen. Schuhe sind teuer und müssen gepflegt werden, damit sie lange halten, was sie nur tun, wenn man sie putzt. Und da dies niemand so gründlich wie er macht, tut er es. Ihr Vater, der nicht raucht, nicht auf den Fußballplatz geht und sein Bier am Abend daheim trinkt – von der Brauerei bekommt er als Deputat einen Kasten pro Woche –, ist mit 5 Mark Taschengeld zufrieden. Die reichen ihm für den wöchentlichen Traum von sechs Richtigen im Lotto.

Konrads Brief mag Ursula nicht einfach aufreißen. Das schöne Kuvert hat es verdient, sorgfältig geöffnet zu werden. Sie setzt sich, bevor sie mit der Nagelpfeile unter den oberen Rand fährt. Ein braunes Pappkärtchen fällt ihr entgegen, als sie den Briefbogen auseinanderfaltet. Er schickt ihr eine Fahrkarte? Braunschweig-Düsseldorf hin und zurück? Sie knipst die Wandlampe an.

Liebe Ursula!
Entschuldige bitte, dass ich mich erst jetzt bei Dir melde. Habe Dich nicht vergessen, im Gegenteil. Die Freiheit hat mich besoffen gemacht. Bin wochenlang nur in der Stadt umhergelaufen. Freiheit. Die musst du ja erst begreifen. Habe die ersten Nächte unter Brücken geschlafen (Wände hätte ich nicht ertragen). Als Heimkehrer (was für ein Wort

*für einen, der Heimat und Angehörige verloren hat) weißt
du sowieso nicht wohin. Nach den Brückennächten dann
Gemeinschaftsunterkunft im Männerwohnheim. Lag zwischendurch
im Lazarett (die Verwundung, du weißt). Bin
jetzt leidlich wiederhergestellt und komfortabler Untermieter
(Waschbecken im Zimmer, fließend kaltes und warmes
Wasser). Habe großes Glück gehabt, denn das Rheinland
platzt vor Menschen aus allen Nähten.*

*Ich möchte Dich wiedersehen. Die beigefügte Fahrkarte
ist einen Monat gültig (kann Dir leider bloß die 3. Klasse
bieten). Sollte Dein Interesse nach all den Wochen in eine
andere Richtung gehen, schick sie einfach zurück. Dann weiß
ich Bescheid.*

*Und nun das Wichtigste: ICH HABE ARBEIT. Wir stellen
Briefpapier her. Bin als Leiter der Verpackungsabteilung
eingestellt worden und in der Lage, eine Frau zu ernähren.*

*Wie geht es dir? Wie kommst Du mit dem neuen Leben
zurecht? Ist es bei Euch auch so heiß? Über ein paar Zeilen
von Dir ....*

Wieder und wieder liest Ursula im schwachen Schein der
Wandlampe Konrads Brief. Sie liest ihn mit einer Ahnung
von Zukunft. Dieses wundervolle, leichte Gefühl nimmt sie
in den Schlaf mit und aus dem Schlaf in den nächsten Tag, es
begleitet sie vormittags zur Heißmangel und am Nachmittag
in den Kassenraum des Arbeitsamtes, wo es sich verdoppelt,
das Glücksgefühl, als sie die 26 Mark und 17 Pfennig ins
Portemonnaie steckt. Heute fährt sie ausnahmsweise mit
der Straßenbahn zurück, steigt aber, angelockt von einem
Miederwarengeschäft, schon nach drei Haltestellen wieder
aus. Was genau sie dort will, weiß sie nicht. Mit dem Be-

such bei Konrad – ja, sie ist entschlossen, nach Düsseldorf zu fahren – hat das nichts zu tun, eher mit dem Bedürfnis, die schönen Dinge im Schaufenster aus der Nähe zu betrachten.

Eine füllige, Parfüm ausschwitzende Verkäuferin legt ihr Baumwollgarnituren vor: weiß, formbeständig, vollwaschbar. Die Hemden haben Zackenlitze am Ausschnitt und die Schlüpfer reichen bis zur Taille. Ursulas Vorstellung geht in eine weniger brave Richtung. Sie fragt nach Dessous, obwohl sie weiß, dass sie diese gar nicht bezahlen kann.

Verführerische Teile in Lachsrosa, Mitternachtsblau und Champagnerbeige werden nun vor ihr auf dem Tresen ausgebreitet. Sie greift in Seide und Satin, ihre vom Waschtag gezeichneten Hände streichen über Charmeuse und Crêpe-de-Chine, gleiten über Spitzen, Stickereien, Applikationen. Ein mit Glitzersteinen besetztes Schwarz, das sich wie eine Lästerung an jeden Frauenkörper schmiegen würde, hat es ihr angetan. Sie befühlt es mit wollüstigen Fingern. Doch für 25 Mark und 97 Pfennig, zwanzig Pfennig hat sie die Fahrkarte gekostet, kann sie sich keins dieser Stücke leisten, höchstens eine Albernheit für 3 Mark, nämlich ein hautfarbenes Feigenblatt, das an jeder Seite von zwei zu knotenden Bändchen in Position gehalten wird. Sie dankt und geht.

Auf der Straße sinkt ihr Blutdruck schnell wieder unter die Fiebergrenze. An einem Kiosk kauft sie für eine Mark ein Päckchen Feinschnitt. Und zwei Tafeln Milchschokolade nimmt sie noch mit, eine für Charlotte und eine für Kriemhilde, die auf sie aufgepasst hat.

An diesem Abend geht Ursula in die Wohnstube, um sich die Tageszeitung zu holen, was sie in letzter Zeit selten getan hat. Sie hat das Gefühl, in ein stummes Bild einzutreten. Am großen Tisch sitzt Erika, eine Frau mittleren Alters in einer dunklen Bluse mit weißem Kragen. Das Haar ist sorgsam onduliert, ihr welkendes Gesicht zeigt die scharfen Züge einer Witwe, die vier Kinder und eine alte Mutter durch den Krieg gebracht hat. Sie sieht von ihren Patiencekarten auf. Auf der Chaiselongue Ursulas Vater, ein kräftiger, breitbeinig dasitzender Mann mit Hosenträgern über der breiten Brust. Er sieht von seinem Kreuzworträtsel auf. Im Lehnsessel eine alte Dame, die sich kerzengerade hält, in einer Hand hat sie den Stickrahmen, in der anderen die Nadel, die sie in etwas Veilchenblaues sticht und wieder hervorzieht. Auch Erikas Mutter schaut auf. Das Ticken der Wanduhr und das Geräusch eines Körner knackenden Kanarienvogels auf der Anrichte grundieren das eingefrorene Bild. Ursula nimmt die Zeitung vom Tisch und wendet sich wieder zur Tür, als Erika sagt: »Setzt dich doch zu uns, Ursel.«

Erika ist bester Laune. Warum sie das ist, liegt für Ursula auf der Hand. Ihr wöchentliches Haushaltsgeld hat sich erhöht. Die verlangten 30 Mark hat Ursula ihr kampflos überlassen.

»Einen Eierlikör, Ursel?«

Ursula nickt und setzt sich neben ihren Vater auf die Chaiselongue.

»Und du, Omi?«

Als auch Omi nickt, dreht sich Erika zur Chaiselongue: »Ach, Wilhelm, sei so gut.«

Doch Ursulas Vater hat sich bereits erhoben. Das Parkett knarrt unter den Schritten des schweren Mannes, als er sich zur Vitrine begibt. Er nimmt vier Likörschalen heraus und stellt sie in einer Reihe auf den Tisch. Dann bückt er sich, um die Flasche aus dem Unterschrank zu nehmen. Ursula blättert in der Zeitung und bemerkt wie beiläufig, dass sie Post von einer Bekannten bekommen habe und nach Düsseldorf eingeladen sei. Ursulas Vater füllt die Likörschalen und reicht sie weiter.

»Was für eine Bekannte?«, fragt Erika.

»Liesel, eine Frau aus Elbing, mit der ich in Swerdlowsk im Lager zusammen war und die ich in Friedland wiedergetroffen habe. Sie hat sogar eine Arbeitsstelle. Wenn ich will, kann ich in ihrer Firma anfangen, schreibt sie.«

»Als was?«

»Als Packerin.« Etwas anderes ist Ursula auf die Schnelle nicht eingefallen.

»Du und Packerin?«

»Arbeit schändet nicht. So sagt man doch. Oder?«

»Zum Wohl«, sagt Erika, »trinkt ihn mit Verstand, wer weiß, wann ich mal wieder so günstig an Eier komme.«

Ursulas Vater schenkt noch einmal nach, weil man sich einig ist, dass Selbstgemachtes besser als Gekauftes schmeckt, und außerdem weiß man, was drin ist.

»Und das Fahrgeld? Woher nimmst du das Fahrgeld?«, will Erika wissen.

»Liesel hat mir die Fahrkarte geschickt. Das Geld kann ich ihr bei Gelegenheit zurückgeben.«

»Wie lange bleibst du?«

»Zwei oder drei Tage, mal sehen.«

»Wenn du möchtest, kümmern wir uns um Charlotte. Die lange Fahrt, die vollen Züge, das ist doch nichts für ein Kind. Ohne den kleinen Quälgeist habt ihr doch viel mehr von dem Besuch.«

Soviel Verständnis, Wohlwollen, Entgegenkommen macht Ursula stutzig. Plötzlich ist Charlotte kein Gör und keine Kröte mehr, sondern nur noch ein kleiner Quälgeist? Dass Erika sich daran erinnert haben könnte, auch einmal kleine Kinder gehabt zu haben, die kreischend durch die Wohnung sprangen, nimmt Ursula nicht an. Auch nicht, dass sie plötzlich an einem guten Verhältnis zu ihr interessiert ist. Und jeden Monat 30 Mark mehr in der Haushaltskasse bewirken kein solches Wunder. Viel wahrscheinlicher ist es für Ursula, dass Erika der Aussicht, sie und Charlotte loszuwerden, auf die Sprünge helfen will. Die Kammer würde wieder frei für Klaus-Peter. Christine, Karin und Kriemhilde könnten aus dem Schlafzimmer in das Kinderzimmer umziehen, das sich ihr Stiefvater derzeit mit Klaus-Peter teilt. Damit wäre auch das Eheleben nicht länger auf den Badetag im Keller beschränkt. Als man wegen ihr und Charlotte zusammenrücken musste, gab es keine andere Lösung. Von den vier Zimmern blieb die Wohnstube der Familie vorbehalten und Erikas Mutter ihr bisheriges Zimmer, ins Schlafzimmer zog Erika mit ihren drei Töchtern und ihr Mann mit Klaus-Peter ins Kinderzimmer. Den Siebzehnjährigen mit Karin, Christine und Kriemhilde in einem Raum schlafen zu lassen, verbot sich. Sie beiden Großen haben bereits ihre Regel und kleine Brüste.

Erika schiebt die Karten zusammen, ihre Patience ist aufgegangen. Ursula nippt an ihrem Eierlikör. Ein paar Tage ohne die Kleine, warum eigentlich nicht? Das hätte den Vorteil, dass sie sich nach der Reise nicht verplappern könnte, wenn sie statt von einer Tante Liesel von einem Onkle Konrad erzählt.

»Ja, das wird wohl das Beste sein, wenn ich sie bei euch lasse«, sagt Ursula und trinkt aus.

Plötzlich steht Charlotte in der Wohnstube, mit bloßen Füßen, im Nachthemd, grimmig am Daumen lutschend. Durch die angelehnte Tür ist sie hereingehuscht. Im Widerschein des roten Lampenschirms glimmt ihr Haar wie ein Fuchsleuchten.

»Warum bist du nicht im Bett?«
»Da sind Wölfe.«
»Wo sind Wölfe?«
»Überall.«

Charlotte beginnt zu schluchzen. Ursula nimmt sie auf den Arm, drückt den schlafwarmen Körper an sich, streichelt den Rücken, spürt unter dem Hemd die Wirbelknochen des zarten Mädchens.

»Aber hier sind doch gar keine Wölfe. Du hast geträumt. Geträumt hast du, mein Engelchen. Hab keine Angst!«

Seit fünf Uhr morgens ist Ursula jetzt unterwegs. Nach Düsseldorf ist es eine Tagesreise. In Kreiensen musste sie umsteigen, vom Eilzug in den Schnellzug nach Aachen. Die dritte Wagenklasse, leicht zu erkennen an der braunen Farbe des Waggons, befand sich ganz hinten. Man sitzt auf Holzbänken und teilt sie sich mit immer neuen Menschen. Sie steigen ein und aus, machen sich breit, machen sich dünn, machen unfreundlich Platz, mal für eine Schwangere, mal für einen Alten. Sie reisen mit Kisten, Kästen, Kartons und kläffenden Hunden. *Köter* schimpft einer, *Töle* ein anderer. Sie haben Taschen, Tornister, Kinder auf dem Schoß, stöhnen über die Hitze an diesem 29. August und kommen ins Gespräch. Zu Hochzeiten und Beerdigungen wollen sie, suchen Arbeit, haben Sorgen und Krankheiten. Sie beißen in Stullen und packen Bouletten aus, sie schieben die Fenster nach unten wegen der stickigen Luft, schieben sie wieder hoch, weil rußiger Lokomotivdampf ins Innere zieht; rauf und runter schieben sie die Fenster, werfen Tüten, Papier, abgekaute Äpfel nach draußen. Der Schaffner knipst die Fahrkarten.

In dieser Gesellschaft kommt sich Ursula wie eine Dame vor. Sie reist in einem dunkelblauen, weiß getupften Sommerkleid. Mit dem armseligen Stück, das es vor zwei Monaten noch war, hat es keine Ähnlichkeit mehr, so wenig Ähnlichkeit wie sie mit der Heimkehrerin, der dieses Kleid bei der Ankunft in Braunschweig am Leib schlotterte. Einen Fummel, nannte Erika das Kleid, nachdem sie den Saum gekürzt, den Ausschnitt erweitert, die Ärmel herausgetrennt hatte. Es sitzt auf Taille, sitzt überhaupt sehr gut, und der schwingende Rock macht einen schönen Gang. Ursulas Blick geht zu dem schweinsledernen Köfferchen im Gepäcknetz. Erikas Mutter hat es ihr geliehen. Im Krieg, sobald die Sirenen bei Fliegeralarm losheulten, war sie damit in den Luftschutzkeller gerannt, um Fotos, Dokumente, Schmuck und das komplette Familiensilber vor den Bomben zu retten. Ursula ist froh, nicht mit dem abgestoßenen Holzkoffer unterwegs sein zu müssen.

Ursulas Gedanken ziehen mit der Landschaft an der Landschaft vorbei. Blauer Himmel über dem bewaldeten, sanft hügeligen Weserbergland. Dörfer. Kirchtürme. Flussläufe. Halt in Holzminden. Halt in Höxter. Halt auf offener Strecke. Warten, bis das Signal die Weiterfahrt freigibt, das Anrucken des Zuges, der Pfiff der Lokomotive, das Stolpern des Waggons über Weichen, dann wieder das Rollen, das schneller und schneller fliegende Land.

Wieder geht ihr der Brief durch den Kopf, den sie letzte Woche an Joachim geschrieben hat, wie üblich postlagernd nach Hamburg. Als sie den Umschlag zugeklebt hatte, war ihr wohler, doch als er eingeworfen war, kamen ihr Zweifel. Joachim war krank, lange schon, und sie drohte ihm mit dem Gericht. Den Text hat sie noch in Erinnerung, jedes einzelne Wort:

Lieber Joachim,
hab Dank für die fünf Mark, die Du auch Deinem letzten Brief wieder beigelegt hast. Damit konnte ich Charlotte eine kleine Freude machen. Für den Sandkasten habe ich ihr einen Spieleimer mit Schaufel und Förmchen gekauft.
Es tut mir ja leid, dass es mit Deiner Krankheit nicht besser werden will und die Ärzte keine Ursache finden. Aber ist das ein Grund, über die Anerkennung der Vaterschaft kein Wort zu verlieren? Für mich nicht. Langsam werde ich ungeduldig. Ist Dir klar, dass Du mit Deinem Verhalten eine gerichtliche Feststellung provozierst? Muss es erst zu einem Vaterschaftstest kommen? Das Jugendamt als Charlottes Vormund kann ihn durchsetzen, zunächst einen Blutgruppenvergleich, und wenn sie drei ist, ein erbbiologisches Gutachten. Sämtliche Kosten hättest Du zu tragen. Du glaubst doch nicht im Ernst, dass Du mit Deiner Tour um die Alimente herumkommst. Im Gegenteil: Sie wird rückwirkend nachgefordert, und zwar mit Zinsen. Das wird eine teure Suppe. Überleg Dir also ...

Hinter Höxter jetzt ausgedehnte Felder, das Getreide bereits geschnitten, zu Garben gebunden, zu Hocken aufgestellt. Neben der Bahnstrecke eine Landstraße, auf der

Landstraße ein Trecker. In der Ferne die Zuckerfabrik. Es folgen ein Wäldchen, ein Weiher, ein Dorf, nach dem letzten Gehöft ein Bahnübergang. An der rotweißen Schranke stehen Kinder und winken dem Zug.

Ursula denkt an Erwin, mit dem sie auf dem Papier verheiratet ist, denkt an ihre absurde Klage auf Fortsetzung der Ehe, zu der ihr Anwalt ihr geraten hat, wegen des ehelichen Unterhalts, und an die Gegenklage ihres Mannes denkt sie. Er will die Scheidung, was sie verstehen kann. Die Schriftsätze der Anwälte sind schärfer geworden. Sein Anwalt wirft ihr Ehebruch vor, das Kind sei Beweis genug. Dem hält ihr Anwalt entgegen, sie habe sich Herrn Lang erst zugewandt, nachdem sie Kenntnis von der Wiederverheiratung ihres Ehemannes erlangt hatte. Nach diesem Schock und in ihrer hilf- und hoffnungslosen Situation als Internierte sei das eine menschlich verständliche Reaktion gewesen. Aus rechtlicher Sicht stelle sich zudem die Frage, ob der Ehemann seine Frau aus durchsichtigen Gründen und wider besseren Wissens für tot erklärt habe und sich damit der Bigamie schuldig gemacht habe. Dem Schriftsatz folgen Ausführungen zur Unterhaltsforderung. Er endet mit dem Satz, dass sie das außereheliche Verhältnis zu Herrn Lang noch während der Schwangerschaft beendet habe. Das hört sich gut an und klingt, als hätte sie sich freiwillig von Joachim getrennt. Der Wahrheit entspricht das nicht.

Mit einem Griff an die Nasenwurzel hält Ursula die Tränen zurück, die fließen wollen. Nicht hier im Zug, nicht vor allen Leuten, nicht in diesem Kleid. Sie schließt die Augen und denkt an Charlotte.

Um ihrer Tochter einen Begriff von drei Tagen zu geben,

hat sie ihr drei Stück Schokolade dagelassen und gesagt, dass sie sich jeden Abend eines als Betthupferl nehmen dürfe und dass die Mama wieder da ist, wenn sie alle sind. Charlotte hatte sie mit aufgerissenen Augen angesehen, nicht wie ein ängstliches kleines Mädchen, sondern wie jemand, den Panik erfasst hat. Sie nahm die Kleine auf den Schoß und streichelte sie. »Oder möchtest du mitkommen?« Als ob Charlotte spürte, dass nur ein Kopfschütteln die Antwort sein kann, bewegte sie den hellen Schopf langsam hin und her, schaute dabei den schäbigen Affen in ihrem Arm an und drückte ihn dann fest an sich. Nein, unbeschwert ist sie, die Mutter, heute Morgen nicht aufgebrochen.

Soest. Unna. Dortmund. Bochum. Essen. Der Zug rollt inzwischen durch dicht besiedeltes Gebiet. Der Blick nach draußen ist der Blick ins Kohlerevier, auf Zechen, Fördertürme, Abraumhalden, auf flackernde Gaslohen und triste Bergarbeitersiedlungen. In ihrem Kopf erscheinen plötzlich die vom Staub geschwärzten Gesichter der Frauen im Schacht. Alles schwarz, die Haut, die Lippen, die Lider, weiß nur das Weiße im Auge. Sie gleichen Dämonen, mageren Teufeln. Gesichter wie Totenmasken. Loren rattern auf schmalen Schienen abwärts in einen dunklen Gang. Der Berg hat viele Stollen. Ursula fährt sich über die Stirn, um die Grubenlichter zu verscheuchen.

Industrieanlagen ziehen vorbei, gigantische Systeme aus Rohren, Leitungen, Tanks. Durch die geschlossenen Fenster schlängelt sich ein Geruch wie hochkonzentrierter Fliederduft, süß und beizend zugleich. Der Zug nimmt dröhnend eine Brücke, Eisen schlägt auf Eisen, die Gepäcknetze schaukeln. Unter der Brücke ein Kanal, im Kanal eine milchig-grüne Brühe, in der milchig-grünen Brühe ölige Schlieren. Das also ist das Ruhrgebiet, denkt sie, der Motor des Wiederaufbaus, von dem die Zeitungen berichten. Aus unzähligen Schloten quillt der Neuanfang wie monströser Blumenkohl. Blutbraun. Sumpfgelb. Schwefelblau. Eine Luftströmung zieht eine violette Staubfahne vor die Sonne. Wie ein Leichenfleck blüht sie am deutschen Nachkriegshimmel. Ursula schnäuzt einen schmutzigen Schmetterling ins weiße Taschentuch.

Hochspannungsmasten begleiten den Zug aus dem Ruhrgebiet ins himmelblaue Rheintal. Noch eine halbe Stunde bis Düsseldorf. Konrad hat ihre Gedanken während der Fahrt kaum beschäftigt. Befragt sie ihre Gefühle nach ihm, bleiben sie stumm. Was ihr antwortet, ist die Vorstellung von einem Herauskommen aus der Kammer, einem Die-sieben-Sachen-Packen und Braunschweig den Rücken kehren. Die Zeiten sind nicht einfach, schwierig sind sie für eine Frau, die ein Kind und keinen Mann hat. Das Leben gemeinsam anpacken. Das kann, das muss auch ohne Liebe gelingen, sagt sie sich. Dass Liebe unglücklich macht, hat sie erfahren. Erwin, den sie liebte, hat sie verraten. Joachim, den sie nicht aufhören kann zu lieben, verletzt sie mit jedem 5-Mark-Schein von neuem. Ein anständiger Mann, ein Vater für Charlotte, das würde ihr genügen. Wohlstand lässt sich erarbeiten, Liebe kann sich entwickeln. Die Kasachin im Traktorenwerk von Swerdlowsk hatte wohl Recht, als sie die deutschen Frauen und deren Liebesheirat verspottete: »Im Unterschied zu euch setzten wir den Tee kalt auf und bringen ihn langsam zum Kochen, ihr lasst den kochenden Tee abkühlen.«

Seltsam blass ist ihre Erinnerung an Konrad: Es war ihr

Ankunftstag in Deutschland und ihre Bekanntschaft einige Stunden alt, als sie nach dem Abendessen im großen Speisesaal durch das Aufnahmelager schlenderten, zwei Elendsgestalten, die betäubt und überwältigt von der noch unbegreiflichen Freiheit waren. Freiheit hatte das Erhabene einer Gottheit, vor der man niedersinken wollte. Zwei Monate ist das her, geblieben kaum mehr als die Kontur eines Mannes.

Dieses Rätselhafte am Wiedererkennen eines Gesichts, das man verschwunden glaubte. Mit wenigen Blicken macht sie Konrad auf dem Bahnsteig aus. Und Konrad sie. Sie winken einander zu. Unvorstellbar, dass dieser elegante Mann, der sich durch das Gewühl zu ihr vorarbeitet, dessen wache Augen ein hellgrauer Herrenhut beschattet, der ihr jetzt den Koffer abnimmt und zu ihr sagt, wie wunderbar sie aussehe, wie sehr ihr Telegramm ihn überrascht und gefreut habe, unvorstellbar, dass dieser Mann unter einer Brücke geschlafen haben will.

»Wie war die Fahrt?«

»Eine halbe Weltreise war es.«

Konrad bietet ihr den Arm, sie hängt sich ein, die Schritte finden ihren Rhythmus.

»Wir müssen die Straßenbahn nehmen, ich wohne am anderen Ende der Stadt, sehr ruhig, drei Treppen hoch, bei einer Witwe, ein Zimmer mit Aussicht.«

»Aussicht auf die Witwe?«

»Auf den Rhein, du!« Konrad lacht.

Der Bahnhofsvorplatz liegt heiß und staubig in der Nachmittagssonne. Sie zwängen sich in die volle Straßenbahn, werden von hinten eng aneinandergepresst. Als die Türen sich schließen, die Bahn klingelnd abfährt, stehen sie, die Arme in den Halteschlaufen, so dicht beisammen, dass sie den Blick aus dem Fenster richten müssen. In den Kurven spürt Ursula die Magerkeit dieses Mannes, seine spitzen Beckenknochen an ihrem Bauch, ihren weichen Busen an seinen Rippen. Das tadellos gebügelte Hemd unter der offenen Anzugjacke duftet nach Wäscherei, er selbst nach einem guten Rasierwasser. Und nach Mann. Sie war lange mit keinem zusammen. Der Schritt wird ihr feucht beim Gedanken an eine Umarmung. Nein, nicht gleich am ersten Wochenende. Ursula schwitzt. Konrad lockert den Schlips.

Und jetzt? Auf dem Tisch neben dem Sofa zwei ausgetrunkene Weinflaschen, ein leeres und ein umgestoßenes Glas, eine im Wachs ertrunkene Kerze. Die malte ihre Körper schön. Jetzt, im Mondlicht, liegen sie wie aufgebahrt nebeneinander. Die Nacht summt. Wie der Abspann eines Films, denkt Ursula. Die Gier ist ein Kannibale, er will Fleisch. Gegen eine solche Gier kommt man nicht an. Sie hätte wissen müssen, wie es endet mit einem Mann, der es zum ersten Mal macht. Ein Sekundenschlaf ohne Erfrischung war es. Wie nicht gewesen. »Spritz daneben«, hatte sie noch gesagt, aber die Natur hatte ihn schon überrumpelt. Danach Totenstille und ein Alpenglühen über dem Sofa, auf dem sie noch immer liegen, ein Sofa mit lahmen Sprungfedern. Sie denkt an Joachim und die purpurfarbenen Nächte zwischen den wilden Orchideen an den Hängen im Ural, wo man sie, Männer und Frauen, zum Heuwenden eingesetzt hatte, wo sie die Nächte im Freien verbrachten, wo Sternschnuppen und Engel fielen, Himmel und Erde die Plätze tauschten, einen August lang. Lebenslang.

»Der Anfänger hat den Elfmeter verschossen«, sagt Konrad in die Dunkelheit, und Ursula antwortet, das komme vor. Es mache ihn traurig, sagt er, und sie sagt, hinterher sei man immer traurig.

»Tröste mich!«

Konrad nimmt Ursulas Hand von seinem Geschlecht und legt sie auf seinen Nabel. Ursula streichelt den eingefallenen Bauch, die fleischlosen Rippen, das harte Brustbein. Sie streichelt den Körper eines Gezeichneten. Schweiß hat sich in der Halsgrube gesammelt.

»Die Nacht ist noch lang«, sagt sie.

Ihre Finger fahren über die Narben im Nacken und auf den Schultern. Ursula berührt sie wie rohes Fleisch.

»Woher?«

»Vom Heimweh.«

Er schweigt und Ursula fragt nicht. Als er weiterspricht, fallen seine Worte leise und tonlos in die Nacht: »Ich hatte mir einen Kompass gebastelt. Wenn ich nach Westen gehe, immer nur nach Westen, muss ich irgendwann in Deutschland ankommen, hatte ich mir überlegt. Bei einem Arbeitseinsatz – vier Jahre schachteten wir schon am Wolga-Don-Kanal – türmte ich. Die Hunde fanden mich; sie schlugen mich tot. Das machte nichts, auf ein weiteres Mal kam es nicht an, tot war ich ja oft gewesen: erfroren, verhungert, im Schädel ein Loch. Ein Gespenst geht darin um: Stalingrad, der Kessel, die Schlacht, die Marterschreie, das Gebrüll der Stalinorgel, die Zerfetzten, die von Blut gesättigte Luft, durch die es mich schleudert ... Ich werde das Gespenst nicht los.«

Er führt ihre Hand zu einer Stelle am Hinterkopf und lässt sie die Buckel und Wulste fühlen. Ursula beginnt zu frösteln. Sie legt ihm die Hand auf die Wange. Er drückt sie wie einen Verband an sein Gesicht.

»Seit ich wieder in Deutschland bin«, sagt er, »seit ich die Zahlen kenne, steige ich Nacht für Nacht einen Berg aus erstarrten Leibern hinauf. Es sind die 700.000 Toten von Stalingrad. Auf dem Rücken habe ich das Kreuz von Golgatha. Ich schleppe es in der Erkenntnis, dass alles Leiden und Sterben sinnlos war. 150.000 Kameraden gefallen, wir, die Reste der 6. Armee gehen hinter Stacheldraht, 108.000 Mann, fast alle Verwundeten starben auf dem Marsch durch die Kälte, und nichts zu fressen, weil ganz Russland nichts zu fressen hatte. Ich bin davongekommen, einer von 6.000, die neun Jahre überlebt haben …«

Konrad beginnt zu weinen. Ursula nimmt ihn in den Arm, wiegt ihn, tröstet ihn wie ein Kind. Er sagt, dass er sich schäme, vor ihr zu weinen. Sie sagt, dass die Zahlen zum Weinen bestimmt seien, denn hinter jeder Zahl stehe ja ein Mensch und hinter jedem Menschen die Trauer anderer Menschen. Dass sie anfangs auch solche Dinge geträumt habe, sagt sie, und man irgendwann nicht mehr davon träume. Schweigend liegen sie Seite an Seite, bis der Schlaf kommt, berührungslos.

Am nächsten Tag schleppt sich die Nacht unsichtbar neben ihnen her. Konrad zeigt Ursula Düsseldorf. Lustlos folgt sie dem Niedergeschlagenen. Sie sieht die Altstadt, den Rhein, das instandgesetzte Schloss, den Hofgarten, in der Innenstadt Abriss und Aufbau. Konrad redet von Stadtplanern, Visionen, Architektur. Autogerecht und kompromisslos modern wünsche man sich die neue Landeshauptstadt. In einer Seitenstraße wieder Ruinen, leere Fensterhöhlen, verkohltes Gebälk, halbe Häuser, die den Blick auf halbe

Zimmer freigeben, auf Aborte, Tapetenwände, hängende Zwischendecken. Flammen schlagen neben ihr aus dem Pflaster. Ursula fühlt ihr Herz stolpern. Dann rasen. Vom Himmel fällt Feuer, von Köln bis Königsberg stürzen die Dome in sich zusammen, unendlich langsam und vollkommen lautlos. Jahrhunderte verlöschen. Sie fasst nach Konrads Hand und weist in den sonnengefleckten Schatten unter einer Kastanie: »Da ist eine Bank.«

Konrad weist in die entgegengesetzte Richtung: »Und da ist ein Eisverkäufer«.

Auf dem Bürgersteig kommt er ihnen mit einer bimmelnden, weißen Kiste entgegen. Die rollt auf dem Untergestell eines Kinderwagens heran und hat sich ein buntes Fähnchen angesteckt: Luigis Gelati.

»Cassata, Stracciatella, tutto molto bene!"

Luigi ist vor ihnen stehengeblieben, zieht dem Deckel der weißen Kiste die Pudelmütze vom Kopf, zum Vorschein kommt eine silbern glänzende Halbkugel, hebt sie an und gewährt Ursula und Konrad einen Blick in seine Schatzkiste.

»Dem Eis ist wohl kalt gewesen«, bemerkt Konrad.

»Muss kalt sein«, sagt Luigi.

Wie ein befreiter Flaschengeist entweicht der Höhle ein kalter, nach Vanille duftender Hauch. Luigi bietet sein Gelati in zwei cremefarbenen Sorten an, in einer sind bunte Punkte, in der anderen ist schokoladenbraune Späne.

Konrad sieht Ursula an: »Was möchtest du?«

Ursula zuckt die Schulter: »Und du?«

»Cassata por bella signora, stracciatella por signore", beschließ Luigi. Und dass er eine Mark und zwanzig Pfennig zu kriegen hat, beschließt er, nachdem er jedem drei Kugeln in eine Spitzwaffel geklickt hat.

Ein Kuss. Er passiert Ursula und Konrad so beiläufig wie selbstverständlich, als sie auf der schattigen Bank Platz genommen haben. Er schmeckt nach Vanille, der Kuss, und enthält Stücke von Krokant und kandierten Früchten. Obwohl er nur kurz war, relativ, sind die Waffeltüten unterdessen durchgeweicht. Um sich nicht zu bekleckern, beugen Ursula und Konrad sich vornüber und lassen das, was flüssig aus der Spitze kommt, in den Sand tropfen. Ihre Zungen kurven genüsslich um die sahnigen Kugeln. Auch der Kuss danach schmeckt süß. Arm in Arm schlendern sie durch den Hofgarten zur Königsallee.

Cafés, Konditoreien, Bankhäuser, Juweliere, Modegeschäfte. Ursula begreift, dass Leben mehr sein kann als Arbeit und Brot, während sie die luxuriösen Auslagen bestaunt. Die Kö ist ein Lebensgefühl, das beschwingt macht. Sie lässt die Menschen flanieren und leichtsinnig werden, denn Konrad kauft ihr ein Parfüm, *Soir de Paris,* einen Duft, den sie hinreißend, er verführerisch findet. An der Kasse verpackt man den nachtblauen Flakon in kostbares Geschenkpapier und dekoriert das Ganze mit einer prächtigen Schleife. »Danke«, haucht Ursula Konrad ins Ohr, »danke, das ist jede Sünde wert.«

Auf der Straße küssen sie sich. Doch vor den jäh aufgebrochenen Wunsch und Willen, sich zu lieben, hat Düsseldorf eine Straßenbahn gesetzt, die gerade abfährt, als sie an der Haltestelle »Triton-Brunnen« ankommen. Also müssen sie sich noch eine Weile gedulden. Schulter an Schulter, die Arme auf das warme Geländer über dem Brunnen gestützt, warten sie auf die nächste und betrachten derweil den barocken Meergott, wie er in Kampf-Pose aus den Steinwogen schnellt, den Speer auf ein Ungeheuer gerichtet, dem das

Wasser wie Blut aus dem Maul schießt. In der Luft Sprühnebel, duftige, wirbelnde Organzaschleier, sehr hell, sehr blau, mit Säumen aus kreisenden Regenbogen. Das Wetter ist herrlich.

Der Nachmittag in Konrads Zimmer gehört der Liebe, die Nacht dem Schlaf, bis am Morgen ein Türklopfen sie weckt.

»Herr Färber, das Sonntagsfrühstück wartet auf Sie und Ihren Besuch.«

Ursula fühlt sich von Konrads Vermieterin gemustert wie eine künftige Schwiegertochter, als sie frisiert und mit frischer Bluse zum Frühstück erscheint. Elsbeth Hintze hat im Wohnzimmer gedeckt. Sie ist rundlich, mütterlich, unkompliziert, etwa Mitte Vierzig und schon deutlich grau. Sie lacht viel und redet viel, stellt eine Wurstplatte auf den Tisch, dazu einen Korb mit Brötchen und einen zweiten mit aufgeschnittener Rosinensemmel. Dann rückt sie ihre selbstgemachte Marmelade ins rechte Licht und schenkt Kaffee ein. »Greifen Sie zu!« Und Elsbeth Hintze beobachtet: Ursula und Konrad, Konrad und Ursula.

Durch das weit geöffnete Fenster kommen Glockengeläut und Fliegen, die sich für Jagd- und Sülzwurst, Salami und Bratenaufschnitt interessieren. In Erikas Haushalt gibt es keine Wurst, jedenfalls nicht für alle, denkt Ursula. Die harte, luftgetrocknete Eichsfelder hängt in der Speisekammer hinter einem abgeschlossenen Fenstertürchen mit Drahteinsatz und duftet je nach Wetterlage mehr oder weniger intensiv. Diese Wurst ist den Männern vorbehalten, zu denen Erika auch Klaus-Peter zählt, Schmalz und Margarine dürfen alle. Wer mag, bestreicht seine Schnitte mit Senf.

Elsbeth Hintze scheint sich gern zu unterhalten. Eine leichte, zum Wetter passende Sonntagsplauderei entsteht und zieht sich hin. Viel lieber würde Ursula einen Spaziergang machen, allein, um nachzudenken. Aber nachdenken kann sie auch morgen im Zug noch.

Gegen Mittag schlurft ein verschlafener Junge mit strubbeligem Haarschopf durch die Tür.

»Morgen.«

»Das ist mein Jürgen«, sagt Elsbeth Hintze.

Neun Jahre später, jemand der aus der Zukunft in die Vergangenheit blickt, wird sehen, wie am 1. September 1961 um diese Zeit das Ehepaar Elsbeth und Konrad Färber beim Mittagessen sitzt. Zum ersten Hochzeitstag gibt es Rinderbraten, dazu Blumenkohl mit brauner Butter und Petersilienkartoffeln. An diesem 1. September 1952 aber ist die Zukunft noch ungeschrieben und für den zwölfjährigen Jürgen noch unvorstellbar, dass der hagere, hohlwangige Untermieter eines Tages sein Stiefvater sein könnte. Genauso unvorstellbar ist für Ursula, dass Konrad eine zehn Jahre ältere Frau heiraten könnte, unvorstellbar auch, dass er dann ein Unternehmen leitet. Allein Elsbeth Hintze mag mit ein paar luftigen Phantasien ihrem Witwendasein eine andere Wendung gegeben haben.

Der Rest des Tages ist ein Herumbringen der Zeit bis zum Kinobesuch am Abend. Seit Wochen ist *Die Csardasfürstin* mit Johannes Heesters und Marika Röck ausverkauft. Doch Konrad ist es gelungen, zwei Karten zu ergattern. Obwohl Ursula Operetten liebt, langweilt sie sich. Sie langweilt sich heute viel, auch nach dem Kino, als er sie in die Altstadt schleppt. Auf ein Kölsch. Aus einem werden mehrere, aus mehreren wird schließlich Mitternacht. Als sie nach einem halbstündigen Fußmarsch – er macht sie eher müde als nüchtern – das Schlafsofa aufklappen, fällt die Nacht wie ein Vorhang über sie.

Ursula ist froh, am nächsten Morgen im Zug zu sitzen. Sie freut sich auf Charlotte. Zum Abschied haben sie und Konrad einander lange und seltsam traurig umarmt. Ob er ihr weiterhin schreiben dürfe, hat er gefragt, zum offenen Zugfenster hinauf, in dem Moment, als der Zug gerade anrollte. Der Anblick rührte sie, wie er, auf ihre Antwort wartend, neben dem Wagen herlief. Von oben herab, aus dem offenen Zugfenster, hatte sie gesagt: »Ja.«

Während der Fahrt beginnt sie zu rechnen. Wieder und wieder rechnet sie. Schließlich nimmt sie ihren Monatskalender aus der Tasche, ein Pappkärtchen, auf dem sie die Tage ihrer Tage mit einem Kreuz markiert. Das Ergebnis ist dasselbe: Sie kann unmöglich schwanger geworden sein.

»Er ist tot«, sagt Erika.

»Tot«, sagt Kriemhilde.

»Tot«, sagt Karin und weint.

»Tot«, sagt auch Christine.

Ursula sieht sich einem düsteren Empfangskomitee gegenüber. Alles Blut sackt ihr in die Beine. Lichtpunkte rasen vorbei. Sie stellt das schweinslederne Köfferchen ab. Es muss ein Unfall gewesen sein, denkt sie, ihr Vater war vor drei Tagen noch kerngesund.

»Wann?«

»Ungefähr vor zwei Stunden.«

»Nein.«

»Ja. Deine Tochter hat ihn auf dem Gewissen.«

»Nein.«

»Ja. Guck dir das Elend an.«

Erika stößt Ursula in die Stube. Man hat ihn auf dem großen Familientisch aufgebahrt. Nur die Grabesmienen von Erika und ihren Töchtern halten sie davon ab, sich den Kloß aus dem Hals zu lachen. In einem Holzkistchen der Marke Dannemann liegt er, Hansi, der Elendsvogel, und duftet nach Zigarren. Übel zugerichtet sieht er aus. Auf gelben Löwenzahn hat man ihn gebettet, wohl zur Erinnerung an die Farbe eines Gefieders, das kein Gefieder mehr ist. Die dürren Füße sind an die gerupfte Kanarienbrust gezogen, die Flügel bizarr verrenkt. Ausgeschlossen, denkt sie, kein zweijähriges Kind fängt mit seinen tollpatschigen Händen einen flinken, kleinen Vogel, völlig ausgeschlossen.

»Wo ist Charlotte?«

»Im Kohlenkeller.«

»Nein.«

»Ja. Zur Strafe.«

»Seid ihr noch bei Trost!«

Ursula rennt aus der Stube, reißt im Flur den Kellerschlüssel vom Wandbrett und stürzt durchs Treppenhaus nach unten. Ihr Herz jagt, als sie den Verschlag aufsperrt, weiße Wut kocht in ihr hoch beim Anblick ihrer Kleinen, die kohlen-, rotz- und tränenverschmiert auf einem Stapel Briketts vor sich hinheult.

»Charlottchen, mein Kind, nun weine doch nicht, die Mama ist ja wieder da.«

Charlotte rutscht von den Briketts und umarmt schluchzend die Knie ihrer Mutter, und Ursula, jetzt in der Hocke, umarmt ihre Kleine.

»Komm, schau die Mama an und lach mal!«

Charlotte verzieht den Mund: »Oma Hexe.«

»Hat Oma dich eingesperrt?«
Charlotte schluchzt auf.
»Morgen sperren wir Oma Hexe in den Keller.«
»Au ja!«, strahlt Charlotte.
Während Ursula ihr mit dem Taschentuch das Gesicht und die schwarzen Hände abwischt, dann mit einer sauberen Stelle den Schnodder unter der Nase wegputzt, versucht sie, Licht ins Vogeldunkel zu bringen. Es ist ein mühsamer Dialog. Am Ende hat sie ein verstocktes, kleines Mädchen mit einem Schluckauf vor sich und eine diffuse Vorstellung von einem Vogel, der plötzlich von der Stange kippte. »Hansi plumps gemacht.« Ob er sich zu Tode geträllert oder zu Tode geflattert hatte, niemand war dabei. Ursula weiß nur, dass es Charlotte reizte, den gefiederten Kerl in seinem Käfig umher zu scheuchen. Man hatte es ihr verboten, doch immer wieder erwischte man sie dabei. Und Hansi war alt. Griff sie also ein bereits totes oder ein entkräftetes Tier? Nur dass sie es griff, steht fest. »Flieg, Hansi, flieg!« So oft sie ihm auch die Flügel auseinander zerrte und ihn in die Luft warf, er flog nicht, Hansi wollte einfach nicht fliegen. »Böser Hansi!« So reimt sich Ursula das Geschehen zusammen.

Nach dem Abendbrot gehen eine Obstschale, eine Bodenvase, ein Bilderrahmen, vier Gläser und eine Flasche Eierlikör zu Bruch. Ursulas Bluse platzt, als sie aušholt, um Erika eine runterzuhauen. Die schlägt schneller zu. Ursula greift sich den Vogelkäfig und wirft ihn aus dem Fenster. Die gegenseitigen Beschimpfungen gehen weiter und treiben schließlich Ursulas Vater aus dem Haus, auf die Straße, in die Kneipe. Erikas Mutter versucht, Karin, Christina und Kriemhilde zu beruhigen, die in ihren Betten sitzen und heulen. Als Klaus-Peter, der nach der Arbeit noch bei seinem Freund war, mit den verbogenen und verzogenen Käfigteilen in die Stube tritt, trifft er zwei flennende Frauen an. Seine Mutter, den Kopf im Nacken, die Augen an der Stuckdecke, hält sich ein blutiges Taschentuch vor die Nase, Ursula presst sich einen Waschlappen auf die Stirn.

Von nun an übersehen Ursula und Erika einander, ersatzweise töten sie sich mit Blicken. Ihr Dolch im Gewande ist das Schweigen. Erikas Kinder gehen wortlos an Ursula vorbei, rempeln Charlotte an, Kriemhilde streicht ihr versehentlich übers Haar. Bei den Mahlzeiten sitzt Ursula nicht mehr am großen Tisch in der Stube, sie isst mit Charlotte allein in der Küche. Erika kauft jetzt Aufschnitt zum Abendbrot, den richtet sie auf Platten an, die man an Ursula und Charlotte vorbei in die Stube trägt. Ursula zahlt kein Kostgeld mehr, sondern kauft selbst ein, sie leistet sich gute Butter, Konfitüre statt Rübensaft, Bienen- statt Kunsthonig. Konfitüre und echter Bienenhonig schmecken auch den anderen. Um nicht ständig auf leere oder nur noch halbvolle Gläser zu stoßen, überlässt Ursula sie nicht mehr der Speisekammer, sondern versteckt sie unter dem Bett.

Ihr Vater, dem der Familienfriede heilig ist, versucht zu vermitteln. »Das ist doch kein Zustand«, sagt er. Das findet auch Ursula und geht zum Wohnungsamt. Im Bunker am Madamenweg sei etwas frei geworden, hört sie. Sie sagt, sie werde darüber nachdenken.

In der Nacht sind die Ratten da. Sie befallen Ursulas Schlaf. Mit winzigen rosa Menschenhänden wühlen sie in den Küchenabfällen des Lagers, die Menschen im Lager wühlen darin mit Rattenhänden. Manchmal findet sich Essbares: Kartoffelschalen, Kohlstrünke, Fischgräten. Ratten und Verhungernde sind Allesfresser. Die Ratten bevölkern mit den Wanzen und anderem Ungeziefer die Hohlräume der Holzbaracken. Ihre Schwänze rutschen durch die Astlöcher der rohen Bretter. Fett und nackt hängen sie aus der Wand oder von der Decke. Ratten lauern zwischen den Pritschen, wenn den Gefangenen Kernseife zugeteilt wird. Die splittert wie Holz, wenn sie vom Block abgehackt wird. Die Ratten scheinen das zu beobachten, Kernseife fressen sie wie Sahnetorte, fressen, bis ihnen das Maul schäumt. Hinterher putzen sie sich mit Tränen. Rattentränen sind rot wie Blut und sammeln sich im inneren Augenwinkel, es ist ein Sekret zur Pflege des Rattenpelzes. Ratten pfeifen. Ratten verpfeifen. Ratten werden erschlagen.

Am anderen Morgen weiß es Ursula: Sie muss hier weg, aber in einen Bunker wird sie nicht einziehen. Sie wird aushalten. Sie kann aushalten.

»Ein Viertelpfund würde mir reichen«, sagt Ursula.

Der Fleischer sticht in die Schale mit der Leber, hebt einen rotbraunen, prall und silbrig glänzenden Lappen heraus und lässt ihn abtropfen, bevor er ihn aufs Schneidebrett klatscht und durchschneidet. Die kleinere Hälfte legt er auf die Waage.

»Darf es etwas mehr sein?«

Heute Vormittag hat Ursula die Küche für sich. Vor zwölf werden Erika und ihre Mutter nicht vom Arzt zurück sein. Mit ruhigen Bewegungen teilt sie das blutige Organ in kleine, immer kleinere Stücke. Sie benutzt eine rostige, stumpfe Schere. Möglichst viel Blut soll austreten. Damit kein Tropfen verloren geht, arbeitet sie auf einem Teller. Charlotte, die Ärmchen auf dem Küchentisch, das Kinn auf den Ärmchen, verfolgt gespannt, was da passiert. Als

Ursula mit dem Teller aus der Küche gehen will, hängt sich Charlotte an ihren Rockzipfel. Sie will mit.

»Nein« sagt Ursula, weil es wirklich nicht geht, und schon plärrt Charlotte los.

»Mama ist gleich wieder da«, sagt Ursula, »dann gehen wir in den Bürgerpark und füttern die Enten. Einverstanden?«

In der Waschküche zieht Ursula ihren Schlüpfer aus. Einen Teil der Leber knetet sie in den Zwickel, den Rest in die baumwollenen Strickschläuche, die im letzten Monat weiß geblieben sind. Sie hat nicht geblutet, sie ist schwanger, die Zeichen sind eindeutig. Binden und Schlüpfer weicht sie in einem Eimer mit kaltem Wasser ein, das Leberblut kippt sie dazu. Den Eimer stellt sie neben Erikas und Kriemhildes Eimer. Man soll sehen, nicht spekulieren; sehen wird man noch früh genug. Sie wird niemanden finden, der ihr das Kind wegmacht. Abtreibung ist strafbar. Selbst wenn sie an eine Adresse käme, sie hat kein Geld. Stricknadeln hat sie. Mit Stricknadeln funktioniert es. Sie weiß von Frauen, die es gemacht haben, und von Frauen, die dabei verblutet sind. Es geht auch um Charlotte. Sind die Zeichen wirklich so eindeutig, wie sie meint? Noch besteht die Hoffnung, dass sie sich täuscht. »Hure!« Die Stimmen in ihrem Kopf rufen durcheinander. »Hure, Hure, Hure«, rufen sie. »Verschwinde«, sagt Erika und ihr Vater sagt auch: »Verschwinde, und komm mir nie wieder unter die Augen!«

Im Park, nahe am Teichufer riecht es nach Moder. Man möchte an Nixen und Wassergeister glauben. Die Trauerweiden lassen ihre Zweige ins Wasser hängen, wo sie schlingern, wehen und treiben. Das Wasser ist grün, grün mit tanzenden Lichtern. Ein Windstoß, und es ergraut.

Kaum hat Ursula die Tüte mit dem harten, kleingeschnittenen Brot geöffnet und Charlotte einige Stückchen auf die Hand gelegt, kommen die Enten angewackelt. Charlotte wirft das Brot dem Geschnatter entgegen. Als die Tüte leer ist, pflücken sie Gänseblümchen auf der Wiese am Teich. Aus den Gänseblümchen wird ein Kranz und aus Charlotte eine Blumenkönigin. Die sitzt stolz in ihrer Karre und lässt sich durch den Park kutschieren. Ziel ist ein Spielplatz, eine Freifläche mit Unkraut, rostigem Gestänge, Brettern, Reifenteilen. Und einem Sandhaufen. Einen anderen Spielplatz gibt es in der Nähe nicht. Wie immer haben sie den Spieleimer und die Sandförmchen dabei.

Charlotte buddelt. Von der Mütterbank aus sieht Ursula ihr zu, eine Hand auf dem Bauch. Die Sonne bescheint ihr Gesicht. Das tut gut. Die Mittagsstille, die Vogelstimmen, das glücklich spielende Kind, was für ein schöner Spätsommertag, denkt Ursula und fühlt sich auf eine seltsame Art schwer. Als Charlotte die Gänseblümchen vom Kopf rutschen, der welke Kranz auseinanderfällt, und irgendwann sowieso Schluss sein muss mit Sandfischen, Sandmuscheln, Sandsternen, machen sie sich wieder auf den Heimweg. Auch weil der Wind stürmisch geworden ist. Er trägt den Geruch von Herbst in sich, reißt den Bäumen die Blätter herunter und treibt Ursula mit Charlotte in der Karre vor sich her und zurück in die Kammer hinter der Küche.

Auf dem hellblauen Tisch liegt ein Brief. Das cremefarbene Kuvert, das Längsformat, verrät auf den ersten Blick, von wem er stammt.

Liebe Ursula!
Habe lange überlegt, ob ich Dir überhaupt schreiben soll, nach allem, was war (und nicht war) zwischen uns. Denke

aber, dass es gut ist, wenn die Dinge klar sind (unausgesprochen sind sie es nicht). Neun Jahre Russland haben ein Wrack aus mir gemacht. Du warst taktvoll genug und hast es mich nicht spüren lassen. Dank Dir. Das Erlebte will nicht raus aus meinem Schädel, selbst der Schlaf hat kein Mitleid mit mir. Schwere, schwere Träume schickt er mir. Hat man überlebt, heißt das noch lange nicht, dass man weiterlebt. Das Leben kommt nicht einfach so zurück. Was mich betrifft, ich finde es nicht wieder. Selbst den Geschmackssinn haben mir die Hungerjahre genommen (mochte bei Deinem Besuch nicht drüber sprechen). Habe neulich eine Zitrone gegessen, nicht einmal die habe ich geschmeckt.

Ich gehöre jetzt ganz und gar meiner Arbeit. Etwas muss werden, weil aus Deutschland wieder etwas werden muss. In meiner jetzigen Verfassung ist es noch zu früh für eine Frau (oder für immer zu spät). Das ist mir durch Deinen Besuch bewusst geworden.

Dir und Deiner Tochter wünsche ich einen optimistischen Blick in die Zukunft. Lebe wohl, Ursula.
Konrad, Düsseldorf, 17. September 1952

Anfang Oktober hat Ursula noch immer nicht geblutet. Sie hebt jetzt schwerer, als es gut wäre. Den Wohnzimmerteppich schleppt sie allein auf den Hof, zwingt ihn über die Klopfstange und drischt auf ihn ein, bis der Ausklopfer zerbricht. Die Waschkörbe packt sie so voll, dass ihr der Berg die Sicht versperrt. Dennoch verfehlt sie beim Treppensteigen keine Kellerstufe, stolpert nicht, stürzt nicht, rutscht nicht aus. Das Ungewollte muss einen Schutzengel haben, denkt sie.

Die letzten Wochen haben Gras über den Kanarienvogel wachsen lassen und die feindseligen Töne geglättet. Und als der Monat nasskalt und regnerisch wird, holt man Ursula aus der ungeheizten Kammer abends sogar in die Stube. Die Abende im November gleichen sich in ihrer Langeweile. Ursula hat ihr Strickzeug, Erika ihre Patience, Erikas Mutter statt Veilchen jetzt Christrosen im Stickrahmen, und Ursulas Vater hat sein Bier und sein Kreuzworträtsel.

An einem solchen Abend geht Erikas Patience zum dritten Mal hintereinander nicht auf. Missgelaunt schiebt sie die Karten zusammen und will von Ursula wissen, warum die Bekannte aus Düsseldorf nichts mehr von sich hören lasse, warum aus der Arbeitsstelle nichts geworden sei und ob sich das Ausgleichsamt wegen der Heimkehrerentschädigung schon gerührt habe. Ursula antwortet ausweichend. Erika bohrt. Auch der Mann mit dem teuren Briefpapier interessiert sie. Ursula strickt Maschen und Märchen zusammen. Sie ist gereizt. Als Erika vorgibt, sich Sorgen um sie zu machen. Eine auffallende Blässe will sie beobachtet haben, dazu eine gewisse Mattigkeit und Erschöpfung. Ursula sagt, das seien die Nachwirkungen der Jahre in Russland, die schwere Arbeit und all das andere, was sie durchgemacht habe, vor allem der Hunger, dieser schreckliche, niemals endende Hunger …

Jetzt wird Erika laut: »Ich kann es nicht mehr hören, Ursula! Du tust, als ob du die einzige warst, der es schlecht ging. Auch wir haben Kohldampf geschoben, im Krieg und in den ersten Jahren danach. Und wie! Was es auf Lebensmittelkarten gab, das war doch lächerlich, das war gar nichts. Lederriemen haben wir gekaut und den Leim hinter den Tapeten hervorgepult. Wie Oblaten pappte der am Gaumen. Bucheckern haben wir gesammelt, gemahlen und zusammen mit Sägemehl zu Brot gebacken, wenn man das überhaupt Brot nennen kann. Mit dem Fahrrad bin ich zu den Bauern. Bis ins Oldenburgische habe ich die Höfe abgeklappert. Die Läden waren ja leer, die Reichsmark nichts wert.«

Erika deutet auf ihre Mutter, die regungslos und stocksteif dasitzt, den Stickrahmen im Schoß.

»Frag sie! Gegen eine Speckseite habe ich ihre Fuchsstola getauscht, den Familienschmuck gegen Steckrüben, die Perserbrücke für ein paar Kartoffeln hergegeben. Ganze fünf Kilo habe ich dafür bekommen! Weißt du, was der Bauer zu mir gesagt hat? Eigentlich hätten sie schon genug Teppiche, aber im Kuhstall wäre noch Platz. Nein, meine liebe Ursel, nicht nur du hast in deinem Sibirien gefroren. Auch hier waren die Öfen kalt, die Kohlen rationiert, die Fenster kaputt nach den Bombenangriffen. Planen und Decken haben wir in die Löcher gehängt, Glas gab es ja nicht. Die Kinder wurden mit einem Brikett zur Schule geschickt, damit man das Klassenzimmer heizen konnte. Mit einem Brikett sind wir ins Theater gegangen, Briketts waren unsere Eintrittskarten, Briketts waren die Gage für die Künstler. Du glaubst, nur du hast wie ein Schwerverbrecher geschuftet? Auch wir haben es getan. In Ruinen haben wir Frauen gestanden, haben die Trümmer weggeräumt und den Mörtel von den Steinen geklopft. Wiederaufbau nannte man das. Unter dem Schutt Leichen, tote Pferde, Blindgänger. Alles verwüstet wie nach einem Erdbeben, alles kaputt …« Erika wischt sich über die Augen und sieht nach unten.

»Auch wir haben Menschen liebgehabt und verloren«, sagt sie.

Nach diesem Satz bleibt es lange still. Die Toten sind eingetreten, vier Männer in langen, grauen Soldatenmänteln und Stahlhelmen, zwei von ihnen kaum älter als Schuljungen. Schweigend gehen sie umher. Vor ihren gerahmten Fotos bleiben sie stehen.

»Du bist schwanger, nicht wahr«, sagt Erikas Mutter.

»Ja«, sagt Ursula, »ich erwarte ein Kind.«

Niemand hat sie Hure genannt. Niemand hat ihr Vorwürfe gemacht. Ohne ein Wort hat man sie vor die Tür gesetzt, als sie beim Arbeitsamt war. Ihre Tochter hat man in der Kinderkarre mit einem Laufgeschirr festgeschnallt und bei den Fahrrädern im Hausflur abgestellt. Ursula hat Charlottes Gebrüll schon an der Hausecke gehört. Die Kleine ist außer sich und nur schwer zu beruhigen. Neben der Karre stehen ein Pappkarton, Aufschrift: »Ursula« und der Holzkoffer, mit dem sie aus Russland kam. Auf dem Kofferdeckel ist ihre graue Filzdecke festgeschnallt, wie bei der Ankunft vor sechs Monaten. In diese Decke wickelt sie ihr Kind. Wie eine kleine Mumie sieht sie aus. Ursula hebt den Koffer auf das Fußende der Karre, stellt den Karton oben auf und bindet sich den Schal um den Kopf. Die Enden schlingt sie um den Hals und knotet sie unter dem Kinn zusammen.

»Wir machen jetzt einen Ausflug«, sagt sie zu ihrer Tochter. Dann schiebt sie die Karre hinaus auf die Straße. In den Wind und den Schneeregen.

Stunden vergehen, bis sie im Wohnungsamt an der Reihe ist. Von der Sachbearbeiterin hört sie die erwarteten Sätze. Ursula antwortet, dass sie niemals in einen der Luftschutzbunker aus dem Krieg ziehen werde, auch jetzt nicht, wo ihre Verwandten sie aus der Wohnung geworfen haben, weil sie ein Kind erwartet. Im vierten Monat sei sie und habe zum Vater des Kindes keinen Kontakt mehr. Ursula spricht zu ihren Händen.

»So leid mir Ihre Situation persönlich tut«, sagt die Sachbearbeiterin, »etwas anderes als einen Raum im Bunker kann ich Ihnen zurzeit nicht anbieten … wir haben den Krieg hinter uns … Sie sehen ja, wie die Stadt aussieht, die Schuttberge, die Trümmer … kein Wohnraum und Tausende von Flüchtlingen … Sie sollten sich überwinden … es wäre für eine Übergangszeit … die Stadt baut … auch Sozialwohnungen, in ein, zwei Jahren denke ich …«

Worte helfen Ursula nicht, nicht einmal trösten können sie. Sie spürt ihr Herz, spürt es trommeln. Ein Augenlid zittert. Und jetzt weint sie auch noch. Mit einer entschlossenen Bewegung wischt sie die Tränen ab.

»Ich werde hierbleiben«, sagt sie, »hier im Wohnungsamt, bis eine Ihrer Sozialwohnungen fertig ist. Hier ist es warm, hier gibt es Toiletten, hier kann man sich waschen, und Bänke zum Schlafen gibt es auch.«

Am Nachmittag hat sie eine Adresse.

Der Schneeregen ist in Schnee übergegangen. Die Flocken fallen dicht. Der Wind hat zugenommen. Ursula geht zu Fuß, um das Fahrgeld zu sparen. Den Weg hat sie sich auf der Wandkarte im Wohnungsamt eingeprägt. Die Straße liegt in der Nähe des Güterbahnhofs und ist leicht zu finden. Zwei Kilometer geradeaus, vorbei am Hauptfriedhof, vorbei am Krematorium, an der Wendeschleife der Straßenbahn rechts rein.

Ursula schiebt die Karre durch den treibenden Schnee. Sie geht dicht am Fahrbahnrand, einen Fußweg gibt es nicht. Manchmal lösen sich Scheinwerfer aus dem wirbelnden Weiß. Der Schnee weht ihr ins Gesicht. Sie zieht den Schal tief in die Stirn. Charlotte schläft.

Zwei Parteien wohnen in dem Haus mit der Nummer 14. Ursula klingelt bei der Vermieterin. Eine kleine, freundliche Frau und ein heiser kläffender Spitz empfangen sie.

»Sie sind der Notfall?«

Ja, sie ist der Notfall.

Tee, Kandis, Kekse. Eine Stunde später hat Ursula die Dachzimmer noch immer nicht gesehen, nur gehört, dass sie teilmöbliert sind. Dafür kennt sie die Lebensgeschichte der Hausbesitzerin. Sie erfährt: Die Familie in der ersten Etage stammt aus Schlesien, Flüchtlinge, die sich die Dachzimmer, die eigentlich zur Wohnung gehören, nicht leisten können. Sie erfährt: Zum Kaufmann geht man fünf, zum Bäcker zwanzig Minuten. Sie erfährt: In der Nummer 21 wohnt ein Jude, der für seine Zeit im KZ unvorstellbare 20.000 Mark Entschädigung erhalten hat. Für dieses Haus, auch das erfährt sie, gab es vom Land einen Baukostenzuschuss, der sie, die Eigentümerin, verpflichtet, nur an Flüchtlinge, Vertriebene und so zu vermieten. Und so? Das ist vermutlich jemand wie sie.

Ob sie einen Berechtigungsschein vorweisen könne?

Sie kann.

Ob sie katholisch sei?

Nein, evangelisch.

Ob sie wisse, dass Protestanten in die Hölle kommen?

Ja, dort war sie bereits, sagt Ursula, und die Vermieterin lacht ein bisschen und nennt Humor ein Gottesgeschenk.

Ursula ist mit den beiden Zimmern unter der Dachschräge einverstanden. Das eine ist klein, das andere winzig. Das kleine hat eine Fensternische und einen Eisenofen, das winzige einen Kohleherd und eine Dachluke, in die der Mond passt. Beide Zimmer haben Holzdielen und an der Decke Kellerlampen in Drahtkörben. Die Wände sind halbhoch ockerfarben gestrichen und mit einem umlaufenden Zierstreifen in Hellblau abgesetzt. Sie geht von einem Zimmer ins andere, immer wieder und noch immer im Mantel. Die Räume sind ausgekühlt, doch nicht so kalt, dass sie heute Abend noch Feuer machen müsste. Die gute Katholikin hat ihr einen Eimer Kohlen, Anmachholz und Streichhölzer geschenkt. Als Geste der Barmherzigkeit wollte sie es verstanden wissen. Der wahre Lohn erwarte sie dort oben, hatte die Gottesfürchtige gesagt und durch die Decke zum Himmel gezeigt.

Unter einer Teilmöblierung hat Ursula sich etwas anderes vorgestellt: nicht eine Matratze ohne Bettgestell, nicht einen zerlegten Schrank, nicht einen Tischrahmen aus Nussbaum mit einer Tischplatte aus nussbrauner Presspappe. Die beiden Holzstühle gefallen ihr. Sie haben ein Lochmuster auf der Sitzfläche und wackeln nicht. Zur Ausstattung gehören ferner zwei Eimer, einer für Frisch- und einer für Schmutzwasser. Zum Füllen und Ausleeren – und auch sonst – darf sie den Lokus der schlesischen Familie eine Treppe tiefer benutzen.

Sobald sie die Heimkehrer-Entschädigung hat, wird sie Möbel kaufen. Charlotte soll ein Kinderbett bekommen, die Wände Tapeten und das Fenster Gardinen. An der Decke wird es eine Lampe mit Halbschalen aus marmoriertem Glas geben und auf den Holzdielen Stragula.

Linoleum wäre zu teuer. Stragula ist zwar nichts anderes als Teerpappe, beschichtet mit Ölfarbe, aber wunderschön bedruckt mit Mustern von Orientteppichen. Ihr Hausrat ist dürftig: ein Aluminiumbesteck, ein Holzbrettchen und ihr Kochgeschirr aus Russland. Diesen Blechbehälter hatte sie eigentlich wegwerfen wollen, wegen der Erinnerungen, behielt ihn dann aber doch – wegen der Erinnerungen – und verwahrte ihren Notgroschen darin.

Charlotte schwitzt im Schlaf. Ursula lockert die Decke und denkt an das ungeborene Kind. Sie fühlt sich betraft für ihren Leichtsinn und bloßgestellt als Frau: kein Mann, zwei Kinder, beide unehelich, jedes von einem anderen. Wie sie dasteht! Wie ihre Kinder dastehen! Schmuddelkinder! Mit Schmuddelkindern spielt man nicht, auf Schmuddelkinder zeigt jeder mit dem Finger. Selbst das Gesetz stellt sie in die Ecke. Vor dem Gesetz sind alle Schmuddelkinder gleich: nicht verwandt mit dem Vater, nicht erbberechtig, arm, weil Schmuddelmütter arm sind, weil sie als Putzfrauen arbeiten oder für einen Hungerlohn in die Fabrik gehen. Die Alimente richtet sich nach den Lebensverhältnissen der Mutter. Eines Tages werden ihre Kinder Fragen stellen. Was soll sie antworten, wenn sie wissen wollen, warum keiner sie geheiratet hat? Sie wünscht sich fröhliche Kinder, Kinder, die gut gerüstet ins Leben gehen. Ja, sie macht sich Sorgen. Da ist die Angst, ihre Kraft könnte nicht reichen. Stalins Arbeitslager haben sie Lebenszeit und Gesundheit gekostet. Im nächsten Jahr wird sie dreißig. Wenn sie vierzig ist, haben ihre Kinder noch etliche Schuljahre vor sich. Mit Fünfzig wird für ihr eigenes Leben – so oder so – nicht mehr viel übrig sein. Traurig, verzagt, auch hungrig, streckt sie sich auf der Matratze am Boden aus. Sie deckt den Mantel über sich und verkriecht sich darunter wie in sich selbst.

Die Wehen sind kaum zu spüren. Sie kommen und gehen wie gehaucht. In einem seltsam schmerzfreien Vorgang presst sie ein Lamm aus sich heraus. Es hat zwei Köpfe. Ein Kopf schläft, der andere ist wach. Das Fell ist feucht. Sie leckt es trocken. Ihr Kind ist von weiblichem Geschlecht. Während dem wachen Kopf die Augen zufallen, hebt der andere langsam die Lider. Staunend, sanft, ergeben sieht dieses Wesen sie an.

Das Herz schlägt Ursula bis zum Hals, als sie aus dem Traum in ein halbes Bewusstsein gleitet. Es wird ein Mädchen. Mit dieser Gewissheit und der glücklichen Ahnung, dass ihr diese Tochter einmal Freundin und Stütze sein wird, wird sie endgültig wach. Auf Charlotte will sie nicht hoffen. Sie ahnt: Dieses Kind wird ihr Kummer bereiten. Joachims Charakter schimmert durch, seine Egozentrik, seine Intelligenz. Etwas an diesem Kind beunruhigt sie.

Beim Auspacken am nächsten Tag stellt sie fest, dass man alle ihre Sachen – fast alle – eingepackt hat, von den Briefen, die sie im Nachtschrank verwahrt hatte, bis zu ihren Selbstgedrehten auf der Fensterbank, von Charlottes Plüschaffen bis zu den Wollresten und Stricknadeln. Alles eingepackt. Was fehlt, sind die Scheine, die sie im Kochgeschirr verwahrt hatte. Das Geld wurde entnommen. Nicht entwendet. Entnommen. Ihre Verwandten hatten eine Rechnung offen. Die ist nun beglichen. Die Abrechnung findet sich auf dem Kofferboden. Auf einer Schulheftseite sind die anteiligen Kosten für zwei Personen an Miete, Strom, Gas und Wasser für die letzten sechs Monate aufgelistet. In Rechnung gestellt wurde ihr nicht nur die Benutzung der

Nähmaschine zur Änderung eines Mantels und einer Bluse vom Roten Kreuz, auch die Kinderkarre, von der sie angenommen hatte, sie sei ihr Begrüßungsgeschenk gewesen. Sogar der Vogelkäfig und die Flasche Eierlikör, die beim letzten Streit zu Bruch gegangen waren, finden sich auf der Liste. Die letzte Position ist eine Pauschale für Sonstiges. Die Rechnung ist aufgegangen. Unter dem Strich bleibt für sie, Ursula, eine Null, ein Komma, ein Federstrich. Sie heult. Sie läuft im Zimmer herum, schlägt die Faust gegen die Wand, so heftig, dass Charlotte den Plüschaffen fallen lässt. In Ursulas Kopf steht ein Bild aus ihrer Zeit im Ural auf: Eine Frau verdampft im Lavastrom eines geborstenen Schmelzofens. Ursula kickt Bimbo, den Plüschaffen, in die Ecke. Charlotte reißt den Mund auf, stumm und mit übergroßen Augen. Dann heult sie los.

Der Fußtritt hat Bimbo die Brust aufgerissen. Sägespäne rieselt heraus, als Ursula ihn aufhebt. Nun heult auch sie. Den Schwerverletzten legt sie ihrer Kleinen in den Arm, tröstet beide und verspricht: »Alles wird gut, alles wird gut.«

Oberschwester Charlotte assistiert der Chefärztin Ursula bei der Operation mit Nadel und Faden. Das Ergebnis ist eine schöne Naht auf einem abgewetzten Plüschbauch. Während der Patient auf der Bodenmatratze von Oberschwester Charlotte verbunden und gefüttert wird und sich zusehends erholt, sitzt Ursula am Tisch. Eine Hand hält sie vors Gesicht, mit der anderen streichelt sie das Ungeborene, um sein Gestrampel zu beruhigen. Sie wünscht Erika den Tod.

Mehr als vier Jahrzehnte später wird Charlotte einen Brief bekommen. In diesem Brief wird sie eine Todesanzeige finden; ihre Schwester wird sie aus der Braunschweiger

Zeitung ausgeschnitten haben. In der Todesanzeige wird stehen, dass Erika nach einem erfüllten Leben im gesegneten Alter von sechsundachtzig Jahren sanft entschlafen ist. Charlotte wird die Namen Kriemhilde, Karin, Christina und Klaus-Peter lesen. Wie in einem tief verborgenen Echoraum werden sie in ihr nachhallen. Sie wird auch lesen, dass man um die Verstorbene trauert und dass dies außer Kriemhilde, Karin, Christina und Klaus-Peter noch drei Schwiegersöhne, eine Schwiegertochter, neun Enkel, fünf Urenkel und eine unbekannte Zahl von Personen sind, über die es heißt, sie hätten Erika liebgehabt.

Charlotte spielt, Ursula schreibt Briefe. Sie schreibt mit Tinte und einem Holzfederhalter für Schulkinder. Es ist der 30. November 1952, ein Sonntag. An der Stubendecke hängt ein kleiner Adventskranz. Sein einziger Schmuck sind die vier roten Kerzen und die Bänder aus rotem Schleifentaft, die ihn an der Decke halten. An diesem Haken hätte sie viel lieber die Lampe mit den Halbschalen aus marmoriertem Glas gesehen. Doch die Heimkehrerentschädigung lässt auf sich warten.

Der Duft von Tannenzweigen, Bohnenkaffee und einer einsam brennenden Adventskerze mischen sich zu einem Gefühl von Wundsein und Traurigkeit. Ursula taucht die Feder ins Tintenglas und setzt ihren Brief an Konrad fort. Dass ihr Zusammensein in Düsseldorf nicht ohne Folgen geblieben ist, schreibt sie, und dass sie voraussichtlich im Mai niederkommen werde.

Den Brief an Joachim fasst sie kurz. Sie teilt ihm ihre neue Adresse mit, erinnert ihn an die Vaterschaftssache und wünscht ihm eine besinnliche Adventszeit.

Ihren Anwalt setzt sie höflich davon in Kenntnis, dass sie nunmehr mit der Scheidung einverstanden sei und nicht länger auf Fortsetzung der Ehe klagen wolle, was ja ohnehin nur in Erwartung von Unterhalt geschehen sei und bis heute zu nichts geführt habe. Ihren plötzlichen Sinneswandel erklärt sie mit ihrem Blick für die Realität. Der von ihrem Noch-Ehemann angestrebten Klarstellung der Verhältnisse wolle sie nicht länger im Weg stehen. Sie habe Verständnis für die Lage jener drei Personen und könne deren Wunsch nach Ruhe und Rechtssicherheit nachvollziehen. Von ihrer Schwangerschaft schreibt sie nichts. Ihr ist klar, dass ihr Verhalten – rechtlich betrachtet – Ehebruch war. Damit würde *sie* den Scheidungsgrund liefern. Sie wäre der schuldige Teil und verlöre dadurch ihren Anspruch auf Unterhalt.

Den letzten Brief schreibt sie an ihren Vater. Mehrmals muss sie ihn zerreißen, weil Tränen die Tinte verwischt haben. Im Versuch, schneller zu sein als ihr Schluchzen, wird ihr Brief immer kürzer. Das Blatt, das sie schließlich faltet und in den Umschlag steckt, enthält keinen einzigen Vorwurf mehr, kein Wort des Hasses, keinen Vergleich zwischen ihrer Stiefmutter Erika und ihrer Mutter Louise, seiner ersten Frau, die mit ihrem ruhigen, freundlichen Wesen eine liebevollere Großmutter gewesen wäre und ihr Enkelkind nie, niemals in einen Kohlenkeller gesperrt hätte.

Ursula überfliegt noch einmal den Brief an ihren Vater:

Papa,
von Dir erwarte und erhoffe ich nichts mehr. Das einzige und letzte, worum ich Dich bitte, ist das Bett in der Kammer, das

ich Euch bezahlt habe. Wenn Du es irgendwann bei mir vorbeibringen könntest, wäre ich Dir dankbar. Ich schlafe noch immer auf dem Fußboden. Meine Adresse siehe Absender.
Ursula

An stürmischen Tagen kommt es vor, dass der Wind unten an der Haustür die Klappe über dem Briefeinwurf anhebt und zufallen lässt. Das Geräusch ist ein metallisches Scheppern. In der Anfangszeit ist Ursula hinuntergegangen, um zu öffnen. Wer zu ihr will, muss sich über die Briefklappe bemerkbar machen, denn eine Klingel ist für die Mansardenzimmer nicht vorgesehen. »Bitte klappern« steht neben ihrem Namensschild.

Inzwischen hat sie ein Ohr für den Unterschied zwischen Wind und Besuch. Sie hofft auf ein Klappern, während sie von der Dachluke aus beobachtet, wie unten auf der Straße ihr Bett vom Bierwagen abgeladen wird. Ein Passant packt spontan an und hilft ihrem Vater, Kopf- und Fußende, Seitenholme und Sprungfederrahmen zum Haus zu tragen. Wo sie die Einzelteile abstellen, kann sie von oben nicht sehen, vermutlich werden sie alles an die Wand lehnen und sie wird Ärger mit der Hauswirtin bekommen. Eine Weile noch unterhalten sich Männer, dann klettert ihr Vater wieder auf den Kutschbock und gibt den Pferden die Leine. Nein, er meldet sich nicht. Sie hört das Kommando, mit dem er die Kaltblüter in Bewegung setzt, sieht die schweren Tiere sich brav ins Geschirr legen. Enttäuscht lauscht sie dem Hufschlag und dem Rumpeln der Bierfässer hinterher.

Vor dem Haus, in der eisblauen Kälte, steht noch immer der hilfsbereite Passant. Mit der Pudelmütze, dem Norwegerpullover, der ausgebeulten Hose und den derben

Schnürstiefeln sieht er aus wie ein Hafenarbeiter. Handschuhe hat er keine an. Er haucht in seine nackten Hände und blickt zur Haustür. Oder zum Bett? Hat er einen Plan? Was hat ihr Vater ihm erzählt? Ursula löst sich von ihrem Ausguck. Sie wird diesen Mann bitten, ihr beim Transport des Bettes nach oben behilflich sein. Auf halber Treppe scheppert plötzlich die Briefklappe.

Als sie die Haustür aufmacht, geht sie in einer Alkoholfahne, einer Umarmung und einem nach Maschinenöl stinkenden Wollpullover unter. Der Kerl versucht, sie zu küssen. Sie wehrt sich, doch dieser Mensch hat Kraft, er hält ihren Kopf fest, seine Bartstoppeln schaben über ihre Wangen, sein Mund erwischt ihre Lippen. Ihm gelingt ein Kuss, ihr im Gegenzug eine Ohrfeige. Und weil es Joachim ist, setzt sie eine noch saftigere nach. Und noch eine, und noch eine, und noch eine ...

»Das reicht, Schnickschnack! Lässt du mich rein?«

Da steht sie Joachim, da steht Joachim ihr nach drei Jahren gegenüber. Sie schaut ihn an, er schaut sie an und es tut weh. Auch ihm, Ursula spürt es.

»Dass du dich nicht schämst«, sagt sie.

Dieser Satz hat nichts mit Charlotte, dem Kind, seiner Tochter, zu tun. Dieser Satz meint den Mann, den Geliebten, den Schweinehund. Sie hat viel gegrübelt und ist sich inzwischen sicher, dass er sich seine Freiheit mit dem erkaufte, was er – und nur er – über sie wusste. Von wem, wenn nicht von ihm, hatte der NKWD, der russische Geheimdienst, die Information, dass sie für die Wehrmacht gearbeitet hatte, als Zivilangestellte, als Sekretärin eines hochrangigen Offiziers? Diese Tätigkeit wurde ihr als Spionage gegen die Sowjetunion ausgelegt und bedeutete weitere Jahre Arbeitslager. Dass aus fünfundzwanzig Jahren schlussendlich zweieinhalb wurden, hat sie Adenauers Außenpolitik zu verdanken. Und sich selbst. Weder das Fern-Urteil aus Moskau noch diesen Wisch über ihr Verhör hatte sie unterschrieben. Sie weigerte sich. Sie weigerte sich, etwas zu unterschreiben, das ihr auf Russisch, in kyrillischer Schrift und ohne Übersetzung präsentiert wurde. Daran änderte auch der beeindruckende Wutausbruch des vernehmenden Offiziers nichts, auch nicht das Klicken der Pistole, die der zweite Geheimdienstmann plötzlich entsicherte. Sie weigerte sich mit Charlotte im Bauch und der Gluthitze des Torfs beheizten Ofens in ihrem Rücken. Und dabei blieb es.

»Dass du dich nicht schämst«, sagt sie und sieht ihm ins Gesicht.

Die grünen, mit Gold- und Bernsteinsplittern gesprenkelten Augen hat Charlotte von ihm, auch die Form der Ohrmuscheln, die großen Läppchen, die, so sagt man, Freiheitsliebe bedeuten.

»Mann, hast du eine Fahne!«

»Das haben sie auf der Wache auch gesagt.«

»Hat dich die Polizei in die Ausnüchterungszelle gesteckt?«

»Aus dem Verkehr hat sie mich gezogen, ich war mit dem Motorrad unterwegs.«

»Ach nee, du leistest dir ein Motorrad, hast aber kein Geld für die Alimente!«

»Es gehört einem Bekannten, die Polizei hat es eingezogen, aber irgendwie muss ich zurück nach Hamburg kommen. Kannst du mir Fahrgeld für den Zug geben?«

»Was wolltest du in Braunschweig?«

»Dich sehen. Das Kind sehen. Ich muss mit dir reden.«
Joachim lächelt.

Da ist er wieder, der alte Jonny, der Schelm, der Frauenliebling. Er sieht gut aus, denkt Ursula, männlich, übernächtigt, verwegen, aber gut. Auf den ersten Blick hätte sie ihn für einen Abenteurer gehalten, nicht für einen Künstler, jedenfalls nicht für einen, der Ölbilder malt. Wenn schon Künstler, dann Bildhauer. Skulpturen aus Stahl, Bronze, Holz, mit der Kettensäge bearbeitet, etwas in dieser Art könnte sie sich eher vorstellen. Den Fabrikantensohn sieht man ihm nicht an. Wie erfunden kommt ihr plötzlich die Jugendstilvilla in Dresden vor, in der er aufwuchs, angeblich, angeblich mit Hauspersonal, Privatlehrern, Klavier- und Orgelunterricht. Ein strenger Vater, eine lungenkranke Mutter, Joachim, das spätgeborene schwarze Schaf, zu Höherem bestimmt, zog der väterlichen Fabrik die Kunstakademie vor, der Kunstakademie schließlich die Kriegsmarine und damit das Panzerschiff »Admiral Graf Spee« seinem Professor Otto Dix. Joachims Biografie changiert zwischen unscharf und unsauber.

Joachim nimmt die schief sitzende Pudelmütze ab. Die linke Wange ist feuerrot. Jetzt lächelt Ursula.

»Komm«, sagt sie, »und hilf mir, das Bett nach oben zu tragen.«

Durch die Stäbe des Holzgeländers verfolgt Charlotte, wie sich ihre Mutter und ein fremder Mann auf der engen, steilen Treppe zur Mansarde mit sperrigen Gegenständen abmühen. Man trägt sie in die Stube. Sie trippelt hinterher und hält sich die Nase zu. Der Mann stinkt. Als er sie freundlich anspricht, dreht sie den Kopf zur Seite, und als er vor ihr in die Hocke geht und sie zu sich ziehen will, wird sie stocksteif. Er mustert sie. Ursula steht dabei. Er mustert seine Tochter wie jemand, der die Rassemerkmale eines Welpen prüft, denkt sie. Plötzlich aber schnappt er das Kind, hebt es im Schwung in die Höhe, über seinen Kopf, stemmt den kleinen Käfer bis unter die Decke. Charlotte zappelt und kreischt wie aufgespießt und Joachim lacht. Als er Charlotte wieder auf die Füße stellt, tritt sie ihm gegen das Schienbein: »Du Doofer!«

Joachim und Ursula bauen das Bett auf. Sie stellt es sich unter der Schräge vor. Das Zimmer ist klein, es muss umgeräumt werden. Groß sind die Möglichkeiten nicht, will man vernünftig am Tisch sitzen und sich nicht überall stoßen. Außerdem muss man ja auch noch die Schranktüren aufbekommen.

Alles findet Platz, alles passt. Und es passt auch zwischen ihnen. Nach allem, was war, und trotz allem passt es noch immer zwischen Ursula und Joachim, Schnickschnack und Jonny.

Eine Frau zieht einen Mann aufs Bett. Ein Mann umarmt eine Frau. Der Mann streicht das Haar der Frau zurück, hält ihr Gesicht in seinen Händen, betrachtet es mit großer Zärtlichkeit. Die Frau sieht dem Mann in die Augen. Mit hastigen Fingern knöpft sie ihm die Hose auf, fährt mit der Hand hinein, weiß: es ist falsch, es ist richtig. Mit der anderen Hand zieht sie ihren Schlüpfer zur Seite, rafft den Rock hoch, Lagen von Stoff bedecken ihren Bauch. Ihre Hand führt. Haut teilt sich, Haut gleitet, Haut gleitet vor und zurück. Es ist eine Feier, ein Bekenntnis, ein Erkennen. Neu ist für die Frau der Schmerz in ihrer Lust. Er sitzt nicht im Körper, reicht aber tief ins Mark und will auf keinen Fall Liebe genannt werden. Der Mann und die Frau ignorieren das Kind, das in der Ecke spielt, ein Kind, das ganz bei sich ist und zu klein, um zu verstehen.

Doch Charlotte versteht. Jahre später begreift sie und wird es seltsam finden, dass ihr gerade diese unverstandene Szene so lange im Gedächtnis geblieben ist. Vermutlich war sie untrennbar mit dem Blick der Mutter verbunden, diesem schamroten Blick, der sie, die stumme Zuschauerin, traf und sich einprägte.

Noch aber ist Charlotte das Kind, das aus seiner Spielecke, den Daumen im Mund, mit geweiteten Pupillen ein Drama auf dem Bett verfolgt. Das Kind hört und behält die Worte, deren Sinn sie nicht begreift.

»Willst du nach oben, Schnickschnack?«

»Oben kann ich nicht.«

»Muss ich vorsichtig sein?«

Das Metallgestell quietscht. In der Ecke bullert der Eisenofen. Drei Adventskerzen verteilen unruhige Schatten im Zimmer. Ein Tanz. Der Mann drückt die Mutter auf die nackte Matratze. Charlotte kommt es wie ein Kampf vor, den die Mutter verliert. Haarbüschel quellen dem Mann aus den Achselhöhlen, die runden, kompakten Muskeln schimmern, er schwitzt, er atmet stoßweise. Charlotte hat Angst. Der Mann tut der Mutter weh; sie keucht, winselt, schluchzt. Als sie plötzlich auflacht und ihr Körper ganz weich wird und erschlafft, lässt der Mann von ihr ab. Er rollt sich zur Seite, hockt sich auf die Bettkante und schließt die Hose. Ursula wirft einen Blick in die Spielecke, wo Charlotte wie ein kleiner, düsterer Dämon hockt, sich drei Finger in den Mund gesteckt hat und heftig daran nuckelt. Über die Fingerknöchel hinweg fixiert sie das Bett. Ursula errötet, richtet sich hastig auf und streift den Rock über die Knie. Dann streckt sie die Arme nach Charlotte aus.

»Komm her, mein Spatz!«

Charlotte klettert auf den Schoß der Mutter. Ursula nimmt sie in den Arm und beginnt leise zu summen. »Schlaf, Kindlein, schlaf«, summt sie, »deine Mutter ist ein Schaf ...« Doch diese Worte sind nur in ihrem Kopf. Als die Kleine eingenickt ist, legt Ursula sie aufs Bett und schaut nach dem Feuer im Ofen. Sie stößt den Eisenhaken in die Glut, stochert in den roten Eierkohlen, die sogleich zerfallen, und legt ein Brikett nach. Dann setzt sie den Wasserkessel auf. Für einen Kaffee.

Außer Kaffee und selbstgebackenen Mandelsternen bringt sie auch das leidige Vaterschaftsthema auf den Tisch. In der viel zu warmen, fast überheizten Stube sitzt Joachim ihr mit gesenktem Kopf gegenüber, sitzt da in seinem grauen, gerippten Unterhemd und verspricht ihr, hoch und heilig verspricht er, dass er seinen Unterhaltszahlungen nachkommen werde, auch vor der gerichtlichen Feststellung der Vaterschaft. Im Moment jedoch sei er blank, komplett, weil er die Ingenieurschule besuche und nichts verdiene, auch nebenbei nicht, sagt er. Die Malerei habe er an den brotlosen Nagel gehängt. Ein Vierteljahr noch, dann fange er in Wolfsburg beim Volkswagenwerk an, die Zusage habe er bereits schriftlich, ja, dann werde er Unterhalt zahlen können und auch das mit der Vaterschaft regeln. »Schnickschnack, verlass dich drauf«, sagt er und bittet sie, sich die wenigen Monate noch zu gedulden und nichts zu unternehmen. Er macht eine lange Pause, bevor er sagt, da sei noch etwas. Er hebt den Kopf und sieht sie an. Doch es will nicht raus, was da noch ist.

»Eine Frauengeschichte?«, fragt Ursula.

»Im weitesten Sinne ... Ich bin verheiratet, wir haben einen Sohn.«

Ursulas Lippen zucken vom Tassenrand zurück. Der Kaffee ist zu heiß, zu schwarz, zu bitter.

Kalt ist der Kaffee noch schwärzer und noch bitterer. Ursula hat sich den Rest aus der Kanne eingeschenkt, Milch und Zucker nimmt sie nicht, Kaffee trinkt sie immer schwarz.

Vor einer Stunde hat sie Joachim rausgeworfen. Jetzt ist er auf dem Weg zum Bahnhof, zu Fuß und ohne Fahrgeld. Ob heute noch ein Zug nach Hamburg geht, wusste er nicht. Und ihr ist es egal. Selbst wenn er die Nacht im Wartesaal zubringen muss, was geht sie das an. Soll er zum Teufel gehen oder zur Bahnhofsmission. Und wenn er meint, sich auf der Zugtoilette verstecken zu können, dann soll er es tun.

Sie ist unglaublich wütend auf ihn, nicht, weil er verheiratet ist, sondern, weil er es war, schon damals in Russland, im Lager, wo sie zusammen waren, und er sie im Glauben gelassen hatte, in Deutschland warte niemand auf ihn. Von seinen Eltern hatte er erzählt, dass sie nicht mehr lebten, von seinem Bruder, dass er nach Amerika ausgewandert war, aber über seine Frau kein Wort. Im Blick zurück fühlt sie sich doppelt betrogen. Seine Entschuldigung, die Ehe sei nie eine Ehe gewesen, bloß eine Hochzeitsnacht im Suff, eine Nothochzeit wie viele, bevor es an die Ostfront ging, was im Januar 1945 den sicheren Tod bedeutete, nein, diese Entschuldigung lässt sie nicht gelten. Und über sich selbst ärgert sie sich. Hätte sie ihn bloß nicht nach einem Foto von seiner Frau gefragt! Er hatte tatsächlich eins bei sich.

Jetzt geht ihr das Gesicht nicht mehr aus dem Kopf: Verena. Kennengelernt hatte er sie in der von Deutschland besetzten Tschechei. Sie war als Krankenschwester zum Kriegsdienst verpflichtet worden, kam aus Hamburg, war jung, war hübsch, war blond – blond und hübsch ist sie noch immer – und war, wie er sagte, ach, so verliebt in ihn und seine Gelbsucht. Ihre Pflege muss so reizend gewesen sein, denkt Ursula, dass er versprach, eine Kriegerwitwe mit einer Kriegerwitwenrente aus ihr zu machen, indem er sie heiratete. Gehalten hat er sein Versprechen nicht. Er überlebte. Und wie das Leben mit dem Tod so spielt: seine Frau bekam die Nachricht, dass er für Volk und Vaterland gefallen sei. Doch gefallen war für nichts und wieder nichts sein Kamerad und Namensvetter Joachim Lang aus Weimar. Joachim Lang aus Dresden legte im südlichen Baltikum am 9. Mai 1945, einen Tag nach Deutschlands Kapitulation, die Waffe nieder. Der Krieg war zu Ende, verloren, die Heeresgruppe Kurland, eingekesselt von der Roten Armee, aber unbesiegt, hatte sich zu ergeben und dem Feind, dem Iwan, auszuliefern.

Nicht verrecken. Ein freier Mensch sein. Wieder zur See fahren. Wie von einem Leben nach dem Tod hatte er während der Gefangenschaft von einem Leben jenseits des Stacheldrahts gesprochen. In diesem so glühend, so schmerzlich, so hoffnungslos ersehnten Leben war kein Platz für eine Frau. Sie, Ursula, hatte von diesen Phantasien gewusst und ihn phantasieren lassen, denn es gab ja keine Hoffnung auf Freiheit, aber es gab sie beide und die Liebe der Elenden.

Über seinen Plan, als der unverheiratete Joachim Lang aus Weimar sein zweites Leben zu beginnen, und zwar ohne Verena, hatte er vorhin zum ersten Mal gesprochen, mit einer Offenheit, die sie auch jetzt noch erstaunt. Er gab tatsächlich zu, dass er damals drauf und dran gewesen war, sich die Identität seines gefallenen Namensvetters anzueignen. Was ihn letztlich davor zurückschrecken ließ, war die Aussicht, im Zuchthaus zu landen, falls es eines Tages rauskäme. Das Wort *Zuchthaus* sprach er sehr merkwürdig aus. »Nie wieder aus dem Blechnapf fressen«, sagte er, und einen Moment hatte sie das Gefühl, dass ihm eine andere Zeit als die in russischer Gefangenschaft vor Augen stand.

Danach hatte er von seinem ersten Tag in Freiheit erzählt, dem 14. Dezember 1949. Seine erste Station war der Hamburger Hafen, seine zweite die Reeperbahn. Als das Entlassungs- und Übergangsgeld durchgebracht war, erinnerte er sich an die Adresse seiner Frau. Und als er vor einer leeren Ruine stand, erinnerte er sich auch wieder an die Adresse von Verenas Tante in Norderstedt.

Es muss ein freudiges Wiedersehen gewesen sein, denkt Ursula und der Gedanke schmeckt bitter, dass er Verena aus Dankbarkeit für das Bett, das sie ihm bot und das mit Sicherheit sauberer war als das der Huren vom Fischmarkt, ein Kind machte, ein bisschen zum Spaß, ein bisschen ungewollt und nicht ganz ernst gemeint wie die Nothochzeit. Ursula möchte lachen. Jedenfalls kam neun Monate später sein Sohn zu Welt. Etwas verdunkelt sich, wenn sie an sich selbst in jenen Dezembertagen zurückdenkt. Sie war schwanger und auf dem Rücktransport nach Deutschland in Brest-Litowsk festgehalten worden, wo der sowjetische Geheimdienst sie verhörte. Wieder hat sie den NKWD-Offizier vor Augen, wie er in seiner Wut mit einer Armbewegung ihre Akte vom Schreibtisch fegte, weil sie nicht unterschreiben wollte. Nein, sie war keine Spionin, deshalb unterschrieb sie auch nicht, und erst recht unterschrieb sie kein Dokument in kyrillischer Schrift, das ihr niemand übersetzt hatte. Wieder hört sie, wie eine Pistole entsichert wurde, spürt wieder den Ofen, an den man sie gesetzt hatte und die Hitze, die ihr den Rücken verbrannte. In diesem Moment legt sie unbewusst beide Hände schützend über ihren Bauch. Man drohte ihr, man deutete Möglichkeiten an, man machte ihr Angst mit dem langen Arm und dem feinen Gehör des sowjetischen Geheimdienstes, würde sie auch nur ein Wort über dieses Verhör verlieren oder über das Urteil, das sie zu erwarten habe, oder über ihre Lagerhaft. Man wolle Moskaus Schuldspruch zwar nicht vorgreifen, stellte ihr aber das Straflager Workuta in Aussicht und klärte sie sogleich über dessen Lage am nördlichen Eismeer jenseits des Polarkreises auf. Und eine Ungeheuerlichkeit stand im Raum und zersetzte sie im Inneren, nämlich, dass man Beweise für die Anschuldigungen hätte. Oder sei sie etwa nicht für eine hochgestellte Person der NSDAP als Sekretärin tätig gewesen? Die Einschüchterung hat funktioniert. Das Wort *Workuta* vereist ihr bis heute die Zunge.

An all das hatte sie denken müssen, als Joachim ihr von seiner Frau und seiner ersten Zeit in Hamburg erzählte. »Hau ab!« sagte sie, als er fertig war, mehr nicht. Er stellte wortlos seine Kaffeetasse ab, stand auf, stieg in seine Schuhe, griff den Pullover, griff die Pudelmütze und ging. Zurück blieb ein Frösteln und das Flackern der Adventskerzen im Luftzug der Tür.

Ursula weint. Sie muss lange geweint haben. Als sie das Gesicht von den Armen nimmt, sind sie nass, und auf dem Tisch, auf der Presspappe, ist eine große, feuchte Stelle. Sie fühlt sich elend. Sie geht in die Küche. Sie setzt Wasser auf, stellt zwei Schüsseln bereit, eine zum Abwaschen, eine zum Abtropfen des Geschirrs. Es dauert, bis das Wasser heiß ist. In der Zwischenzeit begutachtet sie die Apfelsinenkiste, die der Kaufmann an der Ecke ihr für 30 Pfennig überlassen hat. Die Kiste macht einen stabilen Eindruck. Sie ist aus Holz und besitzt einen Mittelsteg. Hochkant aufgestellt wird daraus ein Schränkchen mit zwei Fächern. Im oberen wird sie Vorräte unterbringen, unten die Bratpfanne und den Kochtopf. Ein Stück Stoff für den Vorhang hat sie auch. Und Reißzwecken, um ihn zu befestigen. Das Wasser kocht.

Es gelingt ihr nicht, die Gedanken von Workuta zu lösen. Sie kreisen um diesen Ort, als wären sie in das Schwerefeld eines kalten Sterns von unvorstellbarer Masse geraten. Im Vergleich zu Gottes langsam mahlenden Mühlen standen die der Sowjetjustiz beinahe still. Nichts war sicher, bis es geschah. Und wenn es geschah, geschah es mit voller Wucht. Charlotte war bereits sieben Monate alt, als sie, die Mutter, mit vierundvierzig anderen Frauen in einen Viehwaggon Richtung Norden verfrachtet wurde.

Endstation Nordpolarmeer. Der Zug hielt außerhalb des Bahnhofs Workuta auf den Rangiergleisen. Wie viele Gefangene dort täglich aus- und eingeladen wurden, war Geheimsache. Da standen sie. Da blieben sie im Waggon. Draußen tobte ein Schneesturm, die *Purga*. Die Purga rast aus der baumlosen Tundra heran, nichts setzt sich ihr entgegen, sie reißt die Schneemassen vom Land in die Luft, es schneit von unten nach oben, es schneit waagerecht, es schneit Kristallsplitter. Geschosse aus glühendem Eis treffen den, der sich ins Freie wagt. Wenn die Purga das Land heimsuchte, konnten sie in den Baracken bleiben. Dann mussten sie nicht in den Schacht oder ins Ziegelwerk, mussten keine Eisenbahnschienen verlegen oder Holzstämme abladen. Sie mussten es nicht mit Rücksicht auf die Posten, welche die Arbeitsbrigaden begleiteten und bewachten. Auch wenn das Thermometer unter minus 37 Grad fiel, trieb niemand sie hinaus in die unvorstellbare Kälte.

Da standen sie auf einem Abstellgleis und der Sturm krachte gegen den Waggon. Das Feuer im Kanonenofen war erloschen. In der Schütte kein Krümel Kohle mehr. Die Kälte kroch ihnen in die Knochen und der Hunger ins Hirn. Eine Ukrainerin sprach Gedichte von Pasternak in die Nacht. Den Wänden wuchs eine glitzernde Haut.

Als die Tür entriegelt wurde, stapften draußen in der Dunkelheit Männerstimmen und Taschenlampen umher. Wattejacken, Filzstiefel, Mützen mit Ohrenklappen wurden in den Wagen geworfen. Sie zogen an, was ging. Geflicktes Lumpenzeug. »Dawai, dawai!«

Über die zugeschneiten Gleisanlagen taumelten, stolperten, rutschten sie vorwärts. Bewaffnete Posten trieben sie an. »Dawai, dawai!« Der Himmel war aufgerissen. Sterne strahlten. Sterne von überirdischem Glanz, klar und kalt. Es war Mittag und es war Nacht. Von Anfang Dezember bis Mitte Januar lebte die Sonne hinter dem Horizont.

Als sie ihre Tochter ein Jahr später, den 25. Januar 1952 wird sie nicht vergessen, in einem trostlosen Kinderheim in Brest-Litowsk wiedersah, war aus Charlotte ein kleines Mädchen geworden, das keine Erinnerung an seine Mutter mehr hatte.

Kurz vor Weihnachten fällt plötzlich der Strom aus. Ausgerechnet jetzt, denkt Ursula. Eine Gans im Schein eines brennenden Talglichts auszunehmen, ist nicht nur mühsam, es ist ein Ärgernis.

Aufmerksam, aber ohne Ekel, verfolgt Charlotte das Geschehen auf dem Küchentisch. Die blutigen Hände der Mutter, das Kerzenlicht und die Düsternis unter der Dachschräge geben ihren Handgriffen das Rituelle eines Tieropfers. Schwarzes Blut tropft von ihren Fingern, als sie Charlotte das Herz der Gans hinhält und dazu mit ruhiger, raunender Stimme die Worte spricht: »Ein Herz, das Hochmut übet, mit Angst zugrunde geht, ein Herz, das Demut liebet, bei Gott am höchsten steht.«

Wie eine Beschwörungsformel klingt dieser Satz. Charlotte graut es vor dem tropfenförmigen Stück Fleisch in der Hand der Mutter. Ein echtes Herz hat sie sich anders vorgestellt, ähnlich wie das aus Lebkuchen, das ihr der Nikolaus gebracht hat. Die Weihnachtsgans hat ein falsches Herz.

»Es kommt in die Suppe«, sagt Ursula.

Zunächst aber kommt es zum Gänseklein. Hals, Flügel, Leber, der Magen und die Zunge liegen schon auf dem Teller, auf einem zweiten ein feister Batzen Flomen. Das Fett wird Ursula auslassen, wird es mit Äpfeln und Majoran verfeinern, das ergibt allerköstlichstes Gänseschmalz.

»Jetzt ist die Seele an der Reihe, mein Kind, pass gut auf!«

Ursula schiebt den Arm tief in die Gans, rumort in der Bauchhöhle und da …

Charlotte bestaunt das schwammige Gewebe der Seele. Sie wird zu dem Gedärm und Geschlinge auf dem Zeitungspapier geworfen. Im Kindergarten wird Charlotte später einmal behaupten, sie wisse, wie eine Seele aussieht: »rot und ganz labberig.«

Der Kadavergeruch und die Farben jenes in gelblichem

Grün und bräunlichem Lila schillernden Haufens werden sich wie ein Sediment in ihrer Erinnerung absetzen, eine verborgene Schicht, die eines Tages urplötzlich freigeschwemmt wird. Eine beinahe körperliche Empfindung wird es sein und sie bei der Betrachtung des Isenheimer Altars überkommen. Kadavergeruch fließt mit Farben in allen Schattierungen der Verwesung zusammen. Ein Bild der Lästerung. Und zwischen zwei Wimpernschlägen hat sie einen Moment lang eine gekreuzigte Weihnachtsgans vor Augen.

Die Gutenachtgeschichte, die Ursula Charlotte an diesem Abend erzählt, handelt nicht von der diebischen Froschprinzessin Krötel, der Elfe Nimmersatt oder den fliegenden Zwillingspferden Pepe und Susu Pega, Ursula erzählt Charlotte, dass sie bald ein Geschwisterchen haben wird und dass Weihnachten jemand zu Besuch kommt. Dann liest sie ihr den Brief von *Onkel Konrad* vor. Natürlich weiß Ursula, dass Charlotte zu klein ist, um den Inhalt zu begreifen, doch dem Kind ist das Ritual wichtig, die Zuwendung, die leise Stimme, der sanfte Ton, der die Lider schwer macht und den schönen Schlaf schenkt.

Liebe Ursula!
Du wirst Dir denken können, dass mich Deine Nachricht überrascht hat. Ich gebe zu: sie hat mich mehr als überrascht, sie hat mich gefreut. Du erwartest ein Kind von mir, und man möchte an Schicksal glauben. Sei unbesorgt, dem Kleinen soll es an nichts fehlen. Ich stehe zu meiner Verantwortung.
Wie Du schreibst, wirst Du im April des kommenden Jahres, wenige Wochen vor dem errechneten Geburtstermin,

geschieden. Ich hoffe, das Baby hält sich an den Zeitplan, damit es keine rechtlichen Komplikationen mit einem eventuellen Noch-Ehemann gibt.
Bald ist Weihnachten. Du bist allein, ich bin allein. Es ist unser erstes Weihnachtsfest in Freiheit. Lass es uns gemeinsam verbringen und in Ruhe besprechen, wie es weitergehen soll (auch mit uns). Was hältst Du davon? Solltest Du einen Wunsch haben, ich erfülle ihn Dir gern (im Rahmen meiner Möglichkeiten). Wenn Du etwas brauchst (Säuglingsausstattung?), lass es mich wissen.
Es grüßt Dich von Herzen
Dein Konrad, Düsseldorf, im Dezember 1952

Charlotte ist tatsächlich eingeschlafen. Ursula faltet den Brief zusammen und löscht das Licht. In der Stube zündet sie sich eine Zigarette an. Dieser Brief tat ihr so gut und tut es noch immer; sie hat ihn wieder und wieder gelesen.

Sie schrieb zurück, dass seine Antwort sie erleichtert habe, dass eine große Last von ihr abgefallen sei und sie sich auf seinen Besuch freue.

Er antwortete, er wünsche sich einen Gänsebraten, sein Geschmackssinn habe sich erholt. Dem Brief lagen zwei große Scheine bei.

Sie schrieb zurück, dass Weihnachten ohne Gänsebraten kein Weihnachten sei. Die Gans wolle sie wie zu Hause in Königsberg mit Äpfeln, Zwiebeln und Majoran füllen und dazu Rotkohl und Salzkartoffeln machen. Ob er das möge?

Er antwortete, dass er mit allem einverstanden sei, Hauptsache, die Gans sei schön knusprig. Im Übrigen habe sie noch keinen Weihnachtswunsch geäußert.

Sie schrieb zurück, dass sie einen Wintermantel brauche, einen weiten.

Er antwortete, er liebe sie.

Zweiter Teil

Charlotte

Iris. Der Regenbogen trägt diesen Namen, die prächtige Schwertlilie, die Götterbotin in der griechischen Antike. Und das Auge.

Wenige Stunden alt ist das Schwesterchen, als Charlotte es sehen darf. Es ist der 29. April 1953, ein Mittwoch, ein strahlender Frühlingstag. Seit den Morgenstunden ist eine Frau bei ihrer Mutter. Die Frau brachte Charlotte eine Treppe tiefer zur Familie Kreidel. Hier wurde sie bereits erwartet. Man gab ihr den Knopfkasten zum Spielen, und eine Nadel mit runder Spitze. Während Perlmutt, Glas, Horn und Metall, während Knopf für Knopf über die Nadel auf den Faden rutschten und eine lange Kette entstand, wanderte Unruhe durchs Haus. Charlotte hörte Schreie, sie lauschte. Es war ihre Mutter, die schrie. Sie wollte zu ihr. Man ließ sie nicht. Sie weinte und wurde mit heißem Kakao getröstet. Jetzt aber darf sie nach oben. »Du hast ein Schwesterchen bekommen«, sagt Frau Kreidel.

Die Stube duftet nach Engeln, hellen Blüten, frischer Wäsche, Seife, sie duftet nach Sauberkeit, makellos, unschuldig, geweiht. Auf Zehenspitzen, leise und zaghaft, als würde das kleinste Geräusch oder eine zu schnelle Bewegung den Zauber zerstören, nähert sich Charlotte dem Bett. Die Mutter lehnt in einem Berg von Kissen, im Arm ein winziges Kind. Es schläft, es sieht rosig aus, die Mutter betrachtet es zärtlich, Glück und Blässe im Gesicht.

»Das ist Iris«, sagt die Mutter, »sie gehört jetzt zu uns, von nun an bist du die Große.«

Charlotte ist stolz, die Große zu sein. Im Juni wird sie ja auch schon drei.

Die Mutter knöpft das Nachthemd auf und macht eine Brust frei. Die Frau aus der Frühe drückt um die große, dunkle Rosette herum und nimmt sie zwischen die Finger. Etwas spritzt heraus. Ein Glasgefäß wird aufgesetzt und der Mutter ein Gegenstand in die Hand gegeben, eine Art Ball aus rötlichem Gummi, der mit dem Glas verbunden ist. Charlotte beobachtet, wie die Frau ihn drückt und eine helltrübe Flüssigkeit in das gläserne Behältnis läuft.

Am Nachmittag kommt Margarte, die Freundin der Mutter, zu Besuch. Mit einem Topfkuchen und ihrer Fröhlichkeit steht sie plötzlich in der Stube. Für Charlotte ist sie die netteste Frau aus der Nachbarschaft. Wenn sie da ist, wird es lustig. In den letzten Tagen brachte sie ihnen Mittagessen, fegte die Stube aus, schleppte Kohlen- und Wassereimer, leerte den Aschenkasten und kaufte ein. Jetzt beugt sie sich über das Schwesterchen, und Charlotte versteht nicht, was das Besondere an klitzekleinen Fingern, Füßchen, Öhrchen ist. »Wie niedlich, oh, wie niedlich, wie süß sie ist, die kleine Iris!«

Die Mutter steht auf. In ihrem himmelblauen Nachthemd geht sie durchs Zimmer, sie trägt Socken, geht schwerfällig, schief, humpelt. Charlotte fragt, warum. Margarete sagt, der Klapperstorch habe der Mutti ins Bein gebissen. Charlotte ist skeptisch, irgendwie traut sie der Storchgeschichte nicht.

Die Frage nach dem Woher der Kinder wird sie weder mit vier noch mit fünf Jahren noch später irgendwann stellen.

Sie wird es ungefragt erfahren, beiläufig und nebenher wie tausend andere Dinge auch. Es wird im Kindergarten sein und nichts daran wird ihr wunderlich oder bemerkenswert erscheinen. So also ist es. Aha! Die Frage, die sie stellen wird, ist eine ganz andere. »Wo war ich, bevor meine Mutter auf der Welt war?«, wird sie fragen.

Schnell hat sich herumgesprochen, dass in der Nummer 14 ein Mädchen geboren wurde. Es gibt Geschwätz und Gerüchte über die junge Frau aus Königsberg, die so lange in Russland war, die ein Kind, aber keinen Mann hat. Und nun noch eins! Man beglückwünscht sie, schenkt ihr gebrauchte, aber noch brauchbare Babysachen und leiht ihr einen alten Kinderwagen.

Charlotte blinzelt. Die kleine Schwester fliegt geradewegs in die Sonne, sie fliegt hinauf und hinein in den blauen Sommertag und juchzt. Sie fliegt so hoch, dass sie im blendenden Licht verschwindet. Eine Schrecksekunde später kehrt sie aus dem Himmel zurück, in Onkel Konrads Arme, die das quietschvergnügte Baby auffangen und der Mutter zurückgeben. Das Bild verschwimmt hinter Tränen. Charlotte möchte auch fliegen, möchte auch hinauf zur Sonne. Man sagt ihr, sie sei schon zu groß. Sie will spielen, dass sie noch nicht zu groß ist. Das könne man nicht spielen, sagt ihr die Mutter. Charlotte will aber. Sie will, sie will, sie will. Sie habe nichts zu wollen, sagt Onkel Konrad und nimmt seine Voigtländer, um endlich ein Erinnerungsfoto von diesem Ausflug zu machen, eins von Ursula und seinem Töchterchen. Zu Charlotte sagt er: »Geh Blumen pflücken!«

Ursula nimmt Iris auf dem Arm und erhebt sich von der Decke, der grauen Filzdecke aus Russland, die sie auf dem

Wiesenstreifen zwischen Wald und Kornfeld ausgebreitet haben. Sie ermahnt Charlotte, nicht in den Wald zu laufen. Und nicht ins Kornfeld zu gehen. Getreide ist Brot. Und dass sie den Klatschmohn stehenlassen soll, ruft sie ihr hinterher. Klatschmohn sei nichts für die Vase, ruft sie.

Charlotte trottet davon. Sie streicht am Feldrain entlang. In den Wald traut sie sich nicht, wegen der Wölfe und der Hexen, und wegen Rübezahl. Sie reißt den Mohnblumen die Köpfe ab. Sie tut das Verbotene: sie geht ins Feld.

Das Getreide steht hoch. In diesem Meer zu verschwinden, ist schön. Sie verschwindet aber nur ein bisschen und gibt Acht, dass sie das Brot nicht zertritt. Ihre nackten Füße nehmen das Warm des Ackerbodens wahr und ihre Haut das Warm des Windes. Die Ähren schaukeln, der Himmel ist himmelblau. Das Feld hat den Geruch des Sommers angenommen.

Charlotte fängt ein Heupferd. Es ist groß, grün und wild. Es strampelt in ihrer Faust. Wenn sie die Hand lockert, streckt es zwischen ihren Fingern seine Beine hindurch, die sehen aus wie winzige Sägen mit Krallen am Ende. Diesen Fang muss sie der Mutter und Onkel Konrad zeigen. Sie arbeitet sich aus dem Kornfeld heraus. In der Nähe ihrer Stimmen macht sie Halt und lauscht der Unterhaltung auf der ausgebreiteten Decke.

Die Mutter und Onkel Konrad sprechen übers Heiraten. Und über sie, das schwierige Kind, das Nerven kostet und Probleme in der Erziehung macht, sprechen sie. Die Mutter nennt sie *ihr Schmerzenskind*. Onkel Konrad meint, dass sie sich ihretwegen viel streiten werden; man sollte sie besser in ein Heim geben. Die Mutter sagt, dass sie das nicht übers Herz bringt. Onkel Konrad sagt, sie soll in Ruhe darüber nachdenken. Darüber braucht sie nicht nachzudenken, sagt die Mutter. Dass es auch um Iris geht und sein Kind einen Vater baucht, sagt Onkel Konrad. Die Mutter beginnt zu weinen, und Charlotte begreift etwas in der Art, dass Erwachsene über andere Dinge weinen als Kinder. Wenn ein Erwachsener weint, ist etwas Schlimmes passiert. Etwas wie der Tod. Sie wirft das Heupferd weg. Es fliegt. Ein grünes Schwirren im Licht.

Am Heiligen Abend kommt Ursula nicht gegen ihre Tränen an. Charlotte versucht, sie zu trösten, sie versucht es mit der Hilflosigkeit eines Kindes von dreieinhalb Jahren, dem die Mutter nicht erklären kann, warum sie weint. Sie kann es einfach nicht. Auf das Warum des Kindes hat sie keine Antwort, weil es keine Worte für den Abgrund gibt, in den sie gestützt ist. In diesem Abgrund ist sie allein. Ursula schämt sich, sie schämt sich für das jämmerliche Bild, das sie vor dem Kind abgibt. Es tut ihr unendlich leid um Charlotte, die sich so sehr auf den Weihnachtsabend gefreut hat. Auch Iris scheint mit ihren acht Monaten die Traurigkeit der Mutter zu spüren, sie greint, als hätte sie Schmerzen.

Ursula wollte nicht in die Vergangenheit zurückkehren, doch die Erinnerungen fielen über sie her, als sie die Kerzen am Baum angezündet hatte. Ihr Glanz war Frieden, war eine warme Stube, war ein bunter Teller mit Äpfeln und Nüssen, war ein *Vom Himmel hoch*, das Kreidels in der Wohnung unter ihr sangen. Und plötzlich war es da, das Schluchzen, ihr eigenes und das der anderen Frauen in der Weihnachtsnacht, in der Barackennacht eines Staates, der die christlichen Feste abgeschafft hatte. Weihnachten durfte nicht gefeiert werden. Erschöpft von der schweren Arbeit im Wald, im Schacht, an der Eisenbahnstrecke, im Fleisch den Hunger, den Sterbenshunger, den Immer-Hunger, der sie niemals verließ, und in den Knochen die Eiseskälte des langen Rückmarsches, dem ein endloser Zählappell im Lager folgte, mit diesem Sterbenshunger und dieser Sterbenskälte lagen sie in der stillen, der Heiligen Nacht auf ihren Pritschen, um die fünfzig Frauen, jede allein mit ihrem Heimweh und der Sehnsucht nach den Menschen, die sie liebten, mit der Sehnsucht nach Deutschland und einem Zuhause, jede einsam in ihrer Trauer um alles, was für immer verloren war.

Die Mütter unter ihnen waren am Weihnachtsabend dem Zusammenbruch nahe. Bei der Internierung hatte man sie von ihren Kindern getrennt, manche waren im Säuglingsalter, andere so klein, dass sie noch nicht sprechen und sagen konnten, wie alt sie sind, woher sie kommen, wie Vater und Mutter heißen. Einige der Frauen zündeten unter der Pritsche heimlich eine aus Talg und Fett gezogene Kerze an. Ein Licht.

Im ersten Jahr war es am schlimmsten. Keine Post, keine Nachricht, kein Lebenszeichen von niemandem in der einen wie in der anderen Richtung. In Gedanken aber machten sie sich auf den Weg zu denen, von denen man hoffte, dass sie noch lebten. Jede wärmte sich an der Vorstellung, dass sich ihre Gedanken kreuzten.

Niemand schlief in jener Weihnachtsnacht. Da war nur Schluchzen. Und in diesem Schluchzen war plötzlich eine Stimme. Leise und stockend wie ein der Nacht anvertrauter Monolog begann sie mit der Weihnachtsgeschichte:

Es begab sich aber zu der Zeit
Dass ein Gebot vom Kaiser Augustus ausging
Dass alle Welt geschätzt würde
Und diese Schätzung war die allererste
Und geschah zu der Zeit
Da Cyrenius Landpfleger in Syrien war ...
Eine zweite Stimme setzte den Text fort:
Und jedermann ging, dass er sich schätzen ließe
Ein jeglicher in seine Stadt
Da machte sich auf auch Josef aus Galilea
Aus der Stadt Nazareth
In das jüdische Land ...
Und eine dritte Stimme sprach weiter:
Zur Stadt Davids die da heißt Bethlehem
Darum dass er von dem Hause und Geschlecht Davids war
Auf dass er sich schätzen ließe
Mit Maria seinem vertrauten Weibe
Die war schwanger ...

Und eine neue Stimme fuhr mit den Worten fort, die alle kannten, wie ein uraltes Lied:

Und als sie daselbst waren
Kam die Zeit da sie gebären sollte
Und sie gebar ihren ersten Sohn
Und wickelte ihn in Windeln
Und legte ihn in eine Krippe
Denn sie hatten sonst keinen Raum in der Herberge
Und es waren Hirten in der selbigen Gegend auf dem Felde
Die hüteten des Nachts ihre Herden
Und siehe des Herrn Engel trat zu ihnen

Und die Klarheit des Herrn leuchtete um sie
Und sie fürchteten sich sehr
Und der Engel sprach zu ihnen
Fürchtet euch nicht ...

Ein Jahr später wird Ursula beim Anzünden der Kerzen, es ist der Weihnachtsabend 1954, wieder von Erinnerungen gepackt. Doch an die Stelle von Tränen ist jetzt Wehmut getreten. Wehmut schluchzt nach innen.

In diesem Jahr musste sie sich nicht mit einer kümmerlichen Fichte zum halben Preis zufriedengeben, in diesem Jahr konnte sie sich eine Edeltanne leisten, eine kleine, und außer Kerzen sogar Christbaumschmuck. Konrad hatte ihr Geld geschickt. Für die Kinder hat sie bunte Kugeln, Klingelglöckchen, Fliegenpilze aus rotweißem Glas, Lametta und glitzernde Paradiesvögel in die Zweige gehängt; die Spitze ziert ein Stern. Sie hört die Mädchen hinter dem Schlüsselloch flüstern. Bevor sie die beiden hereinruft, steckt sie die Wunderkerzen an.

Ungewohnt schüchtern treten Iris und Charlotte ein, sagen »Oooh« und machen den Mund lange nicht zu vor lauter Staunen über das Feuerwerk am Weihnachtbaum, diesen tausend, tausend Sternchen, die da sprühen, spritzen, knistern, prasseln, prickeln.

»Wollt ihr gar nicht sehen, was euch der Weihnachtsmann gebracht hat?«

Charlotte will. Und ist sofort enttäuscht, denn das größere Päckchen ist für Iris. Dass der Weihnachtsmann dagewesen sein soll, nimmt sie der Mutter so wenig ab wie Margarete damals den Klapperstorch. Hätte ein Weihnachtsmann die Geschenke gebracht, hätte sie ihn hören müssen, schließlich poltert ein Weihnachtsmann mit einem schweren Sack die Treppe hinauf und fragt die Kinder, ob sie artig waren. Sie reißt das Papier von ihrem Geschenk weg.

»Ein Bilderbuch! Wie schön, wie schön!«

Vorne ist ein komisch aussehender Junge abgebildet. Er hat ein Kleid an, das ist rot, und steht auf einem Klotz mit Schrift. Seine Haare stehen ab wie bei einer Sonnenblume, nein, wie bei einem Löwen, ganz wild. Und lange, lange Fingernägel hat er. Charlotte schaut zu ihrer Schwester, bevor sie das Buch aufschlägt. Iris hat eine Plüschkatze mit einem Miau im Bauch bekommen.

Während Iris und Charlotte mit ihren Geschenken beschäftigt sind, schnürt Ursula das Paket vom Evangelischen Hilfswerk auf. Sie lässt sich Zeit, um die Vorfreude auszukosten. Das Paket hat ein respektables Gewicht. Sie entfernt das braune Packpapier und öffnet den Karton. Der Inhalt ist in Papier eingeschlagen. Man hat ihm eine Weihnachtskarte beigelegt: »Gesegnete Weihnachten und alle guten Wünsche für das neue Jahr«, liest sie, legt die Karte beiseite und entnimmt dem Karton etwas, das sich eingewickelt wie ein Medizinball anfühlt, sich ausgewickelt aber als Käselaib entpuppt, als ein mindestens zwei Kilo schwerer Gouda, durch und durch verschimmelt.

»Miau, miau, miau.« Iris und Charlotte lachen.

Ursula geht in die Küche. Mit einem Messer kommt sie zurück. Das sticht sie dem Käse in die blaugrünen, grüngrauen Totenflecken. »Miau, miau, miau.« Sie zieht die Klinge kreuz und quer durch den Gammel. Dann öffnet sie die Ofenklappe. Ein Stück Käse geht in Flammen auf. Als sie die Klappe ein zweites Mal öffnet, lecken ihr die Flammen die Finger. Stück für Stück verfeuert sie den ganzen Käse. Das Ofenrohr beginnt zu glühen. Es sieht aus, als könnte es durchbrennen. Sie bekommt Angst. Hinter ihr formiert sich eine Meute hohlwangiger, hohläugiger, kahlgeschorener Jammergestalten, Gespenster, die mit Löffeln auf ihre Blechnäpfe eindreschen. Der Lärm, der Lärm in Ursulas Kopf ist ungeheuer, betäubend, alles um sie herum dreht sich, und in der Herzgegend spürt sie etwas wie ein tiefes Gurgeln.

Wenige Jahre später wird sie sich selbst zum Gespenst werden. Sie wird außer sich sein, weil Charlotte ihr Pausenbrot in den Papierkorb geworfen hat, die Klassenlehrerin hat es beobachtet, hat es herausfischt und sie, die Mutter, einbestellt und sie aufgefordert, ihren Erziehungspflichten nachzukommen. Sie wird sagen, dass man das auch von einer Frau verlangen könne, die ihre Ehre verloren habe. Und Ursula, die Frau ohne Ehre, wird das Brot, das von Charlotte so achtlos weggeworfene Brot, das von ihr, der ehrlosen Mutter so hart erarbeitete Brot dem Kind ins Fleisch prügeln. Bis es blutet, das Fleisch, das Kind; am Kopf, aus der Nase, tief in der Seele. Ursula wird das Blut von ihrem Kind abwaschen, wird die Platzwunde an der Stirn versorgen, wird es im Arm halten und weinen, mehr als das Kind wird sie weinen, wird neben ihm am Bett sitzen und es streicheln und ihm vom Hungern und Verhungern und von der Heiligkeit des Brots erzählen. Charlotte aber wird sich die Finger in die Ohren stopfen, und Ursula, die dann über zwei Jahren geschieden sein wird, wird sich wieder ihren alten Ehering an den Finger stecken. Zum Schein und für die Ehre.

Ursula liebt Charlottes Munterkeit schon morgens, ihre Vorfreude auf den Kindergarten und ihre Geschichten abends, wenn sie erzählt, was sie tagsüber erlebt hat. Das macht aus dem Kilometer, den sie jetzt zweimal täglich gehen, eine kurzweilige halbe Stunde. Im nächsten Jahr soll die Buslinie verlängert werden, dann können sie fahren. Seit Ursula arbeitet, verlässt sie um halb sechs mit den Kindern das Haus. Erst bringt sie Iris zu Margarete, denn der Kindergarten nimmt Zweijährige noch nicht auf, danach macht sie sich mit Charlotte auf den Weg in den Tag. Sie tut es mit schlechtem Gewissen, ihren Kindern und ihrer Freundin gegenüber. Margarete hat mit ihrem Haushalt, ihrem kranken Mann und ihren eigenen Kindern – Heide ist elf, Werner acht – genug zu tun. Sie sagt zwar, dass Iris ein liebes, völlig unproblematisches Kind sei, doch Ursula denkt, dass sie das nur sagt, um es ihr leichter zu machen.

So gehen sie, Ursula und Charlotte, die lange Helmstedter Straße frühmorgens stadtauswärts. Sie gehen Richtung Roselies-Kaserne, vorbei am Hauptfriedhof, vorbei an der Autowerkstatt Dürkop, vorbei am Rangierbahnhof, wo sich die Schranke meist senkt, wenn sie ankommen. Die Güterzüge sind lang, die auf dem weiten Schienengelände zerlegt und neu zusammengestellt werden. Schier endlos rollen sie an ihnen vorbei: verkrustete Kesselwagen, Waggons mit Luftschlitzen, hinter denen das Schlachtvieh brüllt, offene Wagen, die Berge von Schrott und Schotter oder lange Holzstämme transportieren. Einmal sehen sie sogar den Zirkus Busch ankommen, und immer öfter sehen sie Züge, die, beladen mit britischen Panzern, Jeeps und anderen Militärfahrzeugen, die englische Besatzungszone verlassen, wie die Zeitung schreibt.

Schon ein Jahr später wird es statt der Schranke eine Brücke geben. Aus neuer Perspektive werden Ursula und Charlotte dann auf den Rangierbahnhof blicken, den verrußten Wasserturm, die Pumpstation, das Stellwerkhäuschen und das System von Schienen, Weichen und Signalen. Manchmal werden sie stehenbleiben, werden den Rangierloks und den frei über die Gleisanlagen geisternden Waggons zuschauen, die wie von selbst ihren Weg zu einem Bahnarbeiter finden, der sie abbremst und an das Ende einer Wagenschlange ankuppelt.

Jetzt aber müssen sie hinter der Schranke noch ein Stück an der Straße entlanggehen. Bis zur Schrebergartenkolonie. Wenn sie Glück haben, steht das Tor offen. Dann können sie ihren Weg durch die Gärten abkürzen, andernfalls bleibt ihnen nur der Trampelpfad neben dem Bahndamm.

Vom Kindergarten ab, von der Haltestelle an der Roselies-Kaserne, nimmt Ursula den Bus. Pünktlich um 7 Uhr sitzt sie im weißen Kittel an ihrem Arbeitsplatz bei Franke & Heidecke. Ein Bataillon schwarzer Kameras erwartet sie auf dem Tisch. Acht Stunden am Tag, sechs Tage in der Woche gehen sie durch ihre Hände. Es ist eine monotone, eine mechanische, aber sehr saubere Arbeit in hellen, gepflegten Räumen. Ihre Aufgabe ist die Endkontrolle der berühmten *Rolleiflex 6 x 6*. Seit gut einem Jahrzehnt ist diese zweiäugige Kamera weltweit zum Objekt, zum Objektiv der Begierde geworden. Sie ist das Nonplusultra für Berufs-, Werbe- und Pressefotografen. Wer sie bezahlen kann, leistet sie sich. Die erste Spiegelreflexkamera der Welt ist ein Luxusgegenstand, ein Präzisionsgerät, unerreicht in der Bildqualität. Ein Tauchpionier wie Hans Hass setzt sie in einem eigens für ihn konstruierten Spezialgehäuse ein. Angreifende Haie, Mantas im Sinkflug, Pottwale wie U-Boot-Flotten, nie zuvor Gesehenes bringt die *Rolleima-*

rin aus der Tiefe mit. Die Kamera ist konkurrenzlos. Ursula ist stolz, bei Franke & Heidecke zu arbeiten. Sie ist eine gute Arbeiterin, sie schafft ihre Stückzahl. Sie schafft mehr, als sie abrechnen darf. Sie ist konzentriert, exakt, schnell, zuverlässig. Sie hätte hier auch als Angestellte in der Buchhaltung mit einem festen Monatsgehalt anfangen können, doch im Akkord verdient sie mehr. Ursula hat Wünsche, sie will vorankommen, sie will ein besseres Leben für sich, Iris und Charlotte. Auf ihre Töchter soll niemand herabblicken, nur weil da kein Vater und kein Mann als Ernährer ist. Noch immer wurden Fleiß und ehrliche Arbeit anerkannt. Ihre Kinder sollen niemandem leidtun. Man soll mit Respekt von ihr, der Mutter, sprechen. Man soll von ihr sagen: »Was diese Frau im Leben geschafft hat, hat mancher Mann nicht geschafft.«

Es geht aufwärts. Im Frühjahr 1955 bekommt Ursula endlich ihre Entschädigung nach dem Heimkehrergesetz. Davon kauft sie in einem Ofengeschäft einen mit goldbraunen Kacheln verkleideten Dauerbrandofen für die Stube. Davon kauft sie in einem Bettengeschäft für sich und die Kinder Federbetten, in einem Lampengeschäft kauft sie Lampen und in einem Gardinengeschäft Stores und Vorhänge. Bei Möbel-Boehme entscheidet sie sich für einen Kombischrank, weil ein Kombischrank praktisch ist. In den Fächern auf der linken Seite kann sie Wäsche und Kindersachen unterbringen, ins mittlere Vitrinen-Teil später einmal Sammeltassen und Reiseandenken stellen, und an die Stange im Garderoben-Teil rechts kann sie ihr Kleid hängen. Der einzige Nachteil: der Schrank ist breit. Deshalb muss sie auf einen Couchtisch zum Hochkurbeln verzichten und sich mit einem Rauchtischchen begnügen. Außerdem kauft sie zwei Sessel und eine Schlafcouch und zu den weinroten Bezügen zwei passend weinrot gemusterte Kissen. Danach folgt sie dem Verkäufer in die Etage mit den Küchenmöbeln.

Es dauert Wochen, bis alles geliefert ist, bis die Gardinen aufgehängt und die Lampen angebracht sind.

Das Krankenhausbett, in dem sie zuletzt zu dritt geschlafen haben, findet in der hinteren Ecke der schlauchartigen, stets dämmrigen Küche seinen neuen Platz. Das Bett ist groß genug für zwei kleine Mädchen und wird auch in den nächsten Jahren noch groß genug sein.

Im Lichtfleck unter der Fensterluke steht der neue praktische Küchentisch. Ursula ist begeistert. Mit einem Handgriff rollt ein Untertisch hervor und präsentiert eine Waschschüssel, und darin steht eine zweite Waschschüssel, die sich in den seitlichen Klapp-Bügel einhängen lässt. Der Erfinder hat nachgedacht: Geschirr muss abtropfen, Handwäsche klargespült werden, und eine Familie, die ohne fließend Wasser auskommen muss, braucht für Gesicht und Füße getrennte Schüsseln.

Wasser macht Ursula nach wie vor auf dem alten Eisenherd warm. Damit kocht und backt sie, damit heizt sie an kalten Tagen das Zimmer. Die nächsten Anschaffungen werden ein elektrischer Zwei-Platten-Herd und ein UKW-Radio sein. Für diesen Luxus hat die Heimkehrer-Entschädigung nicht mehr gereicht. Sie muss ihn sich erarbeiten. Akkord ist Mord, heißt es. Doch Ursula weiß: So schnell stirbt es sich nicht. Da ist nur Müdigkeit am Ende des Tages, manchmal auch tiefste Erschöpfung und nichts als der Wunsch nach Schlaf.

Der Krebs ist bösartig. Zuerst saß er im Kopf, im Gehirn. Die Ärzte hatten ihn eingekapselt. Doch er ist ausgebrochen und gewandert. Jetzt hat er sich in der Leber eingenistet. Margaretes Mann wird sterben. Er war lange im Krankenhaus, gestern hat man ihn entlassen. Es gibt keine Hoffnung.

Margarete und die Mutter unterhalten sich in letzter Zeit oft über Margaretes Mann und seinen Krebs. Charlotte hat ihn vor Augen, diesen Krebs, wie er seine bösartigen Scheren wetzt und Margaretes Mann innen zerschneidet. Sie gruselt sich. Gruseln ist ein schönes Gefühl. Deshalb hört sie auch genau zu, während sie mit ihrer kleinen Schwester auf dem Fußboden bunte Bauklötze stapelt.

Margarete ist schon lange nicht mehr so lustig wie früher. In letzter Zeit kommt sie oft und meistens weint sie. Wenn sie weint, wird sie von der Mutter getröstet. Wenn sie nicht mehr weiterweiß, setzt die Mutter einen Brief für sie auf. Margarete kann das nicht. Zuletzt hat die Mutter an ihren Vermieter geschrieben, wegen der Miete, die Margarete nicht bezahlt hatte. Ihr Mann verdient ja kein Geld und die Krankenkasse hat ihn ausgesteuert. Was auch immer das bedeutet, Charlotte findet es gemein, wenn ein Schwerkranker ausgesteuert wird. Man muss doch Mitleid haben! Sie seufzt. Iris hat das Türmchen umgekippt und krabbelt den Bauklötzen hinterher. Sobald das neue Türmchen steht, wird Iris es wieder umkippen. Türmchen bauen, Türmchen umkippen, so geht das Spiel.

Margarete redet vom Geld, das vorne und hinten nicht reicht. Die Konservenfabrik in Veltenhof stellt wieder Saisonarbeiterinnen ein, sagt sie. Weißkohl muss zu Sauerkraut verarbeitet werden. Das bringt mehr als die paar

Stunden Putzen in der Woche. Doch ihren Mann kann sie unmöglich alleinlassen. Er findet sich in der Wohnung nicht mehr zurecht. Meist sitzt er im Sessel, stiert an die Decke oder erzählt dummes Zeug vom Krieg. Charlotte mag seine Kriegsgeschichten, zum Beispiel die vom General, der sich in den Kopf schoss, aus dem nichts als Steinchen und heißes Wasser herausspritzte. Oder die vom Pferd, das tot zusammenbrach und einen menschlichen Schrei ausstieß und dem sie aus den zuckenden Lenden das warme Fleisch sägten und roh aufaßen. Im Lazarett lag Margaretes Mann neben einem, dem Granatensplitter etwas zwischen den Beinen zerfetzt hatten und dem ein Sanitäter die Augen zuhielt, wenn der Verband gewechselt wurde. Das machten die Ärzte, die Schwestern wurden nach draußen geschickt. Solche Geschichten hört Charlotte zu gern.

Gestern hatte Margaretes Mann in die Hosen gemacht. Als sie ihn ausschimpfte, fing er an zu weinen. Jetzt windelt sie ihn wie ein Baby. Sorgen machen ihr Heide und Werner. In der Schule kommen sie nicht mehr mit; nur noch Vieren und Fünfen bringen sie nach Hause, und Werner wird wohl sitzenbleiben.

Charlotte hat keine Lust mehr, Türmchen mit Iris zu bauen. Die mault und stopft ihre Bauklötze missmutig in den Spielbeutel. Charlotte zieht sich auf den Schoß der Mutter zurück und schmiegt sich in ihren Busen. Die Mutter und Margarete unterhalten sich weiter, als ob sie nicht da wäre. Sie suchen nach einer Lösung für Iris. Dass Margarete sie tagsüber nicht länger betreuen kann, versteht die Mutter. Wo aber soll das Kind bleiben? Es fehlt eine Einrichtung für die Kleinsten. Ein halbes Jahr noch, dann ist Iris drei und darf in den Kindergarten. Und bis dahin?

Adriane Uecker, die Leiterin des städtischen Kindergartens in der ehemaligen Roselies-Kaserne, gilt als mutige, engagierte Frau. Ihre Größe, ihre aufrechte Haltung, ihre bestimmte, etwas herbe Art machen sie vom ersten Händedruck an zu einer Respektsperson. Das dichte, schwarze Haar trägt sie kurz und streng nach hinten gebürstet. Die kräftige Nase und die Sonnenbräune geben ihr das Aussehen einer Südländerin. Adriane Uecker ist eine Erscheinung. Den Kragen ihres Hemdblusenkleides hat sie aufgestellt, im Ausschnitt trägt sie eine kunstgewerbliche Holzkette. Sie kennt Ursula von den Elternabenden und nimmt sich Zeit für sie. Adriane Uecker hört zu, versteht Ursulas Situation, sagt, sie werde es verantworten und Iris in den Kindergarten aufnehmen, obwohl sie noch keine drei ist.

Erleichtert verlässt Ursula das Büro. Auf dem Flur des ehemaligen Kasernengebäudes, einem langen Gang mit langen Reihen von Türen und einer grünenden Zimmerlinde vor dem Fenster am Ende, haben sich Kinder und Kindergärtnerinnen zum Abendkreis versammelt. Man hält sich an den Händen und singt *Der Mond ist aufgegangen*. Charlotte ist ganz bei der Sache. Wie ein kleiner Kobold sieht sie aus, denkt Ursula. Ihre Mütze, die neue Teufelskappe, hat sie tief in die Stirn gezogen und außerdem das Mäntelchen schief zugeknöpft, oben ist ein Knopf übrig, unten ein Knopfloch zu viel. Für den Fußmarsch morgens und abends hat sie dem Kind robuste Schnürschuhe gekauft. Viel zu derb kommen sie ihr jetzt vor; das kleine Mädchen steht wie in Fässern darin. Und außerdem ist ein Schürband offen.

Ursula setzt sich auf die Wartebank zu Frau Manolovič und Frau Daniluk, die auch ihre Kinder abholen wollen. Da beide kaum Deutsch sprechen, ist eine Unterhaltung so gut wie unmöglich. Von Frau Manolovič weiß sie nur, dass sie aus Jugoslawien stammt und die kleine Radmilla ihre Tochter ist. Frau Daniluk ist Ukrainerin, und außer Slavko und Maruscha hat sie noch einen Sohn, der demnächst aus der Schule kommt. Sie alle sind *Displaced persons*. Diesen Ausdruck hat Ursula vorhin zum ersten Mal gehört, als Adriane Uecker über die in der Kaserne untergebrachten Ausländer sprach. Es ist die offizielle Bezeichnung für die ehemaligen Zwangsarbeiter in Deutschland, die nach Kriegsende nicht in ihre Heimatländer zurückgeschickt werden konnten oder sich ihrer Rückkehr widersetzten. Wer jetzt, 1955, noch hier ist, wurde durch die Gebietsaufteilungen nach dem Krieg entweder staatenlos oder hatte sich geweigert, in eine kommunistische Diktatur zurückzukehren, wo man, egal ob Mann oder Frau, als Kollaborateur verhaftet worden wäre. Männer, die als Partisanen oder in deutscher Uniformen gegen den Heimatstaat gekämpft hatten, hätte man erschossen. Für die Kinder dieser *Displaced persons* hatte die Stadt den Kindergarten eingerichtet. Adriane Uecker war es, die sich für die Aufnahme deutscher Kinder einsetzte. Ihr Anliegen war und ist eine gemeinsame Erziehung für eine friedliche Zukunft. Ein Drittel deutsche Kinder, mehr dürfe sie nicht aufnehmen, hat sie gesagt und hinzugefügt, dass der osteuropäische Untermensch in den Köpfen überlebt habe. Ihre Worte klangen bitter. Die Erschütterung, dass etwas so Ungeheuerliches wie der letzte Krieg überhaupt hatte stattfinden können, war ihr anzumerken. Das Gespräch geht Ursula noch immer im Kopf herum, während sie neben Frau Manolovič und Frau Daniluk dem Abendlied der Kinder zuhört. Sie fühlt sich unwohl neben diesen Frauen. Sie als Leidensgenossinnen zu betrachten, dazu ist sie nicht bereit. Sie ist überzeugt, dass sich die Härte der Zwangsarbeit in Deutschland nicht mit der in einem stalinistischen Arbeitslager vergleichen lässt. Sie weiß, sie sollte anders denken, menschlicher, versöhnlicher und die deutsche Schuld nicht vergessen. Sie möchte die Dinge sehen wie Adriane Uecker, doch das kann sie nicht. Für die Taten anderer ist sie nicht verantwortlich. Hätte sie die Möglichkeit, Iris und Charlotte in einen anderen Kindergarten zu schicken, sie würde es tun. Sie fürchtet, dass das schlechte Ansehen der Kasernenbewohner auch ihre Töchter treffen könnte.

… So legt euch denn, ihr Brüder in Gottes Namen nieder kalt ist der Abendhauch …

Slavko, Liljana, Axel, Mirko und Radmilla finden es traurig, dass sie, Charlotte, keinen Vater hat. Was daran traurig sein soll, versteht sie nicht. Traurig ist es, wenn man keine Mutter hat, so wie Wilfried, der bei seinem großen Bruder in den Baracken hinter der Siedlung wohnt. Seine Eltern haben sich das Leben genommen und sind jetzt nicht mehr da. Wie man sich Bonbons, Buntstifte oder einen Stuhl nimmt, weiß sie. Aber das Leben, das ist ja da, denkt Charlotte, während sie mit Wilfried ein Loch für die Beerdigung buddelt.

»Wie nimmt man sich das Leben?«
»Mit einem Strick«, sagt Wilfried.
»Du spinnst«, sagt Charlotte.
Wilfried denkt sich oft solche Sachen aus. Deshalb ist er ihr Freund, und natürlich auch, weil er stark und schlau ist. Auf dem Kopf sieht er aus wie ein Schaf. Da sitzen lauter

kleine Locken, ganz kraus und ganz dicht, richtige Schafslocken, nur nicht weiß, sondern fuchsteufelsrot.

Mit ihren Schaufeln sind sie auf etwas Hartes gestoßen. Wilfried hofft, dass es Munition ist, vielleicht sogar eine Handgranate, denn früher war hier ein Übungsschießstand. Die Tanten haben sie gewarnt: Wenn sie auf dem Spielplatz etwas aus Metall finden, sollen sie es melden und ja nicht anfassen; es könnte explodieren. Der einzige Fund, der aussah, als würde er gleich in die Luft fliegen, war bis jetzt nur ein verbeulter Benzinkanister.

Wilfried wirft seine Schaufel ins Gras und fasst mit beiden Händen in das Loch. Dann wackelt und rackelt er darin herum und macht dicke Backen. Charlotte geht jetzt lieber weg. Ein Grab braucht ein Kreuz.

Auf der Suche nach passenden Stöckern läuft sie die Wiese bis zur Sandkiste ab. Mirko und Bogdan, die alten Quäler, bauen mal wieder ein Käfergefängnis. Alle anderen Kinder turnen, toben und schreien auf dem neuen Klettergerüst herum.

Neben der Schaukel, da, wo sie immer Huckekasten, Landverkaufen und Wasser-Wasser-Wein-Wein-Kakau-Kakau spielen, entdeckt sie in einer Pfütze einen Stock. Ringsherum alles Matsch. Matsch sieht wie Kacke aus, denkt sie und tappt vorsichtig hinein und hindurch. Wenn heute wieder die Doofen draußen an den Maschendraht kommen und *Kindergarten Schweinebraten* rufen, könnte man sie damit beschmeißen. Charlotte fischt den Stock aus der Pfütze. Dann bummelt sie zurück zu Wilfried und dem Grab für den toten Muli.

Sie streift dicht am Zaun entlang. Im nassen Gras werden ihre Schuhe wieder sauber. Beim Gehen zieht sie den Stock über die Drahtmaschen. Klickklickklick, klackklackklack. Der ganze Zaun zappelt. Auf der anderen Straßenseite liegt der Block 2. Bis auf die Filmplakate an der Hauswand sieht er aus wie alle Blocks. Aber drinnen gibt es ein Kino, eine Wäscherei und eine Kantine, die *Casino* heißt. Aus dem Casino kommen jeden Tag Betrunkene. *Besoffene* dürfen sie nicht sagen, weil das Straßendeutsch ist. Einmal schwankten Männer und Frauen in einer Reihe heraus und der in der Mitte spielte Akkordeon. Alle johlten und torkelten.

Auch Prügeleien gab es am Block 2, vor ein paar Tagen sogar eine Messerstecherei. Die Tanten scheuchten sie ins Haus, wo sie nur das Polizeiauto und den Krankenwagen hören konnten. Gewonnen hatten die Polen. Jedenfalls sagten das Marian und Stdenka. Und einer war tot. Heute ist drüben nichts los, und die Kinoplakate sind die alten.

Wilfried hat schon auf sie gewartet. Die Handgranate ist nicht losgegangen, weil sie ein Ziegelstein ist. Wilfried wickelt den toten Muli aus seinem Taschentuch. Damit sie ein Geheimnis haben, hat er ihn nur ihr gezeigt. Natürlich hat sie gleich gesehen, dass es kein Muli ist, sondern eine Fellsohle, die im Dreck lag und nur so aussieht wie ein toter Muli. Wilfried will immerzu etwas begraben. Neulich kam er mit einem Gummisäckchen an. Das sah aus wie Wurstpelle. In einer leeren Zigarettenschachtel von seinem großen Bruder hatte er das ekelige Ding gefunden.

Liljana und Angelika tuscheln. Angelika flüstert Wilfried etwas ins Ohr. Wilfried gibt es leise an Charlotte weiter. Charlotte nickt. Sie findet auch, dass Jakob mit seiner neuen Jacke angibt. Die ist nämlich richtig neu, eine aus dem Geschäft, keine, die er von irgendwem auftragen muss.

Jakob glänzt. Der halbe Kindergarten steht um ihn herum, weil jetzt der Trick mit dem Gürtel kommt. An einem Ende sind zwei Ringe, durch die man das andere Ende so und so und so durchfädeln muss. Mit dem Trick rückwärts geht der Gürtel wieder auf. So! Wer will, kann es nachmachen. Mirko hat es nicht kapiert. Charlotte kann es.

Abends ist der Gürtel weg. Geklaut! Jakob hängt sich heulend an Tante Marianne, die heute Spätdienst hat und den Kleinen gerade beim Zubinden der Schuhe hilft. Sie richtet sich auf und klatscht in die Hände: »Alle mal herhören!«

Es wird still.

»Jakob vermisst seinen Gürtel. Hat ihn jemand gefunden oder vielleicht aus Versehen eingesteckt?«

Die Antwort ist ein vielstimmiges Nein.

Sie verschränkt die Arme und sagt: »Gürtel, piep einmal! Ich ahne, dass er im Raum ist.«

Räuber- und Engelsgesichter senken den Blick, Ohren werden rot, Finger spielen mit Kapuzenbändern. Da der Gürtel sich nicht muckst, stellt Tante Marianne die Kinder in einer Reihe auf, geht von einem zum anderen, öffnet Knöpfe, zieht Reisverschlüsse auf, klopft Pullover und Kleidchen ab, schaut in Brottrommeln, greift in Hosentaschen, sieht in Umhänge- und Jackentaschen nach. Sie macht das gründlich. Es dauert. Der Abendkreis fällt aus. Die ersten Mütter haben auf der Wartebank Platz genommen.

Marian. Stdenka. Radmilla. Nichts! Charlotte sieht ihrer Enttarnung tapfer entgegen. Nach Wilfried ist sie an der Reihe. Warum sie den Gürtel geklaut hat, weiß sie eigentlich nicht. Irgendwie war es ein schönes Gefühl. Schön wie Gruseln.

Bei Wilfried wird besonders gründlich gesucht. Auch hier nichts! Er bekommt einen freundlichen Klaps auf den Hinterkopf. Dann darf er sich trollen. Er trollt sich mit einem Grinsen.

Charlotte tritt Tante Marianne entschlossen entgegen. Sie stellt sich. Der Gürtel brennt unter ihrem Mantel. Schicksalsergeben liefert sie sich ihrer Lieblingstante aus, blickt ihr fest in die Augen und macht die Arme zur Durchsuchung breit. Die Kindergärtnerin muss lachen.

»Geh! Deine Mutti wartet schon«, sagt sie.

Charlotte rennt. Ihre Beine wetzen den langen Flur hinunter. Die Metallplättchen unter den Schuhspitzen steppen wie eine irr gewordene Nähmaschine.

Der Gürtel taucht im November zwischen den Kastanien auf. Im Herbst hatte Charlotte sie gesammelt, hatte sie in einen Holzkasten mit Schiebedeckel getan und dann unter dem Bett vergessen. Die Mutter findet den Kasten beim Saubermachen. Das nach Moder und Morcheln stinkende Innenleben kippt sie mit Schwung in den Müll. Schwarze, verschrumpelte Knollen poltern in den Blecheimer, und eine Stoffschlange entringelt sich, im Maul zwei silbern glänzende Ringe.

Charlotte begreift nicht, was geschieht, als es geschieht. Sie hockt auf der Fußbank im Lichtquadrat unter der Dachluke, auf den Knien das Struwwelpeter-Buch, als ein Wortschwall über sie hereinbricht, ein Arm sie packt, zupackt, und in den Stand reißt.

»Was ist das?«

Ein grauer Gürtel schwingt vor ihren Augen hin und her.

»Welchem Kind hast du das weggenommen?«

»Jakob.«

Die Mutter reißt den Gummiriemen von der Wand und holt aus. Charlotte duckt sich. Die Luft schnalzt. Der Schmerz ist steil, glasig, radikal.

»Mutti ...«

»Hör auf zu schreien!«

»Mutti ...«

»Andere beklauen! Das werde ich dir austreiben!«

»Mutti ...«

»Ich hab gesagt, du sollst aufhören zu schreien!«

»Mutti ...«

»Das machst du kein zweites Mal!«

Die Schläge hören nicht auf. Aus der Nase schießt Blut. Es fließt über ihre Handflächen und läuft an den Armen entlang. Ihr Blick streift Iris, die unter dem Küchentisch kauert wie ein verschrecktes Tier. Ihr Gesicht verschwimmt vor Charlottes Augen, einen Wimpernschlag später ist es wieder klar und zeigt ihr in Überschärfe Iris' panisch geweitete Augen.

Als es vorbei ist, als Ursula alles Blut von Charlotte abgewaschen hat, als sie wieder weiß und wie heil ist, die Haut, muss Ursula eine rauchen. Sie setzt sich, doch ihre Finger können die Zigarette nicht drehen, die sie jetzt braucht. Ihre Finger verirren sich im Tabak, und als sie aus dem Päckchen finden, verstreuen sie den ganzen Inhalt. Charlotte hilft ihr, den Tabak vom Boden aufzusammeln. Ihre Lider fühlen sich wie ausgewrungen an. Das Wasser, mit dem die Mutter sie gewaschen hat, war warm und tröstlich und liebevoll ihre Worte. Davon ging auch das Schluchzen weg. Danach gab es einen frischen Schlafanzug, den mit den Marienkäfern, den mit den kleinen, roten Tropfen.

»Ach Kind«, sagt Ursula, »du darfst mir doch nicht solchen Kummer machen. Meine Nerven haben in der Gefangenschaft gelitten. Sie sind nicht die besten.«

Dann schweigt sie und schafft es, mit ihren zitternden Fingern, den Tabak ins Papier zu rollen. Sie reißt ein Streichholz an, raucht, sieht Charlotte an: »Und? Was machen wir mit dem Gürtel? Zurückgeben können wir ihn nicht. Was sollen die Tanten und die anderen Kinder von dir denken? Du wärst ja für immer als Diebin abgestempelt.«

Charlotte antwortet nicht.

»Magst du keine Schokoladenplätzchen? Nimm, ich habe die Tüte extra für dich aufgemacht.«

Charlotte wendet stumm das Gesicht ab. Ursula steht auf, öffnet die Ofenklappe und wirft den Gürtel ins Feuer.

Ein hartes Winterlicht begleitet den Abschied von der Mutter. Es ist Ende November, der Himmel weiß und leer. Es riecht nach Schnee, als sie am Querumer Forst aus dem Bus steigen. Iris sagt, sie muss Pipi. Die Mutter hält sie am nächsten Baum ab. Charlotte sieht zu, wie es aus der Schwester herausspitzt und dampft.

Der Weg zum Kinderheim ist ein Zehn-Minuten-Weg durch den Wald. Iris geht an der Hand der Mutter. Charlotte läuft voraus. Die Stadt im Hintergrund summt leiser und leiser. Der Boden ist weich, voller Wurzeln und rutschiger Blätter, die kleinen Drachenfüßen gleichen. Morsche Baumstümpfe nehmen Eulengestalt an. Im Unterholz knackt und huscht es. Charlotte bleibt stehen: Zwerge. Ein Schuss knallt. Sie lauscht in die Richtung, aus der er kam. Krähen sind aufgeflogen. Tausend heisere Schreie kreisen über den Baumkronen, kreisen im weißen Winterlicht über dem kahlen Geäst. Ein zweiter Schuss fällt.

Zwischen Tür und Angel dann die Trennung von der Mutter. Niemand soll weinen. Wenn es schnell geht, tut es nicht so weh. Auch das Pflaster über einem aufgeschlagenen Knie wird mit einem Ruck heruntergerissen.

Iris schluchzt. Charlotte versucht, sie zu trösten, sagt, dass die Mama ja wiederkommt, dass sie nur zur Erholung weggefahren ist, dass das Müttergenesungswerk sie an die Nordsee geschickt hat, weil die Seeluft im Winter besonders gesund ist. *Jodhaltig* hatte die Mutter gesagt. Iris möchte bei Charlotte bleiben, Charlotte bei Iris. Das geht nicht, sagt man ihnen, auch Geschwister kommen in ihre jeweilige Altersgruppe. Jetzt weinen beide.

Die Angst, für immer im Kinderheim bleiben zu müssen, befällt Charlotte schon nach wenigen Tagen. Das Versprechen der Mutter, sie bald abzuholen, passt nicht zu ihrem Gefühl von *bald*. Wann kommt meine Mutti? Sie fragt das mehrmals am Tag. Die Antwort ist jedes Mal »bald«. »Wann ist bald?« »Bald.«

Doch *bald* ist für Charlotte kein Maß für die Zeit. *Bald* lässt sich nicht an den Fingern abzählen: noch zehnmal schlafen, noch neunmal, noch achtmal, noch siebenmal ... so oft schlafen, bis kein Finger zum Umklappen mehr übrig ist.

In ihrer Erinnerung werden die Erzieherinnen später keine Namen und keine Gesichter haben. Was sich ihr einprägt, sind lange Flure und Tischreihen, ist ein Schlafsaal mit Etagenbetten und der Geschmack von Zahnpulver morgens im Waschraum. Im Gedächtnis wird sie das freie Leitungsrohr mitten im Raum behalten, zu beiden Seiten Wasserhähne, aus denen es eiskalt in eine Blechrinne platscht. Die Trostlosigkeit jenes Orts mit dem Namen *Kinderheim* wird sie niemals vergessen. Und das Gefühl eines Mutterseelenalleinseins. Wie sehr sie den Morgen- und Abendkreis vermisst, den es im Kindergarten gab, die Spiele, das Singen, das Musizieren und Lachen. Wie sehr ihr Tante Marianne, Wilfried, Liljana und Radmilla fehlen.

Tag für Tag spielt sie mit einer Puppe, der die Finger abgekaut wurden. Nachts lauern Wölfe unter ihrem Bett. Auf den Nachttopf wagt sie sich nicht, obwohl die Tür zum Schlafsaal offenbleibt und auf dem Flur das Notlicht eingeschaltet ist. Aber zum Glück ist das Laken ja morgens wieder trocken.

Mit der Zeit verschwinden die Wölfe. Nun traut sie sich aus dem Bett, und einmal sogar aus dem Schlafsaal. Sie will ihre Schwester suchen. In einem der anderen Schlafsäle muss sie sein. Der plötzliche Wunsch, sie zu sehen, und ein Gefühl wie Verantwortung für Iris treiben sie über nächtliche, schwach erleuchtete Flure. Sie steigt Treppen und öffnet Türen. Einmal geht plötzlich das Licht aus und sie steht da in tiefster Nacht. Von allen Seiten lösen sich Wölfe aus der Dunkelheit. Lautlose, gefährliche Schatten. Charlotte schreit. Sie schreit sich das Herz aus dem Leib.

Als das Licht angeht, fliehen die Wölfe ins Nichts. Die Nachtwache nennt sie *kleine Schlafwandlerin*, nimmt sie auf den Arm und trägt sie zurück ins Bett. Es sind beruhigende, vertrauenswürdige Arme. Charlotte legt einen Arm um den Hals der Nachtwache. Die Frau hat weiches Haar, große, schwarze Nasenlöcher und duftet nach Kuchen und Pfefferminztee. Charlotte erzählt ihr, dass sie zu Iris schlafwandeln wollte.

»Iris ist nämlich meine kleine Schwester«, sagt sie, »und bald kommt unsere Mutti und holt uns ab.«

Am folgenden Tag darf sie ihre Schwester besuchen. Jemand geht mit ihr über den Hof in ein anderes Gebäude. Die Begegnung ist kurz.

Sie berühren schüchtern einander und blicken einander an.

»Tag«, sagt Charlotte leise.

»Tag«, flüstert Iris.

Sie möchten miteinander spielen und hören, dass das nicht geht. Auch nicht ein bisschen? Nein! Charlotte streichelt Iris' Wange, Iris schmiegt die Wange in die Hand, die sie streichelt. Danach müssen sie sich trennen und jede wieder zurück in ihre Gruppe.

Das Wiedersehen hat Charlotte traurig gemacht. Sie hockt sich in eine Ecke, zieht die Puppe mit den abgekauten Fingern auf den Schoß und erzählt ihr vom Sommerfest im Kindergarten, als sie Zirkus spielten und Tante Adriane wie ein richtiger Zirkusdirektor mit Frack und Zylinder auf dem Spielplatz stand und zu allen »Herzlich willkommen« sagte. Sogar zu den Doofen draußen am Maschendrahtzaun sagte sie das. Und zu den Kasernenbewohnern, die sich in den umliegenden Blöcken Kissen in die Fensterbänke gelegte hatten, und auf die Kissen ihre Arme und auf die Arme sich selbst.

Charlotte hat sie wieder vor Augen, die Frauen in Morgenröcken, die Männer im Unterhemd, manche nur mit einem wuscheligen Pelz auf der Brust. In einer oberen Fensterreihe Mirkos Babuschka. Wie verrückt winkte er zu ihrem Fenster hinauf, das mit bunten Kissen vollgestopft war wie ein Zigeunersofa. Ihre Glatze hätte sie, Charlotte, gerne gesehen. Aber das konnte sie nicht, weil Mirkos Babuschka sie unter einem Kopftuch versteckte. Zusammen mit den Läusen waren ihr die Haare abrasiert worden. Mirko hatte es nur ihr, Charlotte, erzählt, und sie nur Wilfried, damit es ein Geheimnis blieb.

Am liebsten hätte sie in der Negergruppe mitgemacht, das Gesicht schwarz und um den Bauch ein Baströckchen. Dann hätte sie mit einer Rassel rasseln und mit den anderen Negern wild im Kreis stampfen können und immerzu »umba-umba-assa, umba-umba-assa, umba-ä-o-ä-o-ä« rufen dürfen. Das hätte ihr Spaß gemacht, jedenfalls mehr, als in der Musikkapelle zu sitzen und zu warten, bis sie bei den Tigern und der Seiltänzerin mit dem Trommelwirbel dran war. Der kündigte nämlich an, dass gleich etwas Gefährliches passierte. Etwas Gefährliches passierte aber nicht, weil die Tiger Kinder waren, die mit einem Tigerschwanz und einer Sicherheitsnadel an der Turnhose durch den Feuerreifen sprangen. Und der hatte nicht einmal echte Flammen, sondern nur rot und orange lodernde Krepppapierstreifen. Nicht einmal die Seiltänzerin konnte abstürzen, weil das Seil auf der Erde lag. Damit es wenigstens wie ein schwieriges Kunststück aussah, musste die Seiltänzerin beim Balancieren kippeln und mit dem japanischen Schirm immerzu hin- und herschaukeln.

Am besten war Wilfried, der schusselige Clown. Die kurze Hose von seinem großen Bruder hing an Hosenträgern und schlotterte bis zum Knie, seine echten fuchsteufelsroten Schafslocken sahen wie eine unechte Perücke aus und auf der Nase hockte ihm eine rote Knolle. Eigentlich hätte er in den viel zu großen Schuhen immerzu hinfallen sollen. Wilfried aber kam nur angelatscht, weil er an seinen Zaubertrick dachte. Der ging eigentlich so: In eine

Hosentasche steckte er ein rotes Tuch und zauberte es aus der anderen Hosentasche wieder raus. Doch weil ja nur richtige Zauberer zaubern können, musste er vorher auch in die andere Hosentasche ein rotes Tuch stecken, damit es mit ein bisschen Abrakadabra zum Vorschein kommen konnte. Bei ihm kam nichts zum Vorschein. Er kramte und kramte und hatte plötzlich einen grauen Klumpen in der Hand. Das waren ausgekaute Kaugummis. Wilfried sammelte sie. Wer eins hatte, spuckte es nicht weg, wenn es nach nicht mehr schmeckte, sondern schenkte es ihm. Nur weiche wollte er. Harte hätte er noch einmal weichkauen müssen, damit er sie an den Klumpen anpappen konnte. Da stand er nun in den zu großen Latschen und der an den Hosenträgern schlotternden kurzen Hose von seinem Bruder und fing zu heulen an. Keiner heult wie Wilfried. Wie zehn Sirenen heulte er, er heulte so komisch, dass alle lachen mussten. Nach jedem Luftholen klang es komischer. Die Sonne zündete seine fuchsteufelsroten Schafslocken an, und alle lachten und klatschten.

Bis zum Abendbrot hockt Charlotte in der Ecke. Als es über das Sommerfest nichts mehr zu denken gibt, denkt sie an den Laternenumzug und das Kartoffelfeuer. Danach ist sie nicht mehr traurig. Sie überlegt, ob man mit sich selbst *Ich sehe was, was du nicht siehst* spielen kann. Welchen Gegenstand würde sie sich aussuchen, wenn sie Mitspieler hätte? An der Decke ist ein dunkler Fleck. Unter einem Stuhl liegt ein schlapper, eingedellter Ball. Neben der Tür gibt es einen Kalender, von dem jeden Tag ein Blatt abgerissen wird. Nein, es macht ihr keinen Spaß, in diesem Zimmer etwas zu finden, was sie sehen möchte.

Sie versucht, *Ich sehe was, was du nicht siehst* auf andere

Weise zu spielen. Sie sucht in ihrem Kopf nach dem Bild ihrer Mutter. Doch ihr Bild will nicht erscheinen, jedenfalls nicht wie ein Foto von jemandem, den man liebhat und ansehen möchte. Da ist nur eine undeutliche Gestalt, vage wie ein Gefühl, und von weither ein Lachen, das aus dem Seewind kommt. Bis zum Abendbrot, bis sie zum Händewaschen gerufen wird und sich mit den anderen Kindern in einer Zweierreihe zum Abmarsch in den Ess-Saal aufstellen muss, bleibt sie in der Ecke hocken.

Inzwischen fragt sich Charlotte nicht mehr, wann *bald* ist. Sie fügt sich in das Warten. Über das Warten vergisst sie das Warten, und über das Nicht-mehr-Warten vergisst sie die Mutter, auch die Schwester verschwindet aus ihren Gedanken. Der Wandkalender wird dünner, seine Zahlen wechseln Form und Farbe. Der Sonntag ist rot, die Wochentage sind schwarz. Eines Morgens findet jedes Kind im Schuh einen Apfel, fünf Haselnüsse und einen Tannenzweig. Der Nikolaus war da! Über Nacht ist sogar Schnee gefallen, und in ein paar Wochen kommt der Weihnachtsmann. Auch zu den Heimkindern kommt er. Die Erzieherinnen haben es versprochen.

Am 22. Dezember wird Charlotte aus ihrer Gruppe gerufen. Die Mutter ist da.

»Sie ist da? Wirklich? Meine Mutti?«

»Ja, wirklich«, sagt die Erzieherin, »sie wartet am Ausgang auf dich.«

Charlotte fürchtet, dass man sie verwechselt haben könnte. Dennoch bringt die Nachricht etwas in ihr zum Hüpfen, ein irrer, kleiner, bunter Frosch hüpft und kugelt in ihrem Bauch hin und her. Das kribbelt und fühlt sich so schön an, dass sie lachen muss. Sie will losrennen.

»Erst umziehen«, sagt die Erzieherin und geht mit ihr in den Raum, in dem sie am ersten Tag ihre eigenen Sachen abgeben musste.

»Halt doch mal still, Kind!«

Charlotte ist zu aufgeregt, um stillzuhalten, fortwährend hampelt und zappelt sie herum, als ihr das blaue Spielkittelchen ausgezogen wird. Sie kann es kaum abwarten, aus der Unterwäsche zu springen, diesem Labberzeug, das vor ihr schon zahllose Kinder getragen haben. Und es dauert ihr viel zu lange, bis die Erzieherin sie von den kratzenden Strümpfen befreit hat. Endlich, endlich sind sie vom Leibchen abgeknüpft und sie hat wieder ihr eigenes Leibchen an. Dann die eigenen Strümpfe, die nicht aus Kratzwolle sind.

»Mach doch schneller«, sagt sie, als der Reißverschluss ihres rot-karierten Faltenrockes festsitzt, weil sich Stoff verklemmt hat.

Nun das Blüschen, dann die Strickjacke, eine im Trachtenstil mit Zöpfen und Noppen und einem Edelweiß auf jedem Silberknopf. Der Mantel. Der Schal. Die Mütze. Charlotte stürmt los.

»Halt! Die Fäustlinge. Oder willst du dir die Finger abfrieren?«

Das erste, was Charlotte draußen, im Schnee, in der Sonne, an diesem lichten, durchsichtigen Wintertag erblickt, ist ihre Schwester auf einem Schlitten. Sie hält sich vorne an den Kufen fest, die wie die Hörner eines Schafsbocks gebogen sind, während die Mutter sie im Laufschritt über den Hof zieht. Im Kreis. Und noch eine Runde. Der Saum ihres langen, weiten Wintermantels verwirbelt den lockeren Schnee. Glitzernde Wolken fliegen. Iris kreischt und quietscht. Wie ein Ferkel, denkt Charlotte, die in der

Tür stehen geblieben ist und zusieht, neidisch, glücklich und aufgeregt zugleich. Endlich haben sie die Mutter wieder. Lachend und außer Atem kommt sie jetzt auf sie zu, im Schlepptau Iris auf dem Schlitten. Gesund und fröhlich sieht die Mutter aus. Rote Wangen hat sie und eine noch rötere Nase, die sich kalt in Charlottes Gesicht drückt, als sie herzhaft in den Arm genommen wird und einen dicken Kuss bekommt.

Auf dem Schlitten haben zwei Kinder Platz. Charlotte will nach vorne, Iris will nicht nach hinten. Doch weil sie, Charlotte, nicht nur die Große und Vernünftige ist, sondern auch die Klügere, die nachgibt, setzt sie sich nach einigem Zureden nach hinten. Freiwillig.

Durch den Wald geht es zum Bus. Die Fußstapfen der Mutter und die Schlittenspuren vom Hinweg sind noch zu sehen, der Wind stäubt Schnee von den Bäumen. Krähen begleiten sie. Ihr Geschrei kommt Charlotte vor wie die Schreie von Seelen, die Seelen jener Kinder, die im Heim bleiben müssen, weil niemand sie abholt.

Zu Hause riecht alles nach zu Hause. Und nach Weihnachten. Die Mutter ist schon gestern angekommen, hat Plätzchen gebacken und einen Tannenbaum besorgt. Zusammengeschnürt lehnt er in der Stubenecke. Die Weihnachtsgans ist in diesem Jahr eine Weihnachtsente. Nackt, schon ausgenommen und gefüllt, zwischen den Schenkeln die Naht aus Zwirn, liegt sie in der Küchenschale bereit für den Herd. Eine Gans würden sie zu Dritt doch gar nicht schaffen, sagt die Mutter. Nein, Onkel Konrad kommt in diesem Jahr nicht zu Besuch. Er kommt überhaupt nicht mehr, sagt sie zu Charlotte. Onkel Toni kommt. Da er kein Geflügel mag, wird sie ihm ein Kotelett braten.

Onkel Toni haben sie bei Margarete kennengelernt. Margaretes Mann ist sein Freund. Bevor er krank wurde, waren sie Arbeitskollegen und haben Braunschweigs Straßen asphaltiert. Als im Sommer die Memeler Straße, in der sie wohnen, endlich eine feste Decke bekam, hatte Margaretes Mann schon seinen Krebs. Für ihn stand ein anderer Kollege am Teerkocher. Charlotte hatte sich beim Zuschauen die Nase zuhalten müssen. Der Teer verpestete mit seinem Gestank die ganze Gegend, er blubberte wie leuchtendschwarzer Sirup in einem schwarz verkrusteten Bottich. Der Mann rührte darin. Der Bottich stand auf einem fahrbaren Ofen, aus dem die Flammen schlugen. Sie hielt Abstand. Wegen der Hitze. Wegen des Gestanks. Wegen dieses unheimlichen Mannes am Teerkocher. Sein Gesicht war schwarz, seine Sachen über und über mit Teer bekleckert, seine Schuhe schwarze Klumpen, und wenn er lachte, sah man, dass er auch im Mund schwarz war.

Onkel Toni fuhr die Dampfwalze. Ein donnerndes Ungetüm war es, ein Eisenkoloss, der mit Getöse über den rauchenden Asphalt kroch.

Als sie im Kindergarten Wilfried von der Dampfwalze erzählte, wusste er gleich, dass in der Hölle damit die Todsünder bestraft werden. Er wusste auch, was Todsünder sind, nämlich Juden und Panzerknacker. Sie alle kommen unter die Walze und werden überrollt, sagte er. Wenn sie ganz flach sind, flach wie Pappe, so flach wie der Wackelpeter auf der Götterspeisepackung, spießt der Teufel sie auf und hängt sie vors Höllentor. Da hängen sie dann von Ewigkeit zu Ewigkeit, bekommen Löcher und fransen aus.

Charlotte hat Zweifel, ob das stimmt. Schließlich kommt

nur die Seele in die Hölle, der Tote bleibt ja im Sarg. Einen Toten unter der Walze kann sie sich vorstellen, nicht aber, wie das mit der Seele gehen soll. Sie beschließt, Onkel Toni zu fragen. Sie freut sich auf ihn. Er ist nett, Jugoslawe und Analphabet. Dieses schwere Wort hat sie sich gemerkt. Analphabeten unterschreiben mit drei Kreuzen, hat ihre Mutter gesagt.

Onkel Toni sieht ein bisschen wie ein Zigeuner aus mit seinen schwarzen Locken und seinem breiten, gutmütigen Gesicht. Es ist dunkelbraungelb von der Straßensonne und der Bart wächst ihm wie ein blauer Rasen.

An einem Sonntagmorgen war er einmal zu ihnen in die Wohnung gekommen, mit einem Brief und einem Glas roter Zungen. Das war Paprika. Den hatte er selbst eingelegt. Der Brief war aus Jugoslawien, und natürlich interessierte ihn, wer ihn geschrieben hatte und was drinstand. Die Mutter, die kein Jugoslawisch kann, las ihm die Wörter vor, wie sie auf dem Papier standen. Onkel Toni hörte gespannt zu, manchmal nickte er, manchmal kratzte er in seinen schwarzen Locken und bekam einen schiefen Mund.

Für das Vorlesen schenkte er der Mutter die Paprikazungen im Glas. Das trug sie in die Küche, wo es rot wie ihr Lippenstift leuchtete, eine Weile herumstand und dann für besondere Gelegenheiten im Keller aufgehoben wurde. Als die besondere Gelegenheit zu ihrem Geburtstag kam, war dem Paprika ein Pelz gewachsen.

»Seht mal Kinder, was ich von der Nordsee als Andenken mitgebracht habe!«

Die Mutter legt Charlotte einen Seehund, Iris das Gehäuse einer großen Meerschnecke in die Hand.

»Das ist eine Rauschmuschel«, sagt sie und streicht Iris

das Haar zur Seite. »Wenn man sie ans Ohr hält, hört man das Meer.«

Iris lauscht, ihre Augen wandern zum Ohr, und wie so oft in letzter Zeit kullert eine Pupille davon und verschwindet im Nasenwinkel.

»Oh«, sagt sie und macht den Mund nicht wieder zu.

Charlotte sieht sich den Seehund an. Echtes, silbergraues Seehundfell hat er. Streicht man vom Kopf zum Schwanz, fühlt es sich glatt wie ein Fisch an, rückwärts wie ein Stachelschwein. Die Nase sitzt auf einem Stift. Man kann sie mit den Fingernägeln herauszupfen. Und die Augen?

»Seehund haben!«

»Da!«, sagt Charlotte barsch und gibt Iris den Seehund, »aber das nächste Mal sitze *ich* vorne auf dem Schlitten.«

Das Haus der Meerschnecke ähnelt einer Eistüte, findet sie, und fühlt sich wie eine dicke, geriffelte Eierschale an. Die hellbraunen Flecken erinnern sie an Sommersprossen. Wie bei den Landschnecken ist das Schneckenhaus gedreht und gewunden, wegen der Wendeltreppe im Innern, die eine Schnecke entlang kriechen muss, wenn sie aus dem Haus will. Der Eingang ist ein glatter, hellrosa Mund. Und das Meer hört man tatsächlich. Groß und wild klingt die Nordsee. Charlotte lauscht mit großen Augen.

»Mama, wie macht die Muschel das?«

»Wie eine Schallplatte. Eine Schallplatte merkt sich Musik, eine Meerschnecke merkt sich das Wellenrauschen.«

»Rauscht die Ostsee genauso?«

Es gibt Worte, die sind aus Pergament. Ein *Damals* schimmert hindurch. Ihre Haut ist brüchig. Berührt man sie, bricht die Vergangenheit auf. Das Wort *Ostsee* ist so ein Wort und wird die Mutter zum Erzählen bringen. Charlotte weiß es, sie liebt es, wenn die Mutter von früher erzählt und sich in ihren Erinnerungen verliert.

Das Erzählte malt Bilder in Charlottes Kopf. Vieles bleibt unverstanden, das Grauen abstrakt. Doch die Geschichten prägen sich ein, setzen sich wie Sedimente in ihrer Seele ab und wirken fort. Ostpreußische Ausdrücke bleiben genauso haften wie russische Vokabeln, wie Namen von Menschen und Orten. Die Ostsee schreibt sich in Charlotte ein. Keine andere Landschaft wird Charlotte später so tief berühren, keiner anderen wird sie jemals so nah sein. Der Grund wird ihr rätselhaft bleiben.

Als sie Jahrzehnte später der östlichen Ostsee und deren Küste begegnet, weiten Dünenlandschaften unter einem weiten Himmel, vorzeitlichen Wäldern, Sandmeeren und Stränden, die sie sich nicht anders als endlos vorstellen kann, fühlt sie sich diesem Landstrich zutiefst verbunden und mit ihm vertraut. Hier wird sie verweilen und umherziehen, unter Wolken, die der Wind in die Höhe reißt und schräg in den Himmel hängt, Wolken, deren lange Strähnen er kämmt, Wolken, die sich zwischen zwei Wimpernschlägen in makellose Bläue verwandeln können oder in mächtige, steingraue Gebirge. Dann wieder setzt ein Pinsel flüchtige Schleier ins Himmelblau, die Schleier der Windsbräute, wie selbstvergessen, wie geträumt. An manchen Abenden stehen die Wolken reglos und wie unverrückbar am Horizont, mit leuchtenden Rändern, das Meer ein Meer aus flüssigem Metall, stahlblau nach Sonnenuntergang, in der Dämmerung blaugrau, dunkelblaugrau, schwarz, ein Wasser, das ins Unergründliche sinkt, um am Ende der Nacht flaschengrün zurückzukehren. Unter der Mittagssonne ist es jadegrün, das Meer, und durchsichtig, vollkommen, eine silbern flimmernde Kräuselung. Zitternde Gitternetze über gerippten Sandboden. Winzige Fische, rollende, geschwätzige Kiesel und die stummen, gläsernen Geschöpfe der Quallen. Nach einem Sturm dann Säume aus Seegras am Ufer, Schwemmholz, gerissene Taue, Strandgut, Muscheln, Winzigkeiten von Bernstein. Hühnergötter. An einem Neujahrstag – im nächsten Jahrtausend wird es sein – wird Charlotte Arm in Arm mit einem Mann, wird ein Paar in den besten Jahren vom gefrorenen Strand aus der Prozession der Eisschollen zuschauen, dem in Stücke gehauenen, krachenden, schurrenden, schmirgelnden Meer. Das Licht um sie herum wie ein blendendes Vakuum.

Aber noch ist die Ostsee ein Sehnsuchtsort in der Erzählung der Mutter. Und es ist Sommer, und die Mutter ein Mädchen, das die großen Ferien wie jedes Jahr bei seiner Tante Emmy verbringt, im Seebad Cranz an der Kurischen Nehrung.

»Mama, was ist die Kurische Nehrung?«

Die Mutter erklärt, dass die Nehrung eine Landzunge ist, die das Haff von der Ostsee trennt.

»Mama, was ist ein Haff?«

»Ein Binnenmeer«, sagt die Mutter. »Es gibt das Frische und das Kurische Haff, die Frische und die Kurische Nehrung.«

Charlotte hört aufmerksam zu: Die Frische Nehrung ist bewaldet. Eichen. Linden und Birken wachsen dort. Die Kurische Nehrung ist baumlos, eine Landschaft aus Fischerdörfern und Sand. Den Sand schwemmt die See an, der Wind türmt ihn zu Wällen, Hügeln, Bergen auf; mächtige Dünen entstehen, Dünen wie in der Wüste Sahara. Von der Meerseite steigen sie flach an, zum Haff hin brechen sie senkrecht ab. Es sind Wanderdünen. Sturm und Wind treiben sie landeinwärts, sie fallen in Hütten, Häuser, Höfe ein, erfährt Charlotte. Ganze Dörfer werden zugeweht, verschüttet, unter Sand begraben. Im Weiterwandern geben die Dünen sie wieder frei. Charlotte sieht sie vor sich, die im Sandmeer ertrunkenen, im Sand schwimmenden Hütten, Häuser, Höfe. Sie hört die losen Fensterläden im Wind schlagen, blickt durch offene Türen in Behausungen, die bis zu den Fenstern mit Sand gefüllt sind.

Die Mutter erzählt weiter. Sie erzählt von ihren Sommerferien am Meer, von Walen, Robben, Krokodilen und U-Booten, mit denen sich der Strand nach und nach füllte, alles Formen aus Sand für den Wettbewerb der Kurverwaltung. Sie schwärmt vom schneeweißen Fleisch der geräucherten Flundern, die man beim Fischer Raddatz kaufte. Nach einem Strandtag gehörten sie wie selbstverständlich zum Abendessen, dazu gab es Milch und Brot, das köstliche Brot aus dem Getreide des Samlandes. Einmal in der Woche holte sie es frühmorgens vom Bäcker und trug es wie ein warmes, duftendes Baby an die Brust gedrückt durch den Ort.

Und von Tante Emmy erzählt die Mutter, wie sie sich zurechtmachte und frisierte, wenn sie, die kinderlose Tante, mit ihrer Nichte Ursel stolz durch das Seebad flanierte, um sich mit ihr auf der Kurpromenade oder der Seebrücke zu zeigen. Im Jahr, als die Mutter konfirmiert, eingesegnet worden war, nahmen Tante Emmy und Onkel Ernst, ihr Mann, sie sogar mit in ein Tanz-Café. Die langweiligen Zöpfe waren abgeschnitten, kurze Pagenköpfe in Mode gekommen. In jenem Sommer, so erinnert sich die Mutter, hatte Tante Emmy ihr eine jener weiten, weißen Leinenhosen mit breitem Umschlag spendiert, wie die Dietrich sie trug.

»Mama, wer war die Dietrich?«

»Eine bekannte Filmschauspielerin, die nach Amerika ging und die Deutschen im Ausland schlechtmachte.«

Der Seehund und die Rauschmuschel sind die ersten Gegenstände, die im Vitrinen-Teil des Kombischrankes Platz finden. Im Laufe der Jahre werden Sammeltassen hinzukommen, schillernde Likörschalen und Kognakschwenker mit Goldrand, ein nackter Jüngling aus mattschwarzem Porzellan, eine Schüttelkugel, in der es auf die Heidelberger Schlossruine schneit, ein Aschenbecher in Fischform, ein Aschenbecher aus Bleikristall, ein Aschenbecher aus Alabaster, ein Aschenbecher aus Keramik, eine Rosenvase, das Bertelsmann Volkslexikon und die Romane *So weit die Füße tragen* und *Wem die Stunde schlägt*.

Charlotte freut sich auf den Silvesterabend bei Margarete. Auch Onkel Toni ist eingeladen und Margaretes Bruder Kurt mit seiner Frau und den Kindern.

Wie verabredet steht Onkel Toni um sieben Uhr vor der Tür, um die Mutter, sie und Iris abzuholen. Die Mutter lässt ihn nach oben kommen, weil Iris noch immer auf dem Töpfchen sitzt, *thronen* nennt sie das. Thronen dauert. Also legt Onkel Toni den Mantel ab. Die dicke Tüte, die er im Arm hat, stellt er neben die Tür.

Einen Anzug, ein weißes Oberhemd und einen Schlips hat Charlotte noch nie an ihm gesehen. Wie ein sonntäglicher Vater sieht er aus. Die Mutter findet das nicht.

»Du siehst aus, als ob du in diesen Klamotten geschlafen hast«, sagt sie. »Das Hemd ist ja vollkommen knittrig, und die Hose hat keine Form, und überhaupt müsste der Anzug langsam mal in die Reinigung.«

Charlotte staunt, was die Mutter alles findet, ihr selbst wäre das alles nicht aufgefallen.

»So gehe ich mit dir nicht zu Margarete. Zieh dich aus! Ich werde das Zeug bügeln.«

Mürrisch, aber folgsam wie ein kleiner Junge macht Onkel Toni sich frei. In Unterwäsche und einem Loch im Socken drückt er sich auf den Stuhl in der Ecke. Charlotte fühlt, dass er sich schämt. Mit Stachelbeerbeinen, die Hände zwischen die Knie geklemmt, sitzt er da, blickt nach unten, wackelt mit dem nackten großen Zeh und lässt den Schlips, den er nicht abgebunden hat, vom kahlen Hals baumeln.

Charlotte überlegt, was in der mitgebrachten Tüte sein könnte. Knaller, Raketen, Luftschlangen? Zu gerne würde sie hineingucken. Aber man darf ja nicht einfach an fremde Tüten gehen. Selbst wenn keiner dabei ist, darf man das nicht, und wenn Erwachsene komische Laune haben, darf man auch nicht fragen.

Die Mutter sieht sehr schön aus beim Bügeln. Ihre Hochhackigen hat sie an, ihren guten, grauen Rock und den neuen Pullover. Rot wie Paprikazungen ist er und schmiegt sich an ihre Kurven. Kurven. Dieses Wort hatte Margarete gebraucht, als die Mutter ihr das neue Stück zur Begutachtung vorführte. Würde sie aufhören zu schimpfen, wäre sie noch schöner. Doch das Oberhemd will und will nicht glatt werden. Jetzt wird es ihr zu bunt, das weiße Oberhemd, sagt sie, wirft es Onkel Toni zu und nimmt sich seine Hose vor. Weil sie nicht erkennen kann, wo die Bügelfalte war, schimpft sie weiter. Schließlich macht sie ein Tuch nass.

Das legt sie über die gefaltete Hose und streicht mit dem Eisen darüber. Es zischt, es dampft, und ein Geruch nach Bratkartoffeln und Zwiebeln macht sich breit.

Iris quengelt. Sie will vom Topf genommen werden.

»Du siehst doch, das geht jetzt nicht«, sagt Charlotte und gibt ihr die beiden Bakelit-Elefanten zum Spielen, die Onkel Toni ihnen zu Weihnachten geschenkt hat. Sie, Charlotte, hat einen in ihrer Lieblingsfarbe Gelb bekommen, Iris, die noch keine Lieblingsfarbe hat, einen in Himmelblau. Klein wie ein Spielzeugbus ist so ein Elefant. Stellt man ihn auf etwas Schräges, läuft er bergabwärts, je steiler es ist, desto schneller. Aber zu steil darf man es ihm nicht machen, sonst überschlägt er sich. Am lustigsten ist es, wenn er ein Bein vors andere setzt und loszottelt. Andere Tiere muss man erst aufziehen, damit sie rennen, hoppeln, trommeln oder mit dem Fahrrad abdüsen wie Wilfrieds Propeller-Ente.

»Mama, musst du noch lange bügeln?«

Die Antwort ist ein ungemütlicher Blick.

»Mama, wann ist Silvester eigentlich vorbei?«

»Kind, du kannst einem den letzten Nerv rauben.«

»Ich gratuliere zum Elefanten, der alleine laufen kann.«

Charlotte muss lachen, weil Margartes Mann das jedes Mal sagt, wenn der Elefant gegen seinen Arm auf der Sessellehne stößt. Seine Stimme klingt leise und heiser; sie klingt, als hätte er einen Kloß im Hals. Aber es ist wohl der Krebs, sagt sich Charlotte. Sie ist zu Margaretes Mann in die Stube gegangen, weil er dort ganz alleine war.

»Geh spielen«, hatte man zu ihr gesagt und sie aus der Küche geschickt.

Doch sie hatte keine Lust, wie Gerdi, Iris und Paulchen

der langweiligen Eisenbahn von Werner zuzugucken. Keinen lässt er damit spielen. Anfassen verboten. Dabei hat die Lok nicht einmal einen Waggon zum Ziehen. Immerzu fährt sie im Kreis und im Kreis herum und in jeder Runde durch einen Tunnel, der mal eine Konservendose war.

»Prost! Prost! Prost!«

Bis in die Stube ist zu hören, wie es bei den Erwachsenen in der Küche zugeht. *Machmichfroh* nennen sie den Schnaps, den sie dort trinken.

»Prost! Prost! Prost!«

Kein Wunder, dass die Silvesterschnittchen nicht fertig werden. Mit Lachs, Kaviar und Eiern werden sie belegt. Der Lachs kommt aus dem Glas und der Kaviar aus dem Seehasen. Nichts ist echt. Der Seehase ist in Wirklichkeit ein Fisch und sein Rogen muss erst gefärbt werden, schwarz, damit er zu Kaviar wird. So ähnlich hat man es ihr erklärt. Die Eier hat sie abpellen dürfen, braune Eier von braunen Hühnern. Braune Dotter hatte sie erwartet.

»Braune Kühe geben ja auch keine braune Milch«, antwortete Onkel Kurt.

»Aber Kakao«, hat sie erwidert. Das wusste sie von Wilfried, der es im Kindergarten erzählt hatte.

»Ich gratuliere zum Elefanten, der alleine laufen kann«, sagt Margaretes Mann. Charlotte lacht. Heide, die Zwölfjährige, lacht nicht. Wie ein Geist ist sie plötzlich im Zimmer und hängt Luftschlangen auf. Bevor sie wieder hinausgeht, zählt sie die Teller auf dem gedeckten Tisch und rückt die Stühle gerade. Ihren Vater und Charlotte beachtet sie nicht. Erst im Hinausgehen streift ein Blick aus todtraurigen Augen den Vater, der kraftlos im Sessel lehnt. Dieser Blick trifft auch sie, Charlotte, und macht aus Margaretes

Mann einen Automaten-Menschen, der mit leerer Stimme einem Elefanten gratuliert, der alleine laufen kann. Charlotte lässt das Tier verschwinden.

Wenig später beginnt ein Hin und ein Her zwischen Küche und Stube. Die Silvesterschnittchen werden hereingetragen. Und belegte Brötchen. Und Heringssalat. Und Rollmöpse mit einem Holzstift im Rücken. Und Salz-Dill-Gurken.

»Erster«, ruft Charlotte und sitzt am Tisch. »Hm, Salz-Dill-Gurken!« Sie kann riechen, dass sie schön sauer sind, und »Hm, Rollmöpse!« Womit soll sie anfangen? Was ist saurer?

»Zweiter«, meldet Paulchen.

Heide steht unschlüssig herum. Man merkt ihr an, dass sie lieber bei den Erwachsenen als auf der Kinderseite sitzen möchte. Iris versucht, den Stuhl an Charlottes Seite zu erklettern. Man hebt sie hinauf und schiebt ihr ein Kissen unter den Po. Und noch eins, damit sie über den Tisch gucken kann. Onkel Toni fragt, wo er den Bierkasten abstellen soll. Werner möchte heiße Würstchen und Gerdi Onkel Tonis Zauberzucker ausprobieren; das möchten auch Paulchen, Iris und Charlotte.

»Die Tüte bleibt zu«, sagt Onkel Kurt, der vor der Musiktruhe kniet und die Schallplatten durchsucht.

»Bitte, bitte, Papi!« Gerdi klimpert mit den Augen zu ihm hinüber.

»Zauberzucker ist gefährlich für Kinder.«

»Warum?«

»Weil er euch in Kaninchen, Hamster, Schildkröten oder wer weiß was verwandeln könnte.«

Heide verschränkt die Arme und sieht sehr gehässig aus, als sie zu Charlotte sagt: »Aus dir würde eine fiese Zecke.«

Charlotte schleckt ihre Salz-Dill-Gurke ab. Warum fällt ihr kein Tier ein, das ekeliger als eine Zecke ist?

»Und du, du würdest ein fettes, pickeliges, vollgekacktes ...«

»Charlotte!«

Die Mutter hat ihr einen Klaps auf den Hinterkopf gegeben. Die Salz-Dill-Gurke knackt. Charlotte hat ihr den Kopf abgebissen.

»Wo soll ich den Bierkasten abstellen?«, fragt Onkel Toni zum zweiten Mal.

Du bist die Rose, die Rose vom ... holiholiholiholijööö ... die Rose, die Rose vom ... holiholiholiholijööö ... die Rose, die Rose vom ... holiholiholiholijööö ...

»Die Platte hängt!«, bemerkt jemand.

Onkel Kurt stoppt den Plattenspieler und besieht sich die Scheibe. Mit den Fingerspitzen hält er sie an den Außenkanten und kippt sie mal hierhin, mal dahin. Schließlich putzt er mit der Samtbürste über die Rillen und legt die Platte wieder auf. Als sie kreist und er eben den Tonarm angehoben hat, um die Nadel aufzusetzen, explodiert im Treppenhaus ein Schweizer Kracher. Die Mutter zuckt zusammen, Margaretes Mann gratuliert dem Elefanten, der alleine laufen kann, und Onkel Kurt sagt, dass er die Silvester-Knallerei hasst, weil sie ihn an den Krieg erinnert. Und an das viele schöne Geld, das da sinnlos verballert wird, darf man gar nicht denken. Die Mutter sagt nichts, drückt nur die Hand gegen den Magen, ihr Mund plötzlich sehr rot und ihr Gesicht sehr weiß. Eine Leuchtrakete zischt am Fenster vorbei. Silberkugeln flimmern.

Du bist die Rose, die Rose vom Wörthersee ...

Lustig soll es zugehen an diesem Silvesterabend. Onkel

Kurt dreht die Musik lauter. Während er wie ein Tanzbär durch die Stube schaukelt, setzt sich jeder ein buntes Hütchen auf. Die waren in Onkel Tonis Überraschungstüte, wie der Zauberzucker, den er wieder einpacken musste, leider, und die Tüte Konfetti, weil Margarete keine Lust hat, wochenlang bunte Schnipsel aufzusammeln.

Damit die Hütchen nicht vom Kopf rutschen, haben sie ein Gummiband. Charlotte macht es nichts aus, dass es unter dem Kinn und an den Ohren kneift, weil es ein wirklich schöner Böse-Feen-Hut ist, schwarz, spitz und voller geheimnisvoll glitzernder Zeichen. Den und keinen anderen wollte sie. Onkel Kurt hat sich eine Kapitänsmütze ausgesucht, die Mutter einen rosa Zylinder, Margarete einen gelben Firlefanz. Ihrem Mann hat sie einen Cowboyhut auf dem Kopf gesetzt, der so klein ist, dass er wie ein Karamellbonbon in seinem verschwitzten Haar klebt.

»Ich gratuliere zum Elefanten, der alleine laufen kann«, sagt er, als Onkel Kurt und Onkel Toni ihn aus dem Sessel hieven. Jeder hakt ihn an einer Seite unter. Seine Füße stottern, als sie mit ihm zum Tisch gehen. Neben Margarete sackt er auf den Stuhl.

»Unser lieber Vati«, sagt sie traurig und streichelt ihm die Wange.

Heide schießen Tränen in die Augen.

Noch nie ist Charlotte ein Essen so langweilig vorgekommen. Wenn das so weitergeht, wird sie noch platzen. Warum räumt denn keiner ab? Sie will endlich in die Zukunft sehen. Was man dazu braucht, steckt noch in Onkel Tonis Tüte. Wie es geht, hat er erklärt: Man macht eine Kerze an, legt ein Stück Blei auf einen Löffel und hält ihn über die Flamme, bis das Blei geschmolzen ist. Das flüssige Metall gießt man in kaltes Wasser, wo es zu einer Figur erstarrt. Aus der kann man dann die Zukunft ablesen.

Onkel Kurt ist schon wieder ein Witz eingefallen. Über seine Witze kann kein Kind lachen, denkt Charlotte und versteht nicht, warum die Erwachsenen losprusten und sich fast verschlucken, bloß weil eine Frau im Dirndl dem Teufel einen geblasen hat, dass ihm die Hörner weggeflogen sind. Charlotte hat die Dirne vor Augen, wie sie mit einem Ventilator durch die Hölle zieht und Wind macht. Sie schiebt sich den Böse-Feen-Hut auf die Stirn. Jetzt ist sie ein Böse-Feen-Einhorn. Die Mutter lacht ihr zu: »Prost, mein Kind! Zieh nicht so einen Flunsch!«

Da sitzen sie nun um den Tisch herum, jeder mit einem geschmolzenen Ding aus Blei und lassen es in die Zukunft schauen. Die erscheint als Schatten an der Wand und verändert sich, je nachdem, wie man sein Bleistück vor die Kerze hält. Aus Spinnen werden Autos, aus Autos Geigen, aus Geigen Kartoffeln. Formen wachsen, schrumpfen, fließen. Eine winzige Drehung genügt. Alles kann alles bedeuten. Oder nichts. Charlotte ist enttäuscht. Ihr Bleistück wirft einen krummen Haken an die Wand. Für die Mutter ist das eine Sieben. Und eine Sieben bedeutet, dass sie im nächsten Jahr in die Schule kommt.

Tante Marion hat etwas gegossen, das ein Fernseher sein könnte.

»Mein Traum geht in Erfüllung«, sagt sie.

»So ein Gerät kostet ein Vermögen«, sagt Margarete, »drei Monatslöhne für zwei Stunden Sendezeit am Tag, selbst wenn ich das Geld hätte …«

Onkel Kurt, Tante Marions Mann, hat es. Seine Figur

wirft eine Schatztruhe an die Wand. Erkennt sie etwa niemand? Im nächsten Jahr wird er also im Lotto gewinnen.

Die Mutter hat ein Gespinst gegossen, das Rätsel aufgibt. Margarete sieht darin zwei Männer. Heide wird einmal Schneiderin werden, denn die Zukunft zeigt ihr eine Schere. Werner zeigt sie eine Wolke, das heißt, er wird Pilot. Zu Onkel Tonis Figur und Zukunft fällt keinem etwas ein. Als Letzter ist Margaretes Mann an der Reihe. Heide sagt: »Gurke«, die Mutter sagt: »Fächer«, Werner sagt: »Drachen«, Tante Marion sagt: »Schuhsohle«, Margarete »Vase«, niemand sagt: »Sarg«. Alle sehen ihn.

Ist ein Jahr lang? Ist ein Jahr kurz? Rast die Zeit, schleicht sie, tritt sie auf der Stelle? Zeit vergeht.

»Auch Trauer vergeht«, sagt die Mutter.

»Wie kurz ein Leben doch sein kann«, sagt Margarete. »Nur gut, dass man nicht in die Zukunft blicken kann.«

»Wer weiß, was einem noch alles bevorsteht«, sagt die Mutter.

Beide Frauen seufzen.

Charlottes Ohren sind wie ein Teleskop ausgerichtet auf die Stimmen im Halbdunkel. Blitzsauber, mit rosiger Haut und feuchten Haaren sind sie nach dem Baden in Margaretes Stube gekommen, wo Tee und Kuchen auf sie gewartet haben. So ein Badetag ist ein Fest. Da sie kein eigenes Badezimmer haben und bei Kreidels nur die Toilette, nicht aber die Wanne benutzen dürfen, gehen sie mit der Mutter sonnabends immer zu Margarete, um bei ihr zu baden.

Jedes Mal ist es ein heiliger Moment und das Gefühl, das Erschauern, das sich beim Eintauchen ins Wasser einstellt, mit nichts zu vergleichen. Auf dem Grund der Wanne sprudelt meist eine Badetablette, die, obwohl sie orange wie eine Apfelsine ist, das Wasser kiefernwaldgrün färbt und genauso duften lässt. Ersatzweise kippt die Mutter eine Handvoll Waschpulver in den einlaufenden Strahl. Schaumgebirge wachsen. Luftige Schneeberge türmen sich bis über den Scheitel und knistern bis in die Herzspitzen. Schaufelt man den Schaum in die Luft, schneit es. Mit Schaum kann man sich Brüste auf die Haut pappen oder sich als schaumgekrönte Elfe im Nebel des Wandspielgels zeigen.

Die Kopfseite der Wanne haben sie einmal als Rutsche benutzt. Das gab Ärger, weil danach das Badezimmer überschwemmt war. Jetzt tauchen sie nur noch und zählen, wie lange sie es unter Wasser aushalten. Iris taucht bis drei, sie, Charlotte, schon bis hundert. Ungefähr. Nächstes Jahr, wenn sie in die Schule kommt, wird sie lernen, wie es nach hundert weitergeht.

Die Mutter und Margarete reden und reden, mal seufzt die eine, mal die andere. Margarete trägt Schwarz. In der dämmrigen Stube kommt sie Charlotte wie ein Schatten im Schatten vor. Ihr Mann starb langsam. An den Zehen hatte sein Sterben begonnen, es war die Füße hinaufgekrochen, dann die Beine bis zu den Knien, hatte die Schenkel befallen und sich über den Bauch ausgebreitet. Margarete hatte sich oft bei der Mutter ausgeweint und vom allmählichen Absterben ihres Mannes gesprochen. Sein Herz, sein Asphalt, Teer und Sonne gewohntes Straßenarbeiterherz schlug und schlug und wollte nicht aufhören, während sein Sterben den Leib mit Nachtblumen übersäte. Margaretes Berichte ließen Charlotte tellergroße Blüten sehen, mal schwarzblau wie Tinte, mal lila wie die Gardinen der Leichenwagen. Nie vergessen wird sie den Abend, an dem Margarete bei ihnen erschien und die Mutter bat mitzukommen. Sie sagte, dass sie in der Brust ihres Mannes kein Pochen mehr hören konnte, vielleicht vor lauter Weinen nicht, aber vielleicht hörte ja die Mutter noch etwas.

Während Charlotte dem Gespräch zuhört, in dem es jetzt darum geht, ob eine Witwe wirklich ein ganzes Jahr lang Trauer tragen muss, lässt sie das Zuckerstück, das Zauberzuckerstück in ihrem Tee nicht aus den Augen. Es zerfällt, schmilzt und gibt jetzt ein winziges Kleeblatt frei. Wie ein Falter kreiselt und schraubt es sich an die Oberfläche. In Iris' Tee schwimmt ein Hufeisen. Die Tüte Zauberzucker hatte Onkel Toni am Silvesterabend vergessen. Und Margarete hatte sie aufgehoben. Zum Glück, denn der zauberfreie Zucker ist ihr gerade ausgegangen. Nein, sie und Iris brauchen keine Angst zu haben, in einen Hamster oder in ein Meerschweinchen verwandelt zu werden, das war ein Scherz von Onkel Kurt, hat die Mutter gesagt. Sie sollen nur aufpassen, dass sie die Plastikfiguren nicht verschlucken. Charlotte fischt das Kleeblatt heraus und trinkt den Tee, ohne ihn umgerührt zu haben. Der letzte, der zuckersüße Schluck ist der beste.

Das Gespräch in der dämmrigen Stube ist leise geworden. Im Flüsterton wird jetzt über Onkel Toni gesprochen.

»Das ist doch kein Mann für dich …«, sagt Margarete.

So sehr Charlotte die Ohren auch spitzt, mehr ist nicht zu verstehen. Was sie mitbekommt, ist das Ende einer Geschichte, in der Onkel Toni sich eine Frechheit erlaubte und sich neben die Mutter auf die Couch legte, als sie ihren Mittagsschlaf hielt. Ein Schubs, und er landete auf dem Boden. Die Frauen lachen.

»Hast du mit ihm?«

Die Mutter antwortet mit einer Handbewegung, die eine Fliege verscheucht, die es gar nicht gibt.

Komische Frage, komische Antwort, denkt Charlotte und überlegt, was gemeint sein könnte. Hast du mit ihm? Hat sie selbst mit Wilfried?

Interessant wird das Gespräch erst wieder, als es um Joachim Lang, ihren Vater, und die Anerkennung der Vaterschaft geht. Mal wieder. Anderen gegenüber nennt die Mutter ihn nur Lang, Iris' Vater nur Färber. Sie schimpft auch über Lang, weil er nicht zahlt.

»Färber ist da ganz anders«, sagt sie. »Die Alimente für Iris ist schon vor dem Ersten da. Färber zahlt sogar mehr, als er muss. Und ab und zu schickt er Iris sogar ein Päckchen.«

Charlotte schmeckt wieder die Schokolade, die Katzenzungen, die in einem der Pakete waren und die Iris mit ihr nicht teilen wollte.

Charlotte staunt: »Kirchenmaler malen keine Kirchen?«

»Nein«, sagt Harry, »Kirchenmaler renovieren sie. Sie erneuern Vergoldungen an Altären, Orgeln, Kanzeln und lassen die Farben wieder leuchten. Sie reinigen Engel, befreien Heilige von Schmutz, Madonnen- und Christusfiguren von Schädlingsfraß. Kirchenmaler reparieren auch Heiligenscheine und legen Wandbilder frei, die unter Putz oder Anstrichen verborgen waren. Ja, und Stuck bessern sie aus.«

»Stuck?« Dieses Wort hört Charlotte zum ersten Mal.

»Stuck«, erklärt Harry, »Stuck, das sind Verzierungen aus Gips: kunstvolle Girlanden, Rosetten, Bordüren und so weiter.«

Charlotte erfährt, dass Kirchenmaler noch viel, viel mehr können, zum Beispiel einfachen Säulen das Aussehen von Marmor geben und auf Wänden alle Arten von Holz vortäuschen. Geduldig erklärt Harry ihr seinen Beruf. Eine Stunde sitzen sie schon auf dem Flur und warten auf den Amtsarzt, der ihnen Blut abnehmen soll. Die Mutter geht auf und ab.

Nein, Harry möchte auf keinen Fall Onkel von ihr genannt werden. Eigentlich heißt er Harald, Harry ist eine Kurzform wie Jonny für Joachim, ihren Vater, der sein bester Freund war, damals in der Gefangenschaft, im Ural, im Lager Karabasch, wo auch ihre Mutter war.

Er sagt: »Jonny und ich, wir teilten uns ein Zimmer. Das war ein unvorstellbarer Luxus im Vergleich zu den Gemeinschaftsunterkünften, in denen die übrigen Gefangenen auf engstem Raum hausen mussten, die Männer in Männer-, die Frauen in Frauenbaracken. Aber wir waren ja Künstler, und die Russen hatten eine Schwäche für Künstler. Obwohl«, er macht eine Pause, »Künstler waren wir eigentlich nicht, Jonny, der sein Studium an der Dresdner Kunstakademie hingeworfen hatte, und ich, der das Anstreichen, Ausbessern und Vergolden gelernt hatte. Als Kunstmaler hatten wir uns ausgegeben. Angeber waren wir, und ein Gespann, wie es kein zweites gibt. Der Rest war Talent.« Er lacht.

Charlotte möchte mehr über ihren Vater hören. Und Harry erzählt ihr, dass ihr Vater Russenfamilien porträtierte, vom Opa bis zum Enkel. Alte Männer in Uniform, die Brust gepanzert mit Orden, dürre und dralle Mütterchen, Gattinnen in allen Schattierungen eines Augenaufschlags, ernst dreinschauende Jünglinge und kleine Mädchen, die man mit Haarschleifen in Propellergröße dekoriert hatte. Charlotte kichert. Er selbst malte Landschaften, hört sie. Was der Ural nicht hergab, kam aus Vorlagen und wurde kopiert. Beliebt waren Steinböcke im Hochgebirge, Wölfe, die den Mond anheulen, und Bären, Bären, Bären. Harry und ihr Vater waren Alleskönner. Sogar Klavier konnten sie spielen. Und das recht eindrucksvoll, wie er sagt.

Im Ort gab es einen Versammlungsraum, erzählt er, und im Versammlungsraum gab es ein Harmonium.

»Ein Harmonium musst du dir wie ein großes Klavier vorstellen; sein Klang erinnert an eine Orgel. Jenes Ding aber war ein Schrotthaufen. Wir nahmen es auseinander, studierten die Mechanik, bis wir verstanden, wie das Zusammenspiel von Blasebälgen, Zungen, Tasten, Gurten und Tretschemeln funktionierte. Wir reinigten, reparierten und tüftelten. Als es wieder spielte, rissen wir die Fenster auf und entließen in die Stille jenes Nachmittags die berühmte Fuge von Bach, und das in einer Lautstärke, dass man hätte meinen können, die Posaunen von Jericho würden Karabasch heimsuchen. Nicht, dass die Mauen einstürzten, so schlimm war es nicht, aber es hörte sich an, als würde ein Erzengel den Weltuntergang ankündigen.«

Der Amtsarzt ruft zuerst Harry herein.

Charlotte schaukelt mit den Beinen. Sie soll die Füße stillhalten, sagt die Mutter. Charlotte sagt, sie hat Angst, dass es wehtut. Die Mutter verspricht ihr, dass es nicht wehtut. Ein Tropfen Blut, ein kurzer Pieks ins Ohrläppchen oder in den Finger, es geht ganz schnell.

Der Doktor ist freundlich. Schnell geht es wirklich, und weh tut es auch nicht. Charlotte weint trotzdem. Ohne Tränen kein Trostpflaster. Auf dem Weg zum Bahnhof – Harry ist am frühen Morgen mit dem Nachtzug aus Regensburg angekommen und muss jetzt wieder zurück – kauft er ihr einen Tuschkasten mit zwölf Farben, zwei Pinseln und einer Tube Deckweiß. Die Mutter meint, sechs Farben hätten es auch getan. Charlotte strahlt, sie nimmt Harrys Hand und lässt sie, bis er in den Zug einsteigt, nicht wieder los.

Dass es bei der amtsärztlichen Untersuchung um einen Vaterschaftstest ging, eine Blutgruppenbestimmung, die im Ergebnis Harry als Vater ausschloss, wird Charlotte Jahrzehnte später klarwerden, als sie bei der Durchsicht alter Dokumente auf folgendes Schreiben stößt, das am 23. Juli 1956 an ihre Mutter gerichtet wurde:

Sehr geehrte Frau Kindermann!
Wir haben heute zum Geburtseintrag Ihrer Tochter einen Randvermerk über die Feststellung der Unehelichkeit und über das Vaterschaftsanerkenntnis durch Herren Joachim Lang beigeschrieben. Sie können nunmehr gegen Voreinsendung der Gebühren mittels beiliegender Zahlkarte neue Geburtsurkunden erhalten. Die erste Ausfertigung kostet DM 1,--, die zweite und dritte, gleichzeitig bestellte, DM 0,50.
Der Standesbeamte
In Vertretung
Weidlich

Sie wird sich wieder an den Mann aus Regenburg erinnern und an den Satz ihres Vaters »Da war noch ein anderer.« Dieser Satz war seine Antwort auf ihre Frage, warum er die Vaterschaft so spät anerkannt habe.

Eine Handvoll Blumen, eine Biene, ein Schmetterling. Und der Frühling. Sum-sum-sum. Die Biene kreist um die Blumen. Sie schlafen. »Sum-sum-sum«, macht die Biene. Der Schmetterling lässt Flügel und Arme hängen und fliegt vor lauter Schüchternheit nicht los. Der Frühling kann sich keine Schüchternheit leisten. In seiner ganzen Pracht, in einem Umhang aus Krepppapier-Bändern, die in allen Farben leuchten und flattern, kommt Charlotte angerauscht. Der Frühling weckt die Blumen aus ihrem Schlaf. Sie recken und strecken sich, gähnen, reiben sich die Augen und blinzeln in die Stuhlreihen, in denen Eltern und Kindergärtnerinnen Platz genommen haben. Der Aufführung dürfen auch die Hortkinder zuschauen. Ab heute gehören die Schulanfänger zu ihnen, den Großen. Der erste Schultag nach den Osterferien ist traditioneller Einschulungstag.

Charlotte ist aufgeregt, als der Frühling das Gedicht von den lauen Lüften und linden Düften, von Vogelsang und Schalmeienklang aufsagt. Mit Betonung und ohne Versprecher schafft sie es. Und ist stolz. Schließlich musste sich der Frühling den längsten Text von allen merken. Das Schneeglöckchen braucht nur »Ich bin das Schneeglöckchen« zu sagen und einen Knicks zu machen. Mehr nicht. Mehr kann Marion sowieso nicht behalten. *Kopfdiebeine* ist ihr Spitzname, weil sie Menschen malt, denen die Beine unter dem Kopf hängen.

Charlotte sieht zu ihrer Mutter. Die zwinkert ihr zu: gut gemacht!

Jede Blume ist an ihrer Blüte zu erkennen, einem aus Filz, Draht und buntem Papier gebastelten Ding, das wie ein Wunder auf dem Kopf blüht. Angelika hat eine Schlüsselblume auf, Radmilla eine Tulpe, Mirko eine Narzisse,

Marion das Schneeglöckchen, Lilli ein Veilchen. Sum-sum-sum. Die Blumen stellen sich vor, zuletzt das Veilchen, damit alle wissen, dass es im Moose blüht, sittsam, bescheiden und rein ist, nicht wie stolze Rose, die immer bewundert will sein. Sum-sum-sum. Wilfried stupst den Schmetterling an: »Das Lied! Mitsingen, Slavko!« Die Biene stimmt an, Blumen und Frühling singen mit. Der Schmetterling bewegt nur die Lippen, heraus kommt kein Piep.

Die Einschulung beginnt um elf. Zur Schule kann man den Weg gehen, den jeder geht, oder man kürzt ihn ab und nimmt den Geheimweg. Die aus der dritten Klasse haben ihn den Schulanfängern gezeigt. Charlotte hätte ihn gerne ausprobiert, aber die Mutter in ihrem schönen hellgelben Mantel und ihren hochhackigen Schuhen würde natürlich nicht durch ein Loch im Zaun kriechen. Außerdem müssten sie vorher durchs Gebüsch. Die Stelle, sie liegt zwischen Block 5 und Block 6, hat sich Charlotte genau gemerkt. An der Hand ihrer Mutter verlässt sie den Kindergarten, der im Erdgeschoss des ehemaligen Stabsgebäudes der Roselies-Kaserne untergebracht ist, früher Standort eines Panzer-Bataillons. Auf dem Rücken hat sie den Schulranzen. Er riecht nach Leder. Leder riecht erwachsen. Der Buntstiftkasten klappert. Im Arm hält sie die Schultüte, in der sie Schokolade und Kekse, ihre geliebten Bärentatzen, vermutet. Zumindest duftet es danach. Charlotte ist voller Erwartung an diesem Apriltag, der schon sommerlich warm ist. Ihr ist zum Hüpfen zu Mute, sie freut sich, sie freut sich. Ach, wie sie sich freut auf die Schule! Etwas Neues und Großartiges beginnt, ein Versprechen erfüllt sich, etwas wie das Leben. Ihr gefällt, dass sie in die moderne, neu gebaute Volksschule in der Lindenbergsiedlung gehen wird. Die ist so neu, dass auf den Toiletten erst noch Klos und Waschbecken angebracht werden müssen. Wer muss, der muss nach draußen auf den Schulhof in den Bauwagen, das haben Marijan und Anna gesagt.

Charlotte und ihre Mutter gehen zwischen den zementgrauen Blocks die Straße hinunter. Sie gehen auf das Kasernentor zu. Die Straße ist eine Betonpiste, angelegt für Panzer. Mehlweißer Staub bedeckt den Beton, in dem sich die Kettenspuren der Wehrmacht verewigt haben. Sie gehen am Wachhäuschen vorbei, in dem seit Kriegsende niemand mehr wacht. Es verfällt und hat eingeschlagene Fenster. Charlotte und ihre Mutter gehen durch das Kasernentor, das niemand mehr schließt. Ein schmaler Weg läuft außen am Kasernenzaun entlang. Zur anderen Seite der Acker, auf dem die Bewohner wie jedes Jahr Kartoffeln angepflanzt haben. Mucha, dem die Kinder »Mucha, Mucha dai mi kucha« hinterherrufen, gibt jedem zehn Pfennig, der ein volles Marmeladenglas mit Kartoffelkäfern bei ihm abliefert. Der Weg endet an der Bushaltestelle. Ein Zebrastreifen führt über die Straße, die Kaserne und Wohnsiedlung trennt.

Den ersten Schultag hat sich Charlotte anders vorgestellt, nämlich mit Unterricht. Doch es werden nur Namen aufgerufen und Klassen eingeteilt. Sie sieht ihren Klassenraum und ihre Klassenlehrerein, die Fräulein Ölmann heißt und streng sein soll. Viel mehr kann sie der Mutter nicht berichten, die wie die anderen Eltern auf dem Schulhof gewartet und die Schultüte gehalten hat. Charlotte erzählt ihr, dass sie mit Radmilla, Marion und Wilfried aus dem Kindergarten in eine Klasse gekommen ist und dass sie vierundvierzig Schüler sind. Doch das weiß die Mutter vom Elternabend. Charlotte sagt, sie mag Fräulein Ölmann nicht, weil alles grau und spitz an ihr ist und ihre Augen Mauseaugen sind und ihre Brille aussieht, als hätte sie Schnapsgläser im Gesicht. Die Mutter antwortet, dass es so eine Sache ist mit dem ersten Eindruck und dass man nicht vorschnell urteilen soll.

Radmilla rennt über den Schulhof. Charlotte sieht ihr nach, wie sie auf ihre Eltern zustürmt und ihrem Vater in die Arme springt. Der schleudert sie herum. Radmilla kreischt und ihre Mutter lacht. Sie ist sehr schön, Radmillas Mutter. Charlotte könnte sie immerzu angucken, die wilden, schwarzen Locken, in denen große goldene Ohrreifen hängen, und das Blumenkleid, das der Wind in diesem Moment bauscht und anhebt. Die dicke Helena, der man eigentlich nichts glauben darf, hat ihr erzählt, dass Radmillas Mutter Engelmacherin ist. Das will Charlotte der dicken Helena ausnahmsweise mal glauben. Ja, sie kann sich gut vorstellen, dass Radmillas Mutter Engel macht, so schön, wie sie ist. Aber auch ihre eigene Mutter ist schön. Anders schön, denkt Charlotte.

Die Mutter fotografiert. Die Kamera hat sie sich von ihrer Firma ausgeliehen. Man schaut zu ihnen hin. Die Mutter sieht sehr elegant aus in ihrem schwingenden, hellgelben Frühjahrsmantel. Sie gibt Anweisung, wie sie, Charlotte, stehen, wie sie die Schultüte halten und lächeln soll. Dass die Mutter mit einer Rolleiflex fotografiert, dieser schweren, teuren Kamera im Ledergehäuse, macht Eindruck. Charlotte genießt es.

Schwarzweiße Fotos erinnern später an diesen Tag:

Charlotte mit der Schultüte vor der Eingangstür der Lindenbergschule, die Augen zusammengekniffen, weil die Sonne sie blendet.

Charlotte mit der Schultüte am Trinkbrunnen im Schulhof, Kräuselungen und Lichtpunkte im Wasser.

Charlotte mit der Schultüte vor einer Fensterfront, dahinter, unscharf, Gymnastikgeräte und eine Sprossenwand.

Charlotte Auge in Auge mit einem mehrstöckigen Eisbecher, Entschlossenheit im Blick.

Charlotte auf dem Rummelplatz, ein Lebkuchenherz um den Hals. *Aller Anfang ist schwer!*

Charlotte im Kettenkarussell auf einem Rundflug durch die Wolken.

Der erste Schultag ist ein Fest. Die Mutter gehört ihr, ihr ganz allein, bis zum Nachmittag, bis sie Iris aus dem Kindergarten abholen.

Charlotte begreift. Nicht nur das Einmaleins begreift sie und den Unterschied von gesprochenen und geschriebenen Wörtern, nämlich dass es nicht egal ist, ob man *war* und *wahr* schreibt. Sie begreift auch, dass es ein Unterschied ist, ob eine Familie in der Kaserne oder in der Siedlung wohnt, und dass es in der Siedlung wiederum ein Unterschied ist, ob die Familie in einer Genossenschaftswohnung oder einem Eigenheim lebt, ein Auto besitzt oder nicht. Von den Kasernenbewohnern fährt niemand ein Auto, bis auf den Verwalter. Das ist auch so ein Unterschied.

Die Welt ist voller Unterschiede. Charlotte begreift. Von der Mutter hört sie, dass Hausfrauen, die sich den Tag einteilen können, gar nicht wissen, wie gut sie es haben. Die Mutter kann das nicht, sie muss arbeiten gehen, nur sonntags und in den Betriebsferien hat sie frei, das sind zwei

Wochen im Sommer. Als Iris die Windpocken hatte und nicht in den Kindergarten durfte, musste die Mutter unbezahlten Urlaub nehmen, eine Oma haben sie ja nicht, und Margarete konnte nicht den ganzen Tag bei Iris bleiben. Als sie, Charlotte, nach ihrer Schwester die Windpocken bekam, musste sie allein zu Hause bleiben. Noch mehr unbezahlten Urlaub konnte sich die Mutter nicht leisten. Dass Margarete nach ihr sah, Essen brachte und lüftete, war der Mutter eine Hilfe, konnte sie aber nicht wirklich beruhigen. Wie sie sagte, war sie mit ihren Gedanken den ganzen Tag nicht bei der Sache, und auf dem Weg vom Bus zur Wohnung nur noch gerannt.

Ein Unterschied ist es auch, ob ein Kind einen Vater hat oder nicht. Will jemand wissen, warum sie keinen hat, antwortet sie: »Meine Mutter ist geschieden.« Das soll sie antworten. Mehr geht die Leute nichts an, hat ihre Mutter gesagt.

Die Kinder in der Klasse bedauern sie, weil sie keinen Vater hat. Nur Marion, die dünn und blass ist, und Ingo, der sich neulich während der Schulstunde in die Hose gepinkelt hat, würden es ohne Vater besser finden. Warum das besser wäre, verraten sie nicht. Nein, sie vermisst keinen Vater. Wünscht sie sich einen? Darüber müsste sie nachdenken.

Einmal in der Woche haben sie Turnen. In dieser Stunde zeigt sich, wer eine Rolle vorwärts kann und wer nicht einmal die hinkriegt. Sie selbst kann sogar Rolle rückwärts, Rad schlagen und Handstand: Handstand mit Überschlag, Handstand an der Wand, im Handstand laufen. Das hat sie im Kindergarten gelernt. Und noch nie hat sie die Schularbeiten vergessen. Es sind immer dieselben, die sie nicht gemacht haben, weil deren Mütter sie nach der Schule spielen lassen und nichts kontrollieren. Im Hort darf erst nach den Schularbeiten gespielt werden.

Unterschiede können langweilig oder interessant sein. Der da unten, der zwischen Jungen und Mädchen, ist interessant.

»Kannst ruhig anfassen«, sagt Wilfried.

Charlotte zögert.

Sie stehen am Rand eines Tümpels im Dickicht des Gestrüpps, er, ein Junge, der seine Hosen heruntergezogen hat, und sie, ein Mädchen in Rock und Bluse, beide sieben Jahre alt. Es ist ein Spätsommertag. Ihre Schulranzen liegen im Gras. Die letzte Stunde ist heute ausgefallen. Da sie im Hort noch nicht erwartet werden, haben sie sich in die Feldmark hinter der Siedlung verdrückt. Es ist ein aufregender, ein zum Spielen und Erkunden gemachter Ort. Das weitläufige Gelände gehörte früher zum Ausbesserungswerk der Reichsbahn. Charlotte und Wilfried kennen es von den Spaziergängen mit den Kindergärtnerinnen, den Tanten. Es ist eine Wildnis mit Gleisen, die enden, als wären sie in Gras, Kraut und Klettbüschen steckengeblieben. Zwischen vermoderten Bahnschwellen blüht es: Lichtnelken, Disteln, Rainfarn, Schafgarbe, wilde Möhren, Vogelwicken. Prellböcke stehen herum. Eisern und unverrückbar wie ein Denkmal das Ungetüm der Pumpstation, die früher Dampfloks bediente. Halden von Schlacke, klappernde Signalanlagen, Bombentrichter, die sich in Tümpel und schwirrende Libellen verwandelt haben. Es ist eine von Schnecken, Ameisen und Käfern besiedelte Welt. Manchmal suchen Schafe sie heim, wenn der Schäfer aus dem nahegelegenen Dorf Rautheim seine ewig meckernde, blökende Herde hindurchtreibt. Hinterher ist alles voller Schafsköttel.

»Kannst ruhig anfassen«, wiederholt Wilfried.

Charlotte streckt die Hand aus.

Das Mittagslicht zeichnet verwirrende Muster. Gerüche ohne feste Bedeutung steigen aus dem Boden und verflüchtigen sich. Das Mädchen berührt den Jungen. Es empfindet nichts Bestimmtes, ein unbedeutendes Staunen vielleicht, vielleicht nicht einmal das, eher Verwunderung wegen der ungeheuren Zartheit des Fleisches. Ein Wurm, ein bleicher Zipfel ist es, darunter ein Säckchen, das sie an den schlabbernden Hautlappen erinnert, mit dem die Hühner unter dem Schnabel herumlaufen. Unsicherheit schwingt mit und das Gefühl, dass man so etwas nicht tut. Es ist ein sehr vages Gefühl, es ist das Empfinden, Zugang zu einer geheimen, einer geheiligten, Zone zu haben. Das Mädchen erkundet sie. Niemand hat ihr verboten, es nicht zu tun.

Der Junge möchte nun das Mädchen angucken.

Es zieht den Schlüpfer aus, hebt den Rock hoch, öffnet die Beine und lässt den Jungen sehen. »Aber nicht anfassen«, sagt das Mädchen. Der Junge geht in die Hocke. Sein Kopf verschwindet unter dem karierten Rockstoff. Seine Haare streifen die Innenseite der Schenkel, sein Atem das Dazwischen, als er sein Gesicht nahe heranbringt, um besser, um genau, um jede Kleinigkeit zu erkennen. Als sein Gesicht wieder auftaucht, sagt er, dass ein Mädchen schöner als ein Junge aussieht. Das Mädchen zieht den Schlüpfer wieder an, der Junge seine Hosen wieder hoch. Im Tümpel haben sie vorhin Frösche gesehen. Die werden sie jetzt fangen und aufpumpen und sich kaputtlachen, wenn die glitschigen Kerle tauchen wollen und sich wie kleine Luftkissen an der Oberfläche abstrampeln. Zum Aufpumpen brauchen sie ein Röhrchen, einen dünnen Stock oder Stängel, der innen hohl ist, eine Art Strohhalm brauchen sie, der in einen Froschhintern passt. Also gehen sie los, um ihn zu suchen.

Etwas ist mit der Zeit geschehen. Sie hat sich aus ihrer Formlosigkeit gelöst, hat Richtung und Rhythmus bekommen und sich in Bewegung gesetzt, seit Charlotte zur Schule geht. Die Zeit baut ein Gerüst in ihren Tag, baut es auf und wieder ab, jeden Tag aufs Neue. Die Uhr ist das Werkzeug der Zeit, eine Art Schaufel, die die Stunden anhäuft und abträgt. Die Zeit selbst kann man weder sehen noch anfassen. Sie ist geräusch- und geruchlos. Wie erfunden kommt sie Charlotte manchmal vor. Gäbe es keine Uhr, gäbe es vielleicht auch keine Zeit.

Nicht nur die Zeit hat sich in Bewegung gesetzt, auch die Dinge haben es. Sie verändern sich. Zum Hort und Kindergarten müssen sie inzwischen nicht mehr zu Fuß gehen, morgens hin und abends zurück. Seit die Buslinie verlängert worden ist, haben sie die Haltestelle fast vor der Haustür. Jeden Morgen warten sie dort mit denselben Leuten. Man kennt sich. Man kennt auch die Busfahrer. Und die Busfahrer kennen die, die in aller Frühe zur Arbeit müssen. An der Haltestelle Roselies-Kaserne warten sie, bis die Mutter Iris und sie über die Straße gebracht hat und wieder eingestiegen ist. Danach hat sie, Charlotte, die Verantwortung. Doch die Mutter weiß ja, dass sie sich auf ihre Große verlassen kann und sie heil im Kindergarten ankommen. Noch nie haben sie sich verbummelt oder ablenken lassen. Sie streicheln keine Katze, die ihren Weg kreuzt, folgen keinem Igel ins Gebüsch und trösten auch das Pferd des Lumpensammlers nicht, das immer so traurig am Straßenrand steht, wenn Schikowitsch Eisenteile und Gerümpel auf den Karren lädt. Da mag auf dem Fußweg liegen, was will, und ekliger als eklig aussehen – sie gehen vorbei. Es näher zu untersuchen, nein, das tun sie nicht. Und bei dem Wildrosenbusch neben dem Wachhäuschen am Kasernentor sind sie nur ein einziges Mal stehen geblieben. Der ganze Busch saß voller Käfer einer Sorte, die sie noch nie gesehen hatten. Wie Goldbroschen hingen sie in den Rosenblüten und schillerten und funkelten in der Sonne, dass man an ein Wunder dachte. Nein, es hätte nicht genügt, sich im Vorbeigehen schnell einen zu schnappen. Man musste sie aus der Nähe betrachten.

Abends stehen sie wieder pünktlich an der Haltestelle, um in den Nach-Hause-Bus zu steigen, mit dem die Mutter von der Arbeit kommt. Meist sitzt sie vorne neben dem Fahrer und unterhält sich. Mit Franzek fahren alle am liebsten. Franzek hat immer gute Laune. Beim Fahren jodelt oder pfeift er oder zwitschert in den Kurven, dass man meinen könnte, eine Amsel hätte sich in den Bus verirrt. Oder ein Kuckuck. Oder ein Hahn mit seinen Hennen.

Seit Kurzem macht der Bus einen Umweg über Rautheim. Das Dorf wächst auf die Stadt zu. Immer neue Häuser entstehen. Vom Bus aus kann man es verfolgen.

Hinter Rautheim geht es übers Land zurück zur Stadt. Man sieht Trecker und Pferde und auf den Rübenäckern Frauen, die Unkraut hacken. Bei der Getreideernte binden sie die Garben und stellen sie zu Hocken auf. Wie Strohzelte überziehen sie die Stoppelfelder, bevor sie auf den Wagen geladen und in die Scheune gefahren werden. Nur reiche Bauern können sich eine Dreschmaschine leisten, die armen breiten das Getreide auf der Tenne aus und dreschen es mit Holzflegeln. Gesehen hat es Charlotte noch nicht, aber gut aufgepasst in der Schule, als sie gelernt haben, wie Korn zu Brot wird, wie sich die Getreidearten unterscheiden und dass man nicht *Ehren* schreiben darf, wenn man Ähren meint. Fräulein Ölmann hat sie die Ähren von Roggen, Weizen, Gerste und Hafer malen lassen und mit ihnen den Bäcker an der Ecke besucht. Die ganze Klasse durfte zusehen, wie der Teig in der Knetmaschine entsteht, wie die Brote in den Backofen geschoben werden, wie sie herauskommen, dampfend und duftend, und wie aus Kuchenresten Rumkugeln ohne Rum werden.

Charlotte fährt gerne mit dem Bus, im Sommer lieber als im Winter. Im Winter friert man an der Haltestelle und manchmal auch im Bus, wenn es der klapprige Vorkriegsbus ist, den sie *den alten Schinken* nennen. Außerdem sieht man im Winter während der Fahrt nur sich selbst im Fenster, weil es morgens noch dunkel ist und abends schon wieder.

Im Bus und an der Haltestelle haben sich die Erwachsenen immer etwas zu erzählen. In den letzten Tagen haben sie über Iris gesprochen und davon, dass sie schielt. Die einen meinten, das wächst sich aus, die anderen, das sollte man operieren lassen. Die Mutter sagte, was ihr der Augenarzt gesagt hatte, nämlich dass es eine Schönheitsoperation ist und die Krankenkasse die Kosten nicht übernimmt. Sie will das Geld zusammensparen, bis zum zehnten Lebensjahr ist die Operation möglich, und Iris ist ja erst fünf. Iris trägt jetzt eine Brille, bei der abwechselnd ein Glas verklebt wird. Das soll den Augenmuskel stärken. Viele Kinder hänseln sie, sagen *Brillenschlange* oder *Klops-Auge* oder *Schiel mich nicht an* zu ihr. Aber sie steht Iris bei, auch wenn sie nicht jeden verhauen kann. Bei manchen geht das nur zusammen mit Wilfried. Diejenigen, bei denen auch das nicht geht, warnt sie: »Mein Onkel ist bei der Polizei, er hat einen großen Schäferhund, und der macht dich fertig, wenn du meine Schwester nicht in Ruhe lässt.«

Die Idee mit dem Schäferhund kam ihr morgens im Bus. Ab und zu fährt Herr Müller mit, der Polizist ist und einen Schäferhund mit auf die Wache nimmt. Der Schäferhund heißt Baldur, ist schwarz und für die Verbrecherjagd ausgebildet, ein scharfer Polizeihund ist das also. Er trägt ein Stachelhalsband, den Würger, und einen Maulkorb. Gestreichelt werden darf er, nur an die Schnauze soll man nicht fassen, weil das seinen Geruchssinn stört, sagt Herr Müller.

Wie mutig Baldur ist, hat sie auf dem Polizeisportfest gesehen, bei der Vorführung der Hundestaffel. Baldur ist über Bretterwände gestiegen und durch Feuer gerannt, als er einen Verbrecher verfolgte. Baldur riss ihn zu Boden und bewachte ihn, bis Herr Müller mit den Handschellen da war. Ein anderer Hund verbiss sich in einem anderen Verbrecher und ließ auch nicht los, als der sich mit einem Knüppel wehrte. Die Verbrecher waren natürlich keine echten, sondern verkleidete Polizisten mit dick ausgepolsterten Sachen.

Charlotte findet, dass die Erwachsenen viel über ihre Arbeit reden. Solche Gespräche langweilen sie. Gleich morgens an der Haltestelle geht es los. Gestern ging es um die 5-Tage-Woche, die bald kommen soll. Durchgesetzt hat es die Gewerkschaft, die IG Metall, der auch der halbe arbeitsfreie Sonnabend zu verdanken ist. Das ist langweilig, so langweilig wie Politik, die das Langweiligste überhaupt ist. Die Augen kann man zumachen, denkt Charlotte, die Ohren nicht. Nur weghören kann man, wenn die Erwachsenen wieder mit Adenauer anfangen oder mit Adolf, dem Hitler, dem Führer, unter dem alles besser war. Sind sie bei ihm, sind sie auch schon beim Krieg. Neulich unterhielten sie sich über die V2, die Wunderwaffe der Deutschen, die leider zu spät erfunden wurde. Die Engländer hätten zwar blöd aus der Wäsche geguckt, als die Raketen London trafen, aber den Krieg haben wir trotzdem verloren. Hätte der Ami dem Iwan nicht geholfen, sagten sie, dann hätten wir den Krieg gewonnen und Deutschland wäre heute eine Weltmacht.

Vorgestern gab es eine Neuigkeit: Die Kaserne, in der die Ausländer wohnen und in der auch der Kindergarten untergebracht ist, soll geräumt werden. Ein Panzerbataillon der Wehrmacht, die jetzt Bundeswehr heißt, soll dort einziehen. Die jetzigen Bewohner werden umquartiert. Nach Rautheim sollen sie ziehen, in die Neubauten, die dort entstanden sind. Schöne Wohnungen mit Heizung und Balkon sollen es sein. So eine Wohnung hätte auch die Mutter gerne. Sie hat sich nach der Miete erkundigt. Doch die ist ihr zu hoch, denn im Unterschied zu den Kasernenleuten würde sie keinen Mietzuschuss bekommen.

Mit der Räumung der Kaserne sollen auch der Hort und der Kindergarten aufgelöst werden. Der Gedanke, sich von ihren Freundinnen, von Wilfried und den Lieblingstanten trennen zu müssen, macht sie ganz traurig. Ein Schulwechsel wäre nicht schlimm. Er hätte sogar den Vorteil, dass sie ihre Klassenlehrerein loswürde. So wenig wie sie Fräulein Ölmann leiden kann, kann diese nämlich sie leiden. Ins allererste Zeugnis hatte sie geschrieben: *Charlotte ist kame-*

radschaftlich und verständig. Sie könnte mehr leisten, wenn sie gewissenhafter wäre. Gesamturteil: befriedigend.

Über das *kameradschaftlich und verständig* hatten sich die Hortnerinnen gefreut, das Gesamturteil fanden sie aber ungerecht. Nur die Mutter war nicht enttäuscht – oder sie zeigte es nicht. Sie hatte sogar ein Geschenk für sie, ein Buch. Innen hat sie auf erste Seite geschrieben: *Von Deiner Mutti als Anerkennung für Deinen Fleiß im 1. Schuljahr. Ostern 1958.*

Der Sonnabend ist Charlottes liebster Schultag, seit dieser Tag für die Mutter arbeitsfrei ist. Der Morgen beginnt mit frischen Brötchen. Freitagabend wird ein Beutel an die Haustür gehängt, ein Leinenbeutel, auf den mit Kreuzstich *Kindermann* eingestickt ist, am nächsten Morgen finden sich darin die Brötchen fürs Wochenende, knusprig und manchmal sogar noch warm. Eins gibt die Mutter ihr mit in die Schule. Auf beide Hälften – die Unterseite, das *Bröt,* und die Oberseite, das *Chen* – streicht sie die teure Nougatbutter aus dem Reformhaus, weil sie gut fürs Lernen und gut für die Nerven ist, sagt die Mutter.

Wie ein Glückspilz sitzt Charlotte auch heute nach Schulschluss wieder im Bus. Sie hat einen Fensterplatz erwischt und freut sich auf das Mittagessen. Das schmeckt zu Hause tausendmal besser als das, was es im Hort aus den Warmhaltekübeln der städtischen Großküche gibt. Die Mutter legt Wert auf gutes Essen. Sie sagt: »Das kann uns keiner mehr nehmen; wenn wieder schlechte Zeiten kommen, haben wir wenigstens gut gegessen.« Hundert Sonnabend- und Sonntagsgerichte kennt die Mutter und für jedes Wochenende einen anderen Kuchen. »Ohne Kuchen kein Sonntag.« Das hat schon ihre Mutter gesagt, sagt die Mutter.

Bei kühlem Wetter macht sie Kartoffelsuppe mit Würstchen, Hühnersuppe mit Einlage, Sauerkrautsuppe mit Schweinefüßchen, Linseneintopf mit Speck, Möhreneintopf mit Rindfleisch und Petersilie oder Omelett mit Champignons. Soll es schnell gehen, gibt es Makkaroni, dazu Tomatensoße und Kochschinken – es sei denn, der Monat geht zu Ende, dann gibt es Makkaroni mit Tomatensoße ohne Kochschinken. Wäre es heiß heute, könnte sie sich auf Grießpudding mit Kirschkompott freuen. Oder auf Rhabarbergrütze mit Vanillesoße. Oder Pfirsichkaltschale mit Mohnklößchen. Oder ... Ihr fallen die Erdbeeren ein, die Else, eine Kollegin der Mutter, ihr gestern aus dem Garten mitgebracht hat, einen ganzen Korb voll. Wie rote, verliebte Herzen sehen sie aus und heißen wie eine Katze: Mietze Schindler.

Das einzig Ärgerliche am Sonnabend ist der Eiermann. Er sieht fürchterlich aus. Wie der Gevatter Tod im Märchenbuch. Sein Kopf ist ein kahler Schädel, nirgends ein Haar, nicht einmal Wimpern und Brauen. Seine Augen stechen. Gruselig ist der Eiermann, wenn er, klapperdürr und im Lodenmantel, zu ihnen in die Stube kommt, auf dem Rücken die Kiepe, in der Kiepe die Eier, die er für 26 Pfennig das Stück seinen Stammkunden bringt. Zehn nimmt die Mutter ihm jede Woche ab, bietet ihm eine Zigarette an und erkundigt sich nach seinen Hühnern. Einmal hat er die Hand auf ihr Knie gelegt und ihr eine Liebeserklärung gemacht. Das hat sie Margarete erzählt, die sich vor Lachen nicht mehr halten konnte. Und die Mutter auch nicht.

Charlotte mag es, beim Busfahren die Gedanken treiben

zu lassen. Gedanken sind Wolken, man schaut sie an und lässt sie weiterziehen. Aber jetzt muss sie aussteigen. Sie drückt den Halt-Knopf, es quäkt, der Bus schert aus, steuert die Haltestelle an. Beim Hinausspringen, hm, denkt Charlotte an Erdbeerquark.

Sie hopst über die Gehwegplatten nach Hause, und der Schulranzen hopst mit. Beim Hopsen darf sie nicht übertreten, nicht auf die schwarzen Linien kommen. Schafft sie es, gibt es Erdbeerquark. Sie hopst, hopst und ... hopst über zwei gebrochene Platten hinweg. Man kann nie wissen, ob solche Linien zählen. Sie schafft ... es nicht. Sie stolpert und ihre Füße treten, wohin sie wollen, bevor sie sich gefangen hat. Also kein Erdbeerquark, denkt sie, und denkt, dass es ein blödes Spiel ist und dass ein so blödes Spiel aus Erdbeerquark keinen Pustekuchen machen kann.

Charlotte drückt den Klingelknopf. Nichts geschieht. Sie drückt ihn ein zweites Mal. Nichts. Beim dritten Mal lässt sie den Finger, wo er ist. Früher hätte sie wie eine Wilde am Briefkasten klappern müssen. Seit sie eine eigene Klingel haben, kann sie sturmklingeln. Das gefällt ihr.

Endlich Schritte auf der Treppe. Nicht die der Mutter. Ein Mann öffnet die Haustür.

»Vati!«

Das Wort fällt aus Charlotte heraus. Sie sieht diesen Mann zum ersten Mal und ist sicher, dass er es ist. Es gibt ein Foto von ihm, in einem Schuhkarton, in einem Haufen von Fotos, die sich mit den Jahren angesammelt haben. Es ist klein wie ein Passbild und sieht aus, als sei es aus einem größeren herausgeschnitten worden. Sie hat es oft betrachtet, hat sich in das Gesicht des Mannes vertieft, der ihr Vater ist, und versucht, sich mit dem Unbekannten vertraut zu machen. Auf dem Bild ist ihr Vater jung und schlank, auf dem Bild ist er ein gutaussehender Mann. In der Haustür sieht sie dagegen einen Herrn mittleren Alters, der Tränensäcke unter den Augen und Falten auf der Stirn hat. Sein Oberhemd spannt über dem Bauch. Der Kragenknopf ist geöffnet, die Krawatte gelockert, die Hosenträger von den Schultern geschoben; lose baumeln sie an den Hüften. Ihr Vater schwitzt. Ihr schwitzender Vater nimmt sie in den Arm. Sie empfindet Freude und Aufregung, auch Unbehagen. Der Männergeruch schüchtert sie ein, seine Arme drücken sie kraftvoll an sich. Ihr Vater ist ein Bär.

Über die Gewissheit, mit der sie *Vati* gesagt hat, wird Charlotte sich noch als Erwachsene wundern. Mit dem Foto allein wird sie es sich nicht erklären können, schon weil die Ähnlichkeit fehlte. Sie wird sich sagen, dass es auch zuvor schon Besuche gegeben haben muss, die aus ihrer Erinnerung verschwunden sind, aber in verborgenen Schichten ihres Gedächtnisses weiter existieren.

Die Mutter sitzt auf der Couch und lächelt, als sie und ihr Vater in die Stube kommen. An rechten Fuß der Mutter, am übergeschlagenen Bein schaukelt eine weiße Pantolette mit einem Keilabsatz aus Kork.

»Na, was sagst du zu deinem Besuch?«

Charlotte lächelt schief – ihr Besuch? – und nimmt den Schulranzen ab. Ihr Vater lässt sich neben die Mutter auf die Couch fallen. Charlotte stellt sich vor, von ihnen gleich in die Mitte genommen zu werden. Das Gefühl muss himmlischer als Erdbeerquark sein. Doch die Mutter schickt sie zum Fleischer. Morgen ist Sonntag, und am Sonntag soll es Gulasch geben. Ein Pfund Gulasch halb und halb soll sie mitbringen, nicht von Götze, dem Fleischer um die Ecke, sondern von Kampe in der Ackerstraße. Charlotte sagt, dass es ein ziemlich weiter Weg ist. Die Mutter antwortet, dass Kampe die bessere Ware hat, und drückt ihr fünf Mark in die Hand. Ach ja, und Iris soll sie mitnehmen. Auch das noch!

Missgelaunt schleppt Charlotte ihre Schwester mit. Sie geht ihr zu langsam. Wenn sie in diesem Bummeltempo weitermachen, wird sie nicht viel vom Besuch ihres Vaters haben. Sicher bleibt er nicht lange, das hat sie im Gefühl.

»Du schleichst wie eine Schnecke.«

»Bin keine Schnecke.«

»Los, beweg deine Stummelbeine!«

Iris bleibt stehen.

»Sei nicht bockig!«

Iris tut keinen Schritt.

»Los, komm jetzt!«

Iris steht wie festgewachsen auf dem Fußweg. Da packt Charlotte ihre Schwester am Arm und zerrt sie über die Straße. Auf der anderen Seite zerrt sie die Erschrockene zum Eingang des Hauptfriedhofs, zerrt sie durchs Tor und weiter zu einer Bank vor der Trauerhalle.

»So, hier setzt du dich hin und rührst dich nicht von der Stelle, verstanden!«

Iris setzt sich und senkt schmollend den Kopf. Charlotte hebt das Kinn der Schwester wieder an. Das Schielauge ist zur Nase gekippt, die Brille verrutscht. Charlotte rückt sie gerade.

»Ich bin gleich wieder da.«

Dann flitzt sie los, Charlotte flitzt die lange Helmstedter Straße hinunter, sie ist schnell, schneller als alle Jungen im Hort. Sie flitzt bis zur Eisenbahnunterführung, biegt links ab, rennt über die Ackerstraße und stürmt in den Fleischerladen. Hinter dem Tresen die dralle Frau Kampe. Kunden sind keine da.

»Ein Pfund Gulasch halb und halb!«

Charlotte japst, pumpt, schnauft. Jetzt muss sie erst einmal Luft holen.

Es dauert, bis Frau Kampe das Fleisch abgewogen, eingepackt, über den Tresen gereicht und ihr auf fünf Mark herausgegeben hat. Noch so 'ne Schnecke, seufzt Charlotte in sich hinein.

Auf dem Rückweg ist Flitzen nicht mehr möglich. Sie schlurft mit Plattfüßen und Pudding in den Beinen zurück zum Friedhof, im Arm das Fleischpäckchen, in der Faust die Groschen und Pfennige vom Wechselgeld.

Iris hat ausgeharrt und kauert auf der Bank wie eine verängstigte kleine Eule. Wortlos trottet sie neben der großen Schwester nach Hause. Dort treffen sie auf Frau Zadek, die ihren Spitz ausgeführt hat, und schlüpfen mit ihr ins Haus.

Die Mutter erschrickt, als Charlotte und Iris plötzlich in der Stube stehen. Auch Charlotte erschrickt. Ihr Vater liegt auf der Couch, rot und verschwitzt im Gesicht, unter dem Kopf ein Sofakissen. Die Mutter sitzt im Spitzenunterrock neben ihm im Sessel, in der Hand eine Zigarette. Die Pantolette schaukelt an ihrem Fuß. Alles ist rosig an ihr, ihre Haut glänzt, auf Hals und Ausschnitt zeigen sich Flecken. Charlottes Blick, der die Stellen fixiert, macht die Mutter verlegen, sie sieht zum Vater, der Vater sieht zu ihr, Charlotte sieht zwischen ihrem Vater und ihrer Mutter hin und her.

»Dein Vater hatte einen Herzanfall«, sagt die Mutter.

Der Herzkranke ist schnell wieder bei Kräften. Er fährt

sich durchs Haar, das wüst absteht, setzt sich auf – seine behaarte Brust beeindruckt Charlotte – und knöpft sein Oberhemd zu.

Eine Schüssel randvoll mit gezuckerten Erdbeeren, ein Butterbrot, frische Milch und der Vater am Tisch, das ist ein Festessen. Charlotte könnte platzen vor Glück. Ihr Vater ist nicht länger ein Name und ein Foto in einem Schuhkarton, sondern einer, dem Erdbeeren schmecken, die aussehen wie verliebte Herzen oder gezuckerte Zungenspitzen. Er bedient sich reichlich. Charlotte ist einverstanden mit diesem Vater. Schade nur, dass er den Kunstmaler, wie er sagt, an den brotlosen Haken gehängt hat und im Abendstudium Konstrukteur geworden ist. Ein Künstlervater würde ihr besser gefallen als einer, der bei Krupp ist und in der ganzen Welt Förderanlagen baut. Außer der Konstruktion gehören auch die Montage und Inbetriebsetzung zu seinen Aufgaben. Es geht um Bodenschätze, um Tagebau, um das Abbaggern von Erdschichten, um erzhaltiges Gestein und edle Metalle. Selbst das, was Charlotte nicht versteht, hört sich interessant an. Und wie er erzählen kann! Vor allem von seinen Reisen. Die malen Bilder in ihren Kopf. Kanada, China, Skandinavien, Südafrika ... Und dann sagt er, dass er sie mitnehmen könnte. Wenn sie möchte. Wenn sie etwas älter ist. Wenn die Mutter es erlaubt. Charlotte fängt an zu leuchten.

»Nenn ein Land.«
»Welches ich will?«
»Auf der ganzen Welt.«

Charlotte überlegt: Japan oder Finnland? Japan kennt sie aus einem Bildband im Hort. In Japan lebt Noriko-san, ein Mädchen, das zum Kimono einen Papierschirm trägt, der mit Kirschblüten bemalt ist. Noriko-san isst mit Stäbchen und wäscht sich vor dem Baden, damit sie sauber in die Wanne steigt. Ihre Wanne ist ein Holzzuber, und ins Wasser nimmt sie glücksbringendes Schilf mit. Aber auch Finnland stellt sie sich interessant vor. Dort würde sie Nordlichter und den Eispalast der Schneekönigin sehen, Rentiere und Lappen treffen, die Briefe auf getrocknete Fische schreiben.

Es klingelt. Es klingelt dreimal kurz. Der Eiermann ist da. Charlotte greift sich die Schale mit den abgezählten zwei Mark sechzig und saust nach unten an die Haustür.

»Sie können nicht raufkommen. Mein Vater ist da. Und der nimmt mich in die ganze Welt mit, wenn ich will.«

Charlotte streckt dem Eiermann, der eigentlich Herr Bork heißt, die Schale entgegen. Sein Gevatter-Tod-Gesicht zieht sich ein Lächeln von der Art eines gefrorenen Grinsens an, sein Mund ist eine Sense, als seine Knochenhand die Münzen nimmt. Zehn Eier legt er in die Schale. Charlotte zählt mit.

Japan, Finnland, Japan ... Auf der Treppe bekommt jede Stufe ein *Japan* oder ein *Finnland*, die letzte Stufe soll entscheiden. Die ist für Finnland, Charlotte für Japan, endlich weiß sie es.

Ihre Mutter hat es sich mit ihrem Vater in der Stube gemütlich gemacht. Sie lehnen im Sessel und trinken Kaffee, Iris hat sich mit Snobby, dem Stoffpudel, den sie von *ihrem* Vater zum Geburtstag bekommen hat, in die Sofakissen zurückgezogen. Der Vater nennt die Mutter Schnickschnack, sie ihn Jonny. Sie sprechen von damals. Leise, ganz leise rutscht Charlotte zu Iris auf die Couch. Erinnerungen mag sie nicht stören, sie möchte zuhören. Erinnerungen sind Erzählungen aus einer fernen, unbekannten Welt. Das Wort *damals* führt hinein.

Erinnerst du dich noch an …? Wer war dabei? Im Chor? In der Theatergruppe? Im Lagerorchester? Namen fallen. Namen sind entfallen. Ihr Vater und ihre Mutter sprechen von ihrer Gefangenschaft, vom vierten Friedensjahr, in dem man den Gefangenen Kulturabende erlaubte. Man sang, musizierte, spielte Theater, erzählen sie Charlotte. Eine primitive Bühne wurde gezimmert, aus irgendetwas entstanden Kulissen und Kostüme. Die Texte hatte man aus der Lagerbücherei. Die war spärlich bestückt. Ein Teil der Bände stammte von Verstorbenen. Es waren Romane, Gedichtbände, Bibeln und Gesangsbücher, die sie an die Front oder auf die Flucht mitgenommen hatten. Ein anderer Teil kam aus Spenden, die das Rote Kreuz für die Kriegsgefangenen gesammelt und die Moskau freigegeben hatte. Nur politisch Unverdächtiges passierte die Zensur, darunter die Dramen deutscher Klassiker: Lessing, Schiller, Kleist. Und natürlich Goethe.

»Wie oft wir allein den Faust spielten …«, sagt der Vater.

»*Die* Faust. Ihr habt *die* Faust gespielt«, sagt Charlotte.

Die Mutter erklärt ihr, dass Faust der Name der Hauptperson in dem Stück ist, ein Gelehrter, der mit dem Teufel wettet, dass der es nicht schafft, ihn zufrieden und glücklich zu machen. Die Wette muss Faust mit seinem Blut unterschreiben.

»Blut ist ein ganz besonderer Saft«, raunt der Vater und blickt Charlotte über den Rand der Kaffeetasse an, seine Augen teuflische Schlitze. Spinnenbeine stellen sich auf Charlottes Armrücken auf. Angstvoll sieht sie zur Mutter. Die lacht.

»Dein Vater spielte den Teufel, den Mephisto«, sagt sie, zündet sich eine Zigarette an und zieht den Aschenbecher neben ihre Kaffeetasse. Dann wendet sie sich wieder an den Vater.

»Weißt du, als Mephisto wirktest du wie ein Totengräber, der abgerissen und zerlumpt, um die Schultern diese armselige, rote Pelerine, bei Faust im Studierzimmer erscheint. Gruselig sah es aus, wie du dich im Flackerlicht von Kerzen bewegtest, eine Bühnenbeleuchtung hatten wir ja nicht. Ich habe dein Gesicht vor Augen ...«

»Du meinst diese Paste, aus Kreide und Fett zusammengepanscht. Fürchterlich! Während des Spielens trocknete sie ein, wurde trocken, rissig und platze ab.«

»Dazu dein geschorener Kopf!«

»Wir hatten ja alle eine Glatze. Wegen der Läuse. Auch du, Schnickschnack.«

Die Mutter zieht schweigend an ihrer Zigarette.

»Die Pelerine war ein Witz«, sagt der Vater.

Beide fangen an zu lachen.

»Warum lacht ihr?«

»Charlotte, du willst es wieder ganz genau wissen«, sagt die Mutter. »Den Umhang hatten wir aus der Sowjetfahne geschneidert. Ein ausrangierter, zerschlissener Lappen war es, den irgendwer irgendwo aufgetan hatte. Aber immerhin: es war die Flagge der Sieger, die wir zerschnitten.«

»Und wen hast du gespielt, Mama?«

»Ich war die Souffleuse, ich saß in der ersten Reihe, las den Text mit und flüsterte ihn deinem Vater zu, wenn er nicht weiterwusste ...«

»Und den anderen Spielern natürlich auch«, fügt der Vater hinzu.

Er sieht zur Uhr: »Es wird Zeit. Ich muss zurück nach Hannover. Wahrscheinlich gibt es Ärger.«

»Sich klammheimlich von der Tagung abzusetzen, ist ja auch ziemlich dreist«, sagt die Mutter.

»Japan«, sagt Charlotte, »ich möchte nach Japan!«

»Ich muss mich beeilen«, sagt der Vater.

Als er gegangen ist, fragt Charlotte die Mutter, ob sie mit ihm nach Japan darf.

»Warten wir es ab, dein Vater verspricht viel.«

»Warum heiratest du ihn nicht?«

»Er ist verheiratet.«

»Kann er sich nicht scheiden lassen?«

»Mit drei Kindern geht das nicht.«

Charlotte und Wilfried ahnen sofort eine Messerstecherei, als sie dieses mörderische Brüllen, Schreien und Kreischen hören, das kein Ende nehmen will. Es wäre nicht das erste Mal, dass Kasernenbewohner aufeinander losgehen. Schlägereien haben sie schon öfter gesehen, eine Messerstecherei noch nie. Vielleicht gibt es ja Tote. Dann hätten sie im Hort was zu erzählen, und die aus ihrer Klasse würden sich ärgern, dass sie heute nicht nachsitzen durften. Aber noch stecken sie zwischen Geäst und Gesträuch und müssen sich erst durch den Wildwuchs arbeiten, weil in den Sommerferien niemand den Geheimweg zwischen Schule und Hort benutzt hat. Überall Brennnesseln.

Der Lärm lockt sie zum Block 11. Und um den Block 11 herum zu den Schweineställen. Das Drama findet im Matsch statt, im Auslauf für die Tiere. Charlotte und Wilfried rennen an den Zaun und sehen durch die Drahtmaschen zu.

Es geht um Jolanka, die lustige Augen und blonde Wimpern hat. Mit ihrer langen, rosa Zunge kommt sie bis in die Nasenlöcher. Gibt man ihr ein Schulbrot, grunzt sie freundlich und futtert es im Nu weg. Beim Fressen schmatzt sie mit offenem Maul und man sieht ihre Zähne, die wie Kraut und Rüben gewachsen sind. Auf den Hintern haben ihr Sibinitzas ein S gemalt. Daniluks ihrer Olga ein D und Rosinskis Nadja drei Kreuze, weil sie nicht schreiben können.

Nur Jolanka ist heute draußen. Sie rast durch den Matsch, Schaumflocken am Maul, sie rast und schreit in Todesangst. Herr und Frau Sibinitza rasen hinter ihr her, er mit einem Knüppel, sie mit einem Schrubber, viel Geschrei und Gezeter auf Polnisch. Sie versuchen, Jolanka auf die Holzbohlen zu treiben, die schräg hinauf in den Laderaum eines Kleinlasters führen. Er ist rückwärts an das aufgesperrte Tor herangefahren und hat die hintere Klappe heruntergelassen, den Boden bedeckt helles Stroh. Jolanka ist flink und wendiger als die beiden Sibinitzas in ihren Gummistiefeln. Immer wieder entwischt sie.

»Die hat bestimmt die Tollwut«, sagt Wilfried.

»Quatsch«, sagt Charlotte.

»Oder Trichinen«, sagt Wilfried.

»Quatsch«, sagt Charlotte.

»Vielleicht ja auch Rotlauf«, sagt Wilfried.

»Hör auf«, schreit Charlotte, »man will sie schlachten.«

»Abstechen heißt das«, sagt Wilfried, ohne das Geschehen aus den Augen zu lassen.

Charlotte sieht zu den Ställen, wo der Lärm immer lauter wird. Es hört sich an, als wollten Olga und Nadja Kleinholz aus ihrem Verschlag machen. Sie randalieren, dass die Bretterwände wackeln.

Aus! Herr Sibinitza hat Jolanka am Ohr erwischt. Sie reißt den Kopf in die Höhe und quiekt herzzerreißend. Er packt auch das andere Ohr. Jolankas Quieken wird zu einem durchdringenden Schrei. Frau Sibinitza wirft den Schrubber weg, stürzt hinzu und haut Jolanka die Hände auf den Hintern, um sie vorwärts zu schieben. Jolanka rammt alle Viere in den Boden und macht sich steif, Schaum, immer mehr Schaum vorm Maul. Der Matsch ist rutschig, unaufhaltsam geht es auf die Holzrampe und den wartenden Kleinlaster zu. Charlotte fühlt die Hilflosigkeit des Tiers, als wäre sie selbst es, die man zum Schlachthof schafft, wo niemand sie retten und niemand ihr beistehen wird in ihrer letzten Stunde. Jolanka quiekt und heult, pisst und kackt gleichzeitig. Arme Jolanka, denkt Charlotte und schaut nach oben, zum Himmel, der ein wenig zittert. Sie zieht ihre Tränen durch die Nase, wie Schnupfen, und schämt sich vor Wilfried, dass ihr ein Schwein so leidtun kann.

Als Charlotte am Abend unter die Bettdecke schlüpft, zu Iris, mit der sie das große, alte Krankenhausbett unter der Dachschräge teilt, als sie von der Mutter den Gutenachtkuss bekommen hat und das Licht ausgeknipst ist, muss sie wieder an Jolanka und den Tod denken. Heute Morgen noch war sie unsterblich gewesen, jetzt ist sie es nicht mehr. Ihre Füße suchen die Füße der kleinen Schwester. Warm und babyweich sind sie. Iris schiebt sie weg, rollt sich daumenlutschend auf die Seite und zieht die Beine an.

Im Dunkeln ändern die Gedanken an den Tod ihre Gestalt. Heute Nachmittag, auf der im Sonnenschein sacht hin und her schwingenden Schaukel war der Tod ein purpurschwarzer Schmetterling, der mit Goldsäumen an den Flügeln wie ein Bote aus der Totenwelt durch das Tageslicht gaukelte; jetzt hängen die Gedanken wie schwere Vorhänge aus tiefblauem Samt in der Nacht. Vor dem Zubettgehen hatte sie die Mutter gefragt: »Was kommt nach dem Tod, Mama?« Sie hatte geantwortet: »Nichts, mein Kind.«

»Kein ewiges Leben?«

»Nein, keine Hölle, kein Paradies erwarten uns, weder Engel noch Teufel nehmen uns in Empfang. Auch auferstehen werden wir nicht. Diese Dinge haben die Menschen erfunden. Man lebt und stirbt und kommt nie wieder. Ich stelle mir vor, dass es nach dem Tod so sein wird wie in den unermesslich langen Zeiträumen, die der Entstehung der Welt und des Lebens vorangingen. Ozeane und Kontinente bildeten sich, das Leben auf der Erde entstand, und das alles geschah ohne dich und ohne mich. Wir waren tot, wenn man so will, und wenn wir von neuem tot sind, wird die Welt weiterbestehen, die Menschen werden irgendwann aussterben, die Erde erkalten, was weiß ich, und wir beiden Hübschen werden nichts davon mitbekommen. Leben ist ein kurzes Auftauchen aus dem Tod, ein Aufblitzen von Bewusstsein, ein Zufall. Und nun schlaf gut und träume süß, mein Kind.«

Die Vorstellung, für immer und immer tot zu sein – sogar früher schon einmal tot gewesen zu sein –, ist Charlotte unheimlich. Was sie beruhigt: Wer stirbt, muss alt sein. Großmütter und Großväter sind alt, auch Margaretes Mann war schon alt, mindestens vierzig, als er den Gehirntumor hatte und starb. Sie ist noch jung, Ostern ist sie erst in die dritte Klasse gekommen. Noch viele, viele Jahre muss sie zur Schule gehen, und so ein Jahr vergeht langsam, unendlich langsam …

Gleich nach dem Aufwachen, als Charlotte das vierte Türchen ihres Weihnachtskalenders aufmacht und eine Sternschnuppe sieht, schlägt in ihr ein Glücksgefühl Purzelbaum. Heute ist Freitag, und dieser Freitag ist ihr letzter Tag im alten Hort.

Das mit der Räumung der Kaserne hatte sie lange Zeit für dummes Gerede gehalten. Doch es stimmte: Bis zum Jahresende müssen alle raus sein, auch der Hort und der Kindergarten. Viele Blocks sind bereits leer. Jetzt, in der dunklen Jahreszeit, wenn morgens und abends in den langen, schwarzen Fensterreihen nirgends Licht brennt, sehen sie aus wie Gespensterhäuser. Unheimlich klingt auch das Platschen und Tropfen des vielen Wassers in der Finsternis. Statt Dauerregen wünschen sich alle Schnee. Schnee zu Weihnachten, ganz viel Dauerschnee wünscht auch sie sich. Nein, sie mag schon lange nicht mehr durch das Kasernentor gehen.

Lumpensammler streifen über das Gelände. Berge von Plunder und Müll liegen überall herum, Hinterlassenschaft der fortgezogenen Bewohner. Die fleckigen, vom Regen durchgeweichten Matratzen sind für sie das Ekelhafteste überhaupt. Sie mag gar nicht hingucken. Die meisten sind aufgeschlitzt, Gras und Stroh quellen wie Eingeweide heraus.

Neulich ist sie Schikowitsch am Block 11 begegnet. Er kam mit Eisengestänge und rostigem Maschendraht von den Schweineställen. Sein trauriges Pferd schnaubte und wendete den Hals, als er das Zeug auf den Karren schmiss. Sie musste an Jolanka denken, an den Tod und an das Nichts, das sicher auch die Tiere erwartet. Tod ist Tod.

Einen anderen Lumpensammler sah sie die Überreste

der Hühner-, Gänse- und Entenställe mitnehmen. Beim letzten Sturm waren sie zusammengebrochenen. Holz, Wellblech, Pappe, Draht, alles lag kreuz und quer. Nur die Zinkwanne stand noch am Platz – mit der alten, braunen Brühe, in der die Enten so gern gebadet hatten. Sie mochten anscheinend kein sauberes Wasser. War es frisch eingefüllt worden, schleppen sie Grasbüschel mit Erde hinein.

Die hohen Pappeln am Tor wurden gefällt, ein breiter Streifen am Zaun entlang gerodet. Was sich an Büschen und Bäumen dort angesiedelt hatte, ist verschwunden. Verschwunden sind auch die Gärten der Bewohner. Dort wuchsen Dinge, die es beim Kaufman nicht gibt: Zuckermais, Knoblauch und Melonen. Wenn ihr ein Kind begegnete, das an einem Zuckermaiskolben wie an einem kirschrot gelackten Paradiesapfel vom Rummel knabberte, hätte sie es gerne gefragt, ob sie ein Stück abhaben kann. Doch betteln gehört sich nicht. Die Strünke landeten auf der Straße. Den einen oder anderen hatte sie aufgehoben, aber in den Waben nie ein Zuckermaiskorn entdeckt.

Und dann die Wassermelonen: dunkelgrüne, kugelrunde Medizinbälle. Sie wurden in Halbmonde oder Schiffschaukeln geschnitten. Mirko kam damit in den Kindergarten. Sein ganzes Gesicht ging beim Abbeißen hinein in das rosarote Fleisch mit den schwarzen Punkten. Ihr blutete das Herz. Wilfried meint, dass Wassermelonen nach Wasser, also nach gar nichts schmecken. Probiert hat er noch keine. Hätten sie den Geschmack von Leberwurst, müssten sie ja Leberwurstmelonen heißen, sagt er. Und er sagt auch, dass Knoblauch stinkt. Wer Knoblauch isst, stinkt aus allen Poren. Tagelang. Wie der Teufel. Wie ein Jude.

Charlotte war froh, dass Tante Marianne mit der Hort-

Gruppe auf dem Kasernengelände keine Spaziergänge mehr machte. In der Panzerhalle konnte sowieso nicht gespielt werden, seit die Bagger dort Erdwälle aufschütteten. Die offene, weite und hohe Halle war bei Regen der beste Platz zum Kriegen spielen gewesen. Wegen der Eisenstützen, um die man herumrennen konnte. Oder man rief das Echo. Alle verteilten sich, warfen Wörter in die Luft oder klatschten in die Hände, bis Wörter und Händeklatschen von allen Seiten angeflogen kamen wie ein irrer Vogelschwarm.

Tante Marianne ging mit ihnen jetzt lieber in die Feldmark, ins Mascheroder Holz oder über die nackten Äcker nach Rautheim ins Dorf. Einmal waren sie hinter den Schrebergärten an Bahngleisen entlanggewandert. Ein endloser Güterzug rollte an ihnen vorbei, rollte in langsamer Fahrt auf den Verschiebebahnhof zu, der in der Ferne, im trüben, nasskalten Grau verschwommen zu erkennen war. Sie zählten die Waggons. Achtundachtzig oder zweiundneunzig müssen es gewesen sein.

Das Gefühl, das ihr am Morgen aus dem Weihnachtskalender entgegenpurzelte, macht Freudensprünge, wenn sie daran denkt, dass sie heute zum letzten Mal in die Kaserne muss, dass sie künftig vier Stationen länger mit der Mutter im Bus fahren kann und im Hort am Mascheroder Holz neue Tanten und neue Kinder kennenlernen wird. Die Schule wird sie erst nach den Osterzeugnissen wechseln – leider –, die dritte Klasse soll sie an ihrer jetzigen Schule beenden. Aber das macht nichts, auch der längere Schulweg in der Zwischenzeit macht nichts. Danach wird er umso kürzer, Schule und Hort liegen nebeneinander und neben dem Hort liegt gleich der Kindergarten für Iris.

Charlotte fällt es heute schwer, im Unterricht still zu sein. Die Vorfreude macht sie kribbelig bis in die Haarspitzen, sie tanzt ihr auf der Zunge herum und ist auch noch da, als sie nachsitzen muss. Mit Uta, ihrer Banknachbarin. »Vögel, die am Morgen singen, holt am Abend die Katz«, würde die Mutter sagen.

Als Charlotte und Uta nach der letzten Stunde allein im Klassenzimmer sind, als sie die Tafel abgewischt haben – Fräulein Ölmann möchte sie tadellos vorfinden, wenn sie aus dem Lehrerzimmer zurück ist –, gibt Uta Charlotte die Schuld.

Charlotte tippt Uta an die Stirn, an den Vogel unter ihrem Pony: »Bei dir piept's wohl!«

»Doofe Ziege«, zischt Uta, räumt ihre Sachen vom Tisch und setzt sich in die letzte Bankreihe.

»Selber doofe Ziege«, ruft Charlotte ihr nach, doch da steht schon Fräulein Ölmann in der Tür.

»Das will ich jetzt nicht gehört haben«, sagt sie und haut einen Packen Hefte auf den Schreibtisch. Auch sie muss nachsitzen.

»Zehn Sätze, meine Damen! Zehn Sätze mit den Wörtern *Ich darf nicht schwatzen* will ich auf dem Papier sehen, und zwar in Schönschrift!«

Meine Damen! Charlotte kichert in sich hinein, während sie die Wörter schreibt, die ihre Lehrerein auf dem Papier sehen will. Natürlich weiß sie, wie das mit den zehn Sätzen gemeint ist. Doch da ist dieses Gefühl, das Luftsprünge macht. Sie schreibt:

Ich darf nicht schwatzen.
Darf ich nicht schwatzen?
Nicht schwatzen darf ich.

Schwatzen darf ich nicht.

Als ihr keine weiteren Wortkombinationen einfallen, hebt sie den Arm: »Fräulein Ölmann, darf ich auch mehr Wörter schreiben?«

Fräulein Ölmann, den Blick weiter in das Heft vor ihr gerichtet, antwortet mit einer wischenden Handbewegung, die *ja* oder *stör nicht* oder *schreib, was du willst* bedeuten könnte. Nachfragen mag Charlotte nicht. Sie schreibt und das schöne Gefühl lacht sich tot:

Ich ich darf darf nicht nicht schwatzen schwatzen.

Im nächsten Satz könnte sie jedes Wort dreimal, im übernächsten viermal, im überübernächsten ... Sie rechnet: achtundzwanzig Wörter für den zehnten Satz sind ihr zu viel. Sie schreibt:

Ich darf ich nicht schwatzen nicht darf ich nicht.

Der Satz gefällt ihr ganz außerordentlich. Noch vier. Sie sieht zu Uta und hebt dann langsam den Arm: »Fräulein Ölmann, ich glaube, Uta heult.«

»Was du glaubst, interessiert mich nicht!«

Der scharfe Ton schüchtert das schöne Gefühl ein. Es hört auf, Purzelbäume zu schlagen und Luftsprünge zu machen. Charlotte beugt sich über ihr Heft:

Ich darf nicht schwatzen.
Ich darf nicht schwatzen.
Ich darf nicht schwatzen.

Ihr Füller sträubt sich gegen diesen Satz, er kratzt, sie muss fest aufdrucken, damit überhaupt Tinte fließt.

Ich darf nicht schwatzen

Der Schlusspunkt ist ein fetter Klecks. Mist, denkt Charlotte. Löschpapier hat sie keins. Sie pustet über den Tintenfleck. Der streckt Arme und Beine von sich. Charlotte klappt das Heft zu, gibt ihre zehn Sätze und eine königsblaue Tintenspinne ab.

Seltsam verloren fühlt sie sich, als sie die stillen Flure des ausgestorbenen Schulgebäudes entlangläuft. Es klingelt zur siebten Stunde, ein Klingeln für niemanden, ein unnützes Klingeln. Die Pfützen auf dem Schulhof tragen eine Eisschicht. Wie Milchglas sieht diese hier aus, wie Milchglas zerbricht sie unter dem Schuh, der aufstampft; braunes Wasser spritzt.

Charlotte geht durch die Siedlung, spürt ihre kalte Nase, spürt den Tropfen, bleibt stehen, findet das Taschentuch nicht, wischt die Nase am Anorakärmel ab, sieht nach oben, sieht ein graues Loch, geht weiter. »Es riecht nach Schnee«, hat die Mutter gesagt, heute Morgen, als sie aus der Haustür hinaus in die Dunkelheit traten und sich auf den Weg zum Bus machten. Die Mutter kann Schnee riechen. Sie riecht ihn, weil sie lange in Russland war, weil es in Russland lebenswichtig war, den Schnee zu riechen, bevor er über einen herfiel. Sie kennt sich aus mit dem Wetter. Den Wolken sieht sie an, was sie im Gepäck haben: Sturm, Hagel, Schauer, Gewitter. Morgen- und Abendrot sagen ihr, wie die nächsten Tage werden, die Frostbeulen an ihren Füßen, ob es kalt, bitterkalt oder tauen wird. Träume von Verstorbenen bedeuten Regen. Regnet es Blasen, regnet es drei Tage. Und wenn ein geisterhafter Hof den Wintermond umgibt, kündigt sich Glatteis an.

Die Mutter kennt auch den Nachthimmel. Die Milchstraße hat sie ihr und Iris gezeigt und den Schwan, der über die Milchstraße fliegt. Da waren der große Wagen, der kleine Wagen, der Skorpion, das quer über den Himmel geschriebene W und der Sternengürtel im Gewand des

Orion. Das Siebengestirn blinkte und glitzerte. Enttäuscht war sie vom Polarstern, der unverrückbar im Norden steht und den Seeleuten den Weg weist. So klein? Und wie heißt der da? Sie zeigte auf den hellsten Stern am Himmel. Das war Sirius.

Mehrmals muss Charlotte heute klingeln, bis hinter der Tür zum Hort das Schlüsselbund rasselt. Tante Marianne, ihre Lieblingstante, lässt sie herein. Fragen stellt sie keine, ihr Blick ist ein tiefer Seufzer.

Sie sagt: »Ich habe dir Suppe warmgehalten, du kannst sie dir nehmen, der blaue Topf auf dem Herd.«

In der Küche stehen Frau Uecker und die Kindergärtnerinnen zusammen, sie halten Kaffeebecher in den Händen und überlegen, wie die Spielsachen nach der Auflösung des Kindergartens aufgeteilt werden können. Was soll das Waisenhaus bekommen, was die anderen Kindergärten? Die Zeit läuft ihnen weg, sagen sie. Bis morgen muss alles ausgeräumt und eingepackt sein. Sie wissen nicht, wie sie das schaffen sollen. Von Charlotte nehmen sie keine Notiz. Mit einem Teller schwappender Erbsensuppe zieht sie davon, um sich irgendwo einen Platz zu suchen. In allen Zimmern türmen sich Kisten, Kästen, Kartons.

Auf dem Flur kommt ihr Tante Inge entgegen.

»Charlotte, da bist du ja! Ich brauche jemanden, auf den ich mich verlassen kann. Ich habe die Kleinen vor fünf Minuten zum Mittagschlaf hingelegt. Es wäre schön, wenn du die Schlafwache übernehmen könntest.«

Charlotte ist sofort einverstanden. Sie freut sich, dass man sich auf sie verlässt und ihr die Kinder anvertraut. Mit dem Gefühl, plötzlich größer geworden zu sein, geht sie zum Schlafsaal; langsam und vorsichtig geht sie, damit die

Suppe nicht über den Tellerrand schwappt. Sie mag Tage, an denen die Ordnung sich auflöst und andere Regeln gelten.

Das Licht sickert grau durch die Vorhänge. Auf sieben Pritschen sieben friedlich schlummernde Kinder. Wer noch nicht zur Schule geht, muss Mittagschlaf halten. Ihre Schwester hat sich unter der Decke zusammengerollt, der Lutschdaumen hängt im Mundwinkel, die Schielbrille ist abgesetzt.

Zum Essen hockt sich Charlotte vor die mittlere Pritsche auf den Boden, so hat sie alle Kinder im Auge. Im Schneidersitz löffelt sie ihre Suppe, leise, ganz leise. Kein Kind soll aufwachen, nur weil der Löffel klappert. Sie hat Verantwortung und will ihre Sache gut machen.

Die sieben Kinder sind die letzten im Kindergarten. Durch den Wegzug der Familien aus der Kaserne wurden die meisten inzwischen abgemeldet. Im Hort sind sie sogar nur noch fünf. Radmilla und Marijan werden wie sie in den Hort am Mascheroder Holz wechseln. Georg bleibt bei seiner Oma, Wilfried wird ein Schlüsselkind.

Während sie isst, betrachtet Charlotte ihre Schwester, den dunklen Schopf, das schöne Haar. Glatt, fest und glänzend ist es. Gut zu schneiden, sagt Frau Giese, die früher Friseuse war. Einmal im Monat geht die Mutter mit ihnen zu ihr in die Wohnung, weil kurzes Haar praktisch und Frau Giese günstig ist. Geschnitten wird im Badezimmer. Zuerst ist Iris dran. »Es ist eine Freude, dieses Haar zu schneiden«, sagt Frau Giese jedes Mal. Die Mutter sitzt auf dem Klodeckel, sieht zu und raucht. Nach Iris ist sie, Charlotte, an der Reihe. Über ihr Haar sagt Frau Giese, dass ihr Haar zum Verzweifeln ist, viel zu fein, es zipfelt und ist widerspenstig. »Wie soll man da einen ordentlichen Schnitt hinkriegen!« Die Mutter weiß es auch nicht. Sie zuckt die Achseln und schnippt die Zigarettenasche ins Waschbecken.

»Wenn Ihre Große wenigstens stillhalten würde«, klagt Frau Giese und lobt Iris, die auf der Badematte sitzt und Kekse futtert, einen nach dem anderen angelt sie sich aus der Tüte. Das Haareschneiden lässt sie immer brav über sich ergehen, zieht niemals die Nase kraus und muss auch nicht niesen, wenn ihr die abgeschnittenen Ponyspitzen übers Gesicht rieseln. Ihr selbst juckt der kleinste Haarschnipsel im Nacken.

Charlotte stellt den leeren Erbsensuppenteller beiseite, zieht die Knie an, schaukelt auf dem Po, träumt in die Luft, und schon ist die halbe Stunde vorbei.

»Aufstehen Kinder!«

Tante Inge ist erschienen.

Am Nachmittag, Punkt vier, finden sich alle zum letzten Abendkreis zusammen, alle Kinder und alle Erzieherinnen. Frau Uecker sagt über den Abschied, dass das ganze Leben ein Abschiednehmen ist. Niemand soll traurig sein, sagt sie. Doch alle sind es, irgendwie, ein bisschen, ein bisschen mehr oder weniger. Man hält sich an den Händen, singt, und ein Geruch von Erbsensuppe mischt sich ins letzte *Guten Abend, gut' Nacht* ...

»Hannelore Bartsch ... versetzt.«

»Ingo Dittrich ... versetzt.«

»Hans-Dieter Dome ... versetzt.«

»Marlies Franke ... versetzt.«

Bevor Fräulein Ölmann ein Ergebnis verkündet, lässt sie eine Pause entstehen. Charlotte findet es gemein, künstlich auf die Folter gespannt zu werden. Gemein ist auch die alphabetische Reihenfolge. Trapp kommt fast zum Schluss, vor Pille, Peter Zielinski, dem Letzten in der Klassenliste.

»Jutta Heinecke ... versetzt.«

Jutta macht einen Knicks, Jutta ist so, Jutta mit ihren Zöpfen, Haarspangen und Schleifen.

Ein Name nach dem anderen wird aufgerufen. Wer aufgerufen ist, geht nach vorne zu Fräulein Ölmann an den Schreibtisch, sagt *danke* und kehrt mit seinem Zeugnis zurück auf den Platz. Charlotte ist ungeduldig.

»Wilfried Schramm ... nicht versetzt.«

Dass er sitzen bleiben würde, hat sie sich gedacht. Seit er nicht mehr in den Hort geht und ein Schlüsselkind geworden ist, hat er kaum noch Hausaufgaben gemacht, hat die Schule geschwänzt und in Rechenarbeiten bei jeder Aufgabe 00 rausbekommen. Er hat mit keinem mehr gesprochen, auch mit ihr nicht, und in den Pausen abseits gestanden. Alle finden ihn doof. Wer doof ist, bleibt sitzen, so ist das.

»Wilfried ...«

Er steht nicht auf.

»Wilfried was ist los?«

Alle drehen die Köpfe zu ihm, dem Sitzenbleiber. Er hält sich die Ohren zu, als würde die ganze Klasse ihn auslachen. Er kneift die Augen zusammen, um es nicht zu sehen, dieses schallende Gelächter.

Fräulein Öhlmann legt sein Zeugnis zur Seite.

»Charlotte Trapp ... versetzt.«

»Juhu! Juhu!«

Als es klingelt und alle in die Osterferien stürmen, bleibt Wilfried zurück. Das Bild, wie er dasitzt, die Hände noch immer auf die Ohren gepresst, wird das Bild sein, sich Charlotte aufdrängt, wenn sie an ihren letzten Tag in der Volksschule Lindenbergsiedlung oder an Wilfried, ihren Freund aus der Kinderzeit, zurückdenkt. Das erinnerte Bild wird sich verändern mit den Jahren, den Jahrzehnten: der Junge wird winziger, der Klassenraum größer werden, groß wie ein Saal; Fräulein Ölmann wird ganz verschwinden.

Einmal noch wird Charlotte Wilfried wiedersehen, 1969, an einem frühlingshaften Tag im April, in der Woche ihres schriftlichen Abiturs:

Stingray. Sie liest es im Vorübergehen, es ist der Schriftzug auf einem Auto. Der Wagen fällt ihr auf, weil ihr das Rot auffällt, weil ihr die Karosserie auffällt, weil eine Corvette auffällt, die rot wie ein Ferrari und flach wie ein Rochen ist. Der Sportwagen fällt ihr auf, weil er sich zwischen die Autos der Lehrer in eine Parklücke quetscht. *Stingray.* Stachelrochen. Zwischen Enten und Käfern wirkt ein Stachelrochen wie ein Ungeheuer. *Du sollst dir kein Bildnis machen.* Sie ist müde. Sie hat das ehrwürdige Schulgebäude des Lessing-Gymnasiums durch den Hinterausgang verlassen; das kürzt den Weg zur Straßenbahn ab. *Du sollst dir kein Bildnis machen. Belegen oder widerlegen Sie diesen Satz aus Max Frischs Tagebuchaufzeichnungen (Material 1) anhand seines Theaterstücks Andorra (Material 2).* Es fiel ihr nicht schwer, sich für dieses der drei zur Wahl stehenden Themen zu entscheiden. Andorra war im Unterricht besprochen worden. Sieben Zeitstunden hatte man ihnen für die Prüfungsarbeit gegeben, sieben Zeitstunden hat sie gebraucht. Sie ist müde. *Es ist bemerkenswert, dass wir gerade von dem Menschen, den wir lieben, am wenigsten sagen können, wer er sei. Wir lieben ihn einfach. Eben da-*

rin besteht ja die Liebe, dass sie uns in der Schwebe des Lebendigen hält ... Die Tagebuchsätze wollen nicht raus aus ihrem Kopf. Ohne ihr Zutun spinnt er das Thema weiter; pausenlos werden Sätze formuliert.

Stingray. Der Fahrer lässt den Motor beim Einparken aufbrüllen, als berausche ihn der Sound. Idiot, denkt sie und geht vorbei. Hinter ihr klappt die Autotür. Mit einem Schulterblick registriert sie, dass ein junger Kerl in Lederjacke, Jeans und Turnschuhen ausgestiegen ist. Sie überqueren die Fahrbahn an derselben Stelle. Auf dem Mittelstreifen müssen sie warten, um ein Auto passieren zu lassen. Sie sieht den jungen Kerl in der Lederjacke an. Ihre Müdigkeit überschreibt die Züge des Mannes mit Wilfrieds Schuljungengesicht. *Man macht sich ein Bild, das ist das Lieblose, der Verrat.* Auf der Wallstraße geht er vor ihr her, zügig, der Abstand vergrößert sich. Sie ist müde. Wäre da nicht sein Gang, der sie wieder an Wilfried erinnert ... Aufregung befällt sie. Sie beschleunigt ihre Schritte mit der vagen Vorstellung, ihn anzusprechen.

Die Wallstraße ist eine Gasse, die den Weg zur Straßenbahn abkürzt. Sie führt an einem breiten, hohen Eisentor vorbei, das eine andere Gasse, die Bruchstraße, vor unerwünschten Blicken abschottet. Für Besucher gibt es seitlich eine Tür. An manchen Tagen, meist um die Mittagszeit, wenn sie von der Schule kam, standen die Torflügel weit offen, für die Straßenreinigung oder für die Anlieferung von Getränken. Dann sah sie das Kopfsteinpflaster und die krumme Zeile der altersschiefen Fachwerkhäuser. Und viel rotes Licht sah sie. Jeder Schüler wusste Bescheid.

Der Mann, der Wilfried sein könnte, steuert auf das Tor zu. Selbst wenn sie jetzt losrennen würde, sie würde ihn nicht einholen. *Wir wissen, dass jeder Mensch, wenn man ihn liebt, sich wie verwandelt fühlt, wie entfaltet, und dass auch dem Liebenden sich alles entfaltet, das Nächste, das Bekannte. Vieles sieht er zum ersten Male. Die Liebe befreit es aus jedem Bildnis ...* Der Mann bleibt abrupt stehen, sucht etwas in seiner Jacke, das sich dort nicht findet, und kehrt um. Als er auf dem Gehsteig an ihr vorbeimuss, ist da ein Blick und ein Gegenblick und einen Wimpernschlag lang auch ein Zögern, die Andeutung eines Lächelns ihrerseits, seinerseits offenbar kein Wiedererkennen und ein Weitergehen. Charlotte spürt, wie unglaublich müde sie ist.

Am ersten Tag des neuen Schuljahres findet sich Charlotte in der Volksschule am Mascheroder Holz ein, klopft brav am Direktorzimmer an, fragt die Frau an der Schreibmaschine nach der 4c und erfährt, dass man die große Klasse mit ihren zweiundvierzig Schülern im Roxy am Welfenplatz unterbringen musste.

»Ich soll im Roxy zur Schule gehen?«

»Es ist das Ausweichquartier, unsere Schule platzt ja aus allen Nähten.«

Vor Charlottes Augen entsteht das Bild einer Schule, deren Wände Beulen bekommen haben, die sich vorwölben wie Bierbäuche, platzen und alle Schüler mit einem Knall im Schwall an die Luft befördern. Klar, das kann niemand wollen.

Am Welfenplatz ist sie nach wenigen Minuten. Aber dann steht sie da, steht vor dem Roxy und weiß nicht, wo es reingeht. Mit seinem fensterlosen Mauerwerk aus rohem, unverputztem Bruchstein erinnert der Bau an eine Festung. Zwei Eingänge gibt es. Durch den Seiteneingang kommt man zur Polizei, durch das Portal an der Giebelseite ins Roxy, das größte Kino in Braunschweig. Sie drückt die Klinke. Zu! Sie denkt nach. Dabei klettert ihr Blick die Fassade hinauf und bleibt über dem Portal an der Stelle hängen, wo der Reichsadler samt Hakenkreuz von der Steinfassade abgeschlagen wurde. Wer es nicht weiß, sieht es nicht. Sie weiß es, weil sich kürzlich einige Männer und Frauen darüber unterhielten. Sie warteten auf den Bus. Auf dem Welfenplatz wird viel gewartet und sich viel unterhalten, weil es ein Umsteigepunkt ist. Auch sie und Iris stehen dort jeden Abend, bis die Mutter mit dem 11er-Bus von der Arbeit kommt; mit dem 17er fahren sie dann gemeinsam nach Hause.

Die Männer und Frauen sprachen über das Roxy. Einer wusste, dass darin Boxkämpfe ausgetragen wurden, bevor das Kino einzog, ein anderer, dass die Amerikaner das Gebäude nach dem Krieg besetzt hielten und dass es davor das Versammlungshaus der Nationalsozialisten gewesen war. Eine Frau erinnerte sich an Aufmärsche auf dem Welfenplatz, an Fackeln, und an Hitler auf dem Balkon. Sie zeigte hinüber auf den *Führerbalkon* am Roxy und sagte, dass die Braunschweiger Hitler zum Deutschen gemacht hätten, dass er vorher staatenlos war und es besser geblieben wäre, dann hätte er nämlich gar nicht zur Wahl antreten können.

Charlotte löst den Blick von der Stelle über dem Portal und geht zur Polizei. Der Unterrichtsraum liegt über der Wache, erfährt sie.

Zwei Treppen hoch, hat man ihr gesagt. Tatsächlich sind es drei. Sie klopft an eine breite, zweiflügelige Tür. Neben der Tür ein rot gestrichener Kasten mit Klappdeckel, eine Art Truhe, auf der in Coca-Cola-Schrift Coca-Cola steht. Sie ist aufgeregt.

»Herein, wenn es eine Schülerin ist!«

Gelächter hinter der Tür. Stille, als sie die Tür vorsichtig aufschiebt. Sie kommt in einen Theatersaal unter dem Dach. Und wird ganz schüchtern. Ein Mann – vermutlich ihr neuer Klassenlehrer – gibt ihr die Hand. Er ist groß. Sie muss den Kopf in den Nacken nehmen, um ihn anzusehen. Am Roxy hängt im Vorschau-Kasten ein Filmplakat. *Das süße Leben.* Der Lehrer könnte der Bruder des Schauspielers mit dem unaussprechlichen Namen sein, so toll sieht er aus. Sie hat das Gefühl, rot bis unter die Haarspitzen zu werden, hofft aber, dass es nur ihre Hand ist, die in seiner feuerrot wird. Von Liebe auf den ersten Blick hat sie schon öfter gehört.

»Ich bin Herr Behringer, und du bist …?«

Seine Stimme ist tief, freundlich, schön.

»Charlotte Trapp«, haucht sie.

»Na dann, willkommen in der 4c. War nicht ganz einfach, uns zu finden, oder?»

Sie nickt, schüttelt den Kopf, nickt, schüttelt den Kopf. So verwirrt war sie noch nie. Er wendet sich wieder zur Klasse.

»Und jetzt begrüßen wir Charlotte mit einer Rakete. Los geht's. Wir zünden Stufe eins!«

Alle trampeln mit den Füßen.

»Wir zünden Stufe zwei!«

Alle klatschen.

»Wir zünden Stufe drei!«

Alle in der Klasse schleudern die Arme in die Höhe. Die Rakete zischt und pfeift und platzt schließlich vor lauter Lachen.

Im Zuschauerraum, in einem der Halbkreise aus Stühlen und Tischen, ist für sie ein Platz reserviert. Man sitzt mit dem Rücken zur Bühne, hat einen Blick auf die Tafel, die Eingangstür und die Rückseite eines Weckers auf dem Lehrerschreibtisch. Auf dem oberen Türrahmen steht mit Kreide und Ausrufezeichen: Zuhören ist eine Kunst!

Es ist keine Kunst. Es ist lustig und spannend, Herrn Behringer zuzuhören. Wenn sie Heimatkunde haben, spricht er manchmal sogar Plattdeutsch, weil er von der Küste kommt, weil die Küste zu Norddeutschland gehört und weil sie – Stadt, Land, Fluss, Teufelsmoor – die Ostfriesischen Inseln durchnehmen. Die Tide. Die Anziehungskräfte des Mondes, der die Nordsee hin und her schaukelt und das Watt freilegt. Er erzählt von Prielen, die den Schlick marmorieren, von Türmchen bauenden Würmern, die ihn bis zum Horizont masern, von Strandvögeln, die Schnäbel wie Hieb- und Stichwaffen tragen, und von Strandläufern im gelben Ostfriesennerz. Auf den Sandbänken lümmeln sich Seehunde, die Luft schmeckt nach Salz und riecht nach Tang. »Wie schreiben wir dieses Wort?« Als es an der Tafel steht, kehrt die Flut zurück. Springflut. Nippflut. Sturmflut. Land unter auf den Halligen. Und im Küstennebel kreuzen die Seeräuber, kreuzt Störtebeker, der Freibeuter, der Stürz-den-Becher. Man nimmt ihn gefangen, ihn und seine Männer. Und verurteilt alle zum Tode. Doch Störtebeker kann diejenigen retten, an denen er nach seiner Enthauptung vorbeiläuft, das verspricht ihm der Bürgermeister.

»Wollen wir es nachspielen, wozu haben wir eine Bühne«, fragt Herr Behringer. Die Klasse ist begeistert von der Idee. Wer spricht das Todesurteil? Wer ist der Scharfrichter? Wer will enthauptet werden? Neunzehn Seeräuber melden sich,

Ingo möchte Störtebeker sein, will aber wissen, wie sie ausgeht, die Geschichte, wie viele Männer Störtebeker retten kann. Herr Behringer gibt die Frage an die Klasse zurück: »Was schätzt ihr?« Die Klasse schätzt elf.

Vorhang auf! Neunzehn Seeräuber haben sich in einer Reihe aufgestellt. Carola spricht mit eisiger Mine das Urteil: »Männer, ihr seid des Todes, euch wird der Kopf abgehackt!« Manfred köpft Ingo mit dem Lineal. Der Enthauptete läuft los, die Seeräuber feuern ihn an, der Enthauptete fuchtelt in der Luft herum: »Mein Kopf, wo ist mein Kopf?« Die Klasse johlt. Vor der Nummer elf bricht Störtebeker mit großer Pose zusammen. Vorhang zu und Applaus!

Alle möchten nun wissen, wie viele es waren. Mehr als elf oder weniger, Herr Behringer? Gerettet hat Störtebeker keinen. Keinen? Warum nicht? Weil der Bürgermeister sein Versprechen nicht hielt. »Hättet ihr es getan? Schreibt eure Gedanken dazu auf, eine halbe Seite genügt. Es ist eure Hausaufgabe.«

Wenn der Wecker auf dem Lehrerschreibtisch rasselt, geht es in die Pause. Dann rennen zweiundvierzig Jungen und Mädchen drei Treppen tiefer ins Erdgeschoss, rennen vorbei an der Polizeiwache, vorbei an Steckbriefen, Phantomzeichnungen, Fotos von Hackebeilen, Pistolen und Ermordeten, dann rennen sie hinunter in den Fahrradkeller und auf der anderen Seite aus dem Fahrradkeller hinaus an die frische Luft. Ihr Schulhof ist eine für Autos gesperrte Durchfahrt hinter dem Roxy.

In der Sportstunde machen sie manchmal Waldläufe durchs Mascheroder Holz, finden Maikäfer, Schlüsselblumen, Ameisen, die Schädelknochen bewohnen, und hören den Kuckuck. Seinen Ruf kennt natürlich jeder. Doch welcher Vogel ist das, der da hämmert? Und wer kreischt da? Eine Motorsäge, ganz klar! Bäume und Pilze bekommen Namen, und das, was da im Unterholz glimmt, das stillgrüne Leuchten vermodernden Holzes, das nennt man Fuchsfeuer.

Charlotte liebt diesen Lehrer. In der Vorweihnachtszeit führen sie vor den Eltern, Lehrern und Mitschülern *Rübezahl und die goldenen Tannenzapfen* auf. Das Stück hat er geschrieben und mit ihnen einstudiert. Sie spielt das Kathreinerle, eins von fünf Kindern einer armen Köhlerfamilie aus dem Siebengebirge. Alle, die mitmachen, sollen eine Stunde vorher da sein. Sie und die Mutter sind die Ersten. Wie er die Mutter ansieht, als er sagt, er freue sich, sie kennenzulernen. Wie er lächelt. Wie sie lächelt. Ihre kirschroten Lippen. Sein langer Blick. Charlotte hört sie plaudern und lachen, während sie hinter der Bühne in die ärmlichen, geflickten Kleider des Kathreinerle schlüpft.

Nach der Vorstellung bringt Herr Behringer sie zum Bus. Er schiebt sein Fahrrad neben ihnen her. Es ist kalt. Der Asphalt glitzert. Weder er noch die Mutter scheint es eilig zu haben. Die Sterne lachen und Charlotte hat da so ein Gefühl. Als der Bus um die Ecke biegt, fragt er die Mutter, ob sie zum nächsten Elternabend kommt.

»Vielleicht«, antwortet sie neckisch und lacht ein bisschen albern.

Am Sonnabend, am Nachmittag, als sie bei Margarete zum Baden und Kaffeetrinken sind, ist es raus: Die Mutter hat sich verliebt. Sie steht bei Margarete in der Küche, Charlotte kann sie vom Flur aus beobachten, und schwärmt Margarete von Herrn Behringer vor, raucht und redet, und jedem Satz folgt ein leiser Seufzer. Margarete stäubt Puderzucker über den Apfelkuchen.

»Uschi, lass die Finger davon. Erstens hat man einen schönen Mann nie für sich alleine, und zweitens ist er verheiratet. Man weiß doch, wie sowas endet. Über kurz oder lang kommt die Sache raus. Oder glaubst du, dass deine Tochter die Klappe hält?«

Charlotte ist empört. Natürlich würde sie die Klappe halten. Mehr als ein Grab, wie sieben Siegel würde sie schweigen.

Die Mutter zieht nachdenklich an ihrer Zigarette. Dann, als ob sie sich urplötzlich entschlossen hätte, das Rauchen aufzugeben, tritt sie ans Spülbecken, dreht den Hahn auf und tötet die Glut.

Zzzsch! Zzzsch! Zzzsch!

Charlotte und Iris mussten heute ohne die Mutter nach Hause fahren, sie ist in der Stadt beim Arzt.

Zzzsch! Zzzsch! Zzzsch!

Er brennt so schön. Im Ofen. Und vor dem Ofen. Charlotte baut einen weiteren Turm, einen weiteren viereckigen Turm aus Streichhölzern, einen Scheiterhaufen. Auf dem Ofenblech kann nichts passieren. Ihre Hand ist ruhig wie beim Mikado. Sie legt Streichholz für Streichholz über Streichholz und Streichholz, Quadrat für Quadrat. Oh ja, sie macht das geschickt, sie weiß. Sie genießt die Bewunderung der kleinen Schwester, die ihr zusieht. Die roten Streichholzköpfe sollen akkurate Seitenkanten bilden. Für eine tolle Kettenreaktion. Flamme für Flamme soll das Feuer den Turm hinaufspringen und ihn niederbrennen. Der Scheiterhaufen wächst.

Im Ofen knackt und knistert das Feuer. In der Stube ist es jetzt mollig warm. Der Frost hatte Eisblumen an die Fensterscheiben gehaucht, wundersame Gewächse, so zart, so silbrig, so schön, im Verblühen Wasser. Tröpfchen, Rinnsale und Geschlängel am Glas.

Drei Schachteln verbaut Charlotte. Dann wird er kippelig, der Turm. Dann macht sie das Licht aus, dann zieht sie ein Hölzchen über die Reibefläche. Es brennt so schön. Die Flamme hat ein blaues Herz. Das hält Charlotte an die unteren roten Phosphorköpfchen. Zischend überrennen Flämmchen den Turm. Der brennt, der brennt lichterloh, der fällt brennend in sich zusammen. Gekrümmte Hölzchen verglühen in der dunklen, abendlichen, mollig warmen Stube.

Heute Morgen konnte ihnen die Mutter noch nicht sagen, wie lange es beim Arzt dauern würde. Wenn sie Hunger haben, soll Charlotte für Iris und sich das Abendbrot machen. Und falls es sehr spät wird, sollen sie ins Bett gehen.

Es ist Schlafenzeit, als die Mutter die Treppe heraufkommt. Sie haben schon ihre Nachthemden an. Iris wirft sich der Mutter in die Arme, tuschelt ihr etwas zu, verschwindet mit ihr in der Stube. Charlotte wischt schnell den vergessenen Küchentisch ab, schließt den offenen Brotkasten, hängt das herumliegende Geschirrtuch auf. Da steht die Mutter neben ihr. Die ist außer sich.

»Was muss ich da hören?«

Charlotte weiß nicht, was sie meint. Die Ohrfeige sitzt.

»Bis du noch bei Trost!«

Die nächste Ohrfeige. Sitzt.

»Du hast mit Streichhölzern gespielt? Wie oft hab ich es dir schon verboten. Das Haus hätte abbrennen können, du hättest dich und Iris umbringen können. Und andere Menschen auch!«

Die Ohrfeigen prasseln. Doch die eigene Hand erscheint der Mutter zu schwach für die Strafe, die das Kind verdient hat. Sie greift sich den Handfeger. Sie prügelt das Kind mit der Rückseite des Handfegers, mit dem Holz. Die Schläge treffen Schultern, Arme, Rücken, treffen unter dem Nachthemd das nackte Fleisch. Das Kind schützt seinen Kopf mit den Armen, es weint, es wirft sich auf den Boden, kriecht unter den Tisch. Doch der Tisch ist kein Schlupfloch. Es gibt kein Entkommen vor einer solchen Raserei. Die Mutter zerrt das Kind unter dem Tisch hervor. Sie tritt es. Das Kind schreit. Vor Schmerz. Vor Wut über den Verrat. Die kleine Schwester steht wimmernd dabei: »Mama, Mama, hör auf, Mama ...«

Die Mutter aber hört nicht auf, kann nicht aufhören. Sie prügelt weiter. Ihre Wut ist zu groß.

Plötzlich Stille. Die Mutter ist auf einen Stuhl gesunken. Fahl im Gesicht. Leer. Erschöpft. Ein winziges Stück Tod in den Augen. Rot fließt es dem Kind aus der Nase. Rot das Nachthemd. Die Hände. Die Arme.

Das Kind rappelt sich vom Boden hoch. Es wankt. Es hinkt. Ein Fuß will nicht mit. Seine Arme hampeln. Ein Auge ist zugeschwollen. Der offene verzerrte Mund mit der dicken Lippe gibt dem Gesicht einen Ausdruck von Blödheit.

Das Kind geht. Es lallt vor sich hin, verlässt mit zuckenden, rudernden Armen die Mutter. Im Nachthemd humpelt es die Treppe hinunter und barfuß aus der Haustür hinaus in den Schnee, lallend und immerfort hampelnd. Das Kind weiß, die Mutter hat es in einen Zustand des Irreseins geprügelt. Dieser Zustand schickt es barfuß hinaus in die klirrende Kälte. Sein Irresein ist die Strafe für die Mutter. Das Kind weiß, es wird erfrieren. Zur Strafe für die Mutter.

Das Kind humpelt die Straße hinunter. Über ihm die eisigen Sterne. Als es Schritte hinter sich hört, Schritte und ein Keuchen, weiß es: das ist sein Mörder. Es dreht sich nicht um. Es kennt den Mörder von der Phantomzeichnung auf dem Steckbrief, der im Flur der Polizeiwache ausgehängt ist. Das Kind weiß auch, wie es aussehen wird, wenn man es im Straßengraben tot auffindet. Es wird dem Foto jener unbekannten Kinderleiche an der polizeilichen Stecktafel gleichen.

Der Mörder packt das Kind und nimmt es mit. Das Kind will ihn nicht ansehen, es hält die Augen geschlossen. Der Mörder schleift es eine Treppe hinauf. In eine mollig warme Stube. Der Mörder setzt es auf einen Stuhl, zieht ihm das blutige Nachthemd aus, betrachtet die Haut, die so schmerzt. Der Blick durchdringt die geschlossenen Lider. Totenstarre hat das Kind erfasst. Die löst sich erst, als seine Füße in eine Schüssel mit warmem Wasser getaucht werden. Charlotte macht die Augen auf. Sie sieht auf den Rücken der Mutter, die sich über ihre Füße gebeugt hat, die vor ihr kniet, ihr die Füße wäscht und weint. Sie weint um sie, Charlotte, weil sie ein schwer erziehbares Kind ist, weil sie ein Teufel in Menschengestalt, ein Teufelsbraten ist, weil sie den schlechten Charakter ihres Vaters geerbt hat. Hundertmal hat die Mutter es zu ihr gesagt, hundertmal hat sie ihr mit dem Erziehungsheim gedroht.

Jetzt ist es Charlotte, die sagt: »Ich will weg von dir, bring mich in ein Heim!«

Die Mutter holt ein Handtuch und rubbelt Charlottes Füße trocken.

Charlotte wiederholt, was sie gesagt hat, als ob die Mutter es nicht gehört hätte: »Ich will weg von dir, bring mich in ein Heim!«

Die Mutter geht an den Stubenschrank und holt die bunte Dose hervor. In der Dose verwahrt sie Trostpflaster für alle Missgeschicke des Lebens. Sie nimmt den Deckel ab und hält Charlotte die nach Karamell, Vanille und Schokolade duftenden Kekse hin.

»Komm, wir vertragen uns wieder«, sagt sie.

Charlotte ist taub, stumm, starr.

»Kind, meine Nerven sind nicht die besten. Was ich in Russland in den Gefangenlagern durchgemacht habe, wünsche ich meinem ärgsten Feind nicht.«

Sie legt das Handtuch beiseite und schiebt Charlottes Füße in die Hausschuhe.

»Übrigens«, sagt sie, der Frauenarzt hat da bei mir was festgestellt. Wenn es Krebs ist, werde ich sterben. Dann müsst ihr sowieso in ein Heim.«

»Ich will aber sofort!«

»Kind, wir sind beide sehr müde, wir legen uns jetzt ins Bett und morgen sind wir neue Menschen.«

Die Mutter versucht ein Lächeln. Grau sieht sie aus.

Charlotte weint sich in den Schlaf. Ihren Traum bevölkern Tauben, die ihr ins Fleisch picken. Ein Samtvorhang teilt sich. Ein handbreiter Lichtspalt lockt sie in einen Festsaal, prunkvoll, aber leer. An der Wand ein hoher Spiegel. Sie schleppt einen Farbeimer, um ihr Spiegelbild zu übermalen. Rot. Sie streicht auch die Wände an. Rot. Den ganzen Saal malt sie rot an.

Der Nacht folgt ein Morgen der gesenkten Blicke und knappen Antworten. Charlotte weicht der Mutter aus, die sich liebevoll und aufmerksam um sie bemüht. Charlotte wirkt eingeschnappt, ist es aber nicht, es ist etwas anderes, etwas ist ihr passiert, ist mit ihr geschehen, etwas, das seinen Namen noch sucht. Es hat mit Traurigkeit und Erschöpfung zu tun, mit dem Empfinden, leergeweint, auch älter geworden zu sein; über Nacht ist ihr die Schwerelosigkeit verloren gegangen.

Auf dem Weg zum Bus trottet sie hinter der Mutter und Iris her. An der Haltestelle hält sie sich abseits. Die dicke Lippe, die verquollenen Augen. Sie schämt sich. Die Mutter unterhält sich mit den Soldaten, die, seit die Bundeswehr die Kaserne bezogen hat, morgens mit der Straßenbahn aus der Stadt kommen und hier in den Bus umsteigen.

Im letzten Jahr war diese Haltestelle nicht mehr als ein H-Schild vor der Friedhofsmauer. Inzwischen ist sie zur Station *Krematorium Helmstedter Straße (Endstation)* ausgebaut worden. Die Straßenbahn hat eine Wendeschleife bekommen und der Bus einen Wendeplatz. Ein moderner Flachbau ist entstanden, in dem Fahrkarten, Zeitungen, Kränze und Trauergebinde verkauft werden. Es gibt einen Warteraum und eine Toilette, so dass kein Fahrer mehr im Gebüsch verschwinden muss.

Charlotte geht zehn Schritte hin, zehn Schritte her. Ihr rechter Fuß tut weh. Der Bus hat Verspätung. Im Winterlicht das Krematorium. Monumental, rußgeschwärzt und bedrohlich erhebt es sich hinter der Friedhofsmauer. In den kahlen Bäumen Krähen. Wie schwarze Früchte. Als der Schlot plötzlich fetten Qualm und finsteres Gewölk ausstößt, stellt sich Charlotte vor, dass soeben die Seele eines schlechten Menschen in Rauch aufgegangen ist. Der Bus lässt auf sich warten. Wenn es stimmt, was die Erwachsenen sagen, kommen die Toten zusammen mit dem Sarg in den Ofen. Und wenn es stimmt, verkaufen die Heizer die Sargdeckel als Brennholz oder Baumaterial. Bei einer

Gerichtsverhandlung ist es rausgekommen, auch dass die Heizer den Toten die Goldzähne ausbrechen und deren Sachen anziehen, wenn sie gut sind. Jedenfalls wurden in einer Gartenkolonie an einer Laube die Schnitzereien und Drechselarbeiten entdeckt, die den Prachtsarg eines reichen Geschäftsmannes schmückten. Andere Zeugen wollen auf dem Hof einer Heißmangelbude Holzteile mit goldenen Palmenzweigen und der Inschrift *Ruhe sanft* gesehen haben. Die Zeitung hatte darüber berichtet.

Als der Bus endlich da ist, steigt Charlotte als Letzte ein. Sie setzt sich nicht zu der Mutter, die mit Iris und einem der Soldaten auf der langen Hinterbank Platz genommen hat.

Es dauert einige Tage, bis der große Bluterguss auf dem Oberschenkel verschwunden ist. Als er frisch war, prangte er wie eine Chrysantheme auf der Haut. Purpur. Violett in der Mitte. Ein blutunterlaufenes Elefantenauge. Das stierte Charlotte an. Beim Anziehen. Beim Ausziehen. Auf dem Klo. Im fichtennadelgrünen Badewasser bei Margarete. Nach und nach wurde aus dem Bluterguss ein Kartoffelpuffer, braun, an den Rändern angefressen. Schimmel schien ihn zu befallen. Der malte ihr in grünlichem Blau und gelblichem Grün ein Frühlingsaquarell auf den Schenkel. Jetzt hofft sie, dass sich dieses Farbwunder bis zur nächsten Turnstunde auf und davon gemacht hat. Herr Behringer würde ihr nicht noch einmal glauben, dass sie ihre Sachen vergessen hat. Außerdem will sie endlich wieder mitmachen, will sich an die Sprossenwand hängen, über den Bock springen und auf dem Schwebebalken balancieren. Sie reißt ein Blatt von der Klopapierrolle ab und faltet es zweimal. Auch die Pipitropfen soll sie abwischen, hat die Mutter gesagt. Charlotte tupft ihr Mäuschen ab. Und umdrehen soll sie sich, wenn sie gespült hat. Verlasse deinen Platz so sauber wie die Katz! Die Mutter hat es ihr ans Herz gelegt; sie möchte keinen Ärger mit den Kreidels, deren Klo sie benutzen müssen, weil sie kein eigenes haben. Die Mutter will sich nicht anhören müssen, dass da mal wieder Schleifspuren oder eine gelbe Pfütze hinterlassen wurde. Charlotte zieht den Schlüpfer hoch und ruckt an der Klo-Kette. Das Wasser rauscht aus dem Spülkasten unter der Decke ins Becken, nimmt Pipi und Papier mit und verschwindet damit auf Nimmerwiedersehen. Alles sauber!

Fieber ...

Schon wieder dieses Lied, denkt sie, als sie die Treppe hinaufgeht, durch die geschlossene Stubentür ist es zu hören. Seit Gernot da ist, spielen sie es. Gernot ist einer jener Soldaten, die morgens aus der Stadt mit der Straßenbahn kommen und mit demselben Bus wie sie zur Kaserne weiterfahren. Die Mutter hat sich viel mit ihm unterhalten. Eines Abends stand er vor der Tür; Charlotte hatte ihm geöffnet. Da stand er in seiner grauen Uniform, hatte einen Nelkenstrauß in der Hand und fragte nach der Mutter. Seitdem kommt er regelmäßig zu Besuch, meist abends, wenn sein Dienst zu Ende ist. Oft bleibt er nur kurz, manchmal aber über Nacht. Einmal war er sogar das ganze Wochenende da.

... niemand weiß, wie ich dich liebe,
niemand weiß, wie's um mich steht,
wenn du kommst, beginnt das Fieber,
an dem mein Herz schon fast zu Grunde geht ...

Iris hat inzwischen an der Dominoschlange weitergebaut. In einem großen S wollen sie die schwarzen Holzsteine mit den weißen Punkten auf den Gesichtern und den chinesischen Drachenrücken auf dem Flur aufmarschieren lassen.

... ich habe Fieber, nichts als Fieber,
wenn du zärtlich zu mir bist,
Fieber ohne Ende, wenn du mich einmal küsst ...

Die neue Musiktruhe ist der ganze Stolz der Mutter. Ein Schmuckstück nennt sie diese Anschaffung aus hochglanzpoliertem Nussbaum. Sie hat ein verspiegeltes Bar-Fach und ist auf Raten gekauft. Das Teuerste daran war der eingebaute Dual-Plattenspieler, sagt sie. Er setzt den Tonarm automatisch auf, findet von selbst in seine Ruhestellung zurück, hat eine Wiederholungstaste und kann zehn Platten nacheinander abspielen. Aber so viele besitzen sie ja noch nicht.

... alle Menschen haben Fieber,
die verliebt sind, so wie wir,
dieses Fieber gab's schon immer,
Medizin gab's nie dafür,
ich habe Fieber, nichts als Fieber ...

Was die beiden an diesem Singsang finden, kapiert Charlotte nicht. Noch schlimmer hört sich *Du bist das Ziel meiner Wünsche* auf der anderen Plattenseite an.

Nur noch wenige Steine liegen jetzt im Kasten. Gleich kann es losgehen, dann werden sie dem ersten Stein einen Schubs geben. Klack-klack-klack ... Wie ein Lauffeuer wird sich das Schubsen fortsetzen, bis ein großes S aus schwarzen Drachenrücken auf dem Boden liegt.

... ja, wer liebt, muss immer leiden,
wird vom Fieber nicht verschont...

An der rechten Hand hat Gernot keinen Daumen mehr. Den hat er nicht im Krieg verloren – Charlotte hat ihn gefragt –, sondern an der Kreissäge, als er noch Tischler war.

»Findest du Onkel Gernot eigentlich nett?«
»Er riecht komisch«, sagt Iris.
»Wie ein Eber«, sagt Charlotte.
»Woher weißt du, wie ein Eber riecht?«
»Das weiß man, das gehört zur Allgemeinbildung.«
Als der letzte Stein aufgestellt ist, als sie die Schlange angestoßen haben und Bewegung in die Drachenrücken gekommen ist, klingelt es an der Haustür, und das so stürmisch und anhaltend, dass es das schöne Klack-klack-klack der umkippenden Steine übertönt. So klingelt nicht einmal sie selbst, denkt Charlotte, wenn sie von einer Wespe gestochen wurde oder wenn Jimmy der Flohkönig hinter ihr her ist und sie beißen will. So klingelt jemand, der von allen guten Geistern verlassen sein muss. Die Mutter kommt kopfschüttelnd aus der Stube und geht nach unten. Im Hintergrund wieder das Lied:

... manche leben jede Stunde,
manche leben Tag und Nacht,
ich leb nur, wenn du bei mir bist,
wenn es mich auch nicht immer glücklich macht ...

Als die Haustür aufgeht, bricht ein Geschrei und Gekeife los, wie es Charlotte selbst von den Kasernenbewohnern noch nicht gehört hat. Zu verstehen ist nichts. Die Tür knallt zu. Die Mutter kommt die Treppe hochgerannt, im Nacken das Klingeln im Dauerton. Ohne auf die Dominosteine zu achten – sie fliegen in alle Richtungen –, stürzt sie in die Stube.

»Deine Frau mit den Kindern!«

Gernot, die Uniformjacke im Arm, die Schirmmütze schief auf dem Kopf, rast nach unten. Wieder Geschrei und Gekeife, dann ist sie zu, die Haustür, der Plattenspieler aus. Und Ruhe.

Charlotte und Iris sehen einander erschrocken an, sehen auch die Mutter an, die fassungslos dasteht, blutleer im Gesicht, zitternd, bebend am ganzen Körper, im Ausschnitt – wie angehext – übersät mit scharlachroten Flecken. Sie beginnt, die zerdrückten Sofakissen aufzuschütteln. Sie schüttelt und schüttelt die Kissen, als säße der Satan darin. Wie von Sinnen tut sie es; Charlotte wird angst und bange. Mitten in der Bewegung hält sie inne, bedeckt ihr Gesicht mit den Händen und sinkt in den Sessel. Tränen tropfen durch ihre Finger. Charlotte umarmt sie, Iris umarmt sie, beide umarmen sie die Mutter mit dem vagen Gefühl, dass es unmöglich ist, sie zu trösten.

»Du hast doch uns«, flüstern sie immer wieder.

Als die Mutter endlich die Hände vom Gesicht nimmt, zieht Iris ihr Taschentuch aus dem Spielkittel und hält es ihr hin.

»Das geht vorbei, Kinder«, sagt die Mutter und schnäuzt sich ins Taschentuch der Kleinen. »Lasst mich, ich möchte allein sein.«

Iris und Charlotte schleichen auf Zehenspitzen aus der Stube, sammeln im Flur leise die Dominosteine auf, schichten sie in die Holzkiste mit dem Schiebedeckel und bereiten das Abendbrot vor. Doch die Mutter mag nichts essen. Charlotte und Iris reden ihr gut zu. Sie reden der Mutter mit deren eigenen Worten gut zu: »Aber du musst doch was essen, sonst wird dir plötzlich schwarz vor Augen und du fällst um. Wenigstens eine Kleinigkeit solltest du zu dir nehmen. Wenn du nichts im Magen hast, kommst du vor Hunger nicht in den Schlaf. Du weißt, was aus dem Suppenkasper geworden ist.«

Am nächsten Morgen ist Gernot nicht an der Haltestelle. Auch am übernächsten und überübernächsten nicht. Er fährt jetzt mit dem Rad zur Kaserne, erzählt man der Mutter, die niemanden nach ihm gefragt hat.

In den folgenden Wochen ist sie still, nachdenklich, traurig, und in ihrer Traurigkeit unendlich sanft. An manchen Abenden hält sie es nicht aus, allein in der Stube zu sein. Da sie Margarete mit ihrem Kummer nicht belästigen will, zumal die ohnehin kaum noch Zeit hat, seit sie Wolfgang kennengelernt hat, bittet sie Charlotte, ihr Gesellschaft zu leisten. Das tut sie gern. Sie genießt es, die Mutter am Ende des Tages, sobald Iris im Bett ist, ganz für sich zu haben. Es ist ein glückliches Hineinsinken in die Ruhe, in die Nacht, ins Zwielicht, wenn das Tageslicht schwindet, sie den Hörspielstimmen im Radio lauschen, die Mutter strickt, Charlotte malt, sie lesen oder reden. Die bunte Dose wird geöffnet – »Greif zu, mein Kind!« – und Charlotte, im Mund den Geschmack von Mandelkeksen, in der Nase den Tabakgeruch einer Zigarette, fühlt sich geliebt, angenommen und der kleinen Schwester vorgezogen. An einem solchen Abend fragt sie die Mutter nach Gernot. Sie fragt, ob sie von seiner Frau gewusst habe. Ja, die Mutter hat von seiner Frau gewusst, auch von seinen beiden Kindern. Ob er weiter zu Besuch kommen werde? Die Antwort ist ein Schulterzucken im Halbdunkel. Woher seine Frau überhaupt die Adresse kannte? Die Mutter sagt, dass sie auf einem Brief stand, den sie ihm geschrieben hatte. In die Kaserne. Den muss er mit nach Hause genommen haben, vermutet sie. Seine Frau hat ihn jedenfalls gefunden, zufällig oder auch nicht. Vielleicht ahnte sie etwas und kontrollierte seine Taschen. Diesen Brief warf sie der Mutter an jenem Tag vor die Füße und beschimpfte sie. Die Mutter schluckt. Charlotte sucht ihr Gesicht. Doch da ist nur ein schattenhafter Umriss vor dem von den Straßenlaternen schwach erhellten Stubenfenster.

Jenen Brief wird Charlotte eines Tages finden. In der hochglanzpolierten Musiktruhe, die ein verspiegeltes Bar-Fach hat, ein Bar-Fach mit einem Unten für die Flaschen, einem Oben für Gläser und einem Dazwischen mit einer abschließbaren, oft unverschlossenen Schublade. Unter Ansichtskarten und alten Briefen wird sie ihn entdecken und lesen:

Lieber Gernot!
Ich liebe Dich. Ich liebe Dich mit der ganzen Kraft meines Herzens. Ich liebe Dich, wie ich noch keinen Mann vor Dir geliebt habe. Ich liebe Dich mit Deinen Silberfäden im Haar, Deiner Ehe und der wenigen Zeit, die Dir für mich bleibt. Ich werde mich begnügen, werde Dich zu keiner Entscheidung drängen. Kein »sie oder ich«, kein »entweder oder« hast Du von mir zu befürchten. Mir wird es genügen, auf Dich zu warten. Immer und immer.

Was am letzten Wochenende passiert ist, bereue ich nicht. War es der Alkohol, der uns so leichtsinnig und übermütig machte? Oder gehört es zur Liebe bei so viel Liebe?
Ich umarme und küsse Dich
Deine Uschi

Die Mutter blutet. Die Mutter blutet so stark, dass Charlotte ihr ein Handtuch bringen muss, eins von den dunklen rechts unten im Schrank. Die Mutter sinkt auf den Küchenstuhl und schiebt das Handtuch unter den Rock. Mit beiden Händen presst sie es zwischen die Schenkel. Das Blut läuft an ihren Beinen hinunter. So viel hellrotes Blut macht Charlotte Angst. Sie will zur Telefonzelle laufen und einen Arzt rufen. Doch die Mutter sagt, sie solle in die Drogerie gehen und ihr Camelia und Watte besorgen. Die Mutter erklärt ihr, dass Frauen einmal im Monat bluten, dass auch sie in wenigen Jahren bluten werde, dass es ein paar Tage dauere und weggehe. Das sei normal. Bei ihr aber sei es nicht mehr normal in letzter Zeit. Zu oft, zu lange und zu heftig erwische es sie, manchmal unvorbereitet, so wie jetzt. Deshalb sei sie ja neulich auch beim Arzt gewesen, einem Gynäkologen, einem Frauenarzt.

»Nein, Krebs ist es nicht«, sagt sie. »Es sind Polypen, Wucherungen in der Gebärmutter, die sich mit Blut füllen und platzen.«

Charlottes Blick streift die Schwester, die auf der Fußbank kauert und zittert. Was eine Gebärmutter ist, weiß Charlotte aus dem Bertelsmann Volkslexikon. Die Mutter hat es ihretwegen angeschafft. Wegen der ständigen Fragerei. Sie streicht über die Hände der Mutter. Eiskalt liegen sie in ihrem Schoß, das Blut an den Fingern ist getrocknet. Charlotte reibt diese Hände warm. Blass sieht die Mutter aus. Ihre Lippen sind schmal. Bläulich. Ein Strich.

Die Mutter sagt: »Um eine Ausschabung werde ich wohl nicht mehr herumkommen. Es ist ein kleiner Eingriff. Klein oder nicht klein, auf jeden Fall muss ich für ein paar Tage in die Klinik. Wo aber bleibe ich mit euch? Du bis zehn, Iris ist sieben, in diesem Alter kann ich euch nicht alleinlassen. Ich habe mit Hannah geredet. Sie würde euch nehmen. Was meinst du?«

Die Mutter sieht sie an, müde, wie aus einem tiefen Brunnen.

Charlotte schnappt nach Luft. Ihr steht das Haus vor Augen, in dem Hannah und ihr Mann leben. Es ist ein dumpfes, ärmliches Fachwerkhaus im Kern von Rautheim, wo das Dorf noch ein richtiges Kuhdorf ist, wo einem die Landluft faustdick in der Nase sitzt, die Misthaufen qualmen und die Schuhe im Matsch hängenbleiben. Ein Hahn kräht dort nach dem anderen, es wird gemeckert, gebrüllt, geblökt, und die Hofhunde sind Zähne fletschende Bestien, die man an die Kette legt.

Gegen Hannah, eine gute Bekannte der Mutter und ehemalige Kollegin, hat sie nichts, aber gegen das Haus, die niedrigen Decken, die winzigen Fenster, die kaum Licht hereinlassen. Man bewegt sich im Halbdunkel. Auch fließendes Wasser gibt es nicht, es kommt aus der Pumpe im Garten. Muss man, muss man über einen Hof voller Hühner. Das Klo ist in einem Bretterhäuschen untergebracht. Man thront auf einem Holzkasten mit einem Loch, darunter die Grube. Ein schwerer Holzdeckel dichtet das Loch ab, nicht aber den Gestank. Millionen Würmer schlingern in der Pampe, und man hat Angst, dass sie nach oben springen, wenn über ihnen der Hintern erscheint wie der helle Vollmond. Man kann gar nicht so schnell Pipi machen oder seinen Haufen loswerden, wie man runter vom Thron und raus an die frische Luft will. Auch wegen der dicken, fetten Kreuzspinne, die ihr Netz ins hohle Herz der Tür gehängt hat und darauf aus ist, sich abzuseilen und einem den tödlichen Biss zu geben. Man muss sie im Auge behalten und darf sich beim Abwischen nicht zu weit vorbeugen. Zum Abwischen gibt es Zeitungspapier. Hannah schneidet es in toilettenpapiergroße Stücke, fädelt sie auf einen Bindfaden, macht eine Schlaufe und hängt den Packen an einen langen Nagel.

Charlotte holt noch einmal tief Luft. Und schluckt ihren Protest herunter. Die Mutter sieht es ihr an.

»Du wirst es überleben«, sagt sie und erinnert sie an die Drogerie, die um halb sieben zumacht.

Charlotte zieht den Reißverschluss der Reisetasche auf. Die Mutter hat alles hineingepackt, was sie in den nächsten Tagen brauchen, auch Bettzeug und Handtücher. Sie will Hannah möglichst wenig Umstände machen. Zwanzig Mark Kostgeld hat sie ihr gegeben; niemand soll der Mutter nachsagen, sie lasse ihre Kinder von anderen Leuten durchfüttern. »Und benehmt euch ordentlich!« Mit dieser Ermahnung und einem Kuss hat sie sich von ihnen verabschiedet. Zu Hannah und Herbert hat sie »Tschüss und nochmals vielen Dank« gesagt. Herbert hat die Reisetasche die Treppe hinaufgetragen und ihnen die Schlafstube gezeigt: eine Kammer mit einem Doppelbett. Hannah und Herbert werden auf der Seite zur Tür schlafen, sie und Iris auf der anderen. Diese Seite ist noch nicht bezogen. Auf der nackten Matratze die nackten Federbetten: ein Kopfkissen und ein Deckbett. Beides werden sie sich schwesterlich teilen müssen. Das kennen sie von zu Hause, nur dass dort jede im gemeinsamen Bett, dem breiten, früheren Krankenhausbett, ein eigenes Kopfkissen hat.

Charlotte nimmt die buntkarierten Bezüge aus der Reisetasche. Iris hat sich ans Fenster gestellt; ein Fensterchen, ein Guckloch ist es. Ab und zu schiebt sie einen Finger unter den Rand ihrer Brille. Charlotte geht zu ihr, legt ihr eine Hand auf die Schulter und sagt: »Sei nicht traurig, überüberübermorgen sind wir hier wieder weg.«

Schweigend blicken sie hinunter in den Garten. Ein Windstoß fährt durch die blühenden Obstbäume. Im weißen Gestöber Hannah, die das Kaffeegeschirr abräumt. Hannah, die auch am Sonntag die Kittelschürze nicht auszieht. An diesem Tisch haben sie vorhin gesessen, und gelacht haben sie mit der Mutter, als ob es keinen Klinikaufenthalt geben würde.

Während Charlotte den Bettbezug mit dem Trick, den ihr die Mutter gezeigt hat, über das Inlett schüttelt, geht Iris in der Schlafstube herum. Viel zu sehen gibt es nicht. Das Zimmer ist zu klein für einen Schrank und eine Kommode und zu dunkel, um die beiden Heiligenbilder über dem Bett zu betrachten.

»Du, guck mal!« Charlotte hebt den Kopf.

Iris zeigt auf einen Tisch in der Ecke, auf die Schüssel darauf und auf die Kanne, die in der Schüssel steht.

»Da ist Wasser drin. Ob wir uns damit waschen sollen?«
»Sieht so aus.«
»Wir alle?«

Charlotte zuckt die Achseln und stopft das Laken unter der Matratze fest. Die riecht nach feuchtem Stroh, nach Stall. Sie ekelt sich.

Am anderen Morgen wird sie von leisem Geplätscher geweckt. Im Dämmerlicht erkennt sie Hannah. Im Nachthemd hat sie sich über die Schüssel gebeugt und wäscht sich das Gesicht. Der dürre, schwarzgraue Zopf, den sie tagsüber wie ein Nest auf dem Kopf feststeckt, fällt ihr in ganzer Länge über die Schulter. Durch das offene Fenster hört Charlotte die Gartenpumpe quietschen, hört Herbert pfeifen, hört, wie Wasser in einen Eimer rauscht, hört die Morgenvögel und den ersten Hahn. Iris, die neben ihr im Kissen liegt, schläft noch.

Charlotte denkt an die Mutter und an den Besuch, den sie für den Mittwoch verabredet haben. »Dann ist alles überstanden«, hat sie gesagt. Einen dicken Strauß werden sie ihr pflücken; auf der Wiese hinter dem Haus blühen unzählige Narzissen. Und an den Hort denkt sie und daran, dass die Osterferien bald vorbei sind. Und dass sie Hunger hat, merkt sie und dass da ein Widerwille ist, in der düsteren Küche zu essen. Die riecht komisch. Der Fußboden ist aus gestampftem Lehm und die Wände sind so dunkel wie das Teufelsmoor. Herbert sagt, das komme von der offenen Feuerstelle, die es früher in jedem Bauernhaus gab; den gemauerten Sockel habe er herausgerissen.

Aber den Rauchabzug gibt es noch. Sie hat hineingeschaut in diesen kohlpechrabenschwarzen Schlund. Ruß bringt Glück, dachte sie sich, weil es auch Glück bringt, wenn man einen Schornsteinfeger anfasst. Sie drückte ihre Hand in den schwarzen Pelz. Unendlich weich fühlte sich das an. Aber der Ruß ließ sich nicht abwischen wie Mehl. Hannah gab ihr ein Stück Kernseife und eine Bürste und schickte sie zur Gartenpumpe. Die Abendsonne färbte eine alte Scheune dunkelrot, das Wasser glitzerte, Edelsteine sprangen aus dem kalten Strahl, Iris bewegte den Pumpenschwengel und sie selbst schrubbte und schrubbte …

»Aufstehen Kinder, es wird höchste Zeit!«

Der Alltag bei Hannah und Herbert ist etwas anderes als ein Sonntagsbesuch. Was die Mutter *ein einfaches Landleben* nennt, gefällt Charlotte ganz und gar nicht. Es ist nicht nur das Essen: Weder Marmelade noch Wurst gibt es; zum Frühstück dürfen sie sich Zucker aufs Butterbrot streuen, abends Salz; wer mag, kann auch Mostrich nehmen. Und dann diese Möbel! Das Sofa ist durchgesessen, die Sessel sind speckig, der Stubenschrank ist mit Farbe angestrichen. Schön sieht das nicht aus.

Das Schlimmste jedoch ist die Düsternis im Haus. In allen Nischen und Winkeln nisten Schatten. Hannah und Herbert sind Teil dieses Dunkels, beinahe unsichtbar werden sie in ihren grauen und braunen Sachen. Wie ein geisterhaftes Klopfen klingt das Geräusch ihrer Holzpantinen. Außerdem riechen sie niemals wie frisch gewaschene Menschen. An Herbert klebt der Geruch des Viehs, das er beim Bauern Schultheiß versorgt, Hannah riecht nach den Rübenäckern, auf denen sie arbeitet. Sie sagt, dass ihr die Feldarbeit lieber ist als die Schinderei damals in der Fabrik, wo die Mutter noch heute arbeitet. »Akkord ist Mord«, sagt sie. Sagen alle, sagt sie. Ja, sie bewunderte schon damals die Mutter, die stets ihre Stückzahl schaffte, immer pünktlich war und nie krank.

»Sie rackert sich für euch ab«, sagt Hannah, »ihr könnt Gott danken, dass ihr sie habt.«

Als Charlotte und Iris am Donnerstag, nach vier Tagen, endlich ihre Sachen packen können, haben sie das Gefühl, dass Jahre verstrichen sind. Die schwere Reisetasche schleppen sie gemeinsam zum Bus. Jede fasst an einem Henkel an. Sie freuen sich auf die Mutter, die am Vormittag aus der Klinik entlassen wurde. Wie sie strahlte, als sie gestern mit dem Blumenstrauß ins Krankenzimmer kamen, wie die anderen Frauen die Hälse reckten. »Alles überstanden«, lachte sie, schwang sich aus dem Bett und schlüpfte in ihren Morgenmantel, um sich von den Schwestern eine Vase geben zu lassen.

»Eigentlich müsste ich euren schönen Strauß hierlassen«, sagte sie. »Wer Blumen aus dem Krankenhaus mitnimmt, muss über kurz oder lang wieder rein, heißt es. Aber man ist ja nicht abergläubisch.«

Und da stehen sie nun in der Stube, die gelben Narzissen, und leuchten wie der Sonnenschein. Und noch ein zweiter Strauß steht da in seiner ganzen Pracht: ein Strauß roter Rosen.

»Der ist von Gernot«, sagt die Mutter.

Eine Frau fängt Charlotte wenige Meter vor der Haustür ab, als sie gerade aus der Schule kommt. Seit sie das Gymnasium besucht, geht sie nicht mehr in den Hort. Etwas Feindseliges liegt in der Art, wie die Frau ihr in den Weg tritt.

»Wohnst du in der Nummer vierzehn?«

»Ja.«

»Heißt deine Mutter Ursula?«

Charlotte nickt und nimmt ihre Schultasche in die andere Hand. Bio, Mathe, Physik, Englisch, Erdkunde: zig Bücher und ein zentnerschwerer Atlas haben ihren Arm ausgeleiert. Sie fühlt sich matt. In ihrem Unterleib zieht und kneift es. Ob sie ihre Tage bekommt? Dann wäre sie die Dritte in der Klasse. Rena und Nanne haben sie schon, und die sind auch erst zwölf.

Die Frau mustert sie. Ihr Blick ist verächtlich.

»Was wollen Sie?«

Die Frau packt ihren Arm, ihr Gesicht jetzt ganz nah.

»Der Freund deiner Mutter ist mein Mann«, sagt sie. »Du kannst ihr einen schönen Gruß bestellen. Gernot ist ein Hurenbock. Sag ihr das. Sie soll aufpassen, damit sie nicht geschlechtskrank wird.«

Charlotte atmet tief ein und aus, ihr ist schwindelig. Sie hört einen Wasserfall rauschen, über das Gesicht der Frau flimmert ein Lichtbogen aus bunten Zacken, der Schmerz in ihrem Unterleib ist nicht auszuhalten. Gleich kippe ich um, denkt sie.

Sie ist nicht umgekippt, irgendwie hat sie es ins Haus und ins Bett geschafft. Es ist Nachmittag, fast drei Uhr, als sie sich in den Kissen aufrichtet. Nichts tut mehr weh, nichts rauscht oder flimmert. Der Schmerz ist verschwunden, ist weg und wie niemals gewesen. An seiner Stelle hat sich ein sanftes Wohlbefinden breitgemacht.

Während sie dalag und sich dem Schmerz überließ, die Krämpfe ertrug, sie hinnahm in einem Zustand von Dösen, hat sie ein Sickern gespürt. Sie setzt sich an den Bettrand und kontrolliert ihren Schlüpfer: Blut! Ein braunroter Fleck, kaum größer als eine Rosenknospe, aber eindeutig Blut! Sie steht auf, polstert sich im Schritt mit einer Lage Tempotücher aus und fühlt sich wie sechzehn. Ein tolles Gefühl! Jetzt kann auch sie vor ihren Klassenkameradinnen damit angeben, dass sie frühreif ist. Wenn die Mutter von der Arbeit kommt, wird sie ihr das Ereignis berichten.

Hurenbock. Das Wort und Gernots Frau kommen ihr wieder in den Sinn. Sie überlegt, erinnert sich aber nicht, ob sie die Frau hat stehenlassen oder ob es umgekehrt war. Eine Gemeinheit ist es, was sie gesagt hat. Und eine Lüge dazu. Die Mutter ist ihre Feindin, und Feinde warnt man nicht, Feinden wünscht man Schlechtes: den Tod oder eine schlimme Krankheit zum Beispiel.

Was ist überhaupt ein Hurenbock? Und was eine Geschlechtskrankheit? Sie nimmt das Bertelsmann Volkslexikon aus dem Stubenschrank, wo es hinter Glas steht, wie die bunten Sammeltassen.

Aha! *Hurenbock* ist also ein Schimpfwort. Sie blättert weiter. Und eine *Geschlechtskrankheit* ist eine *durch Geschlechtsverkehr übertragene Krankheit*. Darauf wäre sie auch ohne Lexikon gekommen. Ein Pfeil verweist auf *Syphilis* und *Tripper*. *Syphilis* – sie hätte es sich denken können – ist eine Geschlechtskrankheit. Und *Tripper* wohl auch. Sie klappt das Lexikon zu. Ihr knurrt der Magen. Sie hat Appetit auf ein Spiegelei.

»Mein Mops kam in die Küche und gab dem Koch ein Ei oder zwei … oder drei …«

Charlotte summt, als sie die Bratpfanne auf die Kochplatte stellt, ein Stück Butter hineingibt und den Schalter auf Stufe zwei dreht. Mit verschränkten Armen verfolgt sie, wie die Butter schmilzt. Als sie schäumt, schlägt sie zwei Eier hinein, vorsichtig, weil ein Dotter nur dann das Gelbe vom Ei ist, wenn er heil bleibt.

Während die Eier in der Butter schmatzen, kurbelt sie das Brot durch die Schneidemaschine. Es ist so frisch, dass die Kruste kracht und splittert. Die Eier duften königlich. Die Unterseite muss gebräunt, der Rand knusprig und der Dotter cremig sein, ein wenig Salz, viel Pfeffer, so mag sie ihre Spiegeleier. Als sie fertig sind, hält sie die Pfanne schräg über die abgeschnittene Brotscheibe, um sie mit brauner Butter zu tränken, erst dann lässt sie die Eier auf den Teller rutschen.

Wie üblich hat sie beim Essen ein Schulbuch auf dem Tisch: Schmeil Pflanzenkunde Teil I, der Löwenzahn. Sie piekt den Dotter an. Cremiges Gelb tritt aus. Gelb ist ihre Lieblingsfarbe. Sonnengelb. Sonnengelb wie der Löwenzahn, der Korbblütler mit der Pfahlwurzel, den gezähnten Blättern und der klebrigen Milch im Stängel. Sein Fruchtstand ist die Pusteblume. »Zeichnet die Pflanzenteile in euer Biologie-Heft, benennt und beschreibt sie in einem Satz«, so lautet die Hausaufgabe.

Charlotte ist beim Abmalen, als die Mutter nach Hause kommt. Nach der Arbeit hat sie Iris in der Augenklinik besucht. Mehr pflichtgemäß als wirklich interessiert erkundigt sie sich nach ihrer Schwester. Sie will die Mutter nicht sofort mit dem *Ereignis des Tages* überfallen, doch ihr brennt die Zunge.

Die Mutter berichtet, dass Iris nun nicht mehr schiele. Der Augenverband sei abgenommen worden. Charlotte schattiert die Pfahlwurzel des Löwenzahns. Das Auge sei zwar noch stark gerötet, auch größer als das andere, doch das sei normal nach einem solchen Eingriff und würde sich geben, hätten ihr die Ärzte gesagt. Charlotte schattiert eifrig weiter – sie will eine Eins. Als die Mutter am Ende ihres Berichts ist, holt sie noch einmal tief Luft und sagt dann, was sie noch sagen wollte, nämlich dass sie umziehen werden.

Charlotte legt den Stift aus der Hand und sieht auf. »Hast du gar nicht erzählt.«

»Ich muss doch nicht alles erzählen.«

Charlotte greift sich wieder den Stift und lässt der Pfahlwurzel ein mürrisches Bärtchen wachsen.

»Vierzig Quadratmeter werden wir haben, jetzt sind es gerade mal zwölf. Du und Iris, ihr werdet ein eigenes Zimmer bekommen, müsst also nicht länger in einem Bett schlafen, noch dazu in der Küche; ein Schrank als Trennwand, das ist ja kein Zustand. Eine eigene Toilette werden wir haben. Und eine Dusche. Hörst du überhaupt zu?«

»Ich habe meine Tage gekriegt!«

Charlotte ist enttäuscht, weil die Mutter sich nicht freut, sie nicht aufklärt und kein vertrauliches Gespräch beginnt, sondern lediglich an ihr Wäschefach geht und ihr eine Binde aus ihrem Vorrat gibt. Und fünf Mark. Davon soll sie sich ein Paket Camelia kaufen und ein Monatshöschen.

»Du weißt, was das ist?«

Charlotte nickt. Von Rena und Nanne hat sie gehört, dass es ein Spezialschlüpfer mit einer Gummieinlage sein soll – gegen das *Durchsaften*, wie sie sagen. Vorne und hinten sind Schlaufen, durch die man die Enden der Binde zieht. Mehr weiß sie nicht und hätte Fragen. Die aber stellt sie nicht, weil die Mutter müde aussieht, unendlich müde und abgeschlagen. Zum Abendbrot trinkt sie Kaffee, schwarz und stark, wie immer ohne Milch und Zucker. Zum Hörspiel heute Abend will sie munter sein.

Sie essen schweigend. Charlotte muss plötzlich an das Heft denken, das Marita ihr gezeigt hat, neulich, nach der Schule, unter der Oker-Brücke, wo es dumpf und modrig riecht, wo jedes Wort, jeder Schritt hallt, das Wasser gluckst und Lichtwellen an den Wänden schaukeln. Sie musste ihr schwören, niemandem von diesem Heft zu erzählen. Wie es sich für einen Schwur gehört, hatte sie eine Hand erhoben und Marita nachgesprochen: »Ich schwöre es.« Unbewusst hatte sie dabei die Augen geschlossen, hatte die Straßenbahn gehört, die über ihren Köpfen hinwegfuhr, hatte ihr Rumpeln in den Eingeweiden gespürt – und etwas wie einen Kuss. Maritas Finger hatten ihre Lippen berührt, ein Siegel.

Das Heft war eine Art Comic. Sachen waren da zu sehen, Sachen, schweinischer als schweinisch! Sauereien würden manche sagen. Abstoßend, anziehend und aufregend zugleich, alle Bilder waren gezeichnet. Mit heißen Augen hatten sie das Ungeheuerliche, das Unglaubliche, das Unfassbare betrachtet. Seite an Seite hockten sie auf den feuchten Steinen und atmeten schwer. Marita blätterte. Mit den Sprechblasen konnten sie nichts anfangen. Es war Japanisch und nicht wirklich wichtig. Auch Mickymaus-Hefte versteht jedes Kind, das noch nicht lesen kann.

»Gut, dass wir nicht katholisch sind«, hatte Marita gesagt. Was sie meinte, war klar: Sie brauchten ja nicht zur Beichte.

Marita sieht in ihr eine Freundin. Charlotte hat nichts dagegen. Seit der fünften Klasse sitzen sie nebeneinander, weil sie die Einzige ist, die Einzige von achtundzwanzig Mädchen, die sich vor Maritas Schuppenflechte nicht ekelt. Wie entzündet, wie Ausschlag, wie Krätze sieht der rötlichbraune Schorf aus. Er bedeckt Hände, Arme, Hals und Beine. Bevor er abfällt, wird er silbergrau. Eine silbergraue, fortwährende Häutung hat Marita befallen. Marita, die Eidechse. Niemand mag ihr die Hand geben, sie anfassen, sie berühren. Charlotte macht das nichts aus. Im Kindergarten hat sie oft ekelige Dinge in der Hand gehabt: Spinnen, Regenwürmer, tote und lebendige Mäuse, Nacktschnecken, Popel ... Eine Schuppenflechte ist nichts.

Der Kaffee kann die Mutter nicht wachhalten. Noch vor dem Hörspiel schläft sie im Sessel ein. Charlotte nimmt ihr die brennende Zigarette aus den Fingern, legt sie in den Aschenbecher und wartet die Nachrichten ab. Nach dem Wetterbericht beugt sie sich über den Sessel.

»Mama, das Hörspiel fängt an.«

Die Mutter schüttelt eine kurze Benommenheit aus ihrem Kopf und setzt sich gerade. Im Radio die Ansage: »In der Wiederholung einer Produktion des NWDR Hamburg hören Sie *Draußen vor der Tür*, ein Hörspiel von Wolfgang Borchert. Wir wünschen Ihnen gute Unterhaltung.«

Hafengeräusche. Nachtgeräusche. Wellen klatschen gegen eine Mauer. Ein Mann spricht wie zu sich selbst von einem Mann, der nach Deutschland kommt. Der Mann war lange weg, sagt er. Sehr lange. Vielleicht zu lange. Dass er ganz anders wiederkommt, als er wegging, sagt er, dass er aus dem Krieg zurückgekehrt ist und immer noch friert von der Kälte, in der er tausend sibirische Nächte gewartet hat. Äußerlich, sagt er, ist er ein naher Verwandter jener Gebilde, die auf den Feldern stehen, um die Vögel zu erschrecken. Und abends manchmal auch die Menschen. Und nachdem er nun tausend Nächte draußen in der Kälte gewartet hat, kommt er endlich doch noch nach Hause. Er ist einer von denen, die nach Hause kommen und dann doch nicht nach Hause kommen, weil für sie kein Zuhause mehr da ist. Und ihr Zuhause ist dann draußen vor der Tür, sagt er.

Die Mutter lauscht mit geschlossenen Augen. Auch Charlotte lauscht, wach, hellwach. Die Stimmen kriechen in sie hinein. Die Menschen kriechen in sie hinein: Beckmann kriecht in sie hinein, der hinkende, hungrige, lebensmüde Beckmann mit seiner Gasmaskenbrille, den zerfressenen Borsten auf dem Kopf und der zerlumpten Uniform. Und Beckmanns Frau, die einen anderen im Schlafzimmer hat, kriecht in sie hinein. Und das Mädchen, das ihn *Fisch* und *liebes, trauriges Gespenst* nennt und ihn in die Jacke ihres in Stalingrad vermissten, verhungerten, erfrorenen, liegengebliebenen Mannes steckt. Und Frau Kramer, die in die Wohnung von Beckmanns Eltern gezogen ist, nachdem diese sich umgebracht haben. Und Gott, an den niemand mehr glaubt. Und der Straßenfeger, der Tod heißt. Und der Oberst, dem Beckmann seine Verantwortung zurückbringt. Und die nach Öl und Fisch stinkende Elbe, die das bisschen Leben des Selbstmörders Beckmann nicht will. Und der Andere, der Beckmann nicht sterben lassen kann.

Bild für Bild kriecht das Hörspiel in Charlotte hinein. Ein Prothesen-Mann spielt auf einem Xylophon aus Menschenknochen. Aus Massengräbern steigen Tote mit verrotteten Verbänden und blutgetränkten Uniformen, schwarzgefrorene Gestalten, halbverwest, durchlöchert, ohne Hände, ohne Beine, ohne Schädeldecken.

Charlotte fröstelt. Sie sieht zur Mutter. Die ist eingeschlafen. Kaffee und Zigaretten haben sie nicht wachhalten können. Immer wieder fielen ihr die Augen zu, immer wieder kippte ihr der Kopf nach hinten. Sie kam nicht an gegen ihre Müdigkeit. Schließlich schob Charlotte ihr ein Kissen in den Nacken.

»Wo ist denn der alte Mann, der sich Gott nennt?«, brüllt Beckmann. »Gebt doch Antwort. Warum schweigt ihr denn? Warum? Gibt denn keiner, keiner Antwort?« Regen rauscht.

Pause. Atempause. Dann die Absage. Charlotte schaltet das Radio aus.

»Mama!«

Die Mutter rührt sich nicht.

»Mama!«

Wie tot liegt sie da, den Mund leicht geöffnet, die Wangen bleich und eingefallenen, auf den Lippen ein kreischendes Rot.

»Mama!«

Atmet sie noch? Die Stille ringsum hat sich in Grabesstille

verwandelt. Der Blusenkragen verdeckt die Halsschlagader. Charlotte zittert, bebt, betet, sie möge pochen, als sie den Kragen beiseite zieht. Angst hat sie, entsetzliche Angst.

»Mama!«

Mit einem furchtbaren, halb gezischten, halb gegurgelten Laut fährt die Mutter hoch, schnappt die Mutter nach Luft, nach Luft, nach Luft und reißt die Augen auf wie jemand, den eine Kraft in die Tiefe gezogen hat und der es mit einer letzten Anstrengung zurück an die Oberfläche geschafft hat.

»Was ist?«

»Das Hörspiel ist zu Ende.« Charlottes Stimme ist dünn.

»Ich war weit weg«, sagt die Mutter, greift nach ihrer Packung HB und klopft eine Zigarette heraus.

Dieses Ereignis folgt Charlotte in die Nacht. Der Traum drückt der Mutter eine Gasmaskenbrille ins Gesicht und zieht ihr Beckmanns Soldatenmantel an. So schickt er sie zur Arbeit, so hinkt sie zum Kaufmann, rot prangen ihre Lippen. Hartes Brot bringt sie mit. Das essen sie morgens, das essen sie abends, das ist ihre Mahlzeit am Sonntag. Die Mutter entschuldigt sich und verspricht bessere Zeiten. Zum Schlafen legt sie sie sich in die Luft, wie aufgebahrt schwebt sie in der Stube.

Wird die Mutter sterben? Mit diesem Gedanken wacht Charlotte auf. Träume sind Schäume! Das will sie glauben. Was aber hätte sie getan, wenn die Mutter nicht mehr aufgewacht wäre? Die Antwort ist Angst.

Charlotte und Iris hocken am Straßenrand auf einem Weidenkorb, der randvoll mit sauber zusammengefalteter Wäsche ist. Hier sitzen sie weich, haben alles im Blick und wären am liebsten unsichtbar. Die Mutter hat sie aus der Wohnung verbannt, wo sie heute nur im Weg sind. Unten auf der Straße seien sie besser aufgehoben, hat sie gemeint, dort könnten sie sich nützlich machen und auf die Möbel aufpassen, die noch nicht eingeladen sind. Mit einem klapprigen Pritschenwagen ziehen sie um.

Glotzt nicht, möchte Charlotte zu den Leuten auf der Straße sagen. Sie schämt sich, weil jeder sieht, dass sie sich keinen ordentlichen Möbelwagen leisten können, einen, der außen rot oder weiß ist, innen geräumig, und auf der Seite einen Firmennamen trägt. Die Mutter hat eine billige Spedition genommen, und die hat ihnen eine alte Klapperkiste und zwei krumme Packer geschickt.

Sie müsse aufs Geld achten, hat sie gesagt. Das sagt sie oft. Es liege nicht auf der Straße, das liebe Geld, und aus den Rippen schneiden könne sie es sich auch nicht. Wenn Frau Köster es aus dem Fenster werfe, solle sie es tun. Und das tut sie, eingewickelt in Papier, damit ihre Kinder es besser fangen können. Sie, Charlotte und Iris, haben es selbst gesehen. Jeden Tag ein Eis! Gesund kann das nicht sein.

Eben wird das Sofa auf die Ladefläche gehievt. Charlotte mag gar nicht hingucken. Ohne Gernot würden die Packer, so krumm wie sie sind, vermutlich noch immer im Treppenhaus feststecken. Da ging nichts mehr. Nichts ging mehr vor und schon gar nichts zurück. Da waren Flüche bis auf die Straße zu hören. Und jede Menge Kraftausdrücke, die sie und Iris ins Haus lockten. Da sahen sie von unten, was oben los war: Das Sofa, eine Doppelbettcouch, die sich ausziehen lässt, hatte sich zum Doppelbett aufgeklappt. Dieses Monstrum aus deutscher Wertarbeit, diese Anschaffung fürs Leben der Mutter – Federkern, straff gepolstert, der Klappmechanismus aus Stahl, Rahmen und Bettkasten massives Holz – drohte abzustürzen. Die Männer schwitzten. Gernot übernahm das Kommando. »Hochheben, ihr Idioten, und kippen ... jetzt drehen, ein Stück noch ... und nun zugleich.« Plötzlich ging es.

Gegen die Packer ist Gernot ein Herkules. Man sieht seine Muskeln in dem olivgrünen Unterhemd von der Bundeswehr. Und den nassen Haarbusch unter den Achseln. Wie eingeölt glänzen seine Schultern und Arme. Hurenbock. Charlotte verscheucht das Wort, von dem die Mutter bis heute nichts weiß.

Die Packer erinnern sie an die Kohlenträger vom letzten Herbst. Auch das waren zwei Männer mit dunklen, ledernen Gesichtern, die sich krummgeschleppt hatten. Sie musste die Winterlieferung annehmen. Die Mutter hatte sie im Voraus bezahlt und ihr aufgetragen, die Säcke zu zählen, die an ihr vorbei in den Keller wanderten. Da es für alle nur einen Kohlenkeller gab, musste sie den Männern die Ecke zu zeigen, in die sie die Kohlen schütten sollten. Viel Platz war da nicht. Die Briketts mussten gestapelt werden, die halbe Wand hoch, damit es keinen Ärger gab. Die Mutter erwartete – von einer Zwölfjährigen sei das nicht zu viel verlangt –, dass sie das machte. Am schlimmsten, weil irgendwie erniedrigend, war das Aufwischen des Hauseingangs und der Kellertreppe hinterher.

Inzwischen ist alles aufgeladen. Nur der Weidenkorb mit der Wäsche nicht. Der passt beim besten Willen nicht mehr auf den Wagen. »Nehmt ihn im Bus mit«, sagt die Mutter, zählt ihnen Fahrgeld in die Hand, tut es auf die Schnelle, und ist dann auch schon zu den Krummen ins Führerhaus geklettert. Jemand muss ihnen den Weg zeigen. Gernot ist bereits mit dem Fahrrad unterwegs.

Es knallt und kracht, als sich das Gefährt schaukelnd und schunkelnd in Bewegung setzt. Eine dunkelbraune Wolke fliegt hinten raus und hinterher. An der Straßenecke klappt der Blinker aus der Seite und deutet wie ein Zeigefinger nach rechts.

Mit einem Wäschekorb in den Bus? Charlotte und Iris finden das peinlich. Da gehen sie lieber zu Fuß und kaufen sich von dem Geld, das die Mutter nicht zum Fenster rauswerfen kann, ein Eis.

Eine Hand hält die Waffel, die andere den Korb am Henkel – Charlotte links, Iris rechts –, so bummeln sie die Helmstedter Straße hinunter. Den Weg kennen sie von früher. In der Zeit, als es noch keine Busverbindung in die Lindenbergsiedlung gab, als die Mutter sie vor der Arbeit in den Kindergarten brachte, Iris in der Karre, und nach der Arbeit wieder abholte, sind sie ihn täglich gegangen, morgens hin und abends zurück. Verschwommen erinnert sich Charlotte an ein Gehen im Hellen, ein Gehen im Dunklen, ein Gehen durch eine Nebelwelt, die alles unsichtbar machte. Dieses endlose Gehen ist ihr im Gedächtnis geblieben, nicht aber eine Beschwerlichkeit. Hitze, Kälte, Regen, Schnee, die es gegeben haben musste, sind verschwunden. Haften geblieben ist ein Gewitter ohne Donner – sehr geheimnisvoll kam es ihr vor – und das Wort *Wetterleuchten*. Haften geblieben ist auch der Geruch eines Faulbaums, ein doppelter Regenbogen, eine Handvoll Stachelfrüchte und der Aufschrei der Mutter: »Stechäpfel! Mein Gott, wirf die sofort weg, die sind giftig, giftiger als Fliegenpilze, davon kannst du sterben! Fass dir jetzt nicht mehr ins Gesicht, nimm auf keinen Fall die Finger in den Mund, und im Kindergarten, hörst du, wäscht du dir gleich die Hände! Und zwar mit Seife, und nicht nur husch-husch.« Andere Früchte reiften rot und unerreichbar jenseits von Zäunen. Die Zeit war formlos in jenen Tagen. Kindheit geschah.

Auf der Brücke, die über die Zufahrtgleise des Verschiebebahnhofs führt, machen sie eine Pause und lecken schneller an ihrem Eis, das inzwischen aus der Waffel kleckert. Ihr Blick schweift über das Bahngelände, ein Geflecht aus Schienen und Weichen, ein Wirrwarr von Signalmasten, Schildern, Waggons und Rangierloks. Das Gras auf den Böschungen ist fahl und schwarz versengt vom Funkenflug aus den Schornsteinen der Dampfloks. Alles schwimmt und verschwimmt im dunstigen Licht dieses Spätsommertags.

Hinter der Brücke nehmen sie die Abkürzung durch die Schrebergärten. Zu beiden Seiten Obstbäume. Es riecht nach Äpfeln und feuchter Erde, und die feuchte Erde riecht nach Herbstlaub und Pilzen.

»Mir tut die Hand weh«, sagt Iris.

»Mir auch«, sagt Charlotte.

Sie setzen den Korb ab und lockern die verkrampften Finger.

»Ob Gernot bei uns einzieht?«

Diese Frage scheint Iris beschäftigt zu haben, so still, wie sie die ganze Zeit war.

»Das habe ich Mutti auch gefragt«, sagt Charlotte.

»Und?«

»Vielleicht in zwei Jahren. Vorher würde er seine Abfindung verlieren.«

»Was denn für eine Abfindung?«

»Na, die von der Bundeswehr, die er kriegt, wenn er ausscheidet.«

»Wieso ausscheidet?«

»Weil er sich nur für sieben Jahre verpflichtet hat. Und die sind 1964 rum.«

»Und wenn er bei uns einzieht, kriegt er die Abfindung nicht?«

»Das wäre ein unehrenhaftes Verhalten, weil er ja verheiratet ist und Kinder hat. Die Bundeswehr würde ihn rausschmeißen, und die ganze schöne Abfindung wäre futsch. So hat er es Mutti erklärt. Und Mutti mir.«

»Wie hoch ist denn die Abfindung?«

»26.000 Mark.«

»Hat Mutti dir das auch gesagt?«

»Wer sonst.«

Iris richtet den Blick auf den Boden wie jemand, den etwas verletzt hat. Ohne den Blick zu heben, sagt sie: »Weißt du, was ich gemein finde ...«, sie gibt dem kleinen, weißen Stein vor ihrem Schuh einen Tritt, dass er quer über den Weg schießt, »ich finde es gemein, dass Mutti mir nie etwas erzählt!«

Sie schluckt und Charlotte denkt: Gleich heult sie los.

Flächenberechnung am praktischen Beispiel. Charlotte zieht mit einem Zollstock durch die Wohnung. Mathematik schule das logische Denken, im Alltag sei sie unentbehrlich, hatte ihr Lehrer gesagt und ihnen aufgegeben, die Wohnung zu Hause mit Teppichboden auszulegen. Sie sollen die Räume ausmessen und berechnen, wie viel laufende Meter der Verkäufer von einer Rolle abschneiden muss, die vier Meter breit ist.

Teppichboden im Klo und in der Küche! So ein Quatsch, hatte sie gedacht, kein Mensch würde das machen, das war für sie logisch. Für ihren Mathelehrer war logisch, dass die Aufgabe abstrakt zu verstehen ist.

Auf einem Schmierzettel hat sie jetzt alle Maße festgehalten. Vierzig Quadratmeter ist ihre Wohnung groß, also klein, kleiner als das Wohnzimmer von Sibilles Eltern, die Architekten sind und zur Stube *Wohnzimmer* sagen. Sie brauche nichts auszumessen, hatte Sibille großartig verkündet, hundertsechzig Quadratmeter habe ihr Haus, das Wohnzimmer siebenundvierzig, ihr eignes Zimmer zwanzig, das ihres Bruders ...

Charlotte klappt den Zollstock Glied für Glied zusammen. Vierzig Quadratmeter! Die ganze Wohnung! Sie schämt sich, diese Zahl hinzuschreiben, und verdoppelt die Wohnfläche. Aus vierzig macht sie achtzig Quadratmeter. Das ist glaubwürdig, findet sie, glaubwürdiger als ein Vater, der von Beruf Millionär ist, wie sie damals in der Fünften beinahe behauptet hätte.

Der alte, knollige Engelbrecht, ihr erster Klassenlehrer nach dem Schulwechsel, der das Schuljahr nicht überlebte, fragte die Berufe der Väter ab. Einer war Rechtsanwalt, einer Arzt, einer Sparkassendirektor, einer der Inhaber einer Pietät und einer hatte sogar die Damenabteilung bei C & A unter sich. Sie fürchtete Fragen, wenn sie antworten würde, sie habe keinen Vater. Ist er tot? Sind deine Eltern geschieden? Was ist mit deinem Vater?

In Grund und Boden hätte sie sich geschämt, wenn herausgekommen wäre, dass sie ein uneheliches Kind und ihre Mutter Arbeiterin ist. Diese Schande! Das Wort *Millionär* flog ihr zu. Ein Millionär würde Eindruck machen. Als der alte, knollige Engelbrecht ihren Namen aufrief, kämpfte sie ein Wimpernzucken lang mit diesem Wort, bevor sie laut und vernehmlich mitteilte: »Mein Vater ist Kunstmaler.«

Sie hätte auch *Ingenieur*, sogar *Projekt-Ingenieur* hätte sie sagen können. Doch Kunstmaler klang besser, das klang nach Genie und ließ erahnen, dass auch sie etwas Besonderes war. Und erfunden wie Millionär war der Kunstmaler auch nicht. Vor dem Krieg hatte ihr Vater schließlich die berühmte Dresdner Kunstakademie besucht, hatte in der Gefangenschaft weitergemalt und auch danach nie mit dem Malen aufgehört. *Autodidakt* steht in den Katalogen, die er ihr zu jeder Ausstellung schickt.

Charlotte rechnet auf dem Schmierzettel aus, wie lang und breit das Kinderzimmer, die Küche und die Stube, der Flur und das Klo jeweils sein müssen, damit in der Summe achtzig Quadratmeter herauskommen. Sie überträgt Maße und Rechenschritte ins Hausaufgabenheft und schreibt, weil sie bei einer Textaufgabe die Lösung als Satz zu formulieren haben: »Zwanzig laufende Meter muss der Verkäufer von der Teppichrolle abschneiden.«

Fertig!

Sie schmiert sich ein Brot, beißt ab, lehnt sich kauend in den Türrahmen des Kinderzimmers und betrachtet die acht Quadratmeter, die zwei mal vier Meter, die sie und Iris sich teilen.

Ihre Betten stehen hintereinander an der Längswand und nehmen das halbe Zimmer ein. Dass ihr Bett das alte Krankenhausbett ist, sieht man ihm nicht mehr an. Gernot hat es amputiert, hat Kopf- und Fußteil abgesägt und über die scharfkantigen Eisenstümpfe Leukoplast geklebt.

Iris' Bett hat die Mutter den Vormietern abgekauft, dazu

die dreiteilige Matratze, die Wäschekommode und das Springrollo am Fenster, alles zusammen für fünfundzwanzig Mark. Bett und Kommode sind pastellgrün gestrichen. An diese hässliche Farbe werde sie sich niemals gewöhnen, denkt Charlotte, so wenig wie an das Schlingel-Schlangel-Muster der Tapete. In ihrem Leben werde sie sich noch an vieles gewöhnen müssen, nicht nur an ein Tapetenmuster, sagte die Mutter beim Einzug. Geschmack sei immer auch eine Frage des Geldbeutels, das werde auch sie noch früh genug erkennen.

Mit den Jahren wird sich das Zimmer immer wieder verändern. In wenigen Wochen schon werden die schönen Männer verschwunden sein, die ihr jetzt zulächeln. Jeder war ihr die 50 Pfennig einer Bravo wert: Hardy Krüger, Ricky Nelson, Robert Fuller, Cliff Richard. Jeden würde sie küssen, von jedem sich küssen lassen. All diesen Männern näherte sie sich mit der Schere, setzte sie ihnen – zärtlich, zärtlich – an den Hals und schnitt die schönen Gesichter von der Titelseite. Jedem stach sie eine Stecknadel in den Kopf und hängte ihn über ihr Bett.

Sie alle werden Alain Delon weichen müssen. Er, nur er! Sein Aussehen wird sie überwältigen. Eine flammende, sehnsüchtig seufzende Liebe wird sie befallen – bis ihr neuer Deutsch- und Geschichtslehrer den Klassenraum betritt.

Zuvor aber sollen nach der Vorstellung der Mutter Rosen an den Wänden blühen, Rosen, die Charlotte so scheußlich, so schrecklich, so rosarot und so kitschig findet, dass sie erst einen Lachkrampf, dann einen Wutanfall bekommen wird, als die Mutter ihr die Tapete zeigt, die sie und Gernot ausgesucht haben. »Ein romantisches Jungmädchenzimmer!« Charlotte wird sich an den Kopf fassen. Wie man auf so eine blöde Idee nur kommen kann! Romantisch, sie und Iris! Und überhaupt: Warum hat man sie nicht mitgenommen?

Sie wird der Mutter schlechten Geschmack vorwerfen. Über Geschmack könne man nicht streiten? Wer sagt das? Charlotte kann. Und wie! Die Mutter wird schließlich aufgeben und ihr erlauben, die Tapetenrollen ins Geschäft zurückzubringen. Dort wird Charlotte erfahren, dass Restposten vom Umtausch ausgeschlossen sind.

Also Rosen! Drei Jahre später werden sie unter weißer Raufasertapete wieder verschwinden. Verschwinden wird auch das Pastellgrün der Kommode, und zwar unter einer d-c-fix-Klebefolie, die Holz imitiert. Das amputierte Krankenhausbett wird beim Schrotthändler landen und das pastellgrün gestrichene Bett von Iris als Kleinholz im Ofen. Es wird ein Etagenbett geben, das nur halb so viel Platz wegnimmt wie zwei ausgewachsene Betten. Aus der dreiteiligen Matratze werden Charlotte und Iris eine Art Sofa machen, werden zwei Teile übereinander legen, das dritte senkrecht dahinter gegen die Wand stellen; vom Taschengeld werden sie drei reduzierte Liegedecken kaufen, fünfzehn Mark werden sie dafür bezahlen, und die Matratzenteile damit beziehen. Das rote Schottenkaro wird sich abwetzen, und da alle Dinge zwei Seiten haben und Geschmack in der Tat eine Frage des Geldes ist, werden sie den Stoff wenden und es sich fortan auf Leopardenmuster bequem machen.

Charlotte nimmt sich einen Apfel aus der Obstschale. Bald wird die Mutter von der Arbeit kommen und Iris aus dem Hort. Bis dahin muss sie abgewaschen, ausgefegt,

Staub gewischt und den Mülleimer nach unten gebracht haben. Schäbig und nackt stehen die Blechtonnen vor den Türen. Keine Hecke, keine Mauer, keine Holzwand versteckt sie vor öffentlichen Blicken. Seit sie weiß, dass man diese Häuserzeile in der Siedlung den *Aschenkübelblock* nennt, schämt sie sich, hier zu wohnen.

Anfangs kam es ihr hell und luftig vor, dieses Haus, inzwischen erscheint es ihr ärmlich und düster. Die Fassade ist grau. Das Treppenhaus ist grau. Die Steinstufen, die Wände, die Wohnungstüren, alles grau, sogar die Luft. Es wirkt schmuddelig, obwohl die Bewohner es sauber halten. Es sind die Essensgerüche, die es verunreinigen, die Kohlsuppe, der Bratfisch, die übergekochte Milch, es sind die brüllenden Fernseher und die plärrenden Kinder hinter den Türen, und es ist der Tratsch im Treppenhaus. Die Mutter will damit nicht zu tun haben. Sie grüßt, geht vorbei und zieht die Tür hinter sich zu. Sie braucht ihre Ruhe. Der Tag habe auch für sie nur vierundzwanzig Stunden, sagt sie, nach Feierabend müsse sie sich um den Haushalt und ihre Töchter kümmern, da bleibe keine Zeit, sich auch noch mit anderen Leuten zu befassen.

In manchen Nächten werden sie von dumpfen Schlägen wach. Sie dringen durch Wände und Decken. Es hört sich an, als würde ein schwerer Gegenstand zu Boden gehen. Oder ein massiger Körper. »Schieter säuft wieder«, wird im Treppenhaus getuschelt. Wer ist Schieter? Sie sind Fremde.

Neulich erschütterte ein Dröhnen die frühen Morgenstunden. Die Wände zitterten und das Haus erbebte bis ins Herz. Iris schrie, wie Charlotte sie noch nie hatte schreien hören. Sie sprangen gleichzeitig aus dem Bett und stürzten ans Fenster. Aber da war nur der Vollmond und in seinem silbernen Licht die Landstraße, und auf der Landstraße – keine hundert Meter entfernt und gut zu erkennen – Panzer, Stahlmonster, die auf Kettenraupen donnernd und tosend ins Manöver rollten.

Laut wird es, wenn Frau Sommer nachts Männer mit nach Hause bringt. Ihr Schlafzimmer grenzt an die Stube, in der die Mutter schläft, in der sie aber nicht schlafen kann, weil nebenan mal wieder *Juchhei* ist. Oder *Highlife*. Oder *Remmidemmi*. Oder *der Teufel los*. Die Mutter hat viele Ausdrücke für Frau Sommers Treiben, und Frau Sommer viel Männerbesuch.

Ist ein Jahr lang? Ist es kurz? Sind die gelben Narzissen schuld? Die Mutter wollte den schönen Strauß nicht im Krankenhaus lassen. Drei Jahre ist das her. Der Aberglaube hatte sich weggeduckt, hatte sich geduldet und so getan, als sei er ein dummer Spruch. Jetzt hat er die Mutter zurück ins Krankenhaus geholt und ihr die Gebärmutter aus dem Unterleib geschnitten. Das Bluten wollte und wollte nicht aufhören. Drei Wochen muss sie bleiben.

Diesmal bringen Charlotte und Iris ihr kandierte Früchte mit. Ein Feinkostgeschäft in der Stadt bietet sie wie Kostbarkeiten in schweren Glasgefäßen an, die ein dicker Deckel mit Glaskugelknauf verschließt. Wie überfrostet sehen die Früchte in der Zellophan-Tüte aus. Und sehr appetitlich. Ein halber Ananasring, eine Apfelsinenscheibe, ein Stück Ingwer, eine Reineclaude und drei Kirschen, das sind hundertfünfzig Gramm für sieben Mark aus dem Sparschwein. Die Mutter liebt kandierte Früchte, sie wird sich freuen, wird alle aufessen und nie wieder ins Krankenhaus müssen.

Als Charlotte und Iris ins Krankenzimmer treten – vier

Betten auf der einen, vier Betten auf der anderen Seite –, braucht es eine Schrecksekunde, bis sie die Mutter in dem saalartigen Raum entdeckt haben. Die Luft ist stickig. Durch einen Dunst aus kranken Gerüchen, leisem Jammern und verhaltenen Gesprächen nähern sie sich ihrem Bett am Fenster.

Die Mutter lächelt schwach, als sie ihr die kandierten Früchte auf den Nachttisch legen. Sie versucht sich aufzusetzen, sinkt aber mit einem Stöhnen zurück ins Kissen. Wieder lächelt sie, entschuldigend, als sei ihr ein Missgeschick passiert. Statt ihres Nachthemds trägt sie eine Art Kittel, der hinten offen und im Nacken zugebunden ist. Schweiß perlt auf ihrer Stirn. Und auf der Oberlippe. Es ist heiß, es sind Sommerferien.

Charlotte und Iris setzen sich auf die beiden Stühle, die neben dem Bett auf sie gewartet haben. Heute ist Mittwoch und von zwei bis vier Besuchszeit. Da sitzen sie und wissen nicht, was sie reden sollen.

»Wie geht es euch?«, fragt die Mutter. Ihr Gesicht ist bleich, als hätte sie es mit Kreide geschminkt.

»Gut«, sagen sie.

»Kommt ihr auch mit der Waschmaschine zurecht?«

Sie nicken, weinen möchten sie. Zwei Schläuche kommen aus der Mutter unter der Bettdecke. Sie sind durchsichtig und mit Glasbehältern verbunden, die man seitlich am Bett befestigt hat. In einem hat sich rötlich gefärbtes Wasser gesammelt, im anderen Urin.

»Denkt ihr auch an die Blumen?«

»Wir gießen sie jeden zweiten Tag, wie du gesagt hast, und die Kakteen einmal die Woche.«

»Vergesst nicht: am Sonntag seid ihr bei Frau Jahn zum

Mittagessen, und am Sonntag darauf ...«, ihre Lippen bewegen sich müde, »... bei Frau Seeländer.«

»Du machst dir viel zu viel Sorgen um uns.«

»Es beruhigt mich, wenn ich weiß, dass ihr wenigstens am Sonntag ... die Kolleginnen ... ja, ich bin ihnen ...«, murmelt sie, die Zunge will ihr nicht folgen.

Ihr sind die Augen zugefallen. Charlotte und Iris blicken verstohlen auf die Uhr über der Tür. Der Sekundenzeiger zuckt. Sie wollen raus aus diesem Zimmer, in dem sich das Leiden gestaut hat und greifbar geworden ist wie ein Gegenstand, sein Geruch ist kaum zu ertragen. Sie beugen sich über das schwitzende, kalkweiße Gesicht im Kissen.

»Wir sagen jetzt tschüss, Mama«, flüstern sie.

Die Mutter nickt schläfrig. Charlotte und Iris streichen ihr über die Wangen, sehr weich, wie einem Kind.

Ein Gefühl von Betäubung begleitet sie hinaus auf den Flur, wo sich die Decke des alten Gebäudes himmelblau wölbt. Sie gehen ihn schweigend und mit gesenkten Augen wie einen Klostergang hinunter. Schwestern, im Haar die weiß gestärkte Haube, an der Brust die Emaille-Brosche mit rotem Kreuz, wehen vorbei, dunkelblaue, rastlose, unermüdliche Tag-und-Nacht-Falter.

Auf der Treppe entdecken sie Gernot unten in der Eingangshalle. Er ist in Uniform, hat einen Blumenstrauß in grünem Papier dabei und studiert die Stationstafeln. Sie gehen unbemerkt hinter ihm vorbei wie an einem Fremden. Warum, wissen sie nicht.

Zu Hause werfen sie sich aufs Bett. Sie fühlen sich elend und verlassen. Manchmal ist in der Stille ein Tröpfeln zu hören, es kommt vom Wasserhahn in der Küche. Lange liegen sie so da, bevor Iris ausspricht, worüber sie beide nachdenken.

»Wenn sie stirbt, was wird dann aus uns?«

Das Unvorstellbare hat keine Antwort.

Hundstage. Die Stadt liegt da wie im Koma, fiebrig und reglos, vierzig Grad wurden gestern gemessen. Die Hitze ist nicht auszuhalten, selbst in der Nacht nicht, nicht bei offenem Fenster, nicht nackt unter einem Laken, nicht ohne Laken, keine Abkühlung, kaum Schlaf. Doch die Hitze allein ist es nicht, die Charlotte schon morgens ins Kennelbad treibt. Es sind die Gedanken an das Unvorstellbare, die sie überfallen und würgen, sobald Iris im Hort und sie allein in der Wohnung ist, diese Gedanken sind es, die sie noch weniger aushält als die Hitze. Hundstage.

Auch heute ist der Himmel wieder makellos. Metallisch, hoch und blau jenseits von Blau. Ilse hat bereits den Schatten unter einem Baum reserviert. Falls alle kommen – Radde, Pissi, Gustav Gans, Agricola und Aladin –, sind sie sieben, vier Mädchen und drei Jungen, eine Sommerclique, die sich im Freibad gefunden hat und hier den Rest der großen Ferien totschlägt. Man schwimmt und flirtet, für andere Spiele ist es zu heiß.

Ilse schwenkt den Arm, als könnte Charlotte sie übersehen.

»Charky!«, ruft sie, »Charky hier!«

Für Charlotte hört sich Charky wie der englische Kosename eines Haifischs an. Sie geht barfuß über das hart und dürr gewordene Gras der Liegewiese. Um diese Uhrzeit ist noch nicht viel los. Im Gegenlicht der Badeteich. Eine Kette aus schwimmenden Holzbalken trennt das flache vom tiefen Wasser, es ist grün und lässt die Haut wie Nixenhaut erscheinen. Angeblich wurden Graskarpfen hineingesetzt, damit sie die Schlingpflanzen abweiden. Begegnet ist ihr noch keiner. Auch keine Schlingpflanze.

»Hi, Ilse.«

Charlotte lässt ihre Badetasche fallen.

Ilse geht in dieselbe Klasse wie sie, ist aber zwei Jahre älter, weil sie in der Sechsten sitzengeblieben ist und in der Siebten gleich nochmal. Die wiederholt sie jetzt. Ihr Name ist kein Spitzname, Ilse heißt wirklich Ilse. Ein Geburtsschaden, wie sie sagt, ihr Vater habe es versaut. Als er das freudige, unerwartet schnell eingetretene Ereignis – Ilse kam als Sturzgeburt zur Welt – auf dem Standesamt anzeigen wollte, sei er nicht mehr nüchtern gewesen und unsicher geworden, ob sie tatsächlich Aurora heißen sollte. Aurora, das war der Name des Mehls, das er in seinem Bäckereibetrieb verarbeitete. Aurora konnte unmöglich stimmen, sagte er sich, sagt Ilse. Also Ilse. Wie seine Frau. Warum nicht?

Während Charlotte ihr Kleid auszieht, den Badeanzug hat sie darunter, redet Ilse von Langeoog und dem Internat, in das ihre Eltern sie nach den Sommerferien schicken. Sie meinen, dass die Tochter eines Bäckermeisters, der in der Stadt zehn Filialen unterhält, Abitur haben müsse und dass sie es auf Langeoog schaffen werde. Charlotte hat Zweifel und lässt sie reden, vom Segeln, vom Reiten, vom Tennisspielen und vom Abitur, das sie vielleicht, vielleicht irgendwann, vielleicht gar nicht machen werde. Ilses Abitur ist ihr egal, ihr eigenes nicht. Im Gegensatz zu ihr kann sie es sich nicht leisten, eine Klasse zu wiederholen, und für Nachhilfestunden ist sowieso kein Geld da. Die Mutter würde sie sofort von der Schule nehmen. Neulich erst hat sie ihr wieder vorgehalten, was es für sie bedeutet, ihr – und vom nächsten Jahr an auch Iris – das Gymnasium zu ermöglichen, nämlich Verzicht, Verzicht und nochmals Verzicht. Auf Jahre hinaus müsse sie ihre eigenen Wünsche hintenanstellen. Schulbücher, Klassenfahrten und Kleidung – sie sollen ja nicht abstechen von den anderen – würden ins Geld gehen. Mit den läppischen fünfzig Mark Unterhalt vom Vater komme sie nicht weit. Ist die Mutter beim Geld, ist sie auch schnell bei ihrem Leben, von dem sie, wie sie sagt, nichts hat. Arbeiten, schlafen, arbeiten, jeden Tag in die Fabrik, in aller Herrgottsfrühe aufstehen, abends todmüde ins Bett fallen und am Wochenende waschen, bügeln, putzen, niemals Ruhe, niemals Pause, und das nach allem, was sie durchgemacht habe ...

Charlotte nimmt ihr Badetuch aus der Tasche und breitet es aus.

»Du bist so still«, sagt Ilse, die Arme um die braunen Beine geschlungen, die Sonnenbrille auf der Nasenspitze. Über die dunklen Gläser hinweg sieht sie Charlotte an.

Wäre Ilse ihre Freundin, könnte sie ihr jetzt von der Mutter im Krankenhaus erzählen. Und von der Angst, dass sie stirbt. So aber lässt sie sich nur wortlos auf dem Badetuch nieder. Ilse drückt ihr das Sonnenöl in die Hand.

»Ah« macht sie, immer wieder »ah«, während Charlotte ihr ein Muster auf den Rücken tröpfelt. Ilse fliegt. Arme und Beine hat sie weit ausgebreitet. In jede Pore reibt Charlotte ihr das Öl. Es duftet nach Orangen und lässt die Haut glänzen. Goldbraun. Sie bearbeitet eine Bronze-Skulptur. Wenn sie Ilse um etwas beneidet, dann ist es ihr Rücken, ihre Haltung, der lässige Gang, der aus ihr Aurora macht, eine Angora. Katze!

Nachdem Ilse auch Charlotte den Rücken eingerieben hat, ein Husch-husch von wenigen Augenblicken, bieten sie sich der Sonne an. Noch ist sie auszuhalten. Tiefbraun wollen sie werden, tiefbraun ist schöner als braun. Ab und zu blinzelt Charlotte. Mal sieht sie den Himmel, mal das Gras und im Gras, nah ganz nah, einen kräftigen, blauschwarzen Käfer. Er fixiert sie. Seine Fresswerkzeuge mahlen.

Zeit streicht über sie hin. Wind streicht über sie hin. Fern und gedämpft wie unter einer Glocke die Geräusche der Stadt. Plötzlich ein Zittern der Luft. Und plötzlich ein Wasserschwall aus heiterem Himmel. Charlotte und Ilse reißt es in die Senkrechte.

»Du Arsch, du!«, kreischen sie, springen auf und schütteln sich wie nasse Hunde.

Agricola will sich kaputtlachen. In Badehose steht er vor ihnen, breitbeinig, siebzehn, in der Hand die ausgeleerte Flasche, und lacht. Unverschämt weiße Zähne hat er. Unverschämt braun ist er. Unverschämt sieht er aus, wenn er lacht. Unverschämt gut. Charlotte und Ilse hämmern auf ihn ein. Es macht Spaß. Er genießt die Mädchenfäuste auf seinen Muskeln.

»Habt ihr schon gesehen?« Er deutet mit der Flasche nach Westen.

Nein, die Gewitterwand, die sich dort schwarz und schweigend aufgebaut hat, haben sie nicht bemerkt.

Keine zehn Minuten später fegen Böen alles und jeden von der Wiese. Man rafft zusammen und rennt. Auch sie rennen. Agricola zu seinem Fahrrad, Charlotte und Ilse zur Haltestelle. Als sie ankommen, öffnet der zur Abfahrt bereite Bus noch einmal die Türen. Plätze sind nicht mehr frei. Der Bus fährt an, und draußen geht die Welt unter.

»Versteckst du dich bei Gewitter auch im Schrank?«, will Ilse wissen.

Charlotte muss lachen.

»In unsere Schränke passt nichts mehr rein.«

Jetzt lacht Ilse.

»Als ich klein war«, erzählt Charlotte, »hatte ich vor dem Donner Angst, Blitze machten mir nichts aus, bis meine Mutter mir erklärte, dass man auf der Stelle tot ist, wenn sie einen treffen.«

Fluten stürzen über die Scheiben. Der Bus schleppt sich im Schritttempo vorwärts.

»Auf dem Rummel«, erzählt Charlotte weiter, »habe ich mal ein Mädchen gesehen, das der Blitz erschlagen hatte.«

»Wirklich?«

»Es lag in einem Sarg aus Glas.«

»Wie?«

»Tot natürlich, aufgebahrt wie Schneewittchen, nur dass die Haare total verschmort waren. Man konnte das Loch sehen, wo der Blitz in den Kopf rein ist.«

»Nee!«

»Doch! Und unter den Fußsohlen war das andere Loch, wo der Blitz wieder raus ist.«

»Du spinnst ja.«

»Hab ich selbst gesehen! Der Sarg stand vor einem Rummelwagen und ein schmieriger Typ lockte die Leute an, immerzu schrie er: Sensation, Sensation meine Damen und Herren, einmalig auf der Welt, treten Sie ein und staunen Sie! Siamesische Zwillinge, Elefantenmenschen, Kaninchen mit zwei Köpfen, Liliputaner, ausgestopfte Neger …«

Die Leute im Bus sehen sich um.

»Bist du reingegangen?«

»Ich wollte, aber meine Mutter fand es unanständig, das Unglück anderer zu begaffen. Später, als ich zehn oder elf war und mit meiner Schwester allein auf den Rummel durfte, haben wir den ganzen Platz nach diesem Wagen abgesucht.«

»Und?«

»Nichts. Leider.«

Der Bus schleicht von Haltestelle zu Haltestelle. Charlotte und Ilse bedauern alle, die aussteigen müssen. Als sie selbst an der Reihe sind – erst Ilse, dann Charlotte –, bleiben sie sitzen. Sie wagen sich nicht hinaus unter den explodierenden Himmel. Es hört nicht auf zu blitzen. Im Bus sind sie sicher, das wissen sie, seit sie im Deutschen Museum München gesehen haben, wie ein Mensch in einem Käfig aus Metall, einem Faraday-Käfig, mit hunderttausend Volt beschossen wurde und lebendig wieder herauskam. Da auch der Bus ein Faraday-Käfig ist, fahren sie zwei Mal zwischen den Endstationen hin und her. Dann ist das Gewitter vorbei.

»Wenn du Lust hast, kannst du mit zu mir nach Hause kommen, meine Eltern sind im Geschäft«, sagt Ilse, »Tom, mein Brieffreund, hat mir aus London eine LP geschickt, die musst du hören, die haut dich glatt um. In Deutschland gibt's sie noch nicht.«

Ilse schließt die Tür zu einer Altbauwohnung auf, die eine ganze Etage einnimmt. Eine Diele mit Parkettboden, hoher Stuckdecke und Flügeltüren, die in mindestens fünf Zimmer führen, hat Charlotte noch nie gesehen. Neben der Garderobe, in einem Barockrahmen und auf weinroter Tapete das Ölgemälde einer Seeschlacht. Ilse entschuldigt den Geschmack ihrer Eltern. Doch Charlotte starrt gar nicht auf die brennenden Schiffe in der grünschwarzen, im Feuerschein tosenden See, sondern auf den Telefonapparat unter dem Bild. Sie würde gern einmal ihren Vater anrufen. Um diese Zeit müsste er in der Firma sein, sofern er nicht in der Welt unterwegs ist. Den Wunsch, mit ihm zu reden, trägt sie schon länger mit sich herum. Was sie bisher von einem Anruf abgehalten hat, ist ihr mageres Taschengeld, das sie in einer Telefonzelle opfern müsste. Ferngespräche sind teuer. Ob sie hier? Und vielleicht umsonst? Sie wird Ilse fragen, nicht sofort, später, vielleicht auch gar nicht, denn es ist ihr unangenehm.

Dass Ilses Zimmer groß sein würde, hat sie erwartet, nicht aber diese scheußliche Einrichtung. Sie an ihrer Stelle würde sich nicht den Krempel von Oma und Opa ins Zimmer stellen lassen. In der Innenstadt gibt es ein Geschäft, das sich *Studio* nennt und Sachen im Schaufenster hat, die so radikal modern, schön und teuer sind, dass man nur weitergehen kann. Die würde sie sich kaufen lassen, wenn sie reiche Eltern hätte.

Ilse reißt alle Fenster auf. Eine von Wärme und Feuchtigkeit schwere Luft kommt herein, bringt den Lärm eines vorbeifahrenden Autos mit und das Geräusch von tropfendem, rinnendem, platschendem Wasser. Die Vögel lärmen, als sei der jüngste Tag angebrochen.

»Setz dich, ich hol uns 'ne Cola.«

Setz dich ist leicht gesagt, denkt Charlotte. Auf dem Sofa – oder nennt man sowas Kanapee? –, auf dem einzigen Möbelstück, das nach einer Sitzgelegenheit aussieht, herrscht ein wüstes Durcheinander von Schallplatten und Hüllen. Bezogen ist das Sofa mit der englischen Flagge. Wie

kann man nur, denkt Charlotte. Sie hätte die japanische Flagge genommen, auf weißem Grund die rote Sonnenscheibe, das hätte bestimmt besser ausgesehen. Sie sammelt Platten und Hüllen ein und packt alles neben den Plattenspieler auf dem Fußboden. Dort liegt noch ein weiteres Cover. *Please Please Me.* Sie nimmt es in die Hand, um die abgebildeten Typen näher zu betrachten. Vier sind es, die sich in einem vielstöckigen Treppenhaus über das Geländer lehnen und jemandem zulachen, wahrscheinlich einem Mädchen, das unten steht, aber nicht auf dem Bild zu sehen ist. Der zweite von links gefällt ihr am besten. The Beatles. Nie gehört. Sie liest die Titel der Songs:
I Saw Her Standing There
Misery
Love Me Do
A Taste of Honey ...
»Das ist übrigens die LP, die ich vorhin meinte.«
Ilse ist mit zwei Flaschen Cola zurückgekehrt. Eine drückt sie Charlotte in die Hand. Dann setzt sie den Plattenspieler in Gang und wirft sich, Beine hoch, auf Englands rot-blau-weiß strahlenden Union Jack. Komm! Eine Handbewegung lädt Charlotte ein, es sich auf der anderen Sofaseite bequem zu machen. Halb sitzend, halb liegend, Bein in Bein mit Ilse, hört sie den ersten Beatles-Song ihres Lebens. Die Musik macht in ihr ein Gefühl wie Funkenflug. Dieses Gefühl sehnt sich nach etwas, hat keine Ahnung wonach, hat aber Honiggeschmack. *A taste of honey.* Ilse summt den Song mit, die Augen in der Stuckrosette unter der Decke. Oder im Himmel.

Als die Platte abgespielt ist, als wieder das Geschrei der Vögel ins Zimmer zurückkehrt und jetzt auch das Rauschen der nahen Oker, als sie ihre Cola ausgetrunken und eine Weile dagesessen und nichts gesagt haben, fängt Ilse plötzlich von ihren Eltern an.

Dass sie sich scheiden lassen wollen, sagt sie. Dass sie sich nur noch anschreien und schikanieren, dass ihr Vater versuche, sie gegen ihre Mutter auszuspielen, und umgekehrt. Jeden Tag Zank und Streit um nichts und wieder nichts oder – schlimmer – ums Geld. Sie sei froh, ins Internat zu kommen. Mit Eltern, die sich am liebsten gegenseitig abschlachten würden, sei es nicht auszuhalten. Da habe sie, Charlotte, es ohne Vater einfach besser.

Etwas Ähnliches wird Charlotte dreißig Jahre später auf der Trauerfeier ihres Vaters hören. Sein ältester Sohn wird zu ihr sagen, sie könne dankbar sein, dass sie ohne diesen Vater aufwachsen durfte. Seine Alkoholexzesse seien ihr erspart geblieben. Auch hätte sie nicht unter seinen Weibergeschichten leiden müssen, die er ohne Rücksicht auf die Familie auslebte. Demütigend sei das gewesen, für sie, die Kinder, und für seine Frau, ihre Mutter, die ihn liebte und bewunderte und immer neu bereit war, ihm zu verzeihen. Dieser Mann habe ihr buchstäblich das Herz gebrochen. Einige Jahre sei sie nun schon tot.

Ilse streckt sich wie eine träge Katze.

»Vermisst du eigentlich einen Vater?«

»Darüber habe ich mir noch nie Gedanken gemacht. Ich mag ihn, einfach so, und freue mich, wenn er zu Besuch kommt. Er ist nett. Aber vermissen? Ich weiß nicht ... nein ... ich glaube nicht. Ich kann mir gar nicht vorstellen, wie es sich mit einem Vater leben würde. Ich bin ein Luftwurzler.«

»Ein was?«, fragt Ilse und lacht.

»Irgendwie wurzele ich doch in der Luft. Über meinen Vater weiß ich kaum etwas und über seine Eltern, also meine Großeltern, gar nichts. Woher stammen sie? Was sind das für Leute? Wie sehen sie aus? Leben sie noch? Wissen sie überhaupt von mir?« Sie holt tief Luft. »Tja, und dann sind da noch meine drei Brüder, Halbbrüder, seine Söhne, von denen ich nicht einmal die Namen kenne.«

»Siehst du ihn oft?«

Charlotte schickt einen Blick aus dem Fenster.

»Selten. Wenn er in Hannover auf der Messe ist, macht er meist einen Abstecher nach Braunschweig. Manchmal schreibt er auch Ansichtskarten von unterwegs, er ist viel im Ausland. Arabien. Kanada. China. Oder er schickt Fotos von seinen Bildern. Neulich war ein Katalog von den Ruhrfestspielen in Recklinghausen dabei. Da hat er Plastiken ausgestellt, zwei total verkrumpelte Menschen waren darunter, *Les Misérables*, mir haben sie nicht gefallen.«

Ilse nimmt die Beine vom Sofa und taucht zwischen ihren Knien hindurch zum Plattenspieler. Die Beatles noch einmal von vorn.

»Ruft er dich denn nie an?«, fragt sie.

»Wir haben kein Telefon.«

»Kein Telefon?«

»Wir brauchen keins«, sagt Charlotte schnell, sie schämt sich, dass sie sich keins leisten können.

»Überrasch ihn doch mal und ruf ihn einfach an, jetzt, von hier!«

»In der Firma … ich weiß nicht …«

»Klar, los!«

»Ich trau mich nicht.«

»Quatsch!«

Ilse zieht sie am Handgelenk vom Sofa.

»Nein, lass mich, nein, nein, nein«, zetert Charlotte in den höchsten, unglaubwürdigsten Tönen, »hab Erbarmen mit einem kleinen Schisshasen!«

Doch statt Erbarmen hat Ilse sie fest im Griff. In der Diele drückt sie ihr den Hörer in die Hand.

»Aber ich hab doch gar keine Nummer!«

»1-1-8, die Auskunft!«

Ilse geht zurück in ihr Zimmer. Charlotte sieht ihr nach, dem katzenschönen Gang, dem pflaumenglatten Po in den weißen Shorts.

I saw her standing there ... singen die Beatles, dann schließt sich die Tür.

Ja, da steht sie nun, hat Herzklopfen wie noch nie und muss dreimal tief Luft holen, bevor sie den Finger in die Wählscheibe steckt. Sie dreht die Eins, die Eins, die Acht. Leise schnurrt die Wählscheibe zurück. Beim Klicken der Relais stellt sie sich ungewollt Schnäbel vor, die einander die Zahlen wie kleine Bissen weiterreichen. Stille Post.

Ein Besetztzeichen wäre ihr lieber gewesen als die Stimme der Auskunft, die ihr jetzt – langsam und zum Mitschreiben – die gewünschte Nummer in Rheinhausen nennt. Das Herz klopft ihr bis zum Hals, als sie diese Nummer wählt, und einen Freudensprung macht es, als die Zentrale sie verbindet und ihr Vater sich meldet.

»Hier ist Charlotte.«

Die Leitung liegt plötzlich wie tot an ihrem Ohr.

Nach einigen Sekunden fragt sie zaghaft nach: »Bist du noch dran?«

»Jetzt muss ich mich erstmal hinsetzen.«

»Ich wollte dich überraschen.«

»Das ist dir gelungen.«
»Wie geht es dir, Vati?«
»Gut. Und dir?«
»Na ja.
»Du hast was auf dem Herzen?«
»Nein.«
»Du brauchst was?«
»Nein.«
»Ich kann was für dich tun?«
»Eigentlich nicht.«
»Also doch.«
»Muss aber nicht sofort sein.«
»Na, dann leg los!«

»Ich würde dich gerne mal besuchen, deine Frau und meine Brüder kennenlernen, ich komme mir so halb vor, so als würde ich mit meinen Wurzeln in der Luft hängen.«

Die Leitung ist plötzlich wieder tot.

»Hallo, Vati?«

»Weißt du, meine Frau ... Wie soll ich es ausdrücken? ... Da sind noch immer die alten Empfindlichkeiten, auf die ich Rücksicht nehmen muss ... Versteh mich nicht falsch, es ist nicht so, dass ich dich nicht sehen möchte, im Gegenteil, Mutti hat mir von deinen glänzenden Zeugnissen geschrieben. Doch was die Familie betrifft ...«

»Hm«, macht Charlotte.

»... ich müsste sie auf deinen Besuch vorbereiten. Von heute auf morgen geht das nicht ... das ist schwieriger, als du denkst ...«

»Hm.«

»Aber im nächsten Jahr bin ich wieder in Hannover ...«

»Hm.«

»... dann sehen wir uns.«
»Hm.«
»Du, ich muss jetzt auflegen. Die Arbeit ruft. Tut mir leid. Grüß Mutti von mir.«
»Mutti ist ...«
Er hat aufgelegt.

Die Sonne steht wie eine Halluzination über den regennassen Dächern, der Himmel tut unschuldig, er zeigt sich makellos und unerhört blau. Charlotte hat sich zu Fuß auf den Weg nach Hause gemacht. Vielleicht vertreibt ja der Marsch durch die Stadt ihre Traurigkeit. Die kommt aus dem Gespräch mit ihrem Vater und der Ahnung, wie sie sich fühlen wird, wenn sie in den *Aschenkübelblock* zurückkehrt. In diesen Aschenkübelblock hat sie noch nie eine Klassenkameradin mitgenommen. Geburtstagsfeiern oder gemeinsames Lernen finden immer bei anderen statt. Auch wenn keine ihrer Mitschülerinnen wie Ilse lebt, nämlich in einer feudalen Altbauwohnung in schönster Wall-Lage, einem Haus, das Zugang zur Oker und einen Bootssteg hat, in einem Aschenkübelblock wie sie wohnt jedenfalls keine von ihnen.

Die ganze Stadt glänzt vom Regen. In jedem Pflasterstein eine winzige Sonne. Millionen Lichtpunkte blenden die Augen, und in den Tiefen der Kanalisation rauschen die Regenmassen, unheimlich wie die Fluten des Styx, der mit eiskalten Wassern der Unterwelt zuströmt. Als sie im Unterricht über die Vorstellungen der alten Griechen vom Hades sprachen, formte sich in ihr das Bild eines trüben Flusstals. Wie einen Traumrest hat sie es plötzlich wieder vor Augen. Spukhaft. Schroffe, kahle Felswände zu beiden

Seiten des Ufers, auf dem Fluss ein Boot und im Boot der greise Charon, der eine Seele ins Totenreich übersetzt.

Charlotte geht ein paar Schritte wie durch schwarzes Licht. Dann bleibt sie abrupt stehen. Sie blickt in das Gesicht einer in Windstille und Leichentücher gehüllten Gestalt. Charlotte will jetzt nicht mehr nach Hause, sondern nur noch zum Krankenhaus. Durch Straßen und Seitenstraßen läuft sie, läuft und rennt durch eine regenglänzende Stadt, durch ein Sprühen und Glitzern von Lichtpunkten, während sich das Rauschen des Styx mit dem Rauschen der Blutbäche in ihren Ohren mischt. Am Krankenhaus steht sie vor verschlossener Tür, denn heute ist Dienstag und am Dienstag kein Besuchstag.

An diesen Moment wird sie denken müssen, als die Mutter später davon erzählt, wie einige Tage nach der Operation plötzlich ihr Atem ausgesetzt habe und ihr die Augen eingesunken seien, wie ihre Bettnachbarin es bemerkt und die Ärzte alarmiert habe, und wie sie dafür zwanzig Mark haben wollte.

Die Haut der Mutter hat den Geruch von Kamille angenommen. Kamille duftet hellgelb, freundlich, beruhigend. Kamille duftet gesund. Seit die Mutter wieder zu Hause ist, macht sie täglich Kamillenbäder, Sitzbäder unten herum. Zwei Wochen ist sie noch krankgeschrieben, dann muss sie wieder zur Arbeit. Und im Winter wird sie zur Kur in den Harz fahren, nach Bad Sachsa, weil man sich in der klaren Schneeluft am besten erholt. Gerne fahre sie nicht weg, sagt sie, doch eine Kur habe sie bitternötig, um wieder ganz auf die Beine zu kommen. Und anders als im Krankenhaus werde sie sich diesmal weniger Sorgen machen. Sie habe ja gesehen, wie selbstständig ihre beiden Töchter sind und wie gut sie sich selbst versorgen können.

Charlotte graut es. Sie und Iris allein! Vier Wochen sind eine Ewigkeit. Kalt wird es in der Wohnung sein, selbst wenn der Ofen warm ist. Die Abwesenheit der Mutter wird sie frösteln lassen. Ein Gefühl von Verlassenheit wird sich breitmachen. Wie unerträglich das sein kann, hat sie in den letzten Ferientagen gespürt. Und die Angst wird hinzukommen, dass die Mutter nie wiederkehrt. Diese Angst ist alt, uralt, fern und dunkel, als würde sie einem frühen Erdzeitalter angehören. Wie angeboren, wie immer schon da kommt sie ihr vor.

Charlotte streut reichlich Zimtzucker über die Apfelflinsen auf ihrem Teller. Apfelflinsen sind ihr Lieblingsessen. Sie hat es sich gewünscht, bevor sie zur Schule aufbrach. Aus Eiern und Mehl, Äpfeln und Zucker, abgeriebener Zitronenschale und einer ausgekratzten Vanilleschote zaubert die Mutter die zartesten, luftigsten Apfelflinsen der Welt. Zerteilt und aufgespießt wandern sie von Charlottes Gabel in Charlottes Mund. Zimtzucker rieselt, Zimtzucker bleibt hängen, Zimtzucker leckt sich süß von den Lippen. Schade, dass sie für Iris was übriglassen muss.

In diesen Tagen fühlt sich Charlotte wie durchsonnt, was nicht allein an dem herzzerreißend schönen Spätsommer liegt. Wenn die Mutter wieder zur Arbeit geht, wird die gute Zeit vorbei sein und Hektik in den Alltag einziehen. Dann wird sie, Charlotte, nach der Schule in eine leere Wohnung kommen, niemand wird sie in den Arm nehmen, sich erkundigen, wie der Unterricht war, und für sie die zartesten, luftigsten Apfelflinsen der Welt machen. Es wird wenig Zeit zum Reden und Erzählen bleiben, und

Spaziergänge wird es nur noch am Sonntag geben. Auch wenn sie kurz sind, die nachmittäglichen Runden durch die Siedlung, sie werden ihr fehlen. Der Arm wird ihr fehlen, der sich bei ihr einhängt, das gemächliche Gehen mit der Mutter, die sich schwach fühlt, und das Stehenbleiben, um in den Vorgärten die Dahlien zu bewundern, die in aller Pracht blühen: Kugeln, Pompons, Knäule, Federquasten, Ballspiele von Blüten, hoch und tief leuchtende Wunder aus Karmesin, Purpur, Zinnober, Blutorange und schwarzem Violett. Diese Farben möchte man singen.

Die Mutter ist dünn geworden. Auch in ihrem Gesicht hat sich etwas verändert. Dieses Andere war früher nicht da, oder es war verborgen und tritt nun deutlich hervor. Es ist ein seltsam leidender Ausdruck, den Charlotte wahrnimmt. Der mag mit dem Schnitt in ihren Unterleib zu tun haben und mit Schmerzen, über die sie nicht spricht. Oder mit einem Leiden, von dem niemand weiß. Charlotte hofft, dass sie nicht wieder mit dem Rauchen anfängt; in der Schule haben sie einen Film über die Folgen gesehen.

Gernot kommt jeden Abend, und jedes Mal haben er und die Mutter etwas zu besprechen, was sie, die Kinder, nicht mitkriegen sollen. Man zieht sich in die Stube zurück und macht die Tür hinter sich zu. Doch Charlotte und Iris haben spitze Ohren, und manchmal ist da noch ein letzter Satz, der etwas verrät, wenn die Mutter Gernot verabschiedet. Es geht um den 14. Mai im nächsten Jahr, soviel haben sie kapiert. Der 14. Mai 1964 ist sein letzter Tag bei der Bundeswehr, nach sieben Jahren scheidet er aus und bekommt 26.000 Mark Abfindung. Wenn sie alles richtig verstanden haben, will er wieder in seinem früheren Beruf als Tischler arbeiten. Nur scheiden lassen kann er sich nicht, weil seine

Frau erzkatholisch ist und nicht einwilligen wird. Erzkatholisch zu sein, das ist nach den Worten der Mutter eine ganz schlimme, furchtbar rückständige, verbohrte Form von Katholizismus.

So beschwingt wie an diesem Morgen – es ist der 14. Mai 1964, ein Donnerstag, und die Stadt voller Frühling – ist die Mutter noch nie zur Arbeit aufgebrochen, nie so schön, so leichtfüßig und so gutgelaunt. Und noch nie ist sie so zerstört nach Hause gekommen. Kaum hat sie die Tür aufgeschlossen, beginnt sie zu weinen. Sie weint am Abendbrottisch und beim Abwaschen, danach verschwindet sie in der Stube. Warum sie weint, sagt sie nicht. Charlotte und Iris sind ratlos. Leise und auf Zehenspitzen folgen sie ihr in die Stube und finden sie weinend auf dem Sofa, einen Arm unter dem Kopf, das Gesicht zur Tür. Sie setzen sich zu ihr, möchten sie trösten, streicheln ihre Hände und tupfen ihr das Gesicht ab. Und immer wieder fragen sie: warum? Warum weinst du, Mutti, warum, warum, warum? Eine Antwort bekommen sie nicht; die Mutter weint still vor sich hin.

Am anderen Morgen geht sie mit verquollenen Augen zur Arbeit, ihr Gesicht ist voll roter Flecken und das Haar schlaff und stumpf. Als sie um halb fünf aus der Firma kommt, ist ihr anzusehen, dass sie auch während der Arbeit geweint hat. Sie sinkt in den Sessel und reißt ein Päckchen HB auf. Im Krankenhaus hatte sie sich das Rauchen abgewöhnt. Charlotte und Iris bitten sie inständig, nicht wieder damit anzufangen. Die Mutter gibt zu, dass dies sicher vernünftig wäre, und zündet sich die Zigarette an. Beim ersten Zug schließt sie die Augen. Tränen kullern unter ihren Wimpern hervor. Charlotte und Iris sehen sich an, auch sie könnten weinen. Dann lassen sie die Mutter allein.

Eine Stunde vor Geschäftsschluss erscheinen sie mit der großen Einkaufstasche. Heute ist Freitag und Freitag der Tag, an dem die Einkäufe für die kommende Woche erledigt werden müssen. Was sollen sie mitbringen? Die Mutter zuckt die Achseln. Sie habe den Überblick verloren, sagt sie. Über das Essen am Wochenende hat sie sich noch keine Gedanken gemacht. Charlotte schlägt Apfelflinsen vor, Apfelflinsen am Sonnabend und am Sonntag Makkaroni. Mit Tomatensoße, sagt Iris. Nicht schon wieder, sagt die Mutter. Bratklops, sagt Iris. Kotelett und Blumenkohl, sagt Charlotte. Falscher Hase, sagt Iris. Ein richtiges Brathähnchen, sagt Charlotte. Die Mutter drückt ihre Zigarette aus. Sie wird mitkommen. Charlotte und Iris versuchen, sie davon abhalten. Ihnen ist es peinlich, mit ihr, die schon wieder weint, auf die Straße zu gehen.

Das Einkaufen lenkt sie ab. Beim Fleischer sind die Tränen vergessen und im Coop-Laden bedient sich die Mutter so unerschütterlich aus den Regalreihen wie an jedem Freitag. Coop ist ihr Schlaraffenland und Selbstbedienung gefällt ihr, obwohl es eine Errungenschaft aus Amerika ist. Kein Anstehen und Warten mehr wie früher beim Kaufmann. Das spart Zeit und Nerven und erleichtert gerade ihr, einer berufstätigen Frau, das Leben. Warum ist in Deutschland niemand auf diese Idee gekommen?

Am Sonnabend gibt es Kartoffelsalat mit Würstchen. Die Stimmung ist trübe. Lustlos picken Charlotte und Iris auf ihrem Teller herum, die Mutter mag gar nicht anfangen, ihr Magen ist wie zugeschnürt, sagt sie. Als es klingelt – lang-kurz-lang, Gernots Zeichen –, schreckt sie kurz auf, bleibt aber sitzen.

»Es hat geklingelt«, sagt Charlotte.
»Wir sind nicht zu Hause«, sagt die Mutter.
»Und warum nicht?«, fragt Iris.
»Weil uns Gernot gestohlen bleiben kann.«
Die Mutter taucht ihr Würstchen in den Klecks Senf am Tellerrand. Wieder klingelt es, belästigt verdreht sie die Augen. Knack macht es, als sie dem Würstchen den Kopf abbeißt. Das Klingeln nimmt kein Ende.
»Der steht noch heute Abend da«, sagt Charlotte.
»Der kann da stehen, bis er schwarz wird«, sagt die Mutter.
»Mir geht das Geklingel tierisch auf den Senkel«, sagt Iris.
»Soll ich ihn wegschicken, Mutti?«, fragt Charlotte.
»Das ist meine Sache«, sagt die Mutter und steht auf.
An der Wohnungstür verpasst sie Gernot ein paar ungemütliche Worte, zumindest lässt der Tonfall das vermuten. In einer Atempause seine Stimme, besänftigend, und wenig später ihr Kopf in der Küchentür, im Gesicht etwas wie Sonnenaufgang.
»Wir sollen mal nach unten kommen«, sagt sie.
Auf der Straße macht Gernot sie mit Egon bekannt. Egon ist ein Ford Taunus 17m, hellblau, viertürig, fast fabrikneu, ein Vorführwagen, und Gernot sein neuer Besitzer. Alle Chromteile blitzen und im Lack spiegelt sich die Welt. Die Mutter ist hingerissen, ganz weich wird sie um den Mund. Wer fährt schon ein Auto in der Siedlung, und dann so eins!
»Ein Traum«, sagt sie.
»Nicht wahr«, sagt Gernot und tätschelt dem ersten Auto seines Lebens das Verdeck.
Alles, was sich öffnen lässt, wird nun geöffnet und vor-

geführt. Charlotte und Iris betrachten gelangweilt, was die Mutter bestaunt und bewundert: die Sitzbezüge, das Handschuhfach, den elektrischen Zigarettenanzünder, den Kofferraum, darin den Verbandskasten und Ersatzreifen, schließlich den schwarz-öligen Motorblock.

»Fünfundsiebzig PS, hundertvierundfünfzig höchst«, sagt Gernot.

»Hui«, macht die Mutter.

Ob man die Damen zu einer Probefahrt einladen dürfe? Man darf. Doch zuvor möchten die Damen ihre Sonntagssachen anziehen.

In der folgenden Woche chauffiert Gernot die Mutter täglich zur Arbeit, und da auch er jetzt einen geregelten Acht-Stunden-Tag hat und zur selben Zeit Feierabend wie sie – eine Baufirma hat ihn als Tischler eingestellt –, holt er sie auch abends wieder ab. Charlotte hat die Mutter vor Augen, wie sie aus der Menge der durchs Fabriktor strömenden Arbeiter ausschert, den hellblauen Ford am Straßenrand ansteuert, der auf sie wartet, und großartig einsteigt. Anders als früher fährt Gernot nun nicht mehr nach Hause, selbst am Wochenende bleibt er da. Allmählich dämmert es Charlotte, dass die Mutter ihn hat einziehen lassen. Klammheimlich. Und das nimmt sie ihr sehr übel.

Spieglein, Spieglein, oh du Spiegel mein ... Charlottes Wintergesicht ist hell. Die Wangen hat sie zart gepudert, die Wimpern tiefschwarz getuscht. Sie zieht die Kappe vom Lippenstift ab und dreht ihn heraus. Die Farbe ist Zufall. *Dark Orchid 5*. Schnell musste es gehen. Es war der Name, der den Lippenstift zum Objekt plötzlicher Begierde machte. Wie von selbst, unauffällig und unbemerkt, verschwand er auf dem Weg zur Kasse in ihrer Tasche. Bezahlt hat sie nur den Wimpernformer und den Augenbrauenstift. Selbst damit war sie sofort die Hälfte des Geldes wieder los, das sie eben bekommen hatte, von *verdienen* kann keine Rede sein. Bräuers geben es ihr, damit sie mit ihrem stinkfaulen Holger Hausaufgaben macht und für Klassenarbeiten übt. Nachhilfestunden sind das nicht, die braucht er auch nicht, die meiste Zeit werfen sie Pfeile auf die Darts-Scheibe an seiner Zimmertür. Weltmeister will er werden.

Charlotte malt ihre Lippen voll aus. *Dark Orchid 5* ist keine Farbe, sondern eine Ungezogenheit, ein Violett, das zwischen Zyklam und Zyankali schillert. Wenn die Mutter sie so sehen würde, gäbe es Theater. »So gehst du mir nicht aus dem Haus, mein liebes Kind!« Doch die Mutter wird sie nicht sehen, auch Iris nicht, die mit ihrer Clique wie üblich nach der Schule ins Coletti gegangen ist, um Eis zu essen und italienische Schnulzen zu hören. Auf dem Küchentisch wird die Mutter einen Zettel finden, auf dem steht: *Bin bei Brigitte. Wir lernen für Mathe. Werde pünktlich zu Hause sein. Gruß Charlotte*

Die Wahrheit konnte sie natürlich nicht schreiben. Die Wahrheit wäre: *Treffe mich um zwei mit Richard (kennst du nicht), werde heute zum letzten Mal mit ihm schlafen und danach Schluss machen. Gruß Charlotte*

Richard ist ihr unheimlich. Was dieser Mann arbeitet, wovon er lebt und wo er wohnt, sagt er ihr nicht. Er besitzt den Schlüssel zu einer Wohnung ohne Namensschild. Außer einem Bett gibt es darin keine Möbel, nur ein abstraktes, wandfüllendes Gemälde. Im Badezimmer liegt immer ein Stapel Frotteetücher, als ob sie nicht die einzigen sind, die dort duschen. Das kleine Stück Seife auf dem Bidet wird kleiner und kleiner.

Charlotte steckt den Lippenstift zusammen. Ihr Mund blüht wie eine Orchidee. Dass sie hübsch ist, weiß sie, seit Richard sie in der Schlosspassage angesprochen hat. Jemand, der aussieht wie er, spricht keine unscheinbaren Mädchen an. Ob sie auf ihn warte, hatte er gefragt. Er gefiel ihr, sie ging mit, obwohl sie mit Brigitte verabredet war. *Lohn der Angst* wollten sie sich ansehen, sie schwärmen beide für Peter van Eyck. Der Film lief im Jugendzentrum und war kostenlos für die Mitglieder des Schüler-Filmrings.

Richard ist siebenundzwanzig, hat ein kantiges Gesicht und den sehnigen Körper eines Marathonläufers. Mit ihm zu schlafen ist großes Kino, auch ohne Peter van Eyck. Das Gefühl ist wie eine Tafel Schokolade, die sie sich voller Gier und im Ganzen in den Mund stopft, die sie zerbeißt, kaut, lutscht und großartig schmelzen lässt. Er nimmt sie, wie es sein soll: schnell und heftig, ohne Wenn und Aber und nie ohne Gummi. Ein letztes Mal will sie es noch.

Dass er ihr erster Liebhaber war, wollte er nicht glauben. »Du veräppelst mich.« Es stimmte. Sie hatte es erfunden, um einen guten Eindruck zu machen. Schließlich ist sie erst sechzehn. Dass die *virgo intacta* nicht mehr intakt war, erklärte sie ihm mit dem vielen Turnen, ihrer Freude an einem elastischen Körper und den extremen Dehnungen beim Spagat. Es sei doch bekannt, dass dabei das Siegel manchmal zerreiße. Und das dürfte sogar die Wahrheit sein, denn auch Bernd hatte Zweifel an der Virgo gehabt, und Bernd war nun wirklich der Erste. Thomas zählt nicht. Wenn es zum Schwur kommen sollte, flogen ihm die Spatzen weg. Und das war es dann. Schließlich gewesen.

Für das Treffen mit Richard hat Anne ihr den Parka geliehen, einen olivgrünen mit Fell an der Kapuze. Mit ihrem Mantel mag Charlotte nicht losgehen, er ist ihr zu langweilig und zu dunkelblau. Einen Parka wollte die Mutter ihr nicht kaufen. Das sei ein momentaner Spleen, eine Geschmacksverirrung, etwas, das wie so vieles kurze Zeit getragen werde und dann nicht mehr angeguckt werde. Einen Parka könne sie sich aus dem Kopf schlagen, nein, dafür arbeite sie nicht. Streit und Tränen gab es und einen zeitlosen Mantel, den sie nach den Vorstellungen der Mutter auch im nächsten und übernächsten Jahr noch tragen wird.

Richard ist selten pünktlich. Um zwei waren sie verabredet, jetzt ist es halb drei. Gehen oder ausharren? Charlotte wartet. Ab und zu wirft sie einen Blick in die Richtung, aus der er kommen müsste, dann wieder hoch zu den Fenstern jener Wohnung ohne Namensschild. Viertel vor drei wird sie gehen, und wenn sie geht, wäre ein Wiedersehen reiner Zufall. So wie er – aus welchen Gründen auch immer – aus seiner Adresse ein Geheimnis gemacht hat, hat auch sie es getan. In ihrem Fall war es Scham. Der Aschenkübelblock.

Punkt drei zieht sie sich die Kapuze über den Kopf. Traurigkeit? Nein. Sie geht. Der November ist ein ungemütlicher Monat. Sie hat Sehnsucht nach Japan.

In der Stadtbücherei gibt es phantastische Bildbände über die Länder dieser Erde. Was sie an Japan immer wieder fesselt, ist die Anmut der Dinge, sei es ein Moosgarten, ein Haus traditioneller Bauart, ein Schwert, ein Kimono oder die Harmonie der Farben, Flächen und Formen in der Darbietung von Speisen. Meisterschaft und Vollendung, Sinnlichkeit.

Es ist das Rot der Sonnenscheibe auf dem Buchdeckel, das Charlotte den schmalen Band, der auf dem Tisch mit den Neuerwerbungen ausgelegt ist, in die Hand nehmen lässt. Sie blättert, sie betrachtet das Papier, seine faserige Struktur; die Oberfläche fühlt sich wie Seide an.

Jede Seite widmet sich einem Gedicht. Links das Wort, der Buchstabe, der Laut. Rechts die Spur des Pinsels, das Ausbluten der Tusche, das Zeichen und die Leere. Kalligrafie. Sie nimmt den schönen, schmalen Band mit auf die Galerie. Ein tiefer Sessel fängt sie auf. Sie liest. Um sie herum Stille und graues Herbstlicht. Der Rest ist Verzauberung. Das Verschwinden der Zeit. Das Verschwinden des Lichts.

Zu Hause ist man bereits beim Abendbrot, als Charlotte in die Küche kommt. Sie wünscht guten Appetit und setzt sich dazu. Iris und Gernot beugen sich tief über ihren Teller, die Mutter starrt ihr fassungslos ins Gesicht.

»Wie siehst du denn aus!«

Mist, denkt Charlotte, Dark Orchid 5. Den Parka hat sie unter dem Bett verschwinden lassen, aber vergessen, sich den Lippenstift abzuwischen. Was jetzt kommt, ist klar. Am liebsten würde sie sich verziehen. Doch klar ist auch, dass sie nicht bis zur Tür kommen würde. »Du bleibst schön hier«, würde die Mutter sagen.

Also bleibt sie sitzen, tut gelangweilt, spielt mit dem Messer und hört, wie ordinär sie aussieht, wie *unglaublich* ordinär, wie eine von der Straße. Wer rumlaufe wie sie, fordere die Kerle geradezu heraus, sich an ihr zu vergreifen.

»Und weil wir schon mal bei diesem Thema sind«, sagt die Mutter, »was war das eigentlich für ein Mann, mit dem du neulich unterwegs warst?«

»Wann neulich?«

»Na, als du dir mit Brigitte angeblich diesen Film angesehen hast.«

»Welchen Film?«

»Diesen Film mit …mit …. mit dem van Dingsda.«

»Wer soll denn das sein?«

»Egal, jedenfalls wurdest du in der Stadt gesehen, mit einem erwachsenen Mann, der den Arm um dich gelegt hatte.«

»Muss 'ne Verwechselung sein.«

»Frau Jäger wird dich schon nicht verwechselt haben.«

»Bei ihrer Brillenstärke wäre es kein Wunder, die hat ja die reinsten Glasbausteine vor den Augen.«

»Lass uns nicht über Frau Jägers Brille streiten.«

»Worüber denn?«

»Werde nicht frech! Pass auf, dass du kein Kind kriegst. Dir ist hoffentlich klar, dass du dann die Schule abbrechen müsstest, du hättest keinen Abschluss, wärst auf die Fürsorge angewiesen oder müsstest als ungelernte Kraft eine schlecht bezahlte Arbeit annehmen. *Ich* kann dich nicht unterhalten. Selbst wenn ich es könnte, käme es nicht in Frage. Irgendwann möchte auch ich mal was vom Leben haben. Warum ermögliche ich dir und Iris eine gute Ausbildung? Doch nur deshalb, damit ihr es besser habt als ich, damit ihr für euch selbst sorgen könnt und nicht von einem Mann abhängig seid. Eine Ehe ist kein Garantieschein, sie ist ein Lotteriespiel.«

Charlotte hat mit dem Messer einen Lichtreflex eingefangen und zur Wand gelenkt. Einfallswinkel gleich Ausfallswinkel, denkt sie.

»Ich rede mit dir! Hast du deine Ohren auf Durchgang geschaltet?«

Bevor sie mit »ja« antworten kann, redet die Mutter weiter: vom Ärger, den Kinder machen, von den Ansprüchen, die sie stellen, und – klar – von ihrer Undankbarkeit ...

Wenn die Mutter einmal angefangen hat, findet sie so schnell kein Ende, dann spult sie ein Endlosband ab, dann kommt die alte Leier. Unfassbar, dass sie nicht aufhören kann, denkt Charlotte, dass sich die Wiederholungen nicht erschöpfen. Es ist ermüdend und zum Verzweifeln. Vorwärts und rückwärts und mit allen Betonungen kann sie das alles nachbeten.

Im letzten halben Jahr ist die Mutter immer unleidlicher geworden. Der kleinste Anlass bringt sie in Rage, an allem und jedem meckert sie rum. Nur an Iris nicht. Gute Laune ist selten. Besonders schlimm war es nach der letzten Hannover-Messe, als ihr Vater zu Besuch gewesen war. Tagelang hielt sie Gernot vor, dass er es zu nichts gebracht habe. Jeder habe nach dem Krieg bei null angefangen, Charlottes Vater habe sich bei Krupp eine Position erarbeitet und stelle was dar. Dagegen sei er, der gelernte Möbeltischler, für sieben Jahre zur Bundeswehr gegangen. Der Krieg müsse ja zu schön gewesen sein! Heute arbeite er auf dem Bau, sein Geld gehe für den Unterhalt von Frau und Kindern drauf, und der Rest fürs Auto. Den Fernseher habe sie angeschafft, auch den Kühlschrank, die Waschmaschine, den Elektroherd, die Wäscheschleuder, jeden Gegenstand in dieser Wohnung. Zu nichts habe er auch nur einen Pfennig dazugegeben.

Die endlosen Tiraden der Mutter lässt Gernot stumm, fast stumpfsinnig, über sich ergehen. Er streitet nie mit ihr und mischt sich auch nicht ein, wenn sie, Mutter und Tochter, aneinandergeraten. Und das passiert oft. Fordert sie ihn auf, »auch mal was zu sagen«, hält er sich raus: »Ich bin nicht ihr Vater.« Gernot hat keine Meinung. Oder er kann sie nicht ausdrücken. »Hast ja Recht, Spatzele«, ist das einzige, was er auf ihre Vorhaltungen erwidert. Er ist ein einfacher Mann. Je älter sie wird, desto schärfer wird sein Bild.

Warum bleibt er? Warum wirft die Mutter ihn nicht raus? Es wäre schön, wenn sie wie früher wieder zu dritt wären. Die Wohnung ist zu klein. Er und die Mutter schlafen in der Stube. Zur Nacht wird die Doppelbettcouch ausgeklappt. Zuvor aber müssen der Couchtisch und die beiden Sessel weggerückt werden, damit überhaupt Platz zum Ausziehen ist.

Sie und Iris teilen sich acht Quadratmeter. Die Küche ist der größte Raum. Sie ist vollgestellt, sie wächst immer mehr zu. In der Mitte gibt es den Tisch, an dem gegessen und Hausaufgaben gemacht werden, an dem gebügelt und Kuchenteig ausgerollt wird.

Als die Mutter sich nach dem Umzug einen neuen Stubenschrank kaufte, kam der alte – sie fand ihn zu dunkel und zu gewaltig – in die Küche. Für die Nische, den toten Raum zwischen Schrank und Wand zimmerte Gernot später ein Regal. Die Mutter brachte einen Vorhang an, damit es in der Ecke nicht so unordentlich aussieht.

Und als ein Fernseher samt Fernsehschrank Einzug in die Stube hielt, war für die Musiktruhe und das Radio kein Platz mehr. Der Dudelkasten, wie sie das alte Röhrenradio nennen, macht sich nun auf dem Topfschrank in der Küche breit, die Musiktruhe im Flur. Ihr verspiegeltes Bar-Fach beherbergt jetzt Stapel von Briefen und Ansichtskarten sowie Ordner mit Verträgen und alten Rechnungen. Der Plattenspieler wurde ausgebaut und an einen Bastler verschenkt, damit Platz für Mützen, Schals und Handschuhe ist. Die Platten wurden ohnehin nicht mehr gespielt, da das Fernsehprogramm inzwischen den Abend füllt.

Und so, als ob in der Küche Platz in Hülle und Fülle wäre, kam vor kurzem auch noch eine grüne Chaiselongue hinzu. Eine Arbeitskollegin wollte oder brauchte sie nicht mehr. Da sie nichts kosten sollte, Stoff und Polsterung wie neu waren, hat die Mutter sie übernommen. Mit einem Hintergedanken? Ist ihr Gernot auf der Schlafcouch lästig geworden?

Eine andere Kollegin ist ihre Singer-Nähmaschine, eine zum Treten und mit Abdeckhaube, bei der Mutter losgeworden. Ein Rock oder ein Kleid sei schnell genäht und allemal günstiger als gekauft, meinte sie. Da das Ding beim besten Willen nicht mehr in der Küche unterzubringen war, wurde sie in das Zimmer gestellt, in dem sie und ihre Schwester residieren.

Wie sie den Tag herbeisehnt, an dem sie ausziehen kann! In luftigen Räumen will sie leben, sie will sich bewegen können und nicht zwischen Möbeln herumkurven. Blaue Flecken sind ja so hässlich, wenn man sich auszieht.

Der Brief, den Charlotte heute nach der Schule aus dem Briefkasten nimmt, ist für sie. Absender ist ihr Vater. Sie reißt ihn gleich im Treppenhaus auf:

Meine liebe Charlotte!
Ich fahre heute nach Bad Driburg zur Kur. Nach dem Frühstück stellte ich fest, dass ich meine Brieftasche mit 400 DM

und allen Papieren (Kfz-Schein, Führerschein, Personalausweis usw.) verloren habe. Du kannst Dir vorstellen, was los war. Meine Frau hat mich von Pontius bis Pilatus gefahren. Um es kurz zu machen: Ich habe den Kram tatsächlich wieder. Es war grauenhaft!

Ich erzähle Dir das, weil ich mir so viel vorgenommen hatte. Ich wollte Dir nämlich per Fleurop einen Blumenstrauß schicken. Nun habe ich es nicht mal geschafft, ein Glückwunschtelegramm aufzugeben. Aber alles ging so durcheinander. Deshalb sende ich Dir nun diese Zeilen mit den allerherzlichsten Glück- und Segenswünschen zu Deinem

17. Geburtstag.

Ich bin traurig, dass dies nun so triste ausfällt, aber sei versichert, dass es nicht weniger herzlich gemeint ist. Aus Bad Driburg werde ich Dir ausführlicher schreiben. Ich habe noch so manches zu berichten und mit Dir zu besprechen.

Nochmals alles Liebe und Gute für Dich.
Herzlichst
Dein Vati
Grüße bitte Mutti von mir.

Zwei Wochen muss sie auf den angekündigten Brief warten. Als er da ist, schafft sie es bis in die Wohnung, ohne ihn vorher aufzureißen. Ihr gelingt es sogar, sich die Hände zu waschen und den Umschlag sorgfältig aufzuschlitzen. Sie liest:

Meine liebe Charlotte!
Ich hatte Dir einen ausführlichen Brief versprochen. Er will mir nicht gelingen. Ich habe versucht, Dir etwas über meine

Gefangenschaft in Russland zu schreiben, doch ich scheitere an der Wahrheit. Scheinbar gibt es viele Wahrheiten: die wahre Wahrheit, die halbe Wahrheit und die unwahre Wahrheit. Aber auch die unwahre »Wahrheit« kann wahr sein und die »Wahrheit« erlogen, erdichtet, konstruiert. Beim letzten Heimkehrer-Treffen habe ich es wieder erlebt. Jeder hat das Böse, was ihm geschehen ist, verdrängt, verändert, verbogen. Vielleicht ist das nötig, um überhaupt weiterleben zu können. Wer überleben wollte, musste Schweinereien begehen, ich gehöre dazu. Zwischen Erinnerung und Wahrheit wird der Boden abschüssig, und wer sich nicht festhält, gerät ins Schlittern. Trau keinem Zeitzeugen!

Ich bin sehr nachdenklich geworden, als Ehemalige sich mit ihrem Überlebenswillen gebrüstet haben, als hätten sie eine schwere Prüfung bestanden. In mir und anderen entsprang der unbändige Wille zum Überleben nicht dem Selbsterhaltungstrieb, sondern einer unvorstellbaren Wut. **Mein** *Überleben war Rache.*

Soll ich die »Wahrheit« schreiben über einige Mädchen, die ohne Skrupel vor Hunger ihren blanken Arsch gegen den Stacheldraht hielten, um ein bisschen Brot von einem russischen Soldaten zu ergattern? Dann müsste ich auch über die Russen etwas sagen können. Kann ich das? Ich müsste dann auch sagen, dass wir in Russland nicht gehungert haben, weil wir bestraft werden sollten, sondern weil Russland effektiv nichts besaß. Menschen, die nicht im Arbeitsprozess standen, hatten oft weniger als wir.

Ach, Charlotte, das ist alles so schwierig! Um der Wahrheit willen müsste ich auch vom Dritten Reich schreiben, weil ich mittendrin war. Ich war bei der Kriegsmarine, ich bin auf dem Panzerschiff »Graf Spee« zur See gefahren. Ich bin an Leib und Seele zerbrochen worden, weil man glaubte, die Zerbrochenen nur schwarz, nicht rot wieder aufbauen zu können.

*Mein Liebes, ich bin traurig, dass mein Brief diesen Ton bekommen hat. Wenn Dich **meine** Wahrheit interessiert, könntest Du mich am letzten Wochenende meiner Kur hier in Bad Driburg besuchen. Ich hätte Zeit. Anwendungen fallen sonnabends und sonntags aus, und auch die Familie kommt nicht, weil ich zwei Tage später ja wieder daheim bin.*

Ich habe Dir einen durchgehenden Zug herausgesucht und Dir meine Telefonnummer aufgeschrieben. Melde Dich. Ich würde Dir ein Hotelzimmer besorgen, das Fahrgeld soll Mutti Dir vorstrecken. Bestelle ihr bitte Grüße von mir.

Es umarmt dich ganz lieb
Dein Vati

Da Charlottes Reisetag ein Sonnabend ist und am Sonnabend Schule, hat die Mutter ihr eine Entschuldigung geschrieben. Einen nicht existierenden Patenonkel hat sie sterben lassen, damit sein Patenkind an der Beerdigung teilnehmen kann. Viele herzliche Grüße hat die Mutter ihr mit auf den Weg gegeben.

Der D-Zug bummelt von Braunschweig nach Hannover und hinter Hannover durchs Weserbergland. Kurz nach dreizehn Uhr trifft er mit reichlich Verspätung endlich in Bad Driburg ein, auf einem Bahnhof mit zwei Gleisen.

Die Fassade des Bahnhofsgebäudes ist verrußt wie alle Fassaden entlang der Strecke. Unter der Überdachung macht Charlotte einen Mann aus, untersetzt und nicht mehr ganz jung. Vom letzten Waggon aus kann sie nur schwer erkennen, ob es ihr Vater ist, doch der Figur und dem Gang nach müsste er es sein. Er geht jetzt am Zug entlang, der fast leer ist, niemand steigt aus. Charlotte drückt den Hebel der Waggontür nach unten, doch sie geht nicht auf, auch nach mehreren kräftigen Schlägen auf den Knauf nicht. Da sie bei zwei Minuten Aufenthalt keine Zeit hat, sich mit einer klemmenden Tür zu beschäftigen, steigt sie auf der anderen Seite aus. Vorsichtig, wegen der schönen neuen Schuhe, stöckelt sie durch den staubigen Schotter um das Zug-Ende herum. Sie trägt ihr Lieblingskleid. Es ist bunt wie der Sommer und passt in diesen schönen, warmen Junitag. In der Hand hat sie einen kleinen, braunen Pappkoffer, über den Schultern ihre Häkeljacke. Die liebt sie, weil sie *flowerpower* ist. Und selbstgemacht. Unzählige Blumen hat sie dafür aus Wollresten gehäkelt und zusammengesetzt, bis die Jacke aussah – nicht ganz, aber ganz ähnlich – wie die auf der Titelseite der *Brigitte*. Die Mutter meinte zwar, dass sie nicht zu diesem Kleid passt, weil kunterbunt und knallbunt sich nicht vertragen, doch zum Glück hat sie es aufgegeben, sich über den schlechten Geschmack ihrer Großen aufzuregen. Heute Morgen bemerkte sie nur kurz: »So übersieht dich dein Vater wenigstens nicht.«

Als Charlotte vom Gleis auf den Bahnsteig tritt, setzt sich der Zug gerade in Bewegung; gemütlich rollt er davon. Ihr Vater, die Hände in den Anzugtaschen, sieht ihm ratlos nach.

»Hallo Vati!«

Erstaunt dreht er sich um.

»Wo kommst du denn her?«

Charlotte weist über die Gleise: »Ich bin auf der anderen Seite ausgestiegen, die Tür ging nicht auf.«

»Zwischen den Gleisen?«

Ihr Vater sieht sie fassungslos an.

»Man sollte dir einen auf den Hintern geben. So ein Leichtsinn! Ein Zug hätte kommen und dich erfassen können.«

»Es ist aber keiner gekommen.«

»Du Glückskind«, sagt er und schließt sie fest in die Arme. »Ach, du mein Glückskind«, seufzt er.

Sein Bauch stört, denkt Charlotte und gibt ihm einen Kuss auf die Wange.

Der Bahnhofsvorplatz liegt im Sonnenschein. Für Charlotte ist es ein Sonntagsgefühl, an der Seite ihres Vaters zum Auto zu gehen; den kleinen, braunen Pappkoffer hat er ihr abgenommen. Sein Opel Rekord, ungewaschen und eingebeult am Kotflügel, steht im Halteverbot, dem einzigen Schattenplatz um diese Zeit. Bevor sie einsteigt, wischt sie die Krümel vom Beifahrersitz, die Papiertüten im Fußraum schiebt sie mit der Schuhspitze beiseite. Dass ihr Vater nachlässig, achtlos, ja schlampig mit allen Dingen umgeht, hat sie mehr als einmal von der Mutter gehört. Angeblich hat sie, seine Tochter, diese Eigenschaft geerbt. Nein, schlampig ist sie nicht, sie ist es allenfalls im Vergleich zu ihrer, ach, so ordentlichen Schwester. An ihr soll sie sich ein Beispiel nehmen. Was sie schon aus Prinzip nie tun würde.

Sie kurbeln die Scheiben herunter, um frische Luft in den Wagen zu lassen. Ihr Vater startet den Motor. Und stellt ihn sogleich wieder ab. Dann lehnt er sich zurück und sieht sie an. Und sie sieht ihn an.

Sein Gesicht hat nichts mehr mit dem jungen Mann auf dem Foto zu tun, eine Art Passbild, das er der Mutter in Russland geschenkt hat. Charlotte hat es oft betrachtet. Dass ihr Vater für dieses Bild sein Hochzeitsfoto zerschnitten haben muss, offenbar den Abzug, den er mit in den Krieg nahm, wird ihr klarwerden, als man ihr am Tag seiner Beerdigung das Familienalbum zeigt. In doppelter Postkartengröße wird ihr darin das Bild begegnen, das ihn und seine Frau als Hochzeitspaar zeigt. Auf den ersten Blick wird sie sehen, dass sein Gesicht, das des Bräutigams, identisch mit dem ist, das sie bis dahin für ein Passfoto hielt.

Die glatten Züge sind erschlafft. Sein Gesicht ist das eines Mannes, der alt wird. Falten und Furchen haben sich eingegraben. Die Lippen sind wulstig, die Brauen struppig geworden, unter den Augen deuten sich Tränensäcke an. Es ist ein breites, sehr männliches Gesicht. Das Haar ist grau, eine Mähne, wie Dirigenten und mathematische Genies sie sich erlauben.

Sie sehen einander noch immer an. Sein Blick ist nachdenklich geworden.

»Ich weiß nicht, ob man einer Tochter das sagen darf ...«
»Sag's ihr doch einfach«, sagt Charlotte.

Er dreht den Zündschlüssel – Blick in den Rückspiegel, Blick in den Seitenspiegel – und fügt beim Anfahren hinzu: »Mutti und ich, wir haben dich nicht nur einmal, wir haben dich hundertmal gezeugt.«

Charlotte schweigt. Was soll sie auch sagen zu einem Satz, der zum Rotwerden intim ist und sich wie eine Nebensächlichkeit angehört hat, so belanglos. Sie klappt die Sonnenblende nach unten, das Licht ist ihr zu grell, sie hält den Arm aus dem offenen Seitenfenster, um den Fahrtwind zu spüren.

Ihr Vater sagt, er habe sie im Gasthof »Zum braunen Hirschen« untergebracht. Dort könne sie sich erst einmal frisch machen. Und wenn sie Durst oder Appetit auf eine Kleinigkeit habe, könnten sie ... Charlotte schüttelt den Kopf. Sie habe im Zug ein Brot und eine Banane gegessen, das reiche bis zum Abend.

Sie biegen von der Hauptstraße ab. Im *Braunen Hirschen* werde es ihr gefallen, sagt ihr Vater. Es sei ein schönes, altes Fachwerkhaus im historischen Ortskern, sehr gepflegt und die Küche ausgezeichnet. Zum Abendessen habe er einen Tisch reservieren lassen und sich in der Kurklinik abgemeldet. Sie fahren jetzt nur noch Einbahnstraßen, die schmal und verwinkelt sind. Was sie unternehmen wollen? Sie könnten durch den Gräflichen Park bummeln oder hinaus in die Natur fahren. Oder den Dom in Paderborn besichtigen. Oder einen Ausflug zum Kloster Corvey machen. Wozu hätte sie Lust?

»Zu allem«, antwortet Charlotte spontan.

Ihr Vater lacht. »Dann Corvey. Einverstanden?«

Natürlich ist sie das. Wie könnte sie auch nicht einverstanden sein, heute, wo sie mit der ganzen Welt einverstanden ist.

Sie schlendern durch ein Kloster, das tausend Jahre ein Kloster war, aber keins mehr ist. Statt der Stille und Abgeschiedenheit, die Charlotte erwartet hat, wimmelt es von Ausflüglern und Besuchergruppen. Im wolkenlosen Himmel das Brummen eines Sportflugzeugs. Es kreist. Sie schlendern. Sie haben nichts zu tun und nichts zu versäumen, sie haben Zeit. Seltsam unwirklich kommt Charlotte die Gegenwart ihres Vaters vor, Fremdheit empfindet sie nicht. In offener Anzugjacke – die Krawatte hat er abgebunden und in die Hosentasche gestopft – geht er neben ihr her und schüttet sein Wissen aus: Karl der Große, die Karolinger, das neunte Jahrhundert und die Benediktinermönche, die das Kloster gründeten. Charlotte versucht, kluge Fragen zu stellen. Sie schlendern. Stellenweise riecht es nach Blumen, obwohl nirgends welche zu sehen sind, nur Bäume und weitläufige Rasenflächen. Im Hintergrund glitzert die Weser. Auf den Wegen werden die Schuhe immer staubiger. Die schönen, neuen Schuhe!

Inzwischen sind sie am Westwerk angelangt, einem wuchtigen Bau aus karolingischer Zeit mit Rundbögen und Spitztürmen zu beiden Seiten. Der rotbraune Bruchstein leuchtet warm in der Sonne. In der Mitte ein rundes Tor, dahinter der Eingang. Sie betreten einen sakralen Raum, unerwartet hoch und unerwartet licht. Von den uralten Mauern geht eine angenehme Kühle aus, es riecht nach Jahrhunderten. Rundbögen über mehrere Etagen, stämmige Säulen, Gerüste und freigelegte Wandmalereien. Die Anwesenden erzeugen im Umhergehen ein anhaltend dumpfes Summen. Auch Charlotte und ihr Vater gehen umher. In den Boden sind steinerne Grabplatten eingelassen: Namen, Wappen, Römische Zahlen, lateinische Inschriften, die Charlotte nicht lesen kann, da sie Französisch statt Latein gewählt hat. Ihr Vater übersetzt.

Nach dem Ausflug braucht Charlotte zwanzig Minuten, um sich fürs Abendessen zurechtzumachen. Ihr Vater wartet derweil in der Gaststube auf sie; er wollte sich ein Bier bestellen. Sie duscht, sie zieht das kirschrote Kleid an, das sie mitgenommen hat, sie kämmt sich, sie schüttelt den kurzen, glatten Pagenkopf in Form und klippt an jedes

Ohr einen schmalen, unechten Goldreifen. Zum Schluss trägt sie Lippenstift auf, kirschrot wie ihr Kleid. Im letzten Sommerschlussverkauf war es für nur fünf Mark zu haben gewesen. Es sitzt nicht gut. Aber dieses Kleid musste es sein, wegen der Farbe. Unter der bunten Häkeljacke fällt der schlechte Sitz nicht weiter auf. Was auffällt, ist sie. Als sie in der Gaststube erscheint, sinkt augenblicklich der Geräuschpegel. Ihr Vater stellt sein Bierglas ab.

»Schön«, sagt er, nichts weiter, nur »schön«, als sie sich an den Tisch setzt.

Man bringt ihnen zwei Speisekarten. Während ihr Vater nach einem kurzen Blick weiß, dass er das Drei-Gänge-Menü nimmt – Lauchcremesuppe, Westfälischer Sauerbraten, Birne Hélène –, blättert Charlotte lange hin und her. Nichts von dem, was auf der Karte steht, hat sie jemals gegessen. Alles lockt sie. Sie blättert und blättert und wählt schließlich, um sich selbst zu überraschen, von den Vorspeisen die zweite, von den Hauptgerichten das vierte und von den Desserts das sechste, weil heute der 24. 6. ist. Dann klappt sie die Karte zu und verkündet, dass sie sich für Spinat-Quiche, Lammkarree und Mousse au Chocolat entschieden habe. Ach ja, ob sie zum Essen vielleicht ein Glas Wein dürfe? Das erste Mal in ihrem Leben hat sie bei ihrer Konfirmation Wein getrunken, danach nie wieder. Geschmeckt hat er ihr eigentlich nicht, aber es fühlte sich elegant und sehr erwachsen an, ein Weinglas in der Hand zu halten. Ihr Vater schmunzelt. Natürlich darf sie. Charlotte gefällt es, Tochter zu sein.

Eine kräftige Frau, vermutlich die Wirtin, nimmt die Bestellung entgegen. Sie notiert alle Wünsche im Kopf und bittet um etwas Geduld. Heute sei viel los und alle Speisen würden frisch zubereitet. Ob sie noch ein Bier bringen dürfe? Sie darf, selbstverständlich darf sie, und zwar ein großes. Und für das Fräulein Tochter? Gegen den Durst empfehle sie ein Glas Sprudel. Doch das Fräulein Tochter möchte lieber den frischgepressten Orangensaft, den sie in der Karte entdeckt hat.

Charlotte und ihr Vater sehen der Frau hinterher und dann in verschiedene Richtungen. Sie schweigen, obwohl nun Gelegenheit wäre, über seinen Brief zu sprechen, über die Vergangenheit, über die Wahrheit, welche auch immer. »Ich habe Dir noch so manches zu berichten und mit Dir zu besprechen«, hatte er geschrieben. Doch die Worte wollen nicht kommen. Dieser Tag würde seine Leichtigkeit verlieren, das ahnen sie. Charlottes Vater hat seinen Blick an einen fernen Punkt außerhalb des Raums geheftet, sie selbst sieht zum Fenster hinaus. Draußen ist es noch hell. Mittsommernacht. Nördlich des Polarkreises geht die Sonne heute nicht unter. Sie denkt an das Versprechen, das ihr Vater ihr gegeben hatte, als sie acht oder neun Jahre alt war. Er wollte sie auf eine seiner Reisen mitnehmen. Das Land durfte sie sich aussuchen. Zwischen Japan und Finnland hatte sie geschwankt. Die Reise hat es nie gegeben. Er wird es vergessen haben. Die Mutter hatte Recht. Dein Vater verspricht viel, hatte sie damals gesagt.

Die bestellten Getränke sind da. Während Charlotte durstig den Trinkhalm zwischen ihre kirschfarbenen Lippen nimmt, umfasst ihr Vater sein Bierglas mit beiden Händen und stiert in den Schaum. Der Orangensaft schmeckt Charlotte, er schmeckt ihr so gut, dass sie ihn in einem Zug austrinken könnte. Nach wenigen Schlucken aber fragt sie ihren Vater dann aber doch nach seinem Brief.

»Dein Überleben war Rache? Was heißt das?«, fragt sie.

Er legt seine Hand, die feucht vom feuchten Bierglas ist, zögernd auf ihre Hand.

»Das ist eine lange Geschichte. Möchtest du sie wirklich hören? Hinterher willst du vielleicht nichts mehr mit mir zu tun haben.«

»Das glaube ich nicht.«

»Sei nicht voreilig. Immerhin habe ich im Zuchthaus gesessen.«

»Warum denn das?«

»Weil ich bei der Marine einen Offizier zusammengeschlagen habe. An Bord, mitten im Krieg. Der Kapitän hätte mich standrechtlich erschießen lassen können, brachte mich aber lieber vors Kriegsgericht. Wollte sich an mir wohl nicht die Hände dreckig machen.«

Er stiert wieder in sein Bierglas.

»Schwere Körperverletzung, Volltrunkenheit im Dienst, Befehlsverweigerung, vorweg acht Disziplinarstrafen und eine förmliche Kriegsverwarnung. Joachim Lang, der haltlose Charakter, unfähig zur Besserung, ein Mann wehrfeindlichen Geistes, wehrkraftzersetzend, untragbar für die Truppe und unbrauchbar als Soldat, wurde zum Tode verurteilt.«

Er hebt den Kopf und sieht Charlotte an.

»Ich wurde in Bruchsal eingebuchtet. Das Zuchthaus war eine Festung. Und natürlich Hinrichtungsort. Mein Vater schrieb Gnadengesuche. Dass ich kein schlechter Mensch sei, dass ich alles bereue und wiedergutmachen möchte, dass ich mir nichts sehnlicher wünsche, als mich für den geliebten Führer und das Vaterland einsetzen zu können. Heil Hitler! Das war natürlich blanker Unsinn. Immerhin erreichte mein Vater, dass ich nach Torgau ins Wehrmachtsgefängnis verlegt wurde, weg von Mördern und anderen Schwerverbrechern hin zu Befehlsverweigerern, Fahnenflüchtigen, Saboteuren und straffällig gewordenen Soldaten. Als Ende Vierundvierzig jeder sah, dass Deutschland den Krieg verlieren würde, die Frontverluste waren ja katastrophal, kam man auf die Idee, Strafgefangene *zur Bewährung vor dem Feind* an die Front zu schicken, in die vorderste Reihe. Ein Himmelfahrtkommando. Wer davonkam, hatte seine Strafe verbüßt. Ich kam also in eins dieser 500er-Bataillone, die aus lauter Strafgefangenen bestanden. Wir wurden auf die Schnelle an den Waffen ausgebildet und dann an die Ostfront kommandiert.«

Er umfasst wieder sein Glas.

»Wir rächten uns«, er sagt das langsam und tonlos. »Wir rächten uns an denen, für die wir ein Scheißdreck waren, indem wir alles dransetzten, um mit dem Leben davonzukommen. Unsere Wut auf die Faschisten und ihren Krieg war ungeheuer. Eine solche Wut kann sich kein Mensch vorstellen. Sie war unser Motor. Am 9. Mai 45 kam der Befehl, die Waffen niederzulegen und sich der Roten Armee zu ergeben. Deutschland hatte tags zuvor bedingungslos kapituliert. Meine Einheit ging in Kurland unbesiegt in Gefangenschaft. Viele hatten sich schon vorher in die Wälder abgesetzt und sich lettischen, estnischen und litauischen Partisanen angeschlossen, die gegen die Besetzung ihrer Länder durch die Sowjetunion kämpften.

»Wo liegt Kurland?«

»Nördlich von Ostpreußen im Baltikum.«

Er streichelt die Wange seines blonden Glases.

»Ich habe eine Entziehung hinter mir, ich darf keinen

Alkohol mehr, mein ganzes Leben lang darf ich nie wieder einen Tropfen anrühren.« Er nimmt sein Glas: »Ich scheiß drauf!«

Ohne zu schlucken lässt er das Bier in sich hineinlaufen. Als das Glas leer ist, schiebt er es von sich. Dann wischt er sich mit dem Handrücken über den Mund. Charlotte fröstelt.

»Ich bin ein Säufer geblieben«, es klingt trotzig und selbstverachtend, »ich bin einer von denen, die mit einer Alkoholvergiftung im Krankenhaus landeten. Mit dem Saufen habe ich bei der Marine angefangen. Da wurde auf alles gesoffen. Heute saufe ich auf das Nichts, mal auf die Frauen, die ich nicht gekriegt habe, und mal auf die Frauen, die ich gekriegt habe. Auf mein Altern saufe ich und auf das Schaf in meinem Ehebett. Meine Kunst hat keine Kraft mehr, auch darauf saufe ich. Ich schlafe mit meiner Kurärztin. Sie ist klein und verwachsen und zieht ein Bein nach. Was wir treiben, nenne ich Selbstbefriedigung zu zweit. Wir tun es aus Traurigkeit. Traurigkeit ist immer ein Grund zum Saufen.«

Er winkt der Wirtin. »Noch ein Bier!«

»Mir ist kalt«, sagt Charlotte.

Ihr Vater beugt sich vor, nimmt ihre Hände in seine und rubbelt sie warm: »Keine Sorge, mein Schatz, von Bier werde ich nicht besoffen.«

Aus den Augenwinkeln nimmt Charlotte ein Tablett wahr, das auf ihren Tisch zusteuert. Wer bekommt die Suppe? Wer die Quiche? Der Schoppen Wein wandert wie selbstverständlich zum Fräulein Tochter, das große Bier – keine Frage – zum Herrn Vater.

Eine Suppe ist eine Suppe, denkt Charlotte, und eine Spinat-Quiche – aha! – eine Torte. Das Stück auf ihrem Teller ist dunkelgrün gefüllt, goldbraun überbacken und mit seltsamen Kernen bestreut. Sie betrachtet es von allen Seiten. Appetitlich sieht es aus. Und duftet himmlisch. Sie pickt einen der Kerne vom Teller und steckt ihn in den Mund. Rauch und Tannenwald schmeckt sie.

Sie essen schweigend. Charlotte mag ihren Vater, sie mag ihn mehr noch als vorher. Die Sache mit dem Zuchthaus ändert nichts daran. Das macht ihn interessant. Und seine Sauferei geht sie nichts an. Sie will nicht aufhören, ihn zu mögen, so wenig, wie sie aufhören will, ihre Mutter zu lieben, von der sie als Kind blutig geschlagen wurde. Die Erinnerung ist noch dunkel vorhanden, aber taub bei Berührung.

Ihr Vater löffelt seine Suppe, versunken in Gedanken, vielleicht verloren, vielleicht verstrickt in sie. Seine Krawatte baumelt lose um die offenen Kragenknöpfe. Der Nachmittag in seiner Hosentasche ist ihr nicht gut bekommen.

»Weiß Mutti das alles? Sie hat nie ein Wort über deine Verurteilung verloren.«

Charlotte teilt mit ihrer Gabel ein Stück Quiche ab.

»Ich ja auch nicht. Zuchthaus und Gefängnis sind ja kein Ruhmesblatt, darüber schweigst du, da retuschierst du deine Biografie, du traust ja niemandem mehr, misstrauisch bis auf die Knochen bist du geworden. Jeder ist dein Verräter. Nein, Mutti weiß nichts davon. Sie kennt nur den Kunstmaler Joachim Lang, den Sohn aus gutem Hause, dem irgendwie der Krieg dazwischenkam. Selbst die Kunstakademie ist erfunden. Ich habe von meinem Talent gelebt, in jeder Hinsicht. Die Wahrheit …«

Die Bedienung ist am Tisch erschienen, um die Teller abzuräumen. Ob es geschmeckt habe, erkundigt sie sich. Charlotte und ihr Vater nicken flüchtig.

»... die Wahrheit ist, dass ich mich nach dem Abitur freiwillig zur Kriegsmarine meldete.«

Charlotte gießt sich Wein aus der Karaffe nach.

»Mutti hat erzählt, dass ihr eine Tuchfabrik hattet.«

Er denkt nach.

»Eine Tuchfabrik? Da muss sie was missverstanden haben. Wir hatten keine Tuchfabrik. Mein Vater war Schneidermeister. Zu Kaisers Zeiten nähte er Postuniformen, später Feld- und Paradeuniformen fürs Königlich Sächsische Husaren-Regiment, nach 1918 dann Fräcke und Abendroben für Dresdens vornehme Gesellschaft. Wir waren neureich, alles musste vom Feinsten und Besten sein und war im Grunde nur geschmacklos. Wir lebten in einem der besseren Viertel, hatten Dienstpersonal und einen Privatlehrer, der uns Kindern Musikunterricht gab ...«

»Du hast Geschwister?«

»Ich hatte! Zwei ältere Brüder. Der Walter war zwölf, der Herbert neun Jahre älter. Ich bin ein Nachkömmling.«

»Sie leben nicht mehr?«

»Walter ist Ende der Zwanzigerjahre nach Südamerika gegangen. Und verschwunden. Herbert ist tot. Er war das buchstäblich versoffene Genie, ein Schüler von Otto Dix übrigens. Herbert, nicht ich, war auf der Kunstakademie.«

Charlotte nippt an ihrem Wein.

»Über deine Mutter hast du noch gar nichts gesagt.«

»Da gibt es auch nicht viel zu sagen. Sie hieß Ida, war eine geborene Mros und starb, als ich vier war ...«, er bricht den Bierdeckel durch, mit dem er die ganze Zeit gespielt hat,

»… ach, lass uns über was anderes reden. Erzähl mir von dir. Hast du einen Freund?«

Die Tür zur Küche schwingt auf.

»Unser Essen kommt«, sagt Charlotte.

Der Hauptgang wird ihnen unter glänzenden Metallhauben serviert. Als man sie vor ihren Augen lüftet, erscheinen auf dem Teller ihres Vaters Sauerbraten, Knödel und Rotkraut, auf ihrem Teller eine Reihe von Knochen. Wie Säbel ragen sie aus dem Fleisch. Aha, das also nennt sich Karree! Man hat es auf einen Klecks Soße gesetzt. Die glänzt wie ein dunkler Spiegel. Grüne Spargelspitzen – sie kennt nur weißen Spargel – und ein paar Kartoffelwinzlinge leisten dem Ganzen Gesellschaft.

»Guten Appetit!«

Ihr Vater findet den Sauerbraten zu süß, Charlotte das Lammkarree okay und – von den Knochen abgesehen – butterzart. Sie isst es begeistert und hofft, dass ihr Vater die Frage nach ihrem Freund schnell wieder vergisst. Manchmal fragt sie sich selbst, ob sie einen Freund hat. Dass sie keinen hat, stimmt nicht. Dass sie einen hat, stimmt auch nicht. Sie hat keinen festen Freund. Bevor einer es wird, kommt ihr stets ein anderer dazwischen.

Ihr Vater legt sein Besteck zusammen, drückt ein Rülpsen in die weiß gestärkte Serviette und wischt sich den Mund ab.

»Erzähl mir von deinem Freund.«

Charlotte spießt ein Stück Fleisch auf.

»Das mit der Treue klappt bei mir nicht«, sagt sie; ihre Kirschlippen ziehen das Fleischstück von der Gabel.

»Prost!« sagt ihr Vater, »bei mir auch nicht.«

Sie lachen und Charlotte verschluckt sich vor lauter Lachen. Sie lachen und reden über die Treue, viel dummes Zeug reden sie, weil ihnen nichts Gescheites zur Treue einfällt. Es ist ein leichtes, luftiges, nicht ganz ernstgemeintes Dahinreden von Unsinn und Hintersinn, es ist ein Spiel, beinahe ein Flirt. *Tipsy*, denkt Charlotte, ich werde wohl *tipsy* sein, denkt sie; das deutsche Wort ist ihr entfallen. Und als man die Desserts bringt und ihr ein mausgraues Steintöpfchen vorsetzt, ist sie sicher, dass die Mousse au Chocolat für ihren Vater ist. Doch sie gönnt ihm die Hélène mit ihren zwei Kugeln Vanilleeis und der Schokoladensoße über der Birne.

Was im Steintöpfchen so unscheinbar braun aussieht, ist auf der Zunge reine Wonne. Lustvoll öffnen und schließen sich ihre Lippen. Himmlischer Schmelz, Löffel für Löffel. Als sie das Steintöpfchen auskratzt, muss sie plötzlich an Richard denken. Schlechter Vergleich, denkt sie und kratzt weiter. Die Mousse ist verschwunden, ihr schöner Geschmack geblieben.

Am nächsten Morgen erscheint ihr Vater wie verabredet zum Frühstück im Hotel. Er sieht grauenhaft aus, unrasiert und zerzaust. Ein übernächtigter Grizzly lässt sich an Charlottes Frühstückstisch nieder. Sein Blick ist verwaschen, sein Atem riecht hochdosiert nach Pfefferminzbonbons. Er habe die Nacht durchgemacht, brummt er. Wo und mit wem, will Charlotte nicht wissen. Nach zehn Uhr abends komme man ja nicht mehr in die Kureinrichtung, sagt er. Den Weg habe er sich deshalb gleich gespart. Nein, essen mag er nichts. Kopfschmerzen und ein entsetzliches Sodbrennen habe er und bestellt ein großes Glas Milch. Der graue, zerzauste Grizzly tut Charlotte leid, wie er so dasitzt und mit Abscheu Milch trinkt, den schweren Kopf über das

Glas gebeugt, die Augenlider bis zur Pupille gezogen. Sie selbst frühstückt ohne Appetit, sie hat unruhig geschlafen. Das Gespräch von gestern Abend ist ihr in die Nacht gefolgt. Sie hat versucht, sich das Leben ihrer Mutter und ihres Vater in russischer Gefangenschaft vorzustellen. Und Fragen sind ihr gekommen. Was macht diese Zeit, was machen diese Jahre mit einem Menschen? Was machen sie aus ihm? Die Mutter hatte oft vom Hunger gesprochen, davon, dass er das Gehirn, die Seele und die Moral zersetze. Und dass nicht jeder zum Skelett abmagere, hatte sie gesagt, mancher Körper schwemme bis zur Unkenntlichkeit auf. Zuerst würden sich die Unterschenkel, dann die Oberschenkel, dann der Bauch mit Wasser füllen. Wenn es das Herz erreicht habe, würde man sterben, dann würde das Wasser in die Lungen dringen. Der Tod sei ein langsames, grausames Ertrinken. Das Makabere am Hunger sei, dass er einen Verbündeten habe: den Traum. Der tische dem Hungernden im Schlaf Essen in überirdischen Farben und märchenhafter Fülle auf. Alles funkle und glitzere und strahle in einer tückischen Pracht, hatte die Mutter erzählt. Diese Träume kämen, wenn alles Fett im Körper verbraucht sei und er anfange, sich selbst zu verzehren, indem er sich über seine Muskeln, Nerven und inneren Organe hermache. Einmal noch satt werden! Eine Frau soll sich die Pulsadern aufgeschnitten haben, um das eigene Blut zu trinken. Einmal noch satt werden! Einen solchen Hunger kann sich Charlotte nicht vorstellen. Nein, sie mag jetzt auch gar nichts mehr essen.

Die letzte Stunde bis zur Abreise – der Zug geht um 11 Uhr 48 – verbringen Charlotte und ihr Vater im Kurpark. Von hier sind es nur wenige Minuten bis zum Bahnhof; den freien Platz auf ihrer Bank belegen sie mit dem braunen Pappkoffer. Sie mussten zu Fuß gehen. Der Autoschlüssel ist ihrem Vater in der Nacht abhandengekommen.

Himmelblaues Sonntagsgeläut weht Spaziergänger durch den Park. Charlotte würde ihren Vater gern nach einigen Dingen fragen, die ihr heute Nacht durch den Kopf gegangen sind. Nein, sagt sie sich, ihre Fragen passen nicht in einen himmelblauen Sonntag. Ihr Vater steht von der Bank auf. Auf dem Weg liegt ein Stock, den nimmt er, der ist sein Stift, damit zeichnet er ein großes Rechteck in die Sandfläche vor der Bank. Charlotte glaubt an Gedankenübertragung, als er sagt, er zeichne ihr jetzt den Grundriss des Lagers Karabasch auf, in dem er ihre Mutter, schwanger, zurücklassen musste.

»Im Westen lag der Ural«, mit ein paar Wellenlinien deutet er Berge an, »im Osten hatten wir Sibirien vor uns.« Er beginnt, Zacken um das Rechteck zu malen. »Das Lager war mit mannshohen Brettern eingezäunt, oben gerollter Stacheldraht.«

Er zieht einen zweiten Zaun um das Lager. In den Streifen zwischen den Zäunen setzt er Strichmännchen.

»Hier patrouillierten Wachtposten mit Kalaschnikows und Schäferhunden. Wer zu fliehen versuchte, wurde erschossen. Das wusste jeder. Dennoch gab es etliche Fluchtversuche. Die es taten, zogen den Tod einem Leben in Gefangenschaft vor. Selbst wenn die Flucht geglückt wäre, wäre man verloren gewesen. Das Land ist endlos weit, ein einzelner Mensch hat keine Chance in dieser gewaltigen, nein, gewalttätigen Natur.«

Er richtet sich auf und sieht Charlotte an, den Stock in der Hand.

»Mutti hat doch das Buch *Soweit die Füße tragen*. Hast du es mal gelesen?«

Charlotte schüttelt den Kopf.

»Der Roman beschreibt die Flucht eines deutschen Kriegsgefangenen von einem Lager am Nordpolarmeer durch Ostsibirien über die Mongolei und Persien zurück nach Deutschland. Angeblich eine wahre Begebenheit. Nachforschungen haben jetzt ergeben, dass es nicht stimmt. Nicht mal das Lager soll existiert haben.«

Er wendet sich wieder seiner Skizze im Sand zu. In die Ecken des Rechtecks setzt er jetzt Wachtürme, die, wie er sagt, mit Scheinwerfern nachts jeden Winkel ausleuchteten. An der Ostseite wischt er ein Stück Zaun weg: für das Lager-Tor. Über das Tor kratzt er den Sowjetstern und neben das Tor an jeder Seite einen Fahnenmast. An die hängt er die Flagge der siegreichen UdSSR. Rot leuchtet, rot weht sie über dem Lager der Kriegsgefangenen. Sein Stock kratzt weiter, er kratzt ein Quadrat in das Herz des Grundrisses.

»Im Zentrum lag der Appellplatz. Da mussten wir vor dem Abmarsch zur Arbeit antreten, da wurden wir gezählt und kontrolliert. Vor der Nachtruhe dasselbe Spiel. Diese Zählappelle dauerten ewig, die Zahlen stimmten nie, x-mal wurde nachgezählt. Im Winter holte man sich Frostbeulen, im Sommer kippte man vor Durst und Erschöpfung um.«

Er legt den Stock beiseite und setzt sich wieder zu Charlotte auf die Bank. Sein Blick, der äußere, ist auf die Skizze gerichtet, der andere Blick auf die Erinnerung.

»Nach dem Morgenappell«, sagt er, »ging es brigadenweise in den Schacht, ins Traktorenwerk, an den Schmelzofen oder in den Wald zum Holzfällen. Marschiert wurde immer in Fünfer-Reihen und in Begleitung eines bewaffneten Natschalniks. Dazu plärrte aus den Lautsprechern wie zum Hohn Blasmusik. Meist mussten wir kilometerweit bis zu unserem Einsatzort marschieren. Gearbeitet wurde an jedem Tag, mit An- und Abmarsch waren das um die sechzehn Stunden. Frei hatten wir nur am 1. Mai, bei starken Schnee- oder Sandstürmen und bei Temperaturen unter 30 Grad minus. Doch so tief fiel das Thermometer selten, weil man es an einer geschützten Stelle am Eingang der Lagerverwaltung angebracht hatte. Gegen Abend schleppte man sich in einem langen, aufgelösten Zug zurück ins Lager. Du musst dir ein Heer grauer, zerlumpter, ausgemergelter Gestalten vorstellen.«

Charlotte hat dieses Heer vor Augen, nicht den einzelnen Menschen, der ist nur ein Punkt, denn sie blickt wie aus weiter Ferne zu ihnen hinüber. Sie sieht einen verzweigten, trüben Strom, der sich träge durch ein Schneeland bewegt.

»Im Lager verkroch man sich dann wie ein Hund in der Baracke«, erzählt ihr Vater weiter, »man kroch auf seine Pritsche und fühlte nichts außer Hunger. Zur Essensausgabe kroch man wieder hervor. Hatte man den Fraß runtergebracht – oft war das nur ein Matsch, zusammengekocht aus ungeschälten, halb verfaulten Kartoffeln, Kohl und Fischabfällen –, durfte man sich frei im Lager bewegen. Ertönte aus den Lausprechern die Nationalhymne, hieß das: Antreten zum Abendappell. Danach begann die Nachtruhe. Jetzt durfte niemand mehr die Baracke verlassen. Zum Austreten war ein Kübel da, Toiletten gab es ja nicht. Den schwappenden Kübel mussten morgens zwei Mann zur Latrine schleppen.«

»Was ist eine Latrine?«

»Ein primitives Scheißhaus. Bei uns war es ein Schuppen ohne Rückwand, in Sitzhöhe ein langes Brett, über das du deinen Hintern hängen musstest. Trennwände fehlten. Zum Abwischen nahm man sich Blätter oder Grasbüschel mit. Im Sommer verrichtetest du dein Geschäft über einem bestialisch stinkenden Sumpf. Die Ausdünstungen zusammen mit denen des Chlorkalks, der zur Desinfektion in die Grube geschüttet wurde, nahmen dir den Atem. Und um dich herum Wolken schwarzer Fliegen und stechender Insekten. Im Winter wuchsen dir Eispyramiden entgegen. Von Zeit zu Zeit mussten wir sie mit Spitzhacken und Brechstangen abtragen.«

Die Stunde, die so lang schien, ist zusammengeschnurrt. Charlottes Vater hat sich wieder von der Bank erhoben und den Stock genommen. Die letzten Minuten reichen nur noch für die Baracken. Er deutet sie mit waagerechten Linien an und zeigt Charlotte, wo die Frauenbaracke lag, in der die Mutter mit etwa achtzig anderen Frauen auf engstem Raum untergebracht war und ihr Zuhause sich auf die Holzpritsche zum Schlafen beschränkte.

»Die Banja, das Badehaus, lag außerhalb des Lagers ...«, er malt einen Kreis neben den Grundriss.

»Vati, wir müssen los!«

»Die Banja war eigentlich nur für das Personal vorgesehen, aber manchmal durften auch wir uns darin mit einem Splitter Kernseife und warmem Wasser waschen. Unsere Sachen wurden derweil im Entlausungsraum begast. Läuse, Flöhe, Wanzen, das Ungeziefer fraß uns ja buchstäblich auf.«

»Vati, wir müssen los!«

»Eins noch, Charlotte.«

Er zeichnet eine Reihe von Kreuzen vor die Ural-Berge.

»Würde man hier heute graben, würde man auf zwei große Massengräber stoßen.«

Um zehn nach halb zwölf stehen sie auf dem Bahnsteig. Charlotte fühlt sich plötzlich sehr traurig. Und ihr Vater wohl auch. Sie schweigen. Als der Zug einläuft, umarmt sie ihren Vater. Und er umarmt sie. Dass er sich über ihren Besuch sehr gefreut habe, sagt er. Dass sie ein hübsches Mädchen sei und es Momente gab, in denen er sich wünschte, dreißig Jahre jünger und nicht ihr Vater zu sein. Charlotte geht über diese Worte hinweg, als hätte die Lautsprecheransage sie übertönt. Bis der Zug zum Stehen gekommen ist, halten sie einander im Arm. Ihr Vater riecht ungewaschen, nach Schweiß, nach Alkohol und nach Pfefferminzbonbons. Wange an Wange nimmt sie jetzt auch den Rest eines schwülen Parfüms wahr. Der Duft haftet wie der schwache Abdruck einer Frau auf seiner Haut. All dies und noch viel mehr nimmt Charlotte mit. Und ihren braunen Pappkoffer, ohne den sie jetzt beinahe eingestiegen wäre.

Am Abend berichtet sie der Mutter von ihrer Reise, nicht alles, natürlich nicht. Die Mutter reagiert gereizt auf das, was ihr Vater über das Lager erzählt hat. Einen wichtigen Punkt habe er verschwiegen, sagt sie. Und das wäre? Charlotte will es wissen. Mit Erstaunen hört sie, dass ihr Vater nicht mit achtzig Männern auf engstem Raum leben musste, sondern sich mit Kurt, einem Kirchenmaler, ein eigenes Zimmer teilte. Das war zur Hälfte Atelier. Dort malten sie die russischen Offiziere und ihre Familien in Öl. Dort lieh die Mutter mancher Gattin ihre schlanken Arme und Beine. Und immer standen Ölfarben und Leinwand zur Verfügung, obwohl es sonst an allem in Russland fehlte.

Aber Johnny und Kurt porträtierten nicht nur. Auf Wunsch malten sie auch berühmte Gemälde von Vorlagen ab, die Sixtinische Madonna zum Beispiel oder Rembrandts Nachtwache. Beliebt waren bei den Russen auch Waldlandschaften mit Bären. Johnny und Kurt gehörten zur Lagerprominenz, einer Oberschicht aus Ärzten, Akademikern und Künstlern. Sie wurden bevorzugt behandelt. Wer dazugehörte, bekam öfter als andere einen Passierschein, der zum Verlassen des Lagers berechtigte. Wer dazugehörte, dem wurde der Kopf nicht geschoren, der durfte sich die Haare wachsen lassen. Und wer wie ihr Vater dazu noch die Antifa-Kurse besuchte, in denen Deutsch sprechende Polit-Offiziere Vorträge über den Marxismus-Leninismus hielten und die Gefangenen über die Verbrechen der Nationalsozialisten aufklärten, bekam die höchste Verpflegungsstufe. Sie selbst habe nie an solchen Veranstaltungen teilgenommen, schon weil sie sich diese Lügen nicht anhören wollte. Ihr Vater tat es angeblich, um seinen Kopf zu beschäftigen. Ja, er habe über beste Beziehungen verfügt.

Charlotte ist verwirrt. Ihr Vater kommt ihr plötzlich wie ein Kipp-Bild vor, das je nach Betrachtung verschiedene Figuren zeigt. Sie überlegt. Zog die Mutter aus diesem Liebesverhältnis nicht auch Vorteile für sich selbst? War sie überhaupt aus Liebe mit ihm zusammen? Oder fühlte sie sich herausgehoben durch ihn? Die Mutter findet Charlottes Fragen unverschämt und schreibt sie der Unreife einer Siebzehnjährigen zu. Sie solle sich erstmal den Wind um die Nase wehen lassen und Lebenserfahrung sammeln, dann könnten sie sich wieder unterhalten.

Der Abend endet wie so oft im Streit. Und wie so oft sind Iris und Gernot wortlose Zuschauer.

Ein aus dem Fels gebrochener Karneol gleicht einem rohen Stück Fleisch, das von hellen Fettbändern durchzogen ist. Bearbeitet und poliert nimmt der Stein gern die Form eines Herzens an. Wer aus einem Karneol-Becher trinkt, wird mutig und stark. Karneole erscheinen mitunter schwärzlich rot, hält man sie gegen das Licht, blickt man in strömende Lava. Luthers Siegelring war ein in Gold gefasster Karneol.

Wer einen Talisman aus Opal besitzt, dem ist Glück und Erfolg sicher. Und wer sich an alle seine Finger einen Opal-Ring steckt, wird auf der Stelle unsichtbar. In den Mythen australischer Urvölker stieg der Schöpfer auf einem Regenbogen herab. Im Licht des Regenbogens verwandelten sich alle Steine in Opale. Deshalb flirren und flimmern sie wie er. Ein Opal kann schwarz oder milchweiß sein.

Smaragde schenken Unsterblichkeit. Kleopatra wusste es und erklärte alle Smaragd-Minen Ägyptens zu ihrem Eigentum. In persischer Zeit bewachte ein riesiger Löwe aus weißem Marmor Zyperns Küste. Seine Augen waren zwei faustgroße, in Millionen Facetten geschliffene Smaragde. Die funkelten so furchterregend über das Meer und in die Tiefen des Wassers, dass kein Angreifer, allerdings auch kein Fisch es wagte, sich der Insel zu nähern.

Diamanten entstehen aus den Tränen der Götter. Oder aus Splittern von Sternschnuppen. Hat sein Besitzer einen bösen Charakter, wird der Stein blind, dagegen verstärkt sich die Brillanz eines Diamanten, wenn ihn ein edler Mensch trägt. Ein Diamant schützt vor Feuer und heilt Geschlechtskrankheiten.

Charlotte ist entschlossen, Goldschmiedin zu werden. Die Mutter ist entschlossen, ihr das auszureden. Für diesen Beruf brauche sie kein Abitur, die Mittlere Reife hätte genügt. Damit wäre sie schon vor zwei Jahren mit der Schule fertig gewesen. Das hätte ihr, der Mutter, vieles erspart. So aber liege ihr eine fast erwachsene Tochter bis heute auf der Tasche und koste sie Nerven. Unerträglich sei die Überheblichkeit, die sie inzwischen an den Tag lege, besonders Gernot gegenüber. An allem habe sie was auszusetzen. Sie solle nicht vergessen, wer sie sei, wo sie herkomme und wem sie das alles zu verdanken habe. Goldschmiedin! Die Mutter fasst sich an den Kopf.

»Das wären drei weitere Jahre, in denen du nichts verdienen würdest. Dein Abitur wäre verschwendet, all das Lernen umsonst, so dumm kann man doch gar nicht sein«, sagt sie.

Gagat schimmert in einem warmen, matten Schwarz. Die Römer verarbeiteten Gagat zu Trauerschmuck. Ein Kreuz aus Gagat an der Haustür verwehrt Hexen den Zutritt. Zu Pulver zerrieben und dem Badewasser beigegeben, färbt es sich rosa bei einer jungfräulichen Braut. Der Stein ist leicht wie Schwemmholz. Ein Ohrgehänge, und sei es üppig wie ein Kandelaber, wiegt fast nichts, und ein Collier, zusammengesetzt aus tausend schwarzen Tropfen, schmiegt sich wie Nerz um den Hals.

Charlotte überlegt, ob sie aufstehen und ihre Entwürfe holen soll. Doch die Mutter würde ihre Meinung nicht ändern. Auf dem Tisch liegt ein Brief. Der ist von ihrem Vater. Mit diesem Brief hat der Streit angefangen. Zum Glück sind Gernot und Iris nicht da; er ist auf Montage, sie auf Klassenfahrt.

Charlotte ist wütend auf ihren Vater. Der hat ihr tatsächlich zu einer Beamtenlaufbahn geraten. In der Finanzverwaltung! Sie fasst es nicht. Die Ausbildung sei ein gutes

Fundament, schreibt er. Da könne sie sich beruflich entwickeln, ihr Gehalt steige automatisch, sie werde befördert und habe gute Chancen, in höhere Ämter aufzusteigen, bis ins Finanzministerin. Bilanz-, Steuer- und Wirtschaftsrecht, das seien interessante Gebiete. Und wenn ihr die Arbeit im Finanzamt eines Tages nicht mehr gefalle, könne sie sich zur Steuerfahndung melden oder zu einem Wirtschaftsprüfer gehen oder sich als Steuerberaterin selbstständig machen. Doch bei einem Hochschulstudium, nein, da könne er sie nicht unterstützen, das würde ihn finanziell überfordern, denn er habe ja noch für drei Söhne und eine Frau zu sorgen. Als Beamtenanwärterin bekäme sie während der Ausbildung 330 Mark. Sie solle seinen Vorschlag mal überdenken und mit der Mutter besprechen.

Die redet ihr zu: »Mit 330 Mark wärst du in der Lage, dir ein Zimmer zur Untermiete zu nehmen und dich selbst zu unterhalten. Das würde auch mich entlasten. Du willst doch raus hier, das alles ist dir doch nicht mehr gut genug.«

Die Mutter fängt an zu weinen. Charlotte senkt den Blick.

»Ich tue ja, was ich kann«, schluchzt die Mutter, »ich will euch eine gute Ausbildung geben, mehr kann ich für euch nicht tun. Und mehr als arbeiten kann ich auch nicht. Wie lange ich das noch durchhalte, ich weiß es nicht. Akkord ist Mord. Ich wollte das nie glauben. Heute merke ich es. Meine Kräfte sind verbraucht. Ich schleppe mich nur noch von einem Tag zum nächsten.«

Charlotte nimmt die Mutter in den Arm. Sie ist ihr immer so stark vorgekommen. Unerschütterlich wie eine babylonische Löwin schritt sie neben ihnen her. Mit ihr an der Seite konnte ihnen nichts passieren. Jetzt, wo sie die Mutter im Arm hält und die Mutter wie ein Kind weint, fühlt sie deren Verzweiflung, fühlt und begreift, dass sie ein schutzbedürftiger, sterblicher Mensch ist.

Im Bett liegt Charlotte noch lange wach. Sie denkt über den Abend und die Mutter nach. Und über ein Studium mit staatlicher Unterstützung. Sie hat sich erkundigt. Nach dem Honnefer Modell könnte sie 150 Mark monatlich bekommen, ausgenommen sind die Semesterferien. Doch es könnten auch weniger als 150 Mark sein. Oder gar nichts, denn 150 Mark sind der Höchstsatz. Die Höhe der Unterstützung hängt von der Finanzlage Niedersachsens, von der Zahl der Anträge und den eigenen Noten ab. Also könnte es auch weniger sein. Von Semester zu Semester wird neu entschieden. Außerdem würde sie nicht weit kommen mit läppischen 150 Mark. Die würden kaum für ein möbliertes Zimmer und die Studiengebühren reichen. Also müsste sie nebenbei arbeiten gehen. Und da der Staat das Geld nur als Darlehen rausrückt, hätte sie nach dem Studium einige tausend Mark zurückzuzahlen. Wovon? Was sie gerne studieren würde, wäre Kunst oder Japanologie oder Altorientalistik, also Dinge, die kein Mensch braucht. Goldschmiedin. Warum ist ihr das nicht vor drei Jahren eingefallen?

Am Telefon hatte sich ein nettes, ziemlich langes Gespräch entwickelt. Unversehens waren sie ins Plaudern gekommen. Charlotte hatte ein bisschen über sich erzählt und Tilla Seebald von ihren Jahren am Bosporus, von jener Zeit, als die Türkei noch Osmanisches Reich war. Ihre Stimme klang nach Cognac und Rauch und machte Charlotte neugierig auf diese Frau. Als sie ihr vorhin die Wohnungstür öffnete, sie herzlich begrüßte und hereinbat, sprang sofort Sympathie auf, und das offenbar gegenseitig.

Charlotte schätzt sie auf quirlige siebzig Jahre. Das weinrote Hauskleid, bestickt mit glitzernden Ornamenten und blanken Pailletten, könnte noch aus ihren jungen Jahren im Orient stammen, es spannt um Hüften und Busen. An ihrem rechten Mittelfinger trägt sie einen auffälligen Ring. Der Stein hat die Form eines tiefblauen Skarabäus, sein Panzer ist übersät mit goldenem Gefunkel wie ein südlicher Sternenhimmel.

Lapislazuli wächst in Afghanistan, in der Mittagszeit, wenn die Sonne am stärksten brennt. Wer ein Augenleiden hat, soll einen Lapislazuli erwärmen und auf sein Lid drücken, dann wird der Schmerz verschwinden. Napoleon nahm einen Lapislazuli mit in die Schlacht, um unverletzt zu bleiben. Lapislazuli schützt, löst Krämpfe, beruhigt die Seele und schenkt klare Gedanken.

Tilla Seebald geht vor, um Charlotte das inserierte Zimmer zu zeigen. Der Flur, der sich ans Entree anschließt, ist dämmrig. Es riecht nach Rosen und Zimt. Der Fußboden knarrt, wie Fußböden in alten Wohnungen knarren. Auf der linken Seite des langen Schlauchs gibt es zwei, auf der rechten Seite drei Türen. Ganz am Ende ist eine geschnitzte Truhe zu erkennen, über der Truhe ein Wandspiegel und auf dem Deckel der Truhe ein schwarzer Telefonapparat.

Charlotte hatte Tilla Seebald vom Finanzamt aus angerufen, gegen halb zehn, nach der Frühstückspause, nachdem der Leiter des Veranlagungsbezirks, dem sie für sechs Wochen zugeteilt ist, die Zeitung ausgelesen und ihr überlassen hatte. Wie jeden Tag. Und wie jeden Tag hatte sie als Erstes nach der Seite mit den Vermietungen gegriffen.

Tilla Seebald öffnet die letzte Tür auf dem Flur und lässt

Charlotte den Vortritt. Die sieht sich um, die holt einmal tief Luft – sie kann und will nicht wählerisch sein – und sagt dann ja. An das altmodische Mobiliar, den Stuck an der Decke und an das Parkett im Fischgrätenmuster, an all diese Scheußlichkeiten wird sie sich gewöhnen, und selbstverständlich auch an den orientalischen Webteppich an der Wand. Dahinter verbirgt sich vermutlich eine Tür.

Am 1. Februar 1970 zieht sie ein. Da sie noch nicht einundzwanzig und volljährig ist, musste der Mietvertrag auch von der Mutter unterschrieben werden. Sie schien es leichten Herzens zu tun.

In den Köpfen mancher Vipern findet sich ein linsengroßer, wasserklarer Kristall. Dieser Stein steigert die Lebenslust, wenn man ihn lutscht. Wer ihn aus Versehen verschluckt, wird niemals Glück im Spiel und niemals Glück in der Liebe haben.

Von der Lachmannstraße braucht Charlotte zu Fuß nur etwa zehn Minuten bis zum Finanzamt. Beim Vorstellungsgespräch in der Oberfinanzdirektion durfte sie sich von den beiden Braunschweiger Finanzämtern eins aussuchen. Sofort entschied sie sich für das am Altewiekring, einen lichten, modernen Bau. Das Finanzamt in der Wilhelmstraße ist ein alter Kasten. Einmal in der Woche haben sie, die neun Anwärter ihres Jahrgangs, dort theoretischen Unterricht.

Steuerrecht langweilt sie. Sie lernt ohne Interesse, aber ernsthaft. Sie lernt, dass sich alles lernen lässt. Sie lernt, Unbegreifliches zu begreifen, zum Beispiel die Entscheidungen des Bundesfinanzhofs. Ihre Klausurnoten sind weder gut noch schlecht. Sie liest das Bundessteuerblatt, weil es sein muss. Sie zieht Kommentare zu Rat, wenn Rechtsvorschriften ihr unverständlich erscheinen. Auch das muss sein. Sie bearbeitet praktische Fälle und diskutiert Rechtsprobleme. Man hält sie für engagiert, doch sie langweilt sich. Abwechslung bringt der Außendienst, wenn sie Betriebsprüfer oder Vollziehungsbeamte zu den Steuerpflichtigen begleitet. Kürzlich haben sie einen Ziegenbock gepfändet. Da man dem Tier den Kuckuck nicht aufs Hinterteil kleben konnte, haben sie das Pfandsiegel in eine Klarsichthülle gesteckt und am Horn des Bockes befestigt. Zwei Tage später musste ein Frisör dranglauben. Vom Rückwärtswaschbecken bis zur letzten Dose Haarspray haben sie im Salon alles gepfändet und abtransportieren lassen. Im Finanzamtskeller, neben dem provisorischen Ziegenstall, warten die Dinge auf ihre Versteigerung. Die soll in der nächsten Woche stattfinden.

Drei Jahre dauert die Ausbildung. Die letzten sechs Monate sind für einen Abschlusslehrgang reserviert. Nach ihrem Ausbildungsplan beginnt er am 1. Dezember 1971 in Bad Eilsen. Besteht sie die Prüfung, ist sie Finanzwirtin (FH), Steuerinspektorin z. A., Laufbahnbeamtin. Charlotte will durchhalten.

Aus Tilla Seebald ist schnell *Tante Tilla* geworden. Und wie eine Verwandte, die es gut mit ihrer Nichte meint, schiebt sie von der Miete, die Charlotte ihr am Monatsersten gibt, mal einen Zehn-, mal einen Zwanzigmarkschein wieder zurück. »Ist gut so, Lottchen.« Tilla ist großzügig. Sie kann es sich leisten. Das vierstöckige, 1893 erbaute Haus gehört ihr, alle Wohnungen sind gut vermietet. Sie hat das Haus von ihrem Bruder geerbt, der ledig und kinderlos starb.

Ledig und kinderlos ist auch sie, aber alles andere als eine alte Jungfer. Ihr Freund ist ein stattlicher Mittfünfziger. »Männer, Lottchen, ach Männer ...« Mehr sagt sie nicht und winkt ab. Erzählt hat sie nur, dass sie mit siebzehn vor ihrem Verlobten nach Istanbul floh, das damals noch Konstantinopel hieß. Ihr Bruder arbeitete dort als Ingenieur wie viele andere deutsche Ingenieure auch. Das rückständige Land wollte sich nach westlichem Vorbild entwickeln. Tilla führte ihm den Haushalt, auch später noch, als sie wieder in Braunschweig lebten, als er dieses Haus gekauft hatte und sie gemeinsam in die Parterrewohnung eingezogen waren. Jetzt, für sie allein, sei die Wohnung eigentlich zu groß, sagt sie. Und zu einsam ohne eine Menschenseele. Ihr Freund habe in seinen eigenen vier Wänden Wurzeln geschlagen. So sei das nun mal mit den alten Bäumen, die sich nicht mehr verpflanzen lassen. »Männer, Lottchen, ach Männer ...«

Charlotte liebt es, wenn Tilla aus ihrem Leben erzählt. Und Tilla liebt ihre Gesellschaft. Manchmal spielen sie Schach, an einem runden Spieltisch in der Wohnstube mit dem großen, grünen Kachelofen. Der Spieltisch ist eine Antiquität, die Felder des Schachbretts sind wie Intarsien in die Platte eingelegt. Gespielt wird mit geschnitzten Figuren aus Elfenbein. Da stellen sie vor der Schlacht einen Sultan und eine Suleika auf, da geben sie den beiden je einen Wesir an die Seite. Und jedem Wesir ein Rennkamel. Das Eck-Feld besetzt ein Elefant, der auf seinem Rücken eine Sänfte mit Baldachin trägt. In der ersten Reihe stehen Soldaten. Jede Schlacht endet für Tilla mit einer Havanna und für Charlotte mit einem Cointreau auf Eis.

Seit sie bei Tilla wohnt, ist ihr, als lutsche sie den wasserklaren Kristall aus dem Kopf einer Viper. Bis unter den Scheitel fühlt sie sich aufgepumpt mit Lebenslust. Sie tanzt durch die Nächte, und der Teufel tanzt mit. Niemand stellt Fragen, am wenigsten sie sich selbst. Ihre einzige Pflicht ist es, morgens pünktlich im Finanzamt zu erscheinen und sich mit Steuerrecht zu befassen. Nach sechzehn Uhr kann sie tun und lassen, was sie will. Sie will viel und nur weniges lassen. Das Leben verführt sie zum Jungsein.

In unregelmäßigen Abständen besucht sie die Mutter. Niemals hat sie das Gefühl, nach Hause zu kommen. Der Aschenkübelblock erscheint ihr noch hässlicher als früher. Hat sie hier einmal gewohnt? Und jedes Mal beschleicht sie im Treppenhaus etwas wie schlechtes Gewissen. Dann ist ihr, als hätte sie sich abgesetzt und alle im Stich gelassen.

Ihre Schwester ist hübsch geworden. Das prächtige, dunkle Haar hat sie wachsen lassen, es fällt ihr in weichen Wellen bis über die Schultern. Dass ihr operiertes Auge größer als das andere ist, bemerkt nur der, der es weiß. Den Unterschied gleicht sie geschickt mit Kajal und Wimperntusche aus. Die Schule hat sie nach der zehnten Klasse verlassen und eine Banklehre begonnen.

Viel Neues gibt es meistens nicht zu erzählen. Charlotte weiß im Voraus, was die Mutter fragen wird: Wie geht es dir? Gefällt dir die Arbeit im Finanzamt inzwischen besser? Wie kommst du mit deiner Vermieterin aus? Ein müder, schmal gewordener Mund stellt diese Fragen. Charlottes Antworten sind stets dieselben.

Gernot ist gänzlich verstummt. Wortlos isst er sein Abendbrot. Die Arbeit auf den Baustellen hat sein Gesicht verwittern lassen und seinen Händen das Format von Schaufeln gegeben. Wie grobe, unpassende Werkzeuge hantieren sie mit Brot und Butter, Wurst und Käse oder führen die Bierflasche zum Mund. Charlotte darf gar nicht hinsehen. Unvorstellbar, dass solche Hände die Mutter streicheln. Sie fragt sich, was sie an diesem Mann liebt. Und ob sie ihn überhaupt noch liebt.

Vieles geschieht unterhalb der Wahrnehmungsebene, denkt Charlotte. Es ist ein lautloser, fast gespenstischer Vorgang, der die Dinge verändert.

Am ersten Tag des Abschusslehrgangs verliebt sie sich. Charlotte verliebt sich, wie sie sich noch nie verliebt hat und sich niemals verlieben wollte. Sie hat zu einem Sprung durch Glas angesetzt, der Aufschlag ist absehbar, alles um sie herum wird splittern.

Er heißt Arne. Wie alle hat er ein Namensschild vor sich auf dem Tisch stehen. Sie kennt ihn vom Sehen, vom kurzen Einführungslehrgang vor gut zwei Jahren. Da hatten sie in verschiedenen Lehrsälen gesessen und sie einen Bogen um ihn gemacht. Er sieht aus wie ein Südländer, ein Latin Lover, ein römischer Apoll. Ihr Eindruck: Dieser Mann dreht einer Frau das Herz um, nimmt sich, was er braucht, und geht. Jetzt sitzt er ihr gegenüber – die Tische sind in U-Form aufgestellt – und ihre Blicke kommen nicht mehr aneinander vorbei.

Nach der ersten Doppelstunde ist Pause. Zehn Minuten. Fenster und Türen werden geöffnet. Die meisten gehen hinaus, auch Arne, auch Charlotte. Die im Raum bleiben, drängen sich dem Dozenten mit ihren Fragen auf. Da alle drei Lehrsäle jetzt Pause haben, herrschen auf dem Flur Lärm und Gedränge. Man steht zusammen, redet, lacht, raucht oder holt sich ein Getränk. Charlotte geht zur Toilette. Als sie zurückkommt, löst Arne sich aus der Gruppe und bietet ihr eine Zigarette an. Sie sagt, sie rauche nicht, nimmt aber die Zigarette. Sein Feuerzeug klickt. Eine Flamme springt auf. Charlotte taucht ihre Zigarette hinein. Sie zittert, die Flamme, weil seine Hand zittert, und als sie an der Zigarette zieht, ungeübt, vorsichtig, zittern auch ihre Lippen. Einen Augenaufschlag lang behält sie den Rauch im Mund, dann bläst sie ihn zart zur Seite.

Auf einer Fensterbank entdecken sie einen Aschenbecher. Sie gehen hinüber, um dort weiter zu rauchen und ungestört zu sein. Sie blicken hinaus auf die Straße. Ein Auto schleicht durch den Schneematsch. Es ist der 1. Dezember 1971, ein Mittwoch, ein Tag, an dem es nicht hell wird. Sie stehen nah beieinander, darauf bedacht, einander nicht zu berühren. Im Fenster spiegeln sich ihre Gesichter. Sie lächeln einander an. Im Fenster.

Arne sagt: »Wir beide, du und ich, könntest du dir vorstellen …«

»Ich stelle es mir die ganze Zeit vor«, sagt Charlotte.

»Bist du in festen Händen?«

»Würde das etwas ändern?«

Sie drücken ihre Zigaretten aus.

»Fährst du am Wochenende nach Hause?«

Charlotte schüttelt den Kopf.

»Gut, dann lade ich dich nach Hannover ein, ins Interconti. Von hier ist das eine gute halbe Stunde mit dem Auto.«

»Das Interconti ist ein Luxushotel.«

»Möchtest du lieber in eine Jugendherberge?«

Am Montag nach ihrem Wochenende in Hannover sitzen

sie wieder im Lehrsaal. Dass sie sich in einem schlimmen Zustand befinden würde, hat Charlotte befürchtet. Aber so schlimm? Die Liebe hat sie arg zugerichtet. Sie kann kaum sitzen. Erschöpfung drückt sie wie unter Wasser. Mitten am Tag fühlt sie sich wie mitten im Schlaf. Immer wieder schweben Bilder heran: Ein Hotel, ein Aufzug, die achte Etage. Sie sind angekommen, sie sind da, wo sie sein wollten, um sich aus der Zeit in die Nacht fallen zu lassen. Die Bilder schaukeln in ihren Gedanken umher, während ein gutgelaunter Dozent mit einem Stück Kreide und ein paar Strichen an der Tafel einen umsatzsteuerlichen Sachverhalt skizziert und zum Mitdenken aufgefordert. Es geht um international agierende Konzerne mit Sitz im Inland; steuerpflichtige Umsätze sind von nichtsteuerbaren Innenumsätzen abzugrenzen. Der Dozent bittet Charlotte um eine Äußerung zur Rechtslage des eben geschilderten Falls, »damit Sie mir nicht einschlafen«. Sie muss passen. Der Dozent gibt die Frage an Arne weiter. Als auch dieser passt, macht er eine zweideutige Bemerkung über »harte Wochenenden«.

Das Fenster ihres Zimmers in der achten Etage nimmt die ganze Breite ein. Die Lichter der Stadt ziehen den Blick hinaus. Leichtes Schneetreiben macht das Bild diffus. Der leuchtende Name des Hotels färbt die wirbelnden Flocken azurblau. Arne bittet sie, ihn auszuziehen, bevor sie sich auszieht. Er möchte ihr vom Bett aus zuschauen, wenn sie ihre Kleider ablegt. Sie tut es, sie zieht Arne aus, sie berührt seine Haut, seinen Körper, sie berührt sein strammes Geschlecht, zart, wie mit einem Handschuh aus schwarzem Nerz. Dann entledigt auch sie sich ihrer Sachen. Ohne Hast, ohne Pose, ohne Koketterie. Mit der allergrößten Selbstverständlichkeit zieht sie sich langsam aus. Ihr macht es Freude, dabei angesehen zu werden. Sie zeigt sich gern in ihrer Nacktheit, die Apfelbrüste, das Dreieck der Venus, die hübsche Figur. Arne liegt auf der Seite und lässt sie seine Begierde sehen, den Kopf hat er auf den angewinkelten Arm gestützt. Als es nichts mehr abzulegen gibt, tritt sie zu ihm ans Bett und legt sich auf ihn, spürt sein hartes Glied an ihrem Bauch. Sein Körper ist stark und riecht wunderbar. Der erste Kuss zieht ihr die Haut vom Leib. Dann verschlingen sie einander. Es gibt nur das Leben, dieses eine, und nur die Liebe, diese eine, und dieses göttliche Gefühl, jetzt, hier, heute. Paradiesbewohner sind sie.

Nein, zur Rechtslage kann Charlotte auch in diesem anderen Fall nichts sagen. Arne kann es. Der Dozent nickt zufrieden. Weiter im Stoff.

Venus und Apoll. Charlotte und Arne. Sie sitzt auf ihm, klatschnass vor Schweiß, in der Hand ein schwappendes, überschwappendes, perlendes Glas. Es ist zum Sterben, zum Sterben schön. Möge ein Engel kommen und sie erretten oder der Teufel sie auf ewig verdammen für ihre Gier, für ihre Lust auf diesen Mann. Sie fragt Arne, was auch er sie vor ein paar Tagen gefragt hat. Inmitten der Liebe fragt sie ihn nach einer Freundin. Ja, es gibt sie. Charlotte bittet ihn, diese Freundin anzurufen, jetzt, während der Liebe. Sie sagt, sie werde es ihm mit dem Mund machen, während er mit ihr telefoniert, sie möchte hören, wie er beim Reden seufzt, hören, wie seine Stimme bricht, wenn es ihm kommt. Er sagt, seine Freundin sei Stewardess und befinde sich in diesem Moment höchstwahrscheinlich im Anflug auf Philadelphia. Sie lieben sich erneut. Sie duschen, sie lassen kaltes Wasser auf ihre Körper prasseln, während sie sich lieben. Arne trägt sie aufs Bett. Nass wie sie ist, nass wie er ist, lieben sie sich in den Kissen weiter, sie wissen nicht, ob es das erste oder hundertste Mal ist. Es ist ein Immerzu. Charlotte hat geahnt, dass es so sein würde. Sie denkt: Wir sind Schwäne, denen schon die Natur den Hals zu einem halben Herzen gebogen hat, beim Liebesspiel wird daraus ein ganzes.

Der Dozent wünscht eine »erquickliche« Pause.

Vom ersten bis zum letzten Tag des Lehrgangs bleiben Arne und Charlotte einander treu. Nach dem Lehrgang wird Arne wieder nach Emden, Charlotte wieder nach Braunschweig zurückkehren. Anfangs werden sie häufig miteinander telefonieren, dann immer seltener, Zeit wird vergehen, und irgendwann wird es nur noch der Gruß auf einer Ansichtskarte sein, die sie dem anderen von einer Reise ins Amt schicken. Auch diese Grüße werden eines Tages ausbleiben. Arne wird heiraten; jemand wird seine Hochzeitsanzeige aus der Zeitung ausschneiden und sie Charlotte anonym zusenden. Auch sie wird heiraten. Zeit wird vergehen.

Am 1. März 1972 sind drei Lehrgangsmonate um. Halbzeit. Es ist ein Mittwoch, und wie jeden Mittwoch gibt es in der Mensa Eintopf. Charlotte und Arne sitzen am gewohnten Vierertisch nahe der Eingangstür. Wenn sie sich öffnet, jemand kommt oder geht, blickt man automatisch hin. Auch in diesem Moment, als die Schulsekretärin in der Tür erscheint. Offenbar sucht sie jemanden. Ihr Blick wandert durch die Mensa. Hinter ihr, halb verdeckt, reckt Gernot den Hals. Charlotte lässt ihren Löffel in die Suppe sinken und steht vom Tisch auf. Was ist passiert? Alle Farben und Geräusche verschwinden aus der Welt. Sie bewegt sich in Zeitlupe, in Zeitlupe bewegt sie sich auf die Tür zu, die sich wieder geschlossen hat. Dann springt der Film und sie steht Gernot im Flur gegenüber. Die Schulsekretärin entfernt sich lautlos. Gernot gibt Charlotte die Hand, als wolle er ihr guten Tag sagen, doch er sagt nur: »Mutti ist heute Morgen gestorben.«

Dritter Teil

Iris

Jeder Gedanke an Charlotte trifft mich wie ein Stromstoß, inzwischen zum Glück nur noch wie ein leichter. Ich denke oft an sie, scheue mich aber, sie anzurufen. Nach all den Jahren. Was sie wohl in diesem Moment tut, jetzt um zehn nach acht? Ich denke, sie wird auf dem Weg ins Büro sein, tadellos geschminkt wie immer und mit einem perfekten Kurzhaarschnitt, aus dem sie jedes graue Haar verbannt hat. Ich sehe sie aus der Straßenbahn steigen, in einem Trench, vermutlich ein Burberry. Wenn schon, denn schon. Darunter ahne ich ein geschäftsmäßiges Outfit: ein Kostüm der edlen Sorte, eine gestärkte Bluse, im Halsausschnitt eine Perlenkette. Ich sehe, wie sie mit raschen Schritten einen Platz überquert. Er ist regennass. Ich selbst bin noch im Schlafanzug und habe gerade Teewasser aufgesetzt. Nach dem Frühstück will ich die Königin der Nacht umtopfen. Das letzte Mal habe ich mich vor zehn Jahren dazu aufgerafft. Mit Schutzhandschuhen bin ich zu Werke gegangen. Und einer Grillzange, um das stachelige Vieh aus dem Topf zu kriegen. War gar nicht so einfach, war sozusagen eine schwierige Zangengeburt. Wäre meine Königin der Nacht nicht ein Ableger von Muttis Königin der Nacht, hätte ich sie längst auf den Kompost geworfen, auf den Haufen hinter der Wildrosenhecke. Erde zu Erde, Stacheln zu Stacheln! Würde man die *hässlichste Pflanze des Jahres* wählen, würde ich meine Stimme der Königin der Nacht geben. Diese meterlangen Tentakel, diese fingerdünnen, längs der Rippen mit Stachelbüscheln besetzten Schlangen! Grauenhaft. Wenn die Biester sich wenigstens am Bambusgerüst festhalten würden, aber nein, sie winden und rollen sich umeinander, verknäulen sich wie blöde und sehen aus wie Gestrüpp. Damit *Ihre Majestät die Potthässliche* mir nicht das Wohnzimmer verunstaltet, habe ich sie in die Küche abgeschoben, in die Ecke neben dem Frühstücksbalkon. Einmal im Jahr machen wir es uns davor gemütlich und warten. Dazu hole ich extra den Pfauenthron in die Küche. Das gute Stück habe ich aus Thailand mitgebracht, vor mehr als dreißig Jahren muss das gewesen sein. Mein Gott, wie die Zeit vergeht! Ich liebe diesen Sessel. Er ist aus Rattan und Peddigrohr kunstvoll von Hand geflochten. Und unglaublich dekorativ. Die ausladende Rückenlehne fächert sich wie ein mächtiger Pfauenschwanz auf. Man kann so schön den Kopf anlehnen. In diesem Pfauenthron schlagen wir uns also einmal im Jahr die Nacht um die Ohren, um der Verwandlung einer struppigen Prinzessin in eine Königin der Nacht zuzuschauen. Wir, das sind mein Fotoapparat und ich. Was kommt dabei raus? Immer dieselben Bilder: weiße Blütensterne im Dornengestrüpp. Dass jede Blüte so groß wie eine Männerhand ist und der Kelch so lang wie ein Schul-Lineal, muss man dazusagen, wenn die Bilder jemanden beindrucken sollen. Sie gleichen sich, sind ohne Aussage und lohnen das Wachbleiben nicht. Im letzten Jahr bin ich eingeschlafen. Majestätsbeleidigung. *Katharina die Böse* präsentierte mir beim Aufwachen schlaffe Blütensäcke. Auch auf das hohe C reagiert sie allergisch. Als ich ihr in der Nacht der Nächte einmal mit den Arien der Callas kam, schmiss sie prompt alle Knospen weg. Oh, der Wasserkessel pfeift nach mir …

So, nun hat er sich ausgepfiffen. Welchen Tee gönne ich mir heute? Zur Auswahl stehen grüner Sencha, Assam der Sorte *Mangalam* und Apfelminze. Ach, und hier in der Dose findet sich sogar noch ein Rest Rotbuschtee. Also was? Assam. Assam passt zu meinem Holunderblütengelee und den Dinkelbrötchen vom Holzofenbäcker. Da fällt mir gerade ein … Nein, da fällt mir auf, dass mein Wandkalender nachgeht. Der Februar ist rum. Das heißt, ich muss mich von einem lachenden Mädchen mit blonden Zöpfen verabschieden. Der Begleittext zum Bild wurde einem Buch entnommen, dessen Titel und dessen Autorin mir nichts sagen. Das Mädchen war mir sofort sympathisch; trotz seiner Zahnlücke lacht es völlig unbefangen. Auch ich habe eine Zahnlücke. Bei einem Kind sieht das lustig aus, bei einer erwachsenen Frau nicht unbedingt. Ich trage sie wie ein Wundmal, das mich an Charlotte und ihre makellosen Zähne erinnert. Vielleicht wären meine ja heute ebenso schön und gleichmäßig, wenn ich Charlotte damals nicht auf dem Schlitten gezogen hätte. Ungefähr fünf muss ich gewesen sein. Ich war ihr Pferd und der Fußweg unter der dünnen Schneeschicht vereist. Sie trieb mich an, und ich, ihr schwaches Pferd, ihr Hottehü, trabte willig los. Ich glitt aus und fiel aufs Gesicht. Beim Abendbrot merkte ich, dass vorne ein Zahn wackelte. Da es ein Milchzahn war, der sich ohnehin über kurz oder lang verabschieden würde, meinte Mutti, und das meinte auch der Zahnarzt, man solle den Milchzahn sein lassen. Als ich ihn in der ersten Klasse schließlich loswurde, war aus dem kleinen Milchzahn ein kleiner brauner Stumpf geworden.

Ich nehme den Kalender ab. Meine Kulturfreundin Maximiliane hat ihn mir geschenkt. Man mag es nicht denken, aber ich denke es trotzdem, denn fragen kann man so etwas ja nicht. Ich denke nämlich, dass sie eine Hermaphrodite ist. Maximiliane schillert. Mal habe ich das Gefühl, ich gehe mit einer Frau in die Oper, die wie ein Mann aussieht, dann wieder, als lasse ich mich in Begleitung eines Mannes sehen, der sich zur Frau gestylt hat, so wie neulich auf der Vernissage von Sally Rauch. Ich schlage das Kalenderblatt um. Mal sehen, wer im März zu Wort und zu Bild kommt.

Nein, oh Schreck, das ist mir noch nie passiert. Mir wird ganz flau. Heute ist ja der 1. März! Hat das Vergessen begonnen? Ich meine nicht die Vergesslichkeit, die viele Leute in meinem Alter befällt. Ich meine das Vergessen, das einsetzt, wenn etwas überwunden ist: Schmerz, Liebe, Verlust, Schuld … Schuld … Heute vor vierzig Jahren ist Mutti gestorben, und zum ersten Mal bin ich nicht mit dem Gedanken an jenen Tag aufgewacht. Das Erste, was mir heute in den Sinn kam, war das Umtopfen, war die Kakteenerde, die mir von der Gärtnerei speziell für eine Königin der Nacht zusammengemischt wurde.

Im Krankenhaus Salzdahlumer Straße ist Mutti gestorben. Um sechs Uhr morgens. Es war der zweite Herzinfarkt innerhalb von vierundzwanzig Stunden. Den ersten hatte sie am Vortag in der Firma erlitten. Eine Kollegin wusste, dass ich bei der Commerzbank lernte, und hatte mich angerufen. Ich war sofort ins Krankenhaus gefahren. Mutti lag auf der Intensivstation und war nicht ansprechbar. Die Ärzte sagten, dass der Infarkt ihrem Herzen stark zugesetzt hätte. Eine Schwester gab mir Muttis Arbeitskittel mit, der voll Erbrochenem war. Zu Hause wusch ich ihn aus, weinte, packte weinend ein paar Sachen zusammen, die ich ihr ins Krankenhaus bringen wollte. Danach war ich mehrmals zur Telefonzelle gelaufen, um Charlotte über das Sekretariat in der Finanzschule zu erreichen. Aber der Ruf ging ins Leere. Niemand nahm ab. Die Nummer stimmte nicht. Entweder hatte die Auskunft sie mir falsch durchgesagt oder ich hatte in meiner Kopflosigkeit einen Zahlendreher produziert. Abends, etwa gegen halb sechs, kam Gernot, der auf Mutti vergeblich vor der Firma gewartet hatte. Ich habe keine Erinnerung daran, wie er die Nachricht aufnahm oder was er tat. Vermutlich fuhr er ins Krankenhaus. Ich weiß es nicht, ich sehe mich allein in der Wohnung, allein mit mir und einer grenzenlosen Unruhe. Ich sehe mich sogar beten, ich bete zu einem Gott, an den ich nicht glaube, ich bete, er möge barmherzig sein. Er war es nicht. Ein Gefühl allertiefster Schuld quälte mich, denn am Abend vor ihrem Zusammenbruch hatten wir uns gestritten. Wir waren unversöhnt in die Nacht gegangen und hatten uns am Morgen ohne Abschied getrennt.

Der Tee! Und ich stehe da und starre den 1. März an. Jahrelang suchten mich Albträume heim. Das Furchtbare am Träumen ist ja, dass man dem Geschehen ausgeliefert ist und alle Gefühle einen mit voller Wucht treffen. Trauer erfasst einen bis in die tiefsten Tiefen der Seele, die eigene Schuld ist zu groß, um jemals gesühnt werden zu können, man liebt heftiger oder auch hoffnungsloser, als man es im wirklichen Leben jemals getan hat, Hass wird maßlos und Wut kennt keine Grenzen. Ich litt lange unter Muttis Tod und noch länger unter Albträumen. Doch eines Morgens erwachte ich in der Gewissheit, dass sie vorbei sind. Und so war es. Eine Erklärung habe ich nicht dafür.

Der Tee ist viel zu lange gezogen. Schwarz wie Kaffee sieht er aus. Auch Gelee und Butter hätte ich schon längst aus dem Kühlschrank nehmen sollen. Die Butter ist hart wie ein Ziegelstein und das Holunderblütenaroma des Gelees wird noch eine Weile brauchen, bis es sich entfaltet hat. Ich kann warten, ich muss ja nicht mehr zur Arbeit. Der Sozialplan, den der Personalrat wegen der Auflösung unserer Bankfiliale ausgehandelt hat, hat es möglich gemacht. Ich habe zwar nicht mehr so viel Geld wie früher, aber jede Menge Zeit. Ein herrlicher Zustand. Also decke ich erstmal den Tisch, ganz in Ruhe. Auch für Hans stelle ich noch immer ein Gedeck hin. Aus Traurigkeit. Aus Sehnsucht. Dass er ... Charlotte weiß es nicht, und sie braucht es auch nicht zu wissen. Schade, dass es zwischen ihr und mir zum Bruch gekommen ist. Ich weine ihr nach, wenn ich ehrlich bin. In Kindertagen war sie mein Fixstern, meine Orientierung, meine geliebte große Schwester. Ich bewunderte sie. Was sie alles konnte und wusste! Natürlich lag das in der Natur der Sache, da sie mir ja drei Jahre voraus war. Aber ein Fixstern kennt nur sich selber. Sie sonnte sich in allen ihren Spiegeln, während ich an meinem Bild verzweifelte. Das schielende Auge entstellte mich, dazu der Zahnstumpf, der, glaube ich, Schuld an meiner heutigen Zahnlücke ist. Ich hätte heulen können, wenn ich mich ansah. Besonders schlimm war die Zeit, als ich mit einer reparierten Brille herumlaufen musste, weil Mutti kein Geld für eine neue hatte. Die Brille war mir auf dem Spielplatz von der Nase geschlagen worden und am Steg auseinandergebrochen. Mutti hatte sie »repariert«, indem sie den Steg an der Bruchstelle mit Leukoplast umwickelte.

Da ich alles andere als ein hübsches Kind war, tröstete ich mich mit der Einbildung, das Lieblingskind unserer Mutter zu sein, so brav, so lieb und so folgsam, wie ich war. Charlotte hatte sich für ihren Kopf entschieden, ich mich für die Liebe. Natürlich geschah das unbewusst, auch wenn es mir in der Rückschau so vorkommt, als hätte ich mir Muttis Zuneigung erschlichen. Ich habe nie gegen sie gekämpft oder mich gegen etwas aufgelehnt, wie Charlotte es tat. Sie wollte den Sieg, immer, und mit allen Mitteln. Sie spielte ihre Intelligenz aus und konnte unglaublich zynisch sein. Und herzlos bis zur Grausamkeit. Nannte ein Kind mich Brillenschlange, verprügelte sie es, aber nicht, um mir beizustehen, sondern weil sie sich vermutlich großartig dabei vorkam. So denke ich mir. Denn wenn sie wütend auf mich war und Mutti es nicht hörte, nannte auch sie mich Brillenschlange. Das hat mich immer mitten ins Herz getroffen. Auch das, was sie mit meiner Schildkröte gemacht hatte. Oskar war ein munteres Kerlchen, das quicklebendig durch die Wohnung marschierte. Doch eines Tages lag er nur noch apathisch in der Ecke und fraß nicht mehr. Ich war dafür, ihn zum Tierarzt zu bringen. Doch sie redete mir ein, er sei nicht zu retten, man könne ihm nur noch ein langes Leiden ersparen, auch der Tierarzt würde nichts anderes machen. Kurzerhand knipste sie Oskar mit der Geflügelschere den Kopf ab …

Meine Stimmung hat sich eingetrübt. Ein grauer, ungemütlicher Tag zeigt sich. Es sieht nach Regen aus. Kalt ist mir. Ich drehe die Heizung höher und lese das Kalenderblatt, das mich durch den März begleiten wird. Es ist ein Gedicht. Ulla Hahn hat es geschrieben. Die Zeilen sind mit dem undeutlichen Porträt unterlegt. Es lässt das Gesicht einer reifen Frau erahnen. Sie spricht vom Älterwerden, von Dingen, die so selbstverständlich, so unverrückbar erschienen und die man plötzlich zu hinterfragen beginnt.

Sie spricht von Gelassenheit, vom Dasein im Augenblick, von einem Stern, einem Glas, einer Hand, die man länger festhält als nötig. Die letzten Zeilen lese und lese ich immer wieder und empfinde ihren Sinn mehr, als dass er sich meinem Verstand unzweideutig öffnet:

Ein Buch einen Blick eine Haut verlieren
und nicht mehr finden wollen

Erinnern statt sehen

Den Gedanken: Das alles ist auch nach mir noch da
trainieren wie einen Muskel

Gefühl als wäre jemand im Zimmer

Gefühl als wäre jemand im Zimmer? Jemand? Angeblich spürt ein Mensch, wenn er seinem Körper nicht mehr lange angehören wird.

Manchmal ist auch mir, als befände sich jemand im Zimmer, aber nicht ER, sondern Hans. Es gibt Momente, da wähne ich ihn plötzlich Zeitung lesend im Sessel oder schlafend neben mir im Bett. Einen solchen Augenblick halte ich fest und überlasse mich der Illusion, er sei wieder da. Den Traum, aus lauter Liebe ein Paar zu sein und es zu bleiben bis ins Alter, diesen Traum musste ich begraben, wie den der Pianistin oder den der Opernsängerin. Ja, ich habe viele Träume im Laufe meines Lebens begraben. Und so manchen geliebten Menschen ...

Muttis Grab existiert nicht mehr. Die Ruhezeit war abgelaufen, zwanzig Jahre sind eine lange Zeit. In der Rückschau ist es keine Zeit. Weil das Gedenken keine Grabstelle braucht, war ich gegen eine Verlängerung um weitere zwanzig Jahre, zumal die Pflege wie selbstverständlich weiterhin mir zugefallen wäre.

Ich glaube, Charlotte hat Mutti nur ganze zwei Mal auf dem Friedhof besucht, einmal zum fünfzigsten Geburtstag und dann am Tag, als Hans und ich heirateten. Sie sprach von einem inneren Bedürfnis. Ein Vorwand, denke ich, um nach dem Essen für einige Zeit verschwinden zu können. Immerhin hatte sie bis zum Dessert ausgehalten. Mir war sofort klar, dass sie keine Lust auf einen Spaziergang mit unseren Hochzeitsgästen hatte, einen Verdauungsspaziergang, wie es früher so schön hieß. Die Feier ödete sie an, die Leute, die Gespräche, die Gaststätte, alles. Zwar gab sie sich Mühe, es zu verbergen, doch ich merkte es ihr an. Meinem Vater begegnete sie beinahe feindselig. Nur Guten Tag, danach existierte er für sie nicht mehr. Warum? Ich verstehe ihr Verhalten bis heute nicht. Zum Kaffeetrinken tauchte sie wieder auf. Hans und ich schnitten gerade die Hochzeitstorte an, die jemand als Überraschung für uns bestellt hatte. Die Torte war ein dreistöckiges Monstrum aus rosa Sahne und roten Zucker-Röschen, gekrönt von zwei kitschigen Marzipanfiguren: einer Braut in Weiß und einem Bräutigam in Frack und Zylinder. Wie süß! Wie unpassend! Wir hatten nur standesamtlich geheiratet.

Zum fünfzigsten Geburtstag unserer Mutter waren Charlotte und ich gemeinsam auf den Friedhof gegangen. Wir hatten Mutti Königslilien mitgebracht. Königslilien waren ja ihre Lieblingsblumen. Die liebte sie und, nun ja, sogar ihren Geruch. Auch Charlotte mochte ihn. Was für die beiden umwerfend duftete, roch für mich nach Verwesung.

Die Blüten verbreiteten einen Gestank in der Wohnung, der sich mir wie Pesthauch in die Nase krallte. Selbst aus dem von Charlotte gemalten Lilien-Bild schien er zu strömen. Ein Stillleben hatte sie offenbar zu reizlos gefunden. Ihren Königslilien waren die Blüten abgerissen worden. Sie lagen verstreut auf einem von Rissen durchzogenen Mosaikboden, wie man ihn in alten römischen Villen vorfindet. Das Muster hatte sie einem Bildband über Pompeji entnommen. Jeden einzelnen Stein hatte sie abgemalt. Man blickte in die geöffneten Blüten wie in aufgerissene Schlangenrachen. Das Wort *Vulva* kannte ich damals noch nicht. Die Darstellung war unglaublich plastisch, die Farbtöne morbide, verschattet und delikat zugleich. Ein Bild in e-Moll.

Den Geburtstagsstrauß steckten wir in einer Friedhofsvase neben den Grabstein in den Efeu. Für kleine Urnengräber waren liegende Steine vorgeschrieben. Weißen Marmor hatten wir ausgesucht und handgegossene Bronzebuchstaben. Name, Geburts- und Sterbejahr, mehr stand nicht auf dem Stein, mehr konnten wir uns nicht leisten. Um ihn überhaupt bezahlen zu können, hatten wir alles Geld von unseren Sparbüchern abgehoben. Zu einem Kaffeetrinken nach der Trauerfeier konnten wir selbst die wenigen, die gekommen waren, nicht einladen. Wir schämten uns, wir fühlten uns so armselig und fielen uns weinend in die Arme, nachdem der Sarg durch den Boden der Feierhalle, die sich im Gebäude des Krematoriums befand, abgesenkt worden war, um der Einäscherung zugeführt zu werden. Unter unseren Füßen spürten wir ein kaum wahrnehmbares Rollen. Bilder bestürmten mich. Ein Kollege, der es vor seiner Banklehre mit einem Studium versucht hatte, hatte einmal erzählt, dass er in den Semesterferien als Hilfskraft im Krematorium gearbeitet habe. Seine Aufgabe sei es unter anderem gewesen, den Fortgang der Einäscherung zu kontrollieren. Durch ein Fensterchen habe er in die Verbrennungskammer sehen können und beobachtet, wie das weißglühende Gas den Sarg entflammte, wie er innerhalb kurzer Zeit brennend auseinanderbrach und den Leichnam freigab, wie der Tote sich erhob und im Sog des Kaminabzugs anfing zu tanzen. Die schnelle Rotation um die eigene Achse soll im Feuerwirbel tatsächlich wie ein Tanz ausgesehen haben. So stand mir Mutti vor Augen, während ich Charlotte schluchzend in den Armen lag.

Als wir uns voneinander lösten, noch immer weinend, waren die Trauergäste bereits gegangen. Alle bis auf Gernot. Er hatte sich ganz nach hinten gesetzt wie ein ungebetener Gast. Er gehörte nicht zu uns. Dass wir ihn nicht mochten, war kein Geheimnis. Ich sehe ihn noch heute zwischen den leeren Stuhlreihen sitzen, hilf- und hoffnungslos, ein in sich zusammengesunkener Mensch. So ließen wir ihn in der Trauerhalle zurück.

Erst jetzt wird mir klar, dass er durch Muttis Tod buchstäblich obdachlos geworden war, denn der Mietvertrag sah vor, dass im Todesfall des Mieters die in der Wohnung lebenden Angehörigen in den Mietvertrag eintreten. Angehörige war ich, nicht Gernot. Keinen Tag hätte ich ihn in meinen vier Wänden geduldet. Das muss ihm klar gewesen sein. Unbemerkt wie ein Tier, das sich zum Sterben in den Wald zurückzieht, verschwand er. In der Wohnung gehörte ihm ja nichts außer einem Rasierapparat und seinen privaten Klamotten, und die muss er irgendwann abgeholt haben, als ich tagsüber in der Bank war. Ich ließ sofort das Türschloss auswechseln. Mir war egal, was aus ihm wurde, falls ich mir darüber überhaupt Gedanken machte. Ich hatte genug mit mir zu tun. Von heute auf morgen war ich auf mich allein gestellt und musste mit meiner Trauer, meinen Schuldgefühlen und meinen Albträumen fertig werden. Mein tägliches Leben hatte ich zu organisieren, zwei Wochen später vor der Industrie- und Handelskammer die Prüfung zur Bankkauffrau abzulegen. Ich war achtzehn und mit achtzehn damals noch minderjährig. Das Amtsgericht hatte Charlotte zu meinem Vormund bestellt, eine Formalie, denn sie ließ mich machen. Sie unterschrieb, wenn etwas zu unterschreiben war, und mischte sich ansonsten nicht in meine Angelegenheiten ein. Da ich das bisschen Miete auch von meiner Ausbildungsvergütung bezahlen konnte, blieb ich vorerst im Aschenkübelblock wohnen.

Gernot hatte ich bereits vergessen, als kurze Zeit nach Muttis Beerdigung ein junger Mann an der Wohnungstür klingelte. Er sah gepflegt aus, wirkte nicht unsympathisch und stellte sich mit Namen vor. Ob Gernot, sein Vater, da sei, fragte er. Ich antwortete mit einem kurzen »nein«, woraufhin er mich bat, ihm doch bitte auszurichten, dass er letzte Nacht Opa geworden sei.

Heute sehe ich die andere Seite der Medaille und stelle mir vor, was es für seine Frau, seinen Sohn und, soweit ich weiß, war da auch noch eine Tochter, was es für sie alle bedeutet haben musste, als er sie wegen einer Geliebten, wegen Muti, verließ. Ob er es irgendwann bereute? Ob ihn manchmal Sehnsucht nach dieser Familie oder einfach nur schlechtes Gewissen packte? Wer weiß. Dass er mit Mutti glücklich wurde, glaube ich nicht. Und sie mit ihm wohl auch nicht. Sie hatten die Halbwertzeit der Liebe überschätzt, wie so viele Paare, Charlotte und ihr Mann genauso wie Hans und ich. Wäre Mutti wenigstens zufrieden mit ihrem Leben gewesen, dann wäre aus ihr, so denke ich, nicht diese unleidliche Frau geworden, die sie zum Schluss war und die von Gernot trotz allem noch immer »mein Spatzele« genannt wurde. Charlotte und ich, wir machten uns lustig darüber, so jung und so überheblich, wie wir damals waren.

Jetzt meldet sich aber ganz heftig mein Hunger. Appetit habe ich zwar keinen, doch der Mensch sollte was im Magen haben, wenn er den Tag beginnt. Ich nehme Butter, steche im Glas Gelee ab, mache mir die Brötchenhälften zurecht und quäle sie mir rein.

»So schnell stirbt es sich nicht«, hatte Mutti immer gesagt. Und dann nahm der Tod sie im Handstreich. Heute kommt es mir vor, als hätte sie sich kampflos ergeben. »Von diesem Leben habe ich nichts mehr zu erwarten«, hatte sie oft und voller Resignation gesagt. Der Sinn, den sie ihrem Leben gegeben hatte, nämlich aus Charlotte und mir selbständige, unabhängige Frauen zu machen, war erfüllt. Sie hatte getan, was ihr möglich war, im Kleinen wie im Großen, mit Disziplin, Verzicht und Härte gegen sich selbst. Ihr Charakter war durch und durch preußisch. Das Leben stellt dem Menschen Aufgaben, die er zu bewältigen hat. So dachte sie. Ihre Kraft war verbraucht, ihr Herz erschöpft.

Mutmaßungen, nichts als Mutmaßungen sind das. Was weiß man schon? Da kaut man lustlos an seinem Brötchen herum, trinkt lauwarmen Tee dazu, Tee, der zu bitter geraten ist, und denkt solche Sachen. Dabei vergeht einem die Lust, eine Königin der Nacht umzutopfen. Nach dem Frühstück, wenn ich geduscht und mich angezogen habe, werde ich in mein Atelier fahren und an meiner Skulptur weiterarbeiten. Sie wird gut, denke ich. Aus einem schlanken Baumstück, aus wunderschön gemasertem Birnenholz habe ich eine Figur herausgeschält und herausgesägt, habe an ihr geraspelt, geschnitzt und gefeilt. Sie ist fast lebensgroß und soll zwei Gesichter bekommen. Ihr Jugendgesicht wird nach hinten schauen, in die Zukunft, die zur Vergangenheit wurde, ihr Greisengesicht wird nach vorn gerichtet sein, in die Vergangenheit, die ihr zur Zukunft wird. Es heißt ja, dass im Alter, ähnlich wie in der Pubertät, das Gehirn noch einmal umgebaut wird und dass es dann sehr durchlässig für Erinnerungen ist. Im alten Babylon soll es sogar eine Kultstätte gegeben haben, wo das Orakel die Vergangenheit voraussagte.

Erinnerungen, ach, Erinnerungen, Charlotte ... Wie weit magst du mit dem Buch sein, das du über unsere Mutter schreiben wolltest?